生死暗访

石野 ◎ 著

重庆出版集团 重庆出版社

图书在版编目(CIP)数据

卧底调查 1：生死暗访 / 石野著. —重庆：重庆出版社，2011.8
ISBN 978-7-229-03971-4

Ⅰ.①卧… Ⅱ.①石… Ⅲ.①长篇小说—中国—当代
Ⅳ.①I247.5

中国版本图书馆 CIP 数据核字(2011)第 066818 号

卧底调查 1： 生死暗访
SHENG SI AN FANG
石野 著

出 版 人：罗小卫
策　　划：华章同人
特约策划：杨　霄
责任编辑：王　水　孟繁强
营销编辑：杨　霄
封面设计：纸上魔方

重庆出版集团
重庆出版社　出版
(重庆长江二路 205 号)
三河市华晨印务有限公司　印刷
重庆出版集团图书发行公司　发行
邮购电话：010-65584936
E-mail：haiwaibu007@163.com
全国新华书店经销

开本：787mm×1092mm　1/16　印张：22.75　字数：210千
2011年8月第1版　2011年8月第1次印刷
定价：29.80元

如有印装质量问题，请致电023-68706683

版权所有，侵权必究

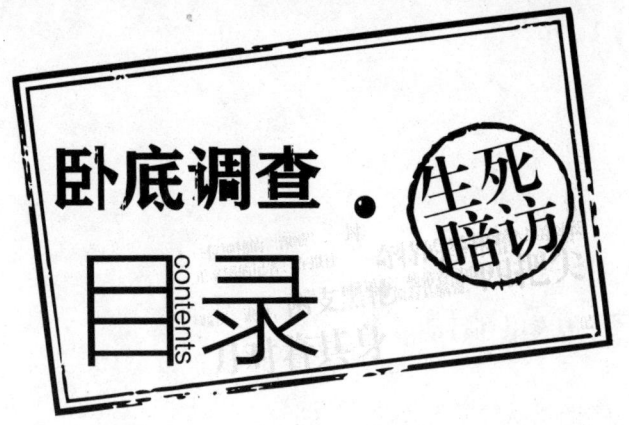

自 序
中国调查记者的呐喊 / 001

序 幕 噩梦醒来是清晨
噩梦醒来是清晨 / 002

第一章 神秘举报信
精心策划的暗访 / 012
山西退伍兵的愤怒 / 019
美丽的桃花背后 / 030

第二章 明知山有虎，偏向虎山行
10元钱打啵，30元看电影，50元…… / 038
海军陆战队出身的我，决定冒这次险 / 045

第三章 惊魂桃花苑
前有拦截，后有盯梢，眼前还有凶悍黑衣人 / 050
不许动，快把枪交出来！ / 054

第四章 死里逃生
"我们那记者证，是假的……" / 064
三杀手马路追杀 / 074

第五章 专案组在行动

几声呼叫把我从噩梦中惊醒 / 084
那意味深长的话,令我们喜忧参半 / 091
善饮的美女记者,能提高警察的办案效率 / 095

第六章 战果平平

"蛇"没惊动,派出所所长突然先冒出来 / 104
黑老大误打误撞主动上门 / 110
初战告捷 / 119

第七章 谁绑架了举报人

我和小雨正在推让红包时,门突然被推开了 / 126
举报人和记者同陷危局 / 135

第八章 神秘"深喉"

警方抓捕的现场新闻,又让人给压了下来 / 148
举报人昨夜肯定吃了不少苦头…… / 156

第九章 螳螂捕蝉,黄雀在后

"他们正要将我沉入水塘,突然响起了警车的鸣叫声" / 164
刚送走举报人,我就接到专案组的电话…… / 171

目录

第十章 谁在跟踪追击

刚打开BP机，几条死亡威胁信息就跳入眼帘 / 178

猝不及防，我被那摩托车撞到了臭水沟里 / 184

"求求你，再不要搞这种危险的暗访了……" / 192

第十一章 意外发现

半私半公，结交了新华社记者 / 206

"这种事情，内参也不宜发……" / 214

我的天！那人不正是我要寻找的柯福贵吗？ / 221

第十二章 蜗居"野鸡"村

正欲抓贼的我，却发现门缝里有两张招嫖卡片 / 230

一朝被蛇咬，十年怕草绳 / 236

第十三章 恍然大悟

我们刚坐下，两个妖艳的女人就笑嘻嘻地凑上来 / 246

我突然想起，柯福贵还有一个孪生兄弟 / 252

第十四章 真假难分

"不许动，我是警察……" / 262

令汤司令极为窝火的是，那骨感女友竟是发廊妹 / 271

第十五章 原形毕露

来自专案组的惊人真相 / 278

专案组来电：举报人被乱刀砍死了 / 284

投案自首 / 291

第十六章 案惊高层

倦鸟归巢 / 302

台湾记者死了 / 308

第十七章 漏网之鱼

撞到枪口上 / 314

连我自己都奇怪，我为何会突然提出辞职 / 321

冤家路窄 / 330

尾声 夜朦胧，月朦胧

夜朦胧，月朦胧 / 342

自　序

中国调查记者的呐喊

16年前，我的90年代刚开始；16年后，我的90年代早已成为历史。16年前，我的新闻生涯刚刚开始；16年后，我的新闻生涯成为挥之不去的心结，铭心刻骨的记忆。

16年前，我背着背包，雄赳赳气昂昂地从中国海军陆战队走出来，在人生的十字路口茫然四顾时，我义无反顾地选择了新闻。

时光荏苒，16年过去。我，依然像那叶浮萍，在新闻江湖上随风漂浮。16年的记者经历却总是令我陷入沉思……

如果说，在逝去的16年中，我可以褪去各种成色，唯独褪不掉的，是"新闻记者"的灵魂。在我最美好的青春岁月里，弥足珍贵的，就是我的新闻经历。这些如烟往事，有我的酸甜苦辣，有我的坎坷人生，有我的青春历程，这不仅是我的热血烙印，更是我历历在目的新闻轨迹。

是的，我是新闻的亲历者。

我和我的许多同行们,在历史的尘土中飞扬,有的音容模糊,有的笑意凝固,有的身影从此消逝,生命从此终结。他们和我所经历过的那些事件一样,渐行渐远。可是,我依然无法忘记他们,就像无法忘记自己的新闻青春一样。

是的,我是新闻的记录者。

每一个新闻亲历者,都是山中樵夫,看春花秋月,思往事,知多少?愁起愁落,岂能让思绪均随山泉流入江?江水东流,萦绕于青春心坎的愁绪,却无法随水东流去。

每一个新闻记录者,都是江上渔者,他们也曾像我一样,意气风发,满腔热忱,欲坐听潮起潮落。但"江上往来人,但爱鲈鱼美",又有多少人能获知,那像落叶般漂浮在水面的小船,出了风口又跌入波浪里头呢?鲈鱼虽味美,捕捉却艰辛;新闻虽短暂,得来费工夫,为此而调查真相的记者,不知要付出多少艰辛;他们出没风波里,随时有被江水卷入漩涡的危险……

无论是热爱我的读者,亦或是仇恨我的被批评对象,都令我无法远离红尘的繁琐,无法躲避江湖的喧嚣。正如徐克电影所言:"人就是江湖,你怎么退出?"几年前,我迫于种种无奈,退出新闻界,但从事报告文学写作的我,依然无法挣脱新闻,无法逃离江湖,注定会在江湖漂荡一辈子。

人在旅途,我在调查的旅途。"夕我往矣,杨柳依依,今我来思,雨雪霏霏",古人对季节和时间的慨叹已成为绝唱,而我却无法拥有游子归家的喜悦,有的只是往事如烟的伤感……

谁人能感受得到中国一线调查记者们难言的苦涩?谁能理解其蚀骨的无奈?谁能分担其心酸的怅惘?谁又能探寻到其愁闷的隐忍?谁又品尝过其感伤的落寞……

流浪记者,夜雨江湖。在此后的江湖岁月,我将何去何从?是满面尘灰双鬓飞霜地自哀自怜,还是笔耕不辍续写春秋?

桃李春风一杯酒,江湖夜雨十年灯。说不尽岁月儿女旧江湖。

江湖没有地址。江湖没有终点!我知道,我的新闻江湖,实际上是一种挥之不去、斩之不断的新闻情结。

庄子说:"相濡以沫,不如相忘于江湖。"江湖博大而深沉,雄厚而浑

自 序 中国调查记者的呐喊

浊，但我不会让自己的声音淹没在滔滔江水中，我不会让自己的话语权封存于深山老林之壑。古人曾把精于人情称为"老江湖"，把浪迹四方称为"走江湖"，把大无畏者称为"闯江湖"。是的，江湖是有风险的，但江湖的主人难道不就是我们自己吗？每个人都有自己的江湖。我的江湖，我的新闻江湖，又将是怎么样的江湖呢？

道不尽的新闻江湖，其实就是我的内心，是我们记者的内心；就是对新闻理想的追求，对新闻事业的执著，对生命价值的探索，对现行法律的把握和运用，对正义和良知的深切思考。

邓小平说过，"我是人民的儿子，我深情地爱着我的祖国和人民。"是的，邓公的深情，岂不正是我们每一位新闻人的深情？

浪迹16年新闻江湖后，回首一路走过来的风风雨雨，是谁倚门为我掌灯，是谁为我祈盼回程平安？

是爱戴我的读者。是热爱我的友人。是血浓于水的亲情。

江湖夜雨十年灯，可人生究竟能有多少个十年呢？夜雨江湖的后面，又有谁能体会得出，那是怎样的一种刻骨孤独和痛楚呢？

嬉笑怒骂，不一定皆成文章；长吁短叹，肯定成为心中之结。这心中之纠这心中之结，有谁可解开？又该以何种方式去解？

唯有郁积于心中的文字……

16年的风雨新闻路，尽管我被迫从南到北颠沛流离，背负着各种诽谤侮辱，历经过数次恶意诉讼，面临过刑事自诉，甚至遭遇过两次牢狱之灾，尽管自己满面尘灰双鬓飞霜，一无所有（无房子、无票子、无妻子），但我绝不自哀自怜，只是矢志不移地笔耕不辍续写春秋。我先后正式出版有"中国舆论监督报告文学三部曲"：《卧底历险：我的第四次死里逃生》《卧底记者：我的正义之旅》及《我在北京当记者》等书，我始终坚持自己的新闻之路，坚持自己的维权方向，坚持自己的正义之声……

出版几本也算畅销的报告文学后，我开始创作以记者为主人公的首部长篇小说。这是一部记录中国调查记者卧底暗访的书，后面会有第二部、第三部……第十部。这些系列作品中，每一本书都是一个独立的故事，有暗访有卧底有历险；有爱情有亲情亦有温情。主人公是一个或一群年轻勇敢的新闻记者。他们像我一样是流浪记者，是打工记者，是新闻民工。或许，我写的就是自己记者生涯中的某段亲历，或许，我写的都是新闻报道无法报道的内幕，是新闻报道无法说清的事儿。所以，从这本书开始，我就让书中那位主人公来讲讲新闻记者的真事儿———也许，那主人公就是作者石飞；也许，石飞本来就是书里的主人公。

书中记录着主人公们真实的新闻感受，真实的采访生活，真实的生存窘态。当然，还有他们满怀激情而又处处碰壁的尴尬；他们满怀正气而又处处被打击的义举；他们像农民工一样卑微地生活，有着付出的太多而收获甚微的辛酸……主人公们不只是出生入死、不只是仗义执言，更多的是他们用自己的激情和青春，以及肩负的神圣使命，写出了无数为弱者鼓与呼的文字，发出了一声又一声的呐喊。

"塞上长城空自许，镜中衰鬓已先斑"，是的，16年风雨之后，我已不再年轻，那些和我一样曾经奋战或是依然奋战在调查前线的记者们，他们也许像我一样，再没有了昔日的辉煌和自豪，没有了往日的张扬和激情，有的是"悄立市桥人不识，一星如月看多时"，但我们却依然对新闻一片痴情，依然是"朱颜青鬓都消改，唯剩痴情在"。

虽然世事变化莫测，但我和我的同行们依然痴心不改。不管日后是否会有"结客四方知己遍，相逢先问有仇无"的境地，我依然会在自己的心灵深处，驻守那份宁静清明。

流浪的我唱着流浪之歌，从南到北，以笔为剑，飘荡江湖，亲历新闻……

请让我高声呐喊，去见证中国调查记者的生死历险……

请让我高声呐喊，去颂扬我们的新闻人，为他们鼓与呼！

请让我高声呐喊，让云霭雷电闪开，让乌云邪风闪开！

请让我高声呐喊，让凛冽严寒闪开，让黑暗罪孽闪开！

请让我高声呐喊，让那些调查中随处可见的漩涡礁石闪开！

请让我高声呐喊，让那些企图拦截和扼杀舆论监督的黑手闪开！

请让我高声呐喊，让一切阻碍新闻真相的邪恶都闪开吧……

序幕 噩梦醒来是清晨

噩梦醒来是清晨

  记不清是白天还是黑夜，反正，我在省城一隅，在暗访现场，又一次遭遇到突如其来的袭击。

  我躲在一堵墙后刚要举起相机偷拍，不料，一只毛茸茸的大手飞快地伸过来，顺势就要夺我的相机。我赶紧用左手护着相机，右手正要快速出击，谁知，后脑勺被硬物猛击了一下。随后，一只粗壮的大手从背后紧紧箍住了我。我急中生智，赶紧把头朝前一低，然后猛地往后一磕，硬硬的后脑勺借着突然袭击的猛烈冲力，正好击中那厮的鼻梁。

  "哇，我的妈呀！"背后传来一声惨叫，趁抢相机的黑汉愣神的瞬间，我用曾随少林和尚练过几个月"铁头功"的脑袋死命撞击在他的面部，那家伙

[序幕] 噩梦醒来是清晨

痛得龇牙裂嘴，双手捂着鼻子呀呀乱叫。我又以迅雷不及掩耳之势，飞速抬起穿军用皮鞋的右脚，狠狠地往后一踩，伴随着一阵咬牙切齿的怪叫声，那双粗壮有力的大手终于松开了我。

我一把推开另两条高大魁梧的身影，一手扬着相机，一手紧护着采访包，双腿像安了弹簧一样，猛地朝前飞蹿，拼命地夺路狂奔……

"抓住他，快抓住他！别让这假记者跑了！"

"快抓住他，抓住他！快抓住这个抢劫犯……"

不知是为了混淆黑白，还是为了避人耳目，反正那些家伙就堂而皇之地大声喊我为假记者和抢劫犯了？真好笑！他们这一喊叫，倒是让我辨清他们原来不是三个人，而是五六个，而且其中两个声音听起来怎么很像银河村那两位趾高气扬的治安员呢？不过，又像极了半年前那三个黑道的粗嗓门，那时他们为了阻止我追踪龙潭村段姓家族及有关治安员违法乱纪的报道，在浦江大桥上追杀我，最终我不得不在寒冷的冬天跳入滔滔江水中逃命……

"快追上他，杀了他，快杀了这个小记者！"

"快抓住这个假记者……"

随着各种各样的怪叫声、喊杀声，我清楚地听出来，这一下子哪是6个人，而是十几二十多个，是一群数不清的黑道人物在围攻我。

在此节骨眼上，除了一部3000多元的海鸥牌相机值点钱外，我身上就只剩那个缝缝补补过好几次的帆布采访包。对于我这打工记者而言，平时的采访总是离不开三件宝：相机、自行车和采访包。相机和采访包都在我身上，这样说来，我的另一件宝贝，那辆平时除了车铃铛不响什么都响的轻便自行车此时不知丢哪里去了！那可是我这个小记者平时用来代步的"飞毛腿"。不过，现在逃命要紧，哪还有余暇顾及我的宝贝自行车呀。

真是奇怪，平时无论哪个角落都火树银花、灯红酒绿的浦江城，今夜为何如此黑暗？就是远郊也不可能没有灯光呀！

没有灯光，没有月光，连汽车的灯光也没有。四周漆黑一团。我在黑暗中漫无边际地跑着，跑着……

四周传来的都是一片喊打喊杀声，气焰嚣张，声嘶力竭，仿佛我是一个捅了马蜂窝的坏蛋一样遭人痛恨。其实，我只是一名小记者，一名专爱搞暗访的机动记者。就像半小时前，我在路边的某一角落偷拍几个正在招徕客人的卖淫女后，拐到街道中心某一大酒店门口，偷拍几位衣着褴褛、有气无力地向路人兜售鲜花的未成年卖花女和孩子。他们的手中或怀中，是一大把已被夜色渲染得更加枯萎的红玫瑰；在他们背后，是几个鬼鬼祟祟的成年男女。就在我目不转睛地拍摄时，却不料被人发现。我先是被人跟踪，继而就被人追击，紧接着，就遭人围截。

　　这当然不是第一次被人发觉，但却是我偷拍这种场面时，第一次被如此人多势众的黑影围攻和追杀……

　　我这位曾经的中国海军陆战队员，平时长跑不是一般人能赶得上的，可令我奇怪的是，此时无论我跑得多快，那伙追杀我的人却怎么也甩不开，而且是离我愈来愈近了。我真后悔刚才没有把我的自行车骑上！我那多次失而复得的自行车，不但能帮我代步，省很多力气，有时还能当防身的武器用，就像半年前，我在浦江大桥前后遭人围截时，急中生智，用那辆自行车砸倒一位歹徒，才趁机逃脱。

　　我大汗淋漓着。我眼花缭乱着。我胡思乱想着。我就那样拼命地狂奔着，前面突然出现了一条臭水沟，我顾不得多想，纵身一跃，就飞到了对面。我刚刚得意地回头一看，不由目瞪口呆：只见那群追赶我的黑影，竟像武打电影里的江湖大侠一样，嗖嗖嗖，一个接一个地接踵而至。眼看几把寒光闪闪的长刀就要砍到我的后背，我这才从惊魂中猛然醒悟！慌乱中，我又撒开步子向前狂奔，可没有跑多远，就是浦江大桥了。我依稀记得，半年前，也是在眼前这个似曾相识的地方，我也是在午夜里被三位黑衣人追杀，最后被迫跳入滚滚浦江中才死里逃生。

　　谁料，我现在居然又被人追赶到浦江边来了！

　　"快抓住他，不能让这小记者跳江了，他会游泳！"

　　"快拦住他，快……"

序幕　噩梦醒来是清晨

在一片张牙舞爪的喊打喊杀声中，我发现自己已无路可逃了。这大桥不知何时开始翻修，四处堆积着横七竖八的钢筋、混凝土和磕磕碰碰的砖瓦条石。就在我惊慌失措地边跑边四处环顾时，却看到桥的两头不知何时围满了扬刀举棍的人，他们像瘦猴子孙悟空遇到的全副武装的虾兵蟹将，个个扬着奇形怪状的武器，张牙舞爪地向赤手空拳的我围攻上来。

后有追兵，前有守将，左边是钢筋水泥，我只能再次选择滔滔浦江了，只有江水才是我唯一的逃生方向。

说时迟，那时快，眼见无路可逃，我纵身翻过江边栏杆就要往下跳时，却看到白光闪烁，一阵嗖嗖的响声向我飞来，刺激着我的耳膜。天啊，他们用的全是飞刀！？我急忙抓起厚厚的采访包挡了一阵。随着一只只寒光闪闪的飞刀叮叮当当地掉在地上，我迅速飞身跃向江中……

听到背后那砰砰砰的一阵巨响，我吓得毛骨悚然：那可不是鞭炮声，也不是土枪土炮声，而是真正的枪声呀！奶奶的，这些人怎么还有枪呀？我双手紧护着脑袋，双腿像装上了飞行器一般，没命地往前冲，生怕子弹飞来。在惊骇中，我这海军陆战队员正欲发挥游水的特长，谁知手脚好像被什么纠缠住了。难道这江水里还有水鬼不成？！我拼命挣扎着睁开眼睛仔细一瞧，却发现自己陡地被江中一张无形的大网给罩住了！那情形，真像猪八戒误入蜘蛛洞，在蜘蛛洞里被妖魔鬼怪用蜘蛛网给网住了。

决不能让自己落入黑道之手。我一定要逃出去！我手脚并用，当然更多用上了坚硬的牙齿。可我连一根绳子也没有咬断，就被人高高地吊了起来。要知道，我这一口利牙是出了名的，其他不说，就说当年我在部队时，一次我们排到达南中国海的一座荒无人烟的海岛搞野外生存时，饿极的我曾像野狼一样扑倒一只狸子，一口就咬穿了那十几斤重的笨家伙的喉管，将腥美的鲜血一气喝了个饱。

可是，在此节骨眼上，我的上下牙都差点蹦掉了，连一根细绳子都没有咬断。

我慌作一团，低头一看，天哪，我的脚下全是黑压压的人群……

此时此刻,他们得意忘形地叫着,笑着,高举着尖刀和枪支向我包围过来。我在网里拼命地踢着,叫着,挣扎着。可是,几把明晃晃的长刀,伴着一阵狂笑声,向我猛刺过来……

这时,不知从哪里响起了一阵汽车的喇叭声,我像捞到了一根救命草,不由循声大喊:"救命!救命!快来人救我……"

"快醒醒,石头,快醒醒!"一阵惊愕而又亲切的声音把我从睡梦中推醒。我一看,这哪里是在浦江边?我的身边哪有刀枪?那吊起我的大网呢,此时怎么陡然变成一张柔软无比的大床了?!那些追杀我的黑衣人呢,怎么变成了一个人了?

真的,此时映入我眼帘的只有一个人,一张美丽而清纯的面孔。

"你看你呀,一大早又是大喊又是惊叫的,你看太阳都出来了,快起来喝杯牛奶吧。"

如果不是李萌萌那温柔的声音,不是她那瀑布般的秀发像柔和的丝巾,在我脸颊散发着诱人的香气痒痒地轻拂,不是她用半裸的手臂紧紧地将我拥入怀中,我真不相信此时我早已安全到达彼岸,不相信竟会在另一个美丽新世界。真的,在她的百般温柔中,如果不是窗外那亮丽的晨曦正刺激着我的眼帘,如果不是窗外那几只小鸟正在那棵高大的木棉树上啁啾,我真不敢相信刚才是在噩梦里,不相信我现在就躺在温柔之乡,更不相信我此时此刻正倒在我美丽的女友怀抱里……

"我看你今天的暗访就不要去了吧。这些天,你晚上经常做噩梦,昨晚你又踢又叫的,肯定又是做噩梦了。这不,一大早你又被噩梦惊醒……"李萌萌将我沾满汗水、热乎乎的脑袋抬起来,靠在她温暖的胸前,用两张香气四溢的纸巾,一边轻轻地为我擦拭额上的汗水,一边像温柔的母亲安慰婴儿一样抚慰着我。

"石头,你还是听我的,记者这职业本来就极富挑战性,平时风险和压力就够大了,你可以做财经,做时政,做娱乐和体育,但为何偏偏要做调查性的报道呢?这还不算,还要经常去卧底,去暗访……"

序幕 噩梦醒来是清晨

李萌萌本科毕业于上海复旦大学新闻学院,后来到了南方一所著名高校。以经济学硕士的身份毕业后,分配到了南方这家最好的省报,成为了一名财经记者。而我,却在这家省报旗下一家才创办一年多的子报的政法组。说是政法记者,可不安分的我平时总爱搞一些调查性报道,后来又很快迷上了做暗访新闻,而且是一发不可收拾。刚开始和我恋爱时,李萌萌是绝对支持我做这些暗访新闻的,因为正是看到我发表在《浦江都市报》上的那一篇篇独家暗访新闻,她才爱上我的。

看到我心跳已平稳,身上的汗水渐渐消退,萌萌总算松了一口气。她抱着我的头,一只手轻轻地拥着我,一只手在我的头发上轻轻抚摸,说:"今天的天气真好!在南方生活就是富有诗情画意。不过,我现在最想说的是,你今天的采访危险性太大,我看还是不要去了吧……"

与我共同生活了近一年的李萌萌当然知道我的个性,那就是:只要认准的事,我极少放弃,肯定会坚持到底。用她的话说就是,倔头倔脑,不听人劝。她一大早就毫不迟疑地劝导我,显然不是临时发挥,必定早在昨天晚上就深思熟虑过了。这也难怪,哪个女人,不希望自己的男友能与自己长相厮守,每天能平平安安地陪在自己的身边呢?她当然更愿意见到我每天按时回家,经常陪她买菜做饭,陪她逛商店逛公园逛大街呀……

"亲爱的,你也知道,平时我一直是支持你的事业的,你已经做了一年多时间的暗访了,发表了那么多独家报道。作为每天关注这份新报纸的读者,我甚至可以毫不夸张地说,你为都市报出生入死,早就立下了汗马功劳;再说,那些报道早就令你声名远扬,不仅在本地区你是最著名的调查记者,而且在南方新闻圈,你也是小有名气的……现在你在报社已经完全站稳了脚跟,以后能调进来更好;万一调不进来,再想办法。反正我在报社是正式编制,咱们两口子,有一个正式的也不错了,以后也许有机会分到福利房……万一赶不上末班车,我们也会想方设法自己贷款供房子……我们马上就要结婚了,生活也算不错,就听我的,安稳地做报道……不要再做危险的暗访了……"

我长叹一声,轻轻地捏住她纤细的手,委婉地说:"我也早想停止搞什么暗访呀卧底呀，因为我，这些日子带给你的惊吓已经不少了，我一直很内疚……但今天的暗访，不是我个人行为，而是报社的行动，是报社领导几次共同策划的。今天去桃花苑，不止我一个人，还有机动部的同事邓保卫、摄影部主任卫强，如果加上司机大刘，那就是四人了。"

"我知道呀，你以前喜欢一个人行动，都是单枪匹马的，危险也不小，可我昨夜看了那封举报信后，觉得此事非同小可。那完全是黑社会的行为，不但有组织有武器，而且还背有命案……记者又不是警察，对如此重大的案子，怎么能轻易介入呢？要知道，对方可是一群杀人不眨眼的黑社会团伙呀！我认为，这种案情应首先报案，让警方成立专案组才能一网打尽……而你们实在不应该去冒这份险……"

李萌萌见我又要辩解，将拥着我后背的手一把抽回来，噘着嘴，连连冲我叫嚷起来。

我轻轻拍了拍她的脊背，劝慰道："萌萌，我当然知道此事带有一定风险，但我们只是去暗访，去了解一下有关情况，以前那么多危险的事我都经历了，还在乎这一次吗？再说，此次我们人多，也许就只是坐在采访车上沿街了解一下情况，并不会像以前那样深入进去。何况，今天我们四个人，是组织行为，这种风险性是很小的……"眼看她泪花又在眼眶打旋，我也顾不得浑身疲软，搂着她的腰，小心翼翼地说："我向你保证，此次再不会跟踪对方，也不会踏入危险半步。再说，我们这次有三四个人，还有采访车跟随，只是利用白天在外面转一转，不会有风险的。"

话虽如此，但我明白她说得很对。我们应当平平安安地幸福生活。

作为省报财经女记者，她采写的大多是证券呀股票呀福彩呀以及房地产呀，专门和那些最令我发怵的科学数据打交道。尽管她从未涉足像我那样的卧底暗访，搞揭黑调查，但她平时好奇心很强，倒也很关注我所写的那些鸡零狗碎的社会新闻，更喜欢看我笔下的暗访新闻。

今年春节时，我特意带她回了鄂东南老家。她的美丽和修养，她的为人处世，很快就受到我们村里村外老乡的褒扬。特别是我那平时颇有虚荣心的老父

> **序 幕** 噩梦醒来是清晨

亲,自从儿子在南方省城当了记者后,他总会将我发表过文章的报纸给村里的人四处传看,免不了一番炫耀。在乡亲们羡慕的眼神中,父亲本来被沉重的生活重担压弯的腰身,似乎一下子又挺拔起来,走路都带着风。又看到我找了一位研究生毕业的美丽媳妇,他高兴得逢人就说儿子很快就要在省城结婚了,从此以后,他的长子和他的孙子们就是彻头彻尾的城里人了。勤苦了大半辈子的母亲更是乐得合不拢嘴,她每天总是将满头花白头发用清水梳得光溜溜的,神清气爽,见人就夸未来的儿媳妇好,不但有文化,而且丝毫没有上海大小姐的架子,一进门就伸出那拿笔的嫩手帮她做家务……呵呵,对老人孝敬至极……

至于萌萌的上海家中,我们早就利用假期去过两次,她的父母除了对我这乡下人个子不高有些不满,其他的似乎都还满意。因此,当李萌萌提出年底要和我结婚时,这对在大上海生活得悠然自得的老两口,既没有表示特别的支持,也没有流露出反对。于是,尽管没有房子,我们还是决定于今年"十一"把喜事办了……

一阵腥甜的海风轻轻拂来,此时南国四月的太阳已冉冉升起。窗前那一缕刚刚跃入室内的温暖阳光,五彩缤纷地映射在我的脸上,弄得我眼花缭乱。

又是一个绚丽多姿的大晴天。

我看了看传呼机上的时间显示:4月1日6点10分。

我这才想起,今天是西方的"愚人节",这本来是一个充满恶作剧或幽默的日子,但这美好的早晨,我们这个温馨的小家却被我的一场噩梦打扰了,以至我们彼此都没有想起用什么方式来逗乐对方。

幸好,也许深爱我的萌萌见我刚才那一番话说得有道理,也许今天的暗访是在大白天,而并非像我以往那样总是利用夜色深入地下赌场、卖淫嫖娼的发廊、小旅馆或是躲在宾馆里贩毒之类的危险暗访,她总算默许了我这次行动。

一杯香气袅袅的牛奶端到我面前,我将温热的牛奶一饮而尽,然后张开嘴,将她递到我唇边的燕麦面包夹煎鸡蛋,风卷残云般吞了下去。

那一连串的噩梦并没有令我背上任何心理负担,相反,在这清风徐徐的四月清晨,面对女友,心理阴影早就云消雾散。

我面对窗外，让跳跃的四月阳光照射在我的脸上，让扑面而来的混合着木棉花、桃花香和绿叶清香的新鲜气味，沁入肺腑……

　　哦，噩梦醒来是清晨。

　　在这美好的清晨，我将和三位同事携手并肩，开始一场特别的卧底暗访战争……

　　只是我做梦也没有想到，李萌萌的担心并非多余。她四月早晨的这一番话，竟一语成谶：我真的会被两支黑枪顶着脑袋、四把长刀压在脖子上，一次又一次被一帮杀气腾腾的人围追堵截……

第一章 神秘举报信

精心策划的暗访

这是一栋农民自建房屋，高达七层，质量差劣，是那些先富起来的"都市里的村庄"的村民们特意建来出租的。楼上楼下，全挤满了外来工，卖菜的、修鞋的、镶牙的、卖药的、开发廊的、做小姐的，三教九流，五花八门，什么职业的都有。

我和李萌萌租住在七楼，也就是最顶层。临出门前和李萌萌一番卿卿我我后，才恋恋不舍地冲出门。我砰地撞上油漆脱光、早就锈迹斑斑的防盗门，带着被爱情浸润的笑意，急急忙忙地向楼下小跑。随着清晨的微风，一股左邻右舍做早点的煤炭味，夹杂着霉味和垃圾臭味扑面而来，刺激得我打了一个响亮的喷嚏。我一边皱着眉，一边伸出右手紧紧地掩鼻，沿着狭窄又黑暗的楼梯往下跑。

第一章 神秘举报信

刚冲到楼下，BP机又叽叽叽叽地尖叫起来。我拔出一看，只见上面显示着机动组同事邓保卫的紧急留言：哥们儿，我们早到石榴村小学门口了，请快点出来。我们还要一起去"桃花雨"喝早茶呢……

邓保卫留言中所说的"我们"，肯定是指摄影记者卫强和司机大刘了。因为经报社和采访部几位头儿再三研究，早就定下了我们仨组成暗访小组，由我担任组长，实施此次重要的暗访任务。昨天下午，在离开报社前，采访部主任庞达海又临时把我们两人留下，就有关行动开了一个小会。由于我住的地方离报社最远，是在东南边的城郊，如果平时坐公共汽车上班，每次至少折腾一个多小时；如果骑自行车的话，也就半个小时。今天我就不用骑车出门，他们早就定好早上由大刘驾车先来接我，再前往"桃花雨"与卫强碰头。

刚一出小区门口，我就看到大刘正透过他黑色本田的车窗向我这里张望着。见我小跑着冲过来，坐在副驾驶室上的邓保卫转着身子，从后面帮我把车门拉开，叫道："我说哥们，你也真起得晚，手机怎么打都不通，传呼几次现在才回音。"

我呵欠连连地回答："我哪能跟你比呀，你手下刚来一位北大的，又来了一位中大的，都是美女学生。能帮你跑腿，又能帮你写稿，可我只是孤家寡人一个，忙晕了。"

邓保卫笑眯眯地回头拍了我一下，叫道："你这在浦江市赫赫有名的大记者，美女实习生还少呀，只是你不愿要而已。我有好几次接到那些大学生的电话，大多是娇柔的美女声，她们都指名道姓地要我们的石飞老师带呢……""哪里，哪里，带这些实习生，又不是说带就带，还得跟采访部打招呼——不过，那位湖南大学的小王就要走了，我还真得带一个，管他男女，只要踏踏实实学习就行。看看，我昨夜又写稿到很晚，早上想睡个懒觉都不成。"我一屁股坐在后面，一边发着牢骚，一边把头伸向前又叫苦不迭地道："说实在的，如果不是今天的采访太重要，我真的想在家里好好睡一觉了。"

"看来，你们做记者的都是劳累命呀。"大刘笑嘻嘻地说，"那我就给你们来一阵强劲的摇滚乐，帮你们提提神……"说罢，他一边发动车子，一边就要往录音装置放磁带。

我笑着摆手说："千万不要开那种地震似的舞曲，又吵又闹的，搞得人心神不宁，还不如来一曲轻松一点的。我和老邓还得聊聊今天采访的事呢。"

大刘笑着回答："行呀，那我们就来邓美女的，她的歌可是温柔又轻松……"大刘比我们要小两岁，高高的个子，黝黑的肤色，看上去比我们还老成，但为人忠厚老实，邓保卫对他颇为欣赏。在一阵轻柔的邓丽君的《小城故事》乐曲声中，他侧过身子冲我笑嘻嘻地说："我们这些做记者的也许什么都不太缺，就是缺睡眠呀。哈哈，我们尽快把今天的采访做完，把稿子做好，过两天就可以美美地睡一觉了。"

邓保卫比我大一岁，小眼睛，扁平的鼻梁上架着一副金丝近视眼镜，圆圆的脸蛋，白里透红，红里透白，算是一副标准的油头粉面相。他见人就笑；一笑，圆脸蛋就会绽出两个小酒窝，总是给人和颜悦色的感觉。尽管年纪比我大，但是从外表上看去，却显得比我年轻。

他个子不高，比我稍矮两公分，但浑身上下的脂肪很明显，那肚皮又圆又鼓，用一只名贵的鳄鱼皮带吊着，俨然像一个在大陆发了财的港台老板。

这小子虽然和我一样来自乡村，但他是父母唯一的儿子，据说他上有三个姐姐，下有两个妹妹，他排行老四。因为就他一个宝贝儿子，全家人把所有的希望都寄托在他身上，祈望他能奋发图强，兴旺发达。当然，最好能当官发财，借此保卫一家人，这也正是邓保卫这名字的由来。邓的父母后来从农村搬到镇里做小生意，家境一直不错，所以他长期过着养尊处优的少爷生活。当上记者后，他很会和有关部门"和谐关系"，特别是珠三角地区的一些大小老板。几年记者生涯下来，车房俱全。

邓保卫一路上总在滔滔不绝地向我讲述他昔日做暗访新闻时的一些故事，而大刘除了听到有趣处大笑一声外，就集中精力开车。就在我们的车子快到桃花火车站时，却遭遇了堵车。

此时已近上午9点。这样一来，我们又得把见面的时间往后推迟了。邓保卫一路上一直夸夸其谈，此时，才意识到有些不好意思。于是，他嘻嘻对我说："老大，说起来，这可是我们兄弟第一次真正的合作呢。在搞暗访新闻方面，你这中国海军陆战队出来的大侠，采写了那么多独家有分量的新闻，在我们报社绝对是无人能敌。这次合作，你可得好好带带我这新人呀！"

第一章 神秘举报信

他说得没错。我们虽然是同事，是《浦江都市报》搞暗访和发独家新闻最多的老记，而且又是邻居，他的办公室就在我隔壁，但我平时很少和他来往，见面也就打个招呼，或是礼貌地点下头。

不说也明白，我对邓保卫有成见。

当然不是我们之间有什么过节，也非我们之间存在什么恩怨，而是我对他的为人和生活作风颇为不屑。

相对于报社那些毕业于各地名校的高材生而言，邓保卫文化不高，只是个河南信阳乡村的高中毕业生。但这小子脑瓜灵活，从小喜欢写写画画。听他的老乡说，当年在北京打工时，为了追求同事那漂亮的妹妹，他埋头读书写诗，貌不惊人才无八斗、无钱又无权的邓保卫，凭一百多首歪诗和一大叠情书，最终俘虏了那位只有初中文化的打工妹陈小兰。因未婚先孕，他只好在家乡摆了酒宴，以河南乡村最传统的风俗迎娶了陈小兰。后来，聪明的他在一位老乡的帮助下，又混到北京一家报社做起了广告员；一年后，他西装革履地南下，摇身一变，成为了东莞一家小镇党报的记者；之后又在老乡的帮助下，进入了《浦江日报》，成为"求职广场"版块的记者。说白了，那实际上也是一种变相的拉广告，除了基本工资，还可以从所拉的广告中分提成。由于早年间全国南下求职的人才如过江之鲫，那些报刊求职版块成为求职者寻觅梦想的第一块绿地。因此邓保卫的"稿费"和提成很丰厚，很快腰包就鼓起来了。后来，因他经常搞有偿新闻，经常以记者身份去敲诈勒索那些职介和企业老板，被报社"炒鱿鱼"。他就在珠三角一带的小报混日子，东奔西跑，后来又成为《浦江都市报》的聘用记者。

其实，《浦江都市报》早在三年前就创刊了，当时是周三报，一直办得要死不活的。邓保卫在老乡庞达海的热心举荐下，很快成为这家报纸的记者。由于此人头脑灵活，又在报社混了几年，"熟读唐诗三百首，不会吟诗也会吟"，居然成为一名能说会写的记者。

不过半年后，社会地位和人生观都发生了巨变的邓保卫，因耐不住寂寞，隐瞒了在老家有妻儿的真相，偷偷地勾搭上了一位南方某制药厂的打工妹李梅花，很快两人同居生了一个孩子。不料此事很快就被家乡那位"发妻"陈小兰发现，并抱着他们两岁的儿子寻到浦江市来。

一直想过那种"家中红旗不倒，家外彩旗飘飘"的幸福生活的邓保卫记者，做梦都没有想到，家中"红旗"陈小兰一到，家外"彩旗"李梅花一怒之下，抱着和邓保卫刚生不久的儿子闹到报社。此事还被珠三角的一家小报当做花边新闻披露了出来，于是，狼狈不堪的邓保卫只好走人。

一年后，因老乡庞达海成为了《浦江都市报》的采访部主任，在他的大力支持下，流落编外小报的邓保卫，又摇身一变，堂而皇之地成了刚改日报不久的《浦江都市报》机动记者部的一名记者。

也许是因为有不光彩的历史吧，邓保卫重入报社后很低调，可谓是夹着尾巴做人。在庞达海的大力帮助和扶持下，他可以经常拿到采访部提供的第一手报道线索，独家采访写作，在半年时间，倒也发表了不少有社会影响的稿件，从而成为采访部的骨干记者之一。

此次我们的合作就与采访部主任庞达海有关。

我记得很清楚，在春节前，当我郑重其事地将那封举报信递到庞达海面前时，他那双高度近视的眼睛不由一亮，从瓶底般厚的近视镜中折射出一道兴奋的光来。他马上认为这是一条极其重要的新闻线索，当即用大红笔在此信第一页顶端写上了"重点线索"几个字，随后复印了好几份，连同我的采访计划报告分别递交给报社的几位主要领导审阅，以便我尽快地实施行动。

身为采访部主任，庞达海自然是很有新闻眼光的人。何况举报人是看到我不久前连续跟踪采访"龙潭村治安员强迫打工妹卖淫"，看到我不畏各种威胁利诱和恐吓，坚持让黑幕大白于天下；特别是从报纸上看到我的报道，促使当地警方将十几名作恶者绳之以法，令伤者得到赔偿，终令那几名落入色情发廊的打工妹悉数被解救出来。这令他对我敬仰至极，从而才信任我，信任我所供职的这家都市报，特意花了几天几夜的时间，给我发出了这封长达十多页、近一万字的举报信。

做记者的人，谁都爱捕捉独家新闻。这不仅因为独家新闻发表的位置显著，稿费高，更因为独家新闻也许能让记者一举成名天下知，提高你在报社的地位，提高你在社会各界，特别是在读者心目中的地位。就像新闻界一提到"装疯采

第一章 神秘举报信

访",就会想到美国《新世界报》的勒丽·蓓蕾;一提到《跟我一样黑》一书,就会想到美国的约翰·格里芬,提到林肯·斯蒂芬斯,就会想到《麦克卢尔》;提到"水门事件",就会想到《华盛顿邮报》一样。

正因为如此,平时不管是读者爆料的线索,还是自己寻觅到的线索,我大都爱单枪匹马,独自行动。尽管这样曾冒过不少风险,但我还是不改初衷。当我接到这封发自山西洪洞的举报信,并和举报人通了几次电话后,我确信,这条新闻线索非比寻常。此案不仅涉及南方人都耳熟能详的桃花火车站,涉及色情团伙和卖淫嫖娼,涉及某些警方保护伞,更涉及一个以色情为诱饵的特大杀人抢劫团伙。军人的敏感令我意识到,这种涉及面多的负面报道,往往承担的风险大,采访难度大。经过深思熟虑,我意识到此次行动非同小可,再不能像以前那样独自行动。

于是,在《浦江都市报》半年记者生涯中,尽管我发表了数百篇具有社会影响的独家报道,尽管我早就凭实力在报社扎稳了脚跟,但我此次却是那么小心翼翼,第一次郑重其事地把自己独家获得的重大新闻线索,以书面报告的形式向采访部作了汇报。果然不出我所料,由此次暗访引发的一系列历险,不仅使我多次差点丢掉小命,而且在浦江新闻界引发了一场强烈的人事地震。多年后,此事的影响仍然令人心有余悸……

庞达海反复地阅读了我呈上的这条重要新闻线索后,认为此事非同小可,要么是本报独一无二的独家新闻,发表后肯定会引起强烈轰动;要么会捅马蜂窝,也许将我们牵累,引来不尽的麻烦。但他实在又舍不得放弃这条重要线索,最后还是决定先向报社领导汇报,看他们的反映而定。于是,他郑重其事地拿着我的采访报告和那封万言举报信,亲自带着我面见省报业集团常委会常委李明白、社长万达、主管编辑工作的常务副主编高良和主管采访工作的副主编周大可。报社几位领导很快就达成一致意见,都认为我呈报的这条线索,是都市报创刊以来最重要的新闻线索。从报业集团安排到都市报的主管领导、省报编委会的李明白,到万达、高良及周大可等,特意提出了各自的意见;随后,大家还为这次采访开了三次会议。最后,报社决定成立一个暗访小组,由时任政法组副组长的我担任组长,由机动部的邓保卫协助我共同暗访；摄影部的老记者卫强担任相关偷拍任务；采访部司机大刘出车配合我们三位记者暗访。

直到第三次开会时，老谋深算的社长万达考虑到此事将会涉及警方的方方面面，就又特意把政法组副组长顾阿荣叫来，让他也参与我们的暗访。我尽管十分不乐意，但这是领导的安排，也只好点头同意了。

顾阿荣是我们《浦江都市报》的"报花"，是华南师大的文学硕士，曾在新加坡待过两年，后来不知何故来到了新创刊的都市报，并很快以其漂亮的外表和八面玲珑的社交能力，赢得了社长万达的钟爱。她到政法组后，很快担任政法组副组长，采访部主任庞达海将省公安厅、省检察院及市公安局等几条重要的线路，全分给她来负责。顾阿荣果然不负众望，短短半年时间内，省报、市日报及本省由省厅和市局邀请的各种重大新闻发布会，我们新创立的《浦江都市报》都"名花有主"。这还不算，也不知道她通过何种关系，挖到了不少其他兄弟报纸没有拿到的第一手资料，还独立专访过刚担任省政法委书记、省公安厅长的吴基仁。要知道，当时作为省委机关报的《新闻日报》及市日报的《浦江日报》都没有争取到这种采访机会。堂堂的省委常委、省公安厅厅长能接受一家刚创办不久、社会影响不大的新报纸的专访，不是一般的记者能做得到的，但这位女记者不但做到了，而且做得很好。在采访到省厅厅长后，她又对省厅各重要部门的头儿做了一系列的采访，这些稿子尽管质量不怎么样，写得也很平淡，但能采访到如此重要的领导，自然让我们这家刚创办不久的都市报如获至宝，也让其他报社的同行另眼相看了。

但最终令我暗暗高兴的是，当万达社长郑重其事地告诉她此事时，没想到这位漂亮女记者根本不领这份情，只三言两语就推脱了。这个"明星记者"不参与，这个暗访报道就百分百是我的独家新闻了，否则，顾阿荣一定会抢了我们所有人的风头。

但我能理解主编的用意。此次暗访，举报人公然在信中反映地方派出所不作为，反映他们官匪一家，到了关键时刻，肯定得和公安部门协商沟通。毕竟，作为新闻媒体，报社只有监督权，而根本没有执法权。不管报道如何激烈，还得看相关执法部门能否高度重视，能否及时立案，能否出警配合我们的行动⋯⋯

第一章 神秘举报信

这样说来，经常跑省厅和市局的顾阿荣的作用，就显而易见了。

……就这样，报社多次对此次暗访进行精心策划，最后还是定下了我们四人暗访小组。

山西退伍兵的愤怒

"丢他老母，都半刻钟了，这一长溜车怎么还没有动呀？我肚皮早就唱歌了……"坐在前面的邓保卫又骂骂咧咧起来。

"我早上也没有吃呀。"大刘跟随着四周此起彼伏的喇叭声，也气呼呼地按了按喇叭，无奈地冲我吐了吐舌头，"哎，叫也没有用呀，每天的这个时候，差不多都堵车。这就是大城市的现状。"

此时，我和邓保卫的手机响个不停，同时又不约而同地都接到摄影记者卫强的传呼留言，他告诉我们：他已经到达火车站西边不远的桃花雨茶楼，在三楼的晓月轩等我们一起喝早茶。

看到马路上的车流依然水泄不通，我从采访包里翻出那封举报信，又仔细琢磨起来。

这封厚厚的信，是我今年春节前，也就是元月底收到的。

我至今记忆犹新。那是1998年2月18日下午，南方正淅淅沥沥地飘洒着新年的第一场雨，雨不大，但连连绵绵的，像我们老家的梅雨，一连几天都下个不停，让人颇有寒意。

那天，我正在《浦江都市报》大楼18层的办公室里写稿，报社内勤小邹给我送来一封信。

这封厚厚的挂号信寄自山西洪洞，从邮戳上看，是一周前发出的。信封上的字写得很工整，看得出寄信者是一位做事很认真的人。

我心想肯定又是投诉信。只是令我有些意外的是，平时我收到的绝大多数是来自本省或南方的，很少有外省的投诉。

的确是一封投诉信。可看着看着，对方所举报的事情马上令我的神经高度紧张起来。

尊敬的石飞记者：

您好！春节快到了，首先请让我在遥远的山西谨祝您和全家节日快乐、万事胜意！

我叫柯福贵，今年32岁，中国共产党党员，初中毕业后当过三年兵。我出生于山西洪洞一个贫困乡村。北方有一句民谣"问我祖先在何处？山西洪洞大槐树"说的就是我们这个地方。如果有机会，我请你和家人一起来这里看看槐树。如果你还不知道洪洞，那你应当看过京剧《玉堂春》，也叫《苏三起解》，故事就发生在这个地方。不过，如果你听到苏三曾悲愤地唱过"越思越想越伤情，洪洞县里无好人！"的话，不要以为我们洪洞真的没有好人了。这可是天大的冤枉！别人不敢说，就说我这个人，起码不是坏人，至少是一个有良知的人。

石飞记者，我今天特意给你写这封信，也是为了表明我是一个有良知的党员，是像你一样有正义感的人。几年前，我从南方某部队退伍后，就到珠三角一带打工，后来就在浦江市区周边的多家派出所做保安。我文化虽然不高，但我平时很爱看报纸。我早看过你不畏生死暗访黑龙潭的系列报道，看到你终于让那为非作歹的段氏父子全上了审判台，我是多么开心！我知道您一定是一位有良知、有正义感的好记者，是一位敢为老百姓执言仗义、敢说真话的好记者。在世风日下的今天，特别是在南方，在很多只讲"金钱"，不讲仁义道德的浦江市，实在是太可贵了！社会太需要您这样有正义感的记者了。石飞记者，说真的，我这人退伍后变得很麻木不仁，但我当时看到您的文章后很感动，当天就准备与您联系，把我在浦江的所闻所感告诉您，在报上披露以便引起政府部门、公安机关和社会的关注，以便彻底清除那些不应有的社会丑行和罪恶，让浦江这个大都市变得更加美丽。

第一章 神秘举报信

您也许要问，为何当时人在南方不与您联系，要拖到我离开南方，一直拖到现在才给您写信呢？说心里话，这完全是因为我个人顾虑重重。我内心很矛盾，很是犹豫不决。(我)担心那些丑恶的东西，是不是仅凭个人的力量就可以扫除？我这信发出来后那些犯罪分子们会知道吗？他们会报复我吗？特别是，我的举报会引起有关主管部门，特别是司法部门的高度重视吗？我的思想在激烈地斗争，我反复的（地）一遍又一遍地看着您的报道，看你们的报纸……这种犹豫不决闹得我整天心里不安……

说实在的，您报道的龙潭（村）保安毒打食客、强迫5位打工妹卖淫之事，在浦江市浦西区王母街、李子店、桃花苑一带，是一件根本不稀奇的事情，可以说是家常便饭。原来只是在香港台湾打斗片中，听到什么警匪一家之类的事，可在这一带就是是（事）实，而且是经常在我的眼皮底下上演。

石记者，下面我就把活动在桃花苑一带的一邦（帮）色情抢劫犯罪团伙，向您披露。我想您一定会像我一样愤慨，您一定会亲往暗访，一定会利用手中的笔想办法扫除他们。

世纪大剧院一带长期盘踞黑恶团伙

您如果常去世纪大剧院，(也就是)省第一人民医院一带，您就会看到三个一群、四个一伙悠闲无事的人在附近晃悠。您可别小瞧他们，他们是有组织、有纪律、有领导的多达三四百人的黑恶团伙。别看他们貌不惊人，样不出众，也没有什么文化，但他们很会生财有道，每天要从华丽宫至城北饭店这一段路上挣回几万甚至几十万元人民币……也许您根本不会相信，认为我是在危言耸听，可是，这却是事实。这个组织严密的黑恶团伙，呈金字塔式，上有组织，下有等级，有内线、外线，有通风报信的局外人。他们组织得很有计划，作案手段很隐蔽，个个都很狡猾，具有很高的反侦破（查）能力。而且，他们不惜代价拉拢一些基层政府部门的官员，特别是司法部门的工作人员，给予金钱和女色，以便在万一出事时，能帮助他们，做他们的保护伞。他们在这一带有10多年的历史了，起初只有一个邦（帮）子，只不过是十几个人，现在，经过10多年的发展和扩大，他们像滚雪球一样，人越来越多，越来越发达。这个黑恶团伙还真像一个正常运作的事业单位，他们分工明确，还各自封官，比如上面的有的叫董事长，有的称总经理，有的称队长，有的称主任，叫法五花八门。他们还有保安和保镖，还有保姆和厨师，用不义之财过着很舒坦的生活。这些人各有其职，各负其责，作恶所得，也都按邦（帮）内规矩，事先订好比例，按各自的工作量和功劳大小及官职大小来分成。为防意外，只要进账，他们每天都清帐（账）分红。

数百男女皮条客色情引诱外地人

班子里主要人物是老板，也就是董事长和总经理，他们负责整个邦（帮）子的事务，负责租房、伙食、通讯，并安排各种日常事务。他们每天收入的35%归老板，再者就是拉皮条的（每个班子有拉皮条的男女四至十人不等）。他们每天兵分两路，一路是女皮条客，一路由男的组成，化妆（装）成各种身份在女皮条客周围转悠，一是站岗放哨，二是保护她们的人身安全。如果这些女的一旦被警察或治安员抓到，他们要么起哄，要么马上找人；如果有地痞流氓骚扰，他们就大打出手。

那些女皮条客也按年纪和外表分为两种：一种是年老色败的，主要负责帮助发放色情名片，招徕来往的客人；那些年轻的稍有姿色的，就站在路边或华南影院大门口招客。首先以陪客人看电影为名，等有人上钩后，她们就趁虚而入，以还有更漂亮的妹妹，有漂亮的清纯女大学生，有从乡里刚来还没有开苞的处女等为由，引诱好色的客人跟随他们离开。这些人为防止出事，一般不会答应客人上去开宾馆，只要求前往他们的出租屋，这样他们才能有条不紊地通知打手们提前潜伏到屋里等候，以便联手作案。这些女皮条客大都是老板的亲朋好友，很少有外人，因为她们担心外人逃脱或是出现其他情况。

这些男女以各种借口把那些好色的客人，特别是外地人引诱到附近的出租房子里，只要能将客人成功地骗入出租屋的，就有30元钱的收入。此时，只要被骗进来的客人被偷被抢，所得钱财的30%左右就归老板，10%分给守屋子的和跟客人做皮肉生意的小姐，余下的按比例分给那些保安呀、打手呀、保姆呀之类的人。

　　这个黑团伙，他们自己命名的各种保安、保镖和打手很多，有的是他们从家乡带出来的，有的是以前在南方打工的老乡，还有的是一些地痞流氓，剩余的钱归他们分成。

　　俗话说，"狡兔三窟"，这些家伙比狐狸还狡猾。为了防止出事，也为了防止那些上当受骗的客人回头找麻烦，他们最少租两套房子。用来作案，也就是"做事"的房子，一般租在城乡结合处的仙台村、桃花苑、状元村一带，而且大都租的是农民屋。这里地势复杂，一般的外地人根本找不着北；就是万一有事，他们也能很快就消失。

　　另一套房子是给团伙成员居住的，一般租在榕树下村、棠汐、宋庄镇河涌围、石井一带，一般是选择条件比较好的小区，这样不但很安全，而且好享受日子。但他们大都分散居住，相隔不远，如果有事，一招即来。这些人在老板的指挥下，每天早上八至九点从郊区坐公共汽车到离"做事"的出租屋不远的世纪大剧院"上班"，直到下午五、六点"下班"回郊区休息。

作案手段十分恶劣　　经常杀人抢钱劫财

　　拉皮条的负责把客人骗到出租屋后，就向客人索要20至50元小费，然后就会以方便他们做事为由，很快就锁门离开。接着客人与房内一小姐做那事，也就是搞卖淫嫖娼活动。但是，真正让客人嫖小姐的还真不多，他们并非真的做生意，而主要是为了想法抢劫客人身上的所有钱财和贵重物品。除非客人一定要做那事，那样小姐就没办法了。那么他们到底是如何利用色情抢劫的呢？

　　具体是这样的：屋子里让一个漂亮的小姐故意与客人打情骂俏，转移对方的注意力。当客人提出"打炮"要求时，小姐才脱衣拉着对方上床。这时，提前躲在床底下的那一个打手，就乘机把客人衣服和包内的钱偷光。钱物偷到手后，就会伸出手夹一下小姐的脚，发出信号。小姐得到信号后，就故意对客人说：请你搞快点，我们这里的生意十分红火，客人很多，都是有时间限制的。我们另外约好的客人马上要进来了，就借口不肯做了，然后想法把客人赶走。一般而言，能进入此处的客人，一般都是做贼心虚，加上是外地人，人生地不熟，大多不敢太过分。就这样把钱搞到手了。

如果有客人发现衣服里的钱或贵重物品丢失了，或者有的客人不想做要走（时），那小姐就会大叫，然后躲在床底的打手就会爬出来，拉住客人，故意大声威胁恐吓。这时，早潜伏在门外的几名"保安"就会破门而入，他们大都手拿棍棒，一拥而上，直到把客人打得跪地求饶，然后当面把客人洗劫一空，有时甚至把他们值钱的西服和皮带、皮鞋之类的都扣下，让他只身着背心或短裤出门逃命。如果遇到有钱的客人，身上钱款多达一万或几万元时，为了保险，他们就会将客人捆绑起来，用臭袜子或破布塞上嘴，把里外大门紧锁，然后大摇大摆地一走了之，才不会管对方的死活。了不起这套房子不再使用了，另租房子继续作案。有时，他们会故意拖延一两天再进去，对奄奄一息的客人一番威胁恐吓，有的还录像，留下把柄，然后将之用黑布蒙上双眼，租一黑车拉到郊外，扔下就走。这种客人应算是万幸的，至少还能活下来。

但有的时候，由于他们下手过重，或是客人因恐惧过度，或是他们捆绑的时间过长，等他们再进去时，人已经死亡。但他们根本不在乎，继续锁门了事，连死人也不管就逃之夭夭。因为他们租的是农民屋，而且使用的全是假身份证，谁也找不着他们……

目前这个行业，越来越壮大，他们（不断地）介绍自己的亲朋好友来加盟，有农民、民工、下岗工人、中小学教师，甚至还有村干部和党员，真是什么怪事都有。

在金钱的诱惑下，这些黑团伙班子与班子之间也常发生矛盾：去年八九月间，在桃花苑两个班子发生矛盾，光天化日之下，在他们的住处就杀死一人，当时那栋房子楼上楼下都住着干这一行的（此事可到桃花苑派出所调查）。由于种种原因，那些杀人凶手照样在世纪大剧院一带做自己的老本行。据他们同伙透露，这些人在浦台、桃花苑等地的出租屋，早背上了好几条人命案，当地公安机关根本没法侦破。

第一章 神秘举报信

因为有保护伞，他们总是逍遥法外

当然，这些人也总有被抓住的时候，但也许你不相信，就是被抓住了，他们一进派出所就装聋卖哑的，撒个谎，再加上内部有人邦（帮）忙活动，很快就放了出来，有的顶多送到浦江收容站，关上几天，外面的人再想法花上三五百元就出来了。就说近段时间，有个叫雷XX的湖南常德人，正关押在看守所（干此行的除了来自湘西的外，还有不少河南人，也有少数本地的）。此人本来就是老板，一月前因搞死人被抓后，他的班子一天也没有"停工"。他的弟弟曾X，和他老婆就代他管理着班子，每天收入很可观，并把抢来的手机送给浦中区巡警XX中队的一个干部，托他保雷XX出来，那位干部要4万元，答应近期放出来……

今年6月间，雷XX的弟弟雷X，在桃花苑被抓住，送到矿泉派出所（曾X身上有赃物是抢来的），雷XX通过派出所内部的关系，跑到派出所二楼关押疑犯的地方，把雷X放出铁窗与其兄谈话达半个小时。雷XX教其弟死不承认，就说赃物是捡到的，只要不承认就有办法保出来，结果当天夜里两点多钟，他们只花六千元就出来了。他们谈话是我和另一位治安员耳闻目睹的。

1997年12月初，河南光山农村的徐某某，在桃花苑搞色情抢劫（劫），被警方当场抓住，按他们的罪行，连他们自己都说起码得判10年以上，结果怎么样呢？对方只花了1万元，当夜1点就被放出来了。

1997年6月，警方在一个叫李家湾村的地方抓住两个搞色情抢劫的，送到派出所后，他们这伙狗男女身上有BP机和电话本、身份证，真名叫朱XX，可朱说她不叫朱XX，她是被朱XX骗到房里的，说朱XX跑了，结果也就不了了之。朱出来后，说浦江的公安都是饭桶，实在太好骗了。要是在家乡，起码要判她十几年。因为朱是老板，她们还经常给一些新来的上课，如果作案时万一被抓，应当怎么临场发挥，怎么编造谎言，如何对付那些草包警察……这实在是莫大的讽刺。

他们罪孽深重，可就是无人过问

这些无恶不作的犯罪团伙挣到钱后，除了花天酒地，就是生活糜烂，道德沦陷，乱搞两性关系，连猪狗都不如。在他们做事的屋内，有妻子同客人做那事，丈夫躲在床底下的；有媳妇在床上，公公或小叔子就躺在床下的；有姐姐在床上和客人做事，弟弟就钻到床下的；有妹妹在床上，姐姐在床下的；还有的是女儿在床上，做父亲的就躺在床底下的，真是畜生不如……还有一家三代都来浦江干这行的，特别可怜的是有个被迫做了小姐的，当时年仅16岁，经常因为不服从管理被打得遍体鳞伤。有的小姐，被压迫着接了几年客，到头来身无分文，最多就落了几件衣服；有不听话的，除了被团伙成员轮奸，很快就被卖到外面的黑发廊做小姐，有的甚至被他们拐卖到遥远而偏僻的贫困地区，让她一辈子也没有好日子……有的小姐即使得了性病也不能休息，还得继续接客，稍有不从，就会被拳打脚踢，却（确）实不行了就让她永远消失……有的小姐，如果平时与老板配合得不好，或想家或不愿干，马上就会遭到其手下人折磨，五六个男人轮奸，然后关在小黑屋里饿个半死，把她治得服服（贴贴）地，才放出来；或者是吓唬她，如（果）坏事就杀她全家……

这些畜生真是连禽兽都不如！其手段真是惨无人道！

有一次，我亲耳听到那位矮胖的湖南老板对手下说，你们要聪明点，好好干，干这行挣钱比什么都快，现在就是叫我当官，我都不干。这个社会就是挣（撑）死胆大的，饿死胆小的！要说犯法，我们这些人都够吃子弹的，每天最低抢几千元，一年你算算有多少（有时一天抢过几十万！），那些干的时间长的哪个没有几百万呢？但这事又不是一般人能做得了的，得有胆识，有后台，有力量！只要你们好好地跟着老子干，包你们每人一年挣几十万现金回家盖楼房……

据我长时间了解，特别是他们内部的人员在向我们这些保安员和个别警察行贿时，一来一往，时间长了我们就成了"朋友"。这样人平时我们都彼此信任，彼此提供方便，说白了也就是钱权交易。我们的一些警察和治安员对他们的丑恶睁一只眼闭一只眼，有时上面有扫黄打非行动时，就及时向他们通风报信。

第一章 神秘举报信

石记者，由于我文化少（低），写了许多，很不成文，但都是事实。他们自豪地说因为有了他们，世纪大剧院在全国都出了名，没有办法对付他们的。实际世纪大剧院对他们太有利了，因为影都同省妇院中间有条站西路，一边归荔湾区管，一边归浦西区管，这边有公安就去那边，那边有公安就来这边，再说他们在出租屋就是一天杀几个也无法发现。希望您能抽空到实地去看一看，再把我反映的情况整理一下，向有关部门反映，要求彻底将这些犯罪团伙消灭干净。因为就是在世纪大剧院把他们全部抓起来也没有用，没有现场，定不了他们的罪，有个老板叫刘XX被抓过，从他身上查出200多克抢来的黄金，他抵赖说是买来的，后来只好将他放了，所以千万不能打草惊蛇。如需要，我愿配合您（你）们找到他们的现场，这样才能一网打尽（现在有一个叫冯六妹的老板也关在看守所，共4个人）。请您去核查采访一下，如果您能想办法使公安机关重视此事，到时您可以追踪采访，（就）可以得到更具体更真实的材料。希望在正月初十以前得到您的消息。

（注：我花半年时间才掌握他们的内部情况和活动规律，这事如查到底，可以拔出萝卜带出泥，牵出一连串腐败分子和一大堆犯罪案件。）

尊敬的石飞记者，我向您所举报的字字句句，都是我字斟句酌而写成的，全部是事实，您完全可以深入调查。写了这么多，我只能是向您提供一条重大的新闻线索。而且我知道，对这种事，一般的记者根本就不敢涉及。在浦江市，我想只有您，唯有您这位特种兵出身的正义记者才能做得到。这也是我经过深思熟虑，极信任你的原因。

附在信后面的那些，是我自己以及通过朋友搜集到的信息，供你采访时参考。

我的电话是……

等您随时联系。

最后，为防不测，我的姓名、电话、住址，请您千万要替我保密！！！

此致

敬礼

您的忠实读者、投诉人：柯福贵

1998年元（1）月25夜

信有十一页纸，正文有七八千字，加上后面所附的图表和相关数据，足有一万多字。尽管此信有不少错别字，很多地方词不达意，但已很清楚地把要说的事实都摆了出来。特别是，这位叫柯福贵的退伍兵还像写报告材料一样，列出了好几个小标题，这样让人看起来一目了然，可见此信一定花费了这位退伍兵不少时间。从信中一些语法和字句的差错来看，他的文化程度不高，但很爱学习。这也许是他有生以来写得最长、最认真、最吃力的一封信，也可见他慎之又慎的心理。

认真读完这封信后，我头皮发麻，心跳加速。不知是因为外面冰凉的雨水，还是因为文字上跳跃的那触目惊心的罪恶，默默地朝窗外凝神的我，有些不寒而栗。

从事新闻记者的这几年时间里，虽然我的笔锋爱揭黑，虽然我见多了各种各样的投诉，但如此触目惊心的投诉，实在是第一次。像信中所提及的丑恶现象，仅仅通过这举报的文字，就令我震惊不已。凭直觉，我知道这位举报者绝不会向一位从未谋面的新闻记者编造串串谎言危言耸听，但我还是不大相信，在繁华的省城，在热闹非凡的大都市，居然真的会隐藏着如此罪恶昭彰的大毒瘤？！

仅有愤怒是不够的，面对如此重大线索，只有通过深入调查采访之后，才能知晓真相。然而，要做此种调查，涉及面广，风险性大，弄不好就会出大事……

看完这封不同寻常的长信，我的身心马上就被一根无形的绳子紧紧牵引住。可以想象，那位远在山西的举报人，心里又该有多大的压力！

在此信的后面，这位热心的举报者还特意留下了他家中的电话号码。看来，他是在随时等待我的回音。

此时，三人共用的办公室里只有我一个人，陪伴我的也只有窗外沙沙的风雨声。我马上拨通了那个电话。

对方一听到我的声音，显得很惊喜，又显得很激动。他用粗犷的嗓门儿，在那头叫道："石记者，我知道您一定会给我来电话的。不怕你笑话，自从我把信寄出后，这七八天时间里，我什么地方都没有去，就一直守在家里等候您的回音……"

"呵呵，收到您这么长的信，我肯定会回音的，其他的不说，至少我们还是战友呀！"

"对对对，你说得很对，战友战友亲如兄弟……"他听到我这话，在电话那头激动得马上哽咽起来。

是的，只要是当过兵的人，都可以称彼此为战友；只要是当过兵的人，不管在什么地方，我们总会找到心灵深处的那种独特的共鸣。如果不是当过几年兵，也许，柯福贵不会如此多管闲事，说白了，也许不可能这样有正义感。

我们刚一通话，就没有丝毫陌生感，很快拉近了彼此之间的距离。"您的信我今天才收到，我正在研究您所写的一切，首先感谢您对我的信任。不过，您不要有任何心理压力。"

柯福贵说他现在心态很复杂，有深重的负疚感。因为他作为一名当地派出所的保安员，对这些罪恶的东西耳闻目睹得太多。现在，他已辞职，回到老家先调整一下疲惫的状态，准备以后重返南方，找一份新工作，毕竟他在这里已生活多年，对这个城市充满着深厚的感情。柯福贵形容我所要面对的是"一群杀人不眨眼的魔头"。而他本人正因为太熟悉这魔窟，心情一直无法轻松，他说作为一名退伍军人，特别是一名共产党员，除非亲眼见到这群作恶分子被绳之以法，否则这辈子心上都有个枷锁，难以解脱。

如果我真有胆识对此进行调查，他将义无返顾地尽快赶回浦江，除配合我的采访外，还要为我提供其他力所能及的帮助。

最后，柯福贵叮嘱在行动之前千万不能透露风声，那样对方不但马上会闻风而动，而且随时有生命危险。

我们就这样通了四十多分钟的长话，就在通话快结束时，他忽然轻松地问我："石记者，刚刚关注了南方的天气，今天还在下雨吗？"

我朝窗外看了一眼，说："是的，下了好几天的雨了，不过，很快就会云消雾散，明天就是阴转晴了……"

他在那头笑起来："哈哈，雨天给人的感觉总不好。我也相信所有的罪孽都会云消雾散……石记者，我真的很开心，我心头的云雾也散去了！哈哈哈，我找对了人……"

……

此时此刻，我和邓保卫及司机大刘一起，已经行走在前往桃花苑暗访的路上了。

美丽的桃花背后

当我们好不容易赶到桃花大酒店三楼的"桃花雨"茶楼时，时间已是9点50分了，离10点就差10分钟。还好，这个时间对于热衷夜生活、习惯晚睡晚起的南方人来说，还不算太晚。

我们三步并作两步赶到三楼，推开"春雨"包厢，看到卫强一边抽着烟，一边在慢悠悠地品茶呢。

看到我们急匆匆地推开门，身材高大的卫强站起来，笑着指着我们说："幸好是喝早茶，要是请客这菜还不早凉了。"我当然看得出，他这笑声中还包含着一丝歉意，那是说因为等的时间太久，他就先吃了。他的面前，早堆着半盘叉烧包的纸屑、凤爪的碎骨等残渣。

我不管不顾，只叫着把朝外的窗全打开，因为早已戒烟的我，一进入这烟雾弥漫的包厢，就被熏得两眼发花。

邓保卫嬉皮笑脸地冲我眨了眨近视镜片后面的小眼睛，暧昧地说："瞧瞧，我们的石大侠一来到浦江最有名的红灯区，劲头十足呢。"

"嘻嘻，今天窗外有桃花，可惜没有下雨。要不，在这美丽的四月来一场桃花雨可真是莫大的享受。"卫强也嘻嘻哈哈地接着话茬，一边又掉头冲着门外叫道，"靓妹，快加水！快拿菜单！"仿佛今天不是报社埋单，而是他私人请客似的。

邓保卫和大刘像从饿牢里放出来的一样，点了一大堆叉烧包、糯米鸡、凤爪、皮蛋瘦肉粥等一些最能填肚子的早点。他俩哧哧溜溜地把粥喝得山响。

虽然我早上出门前吃了些东西,但见到这么多美食,还是忍不住吃了几个凤爪和一碟牛肉蒸肠粉。

之后,我无暇顾及正在吞云吐雾的卫强,也不想看邓保卫和大刘狼吞虎咽的样子,就自顾自走到临街的窗前,顺手将靠边最小一扇没有完全打开的窗帘拉开。

正对面是一汪银光闪烁的湖水。极目远眺,在初夏的阳光下,湖面微风荡漾,碧波千顷,犹如一颗璀璨的明珠,令人赏心悦目。碧蓝的湖泊四周,被弯曲成林的棕榈掩盖;葵堤曲折,清晰可见且古风犹存的亭台水榭点缀其间;宽阔的湖面上,两只鹭鸟和几只不知名的水鸟,时而追逐嬉戏,时而展翅高飞,不时唱着快乐的歌,更给这人间仙境增添了无限情趣。堤上绿树红花,在阳光的映照之下,金光潋滟,好一派南国亚热带风光。

这就是浦江市最有名的风景区——桃花湖公园。此公园及湖畔栽满了各式各样的桃花,每到春天,这里的桃花便姹紫嫣红遍地开花,吸引了无数市民流连忘返;园里还有一座古老的"桃花桥"。那长180米、宽16米的古老石拱桥,正位于湖水东北角,系南汉古迹。相传王母娘娘曾被这鲜艳夺目的桃花吸引,特腾云驾雾降临于此,品桃子,游湖水。正因为这两个缘故,此地自古以来称之为桃花仙境,公园自然而然也就以桃花命名了。

几百年来,在数代人的共同努力下,桃花湖公园的总面积已达89万平方米,其中水域面积48万平方米,坐拥三大湖四小湖。每到早春二月,围绕着湖光山色的数万枝桃花,就会绽放出夭夭灼灼的各色花儿来:红的白的紫的粉的,深的浅的明的暗的,点缀在嫩绿的叶子中,犹如仙境。"桃花烟雨"和"桃花岛"等景点早已闻名国内外。

如果不是做新闻那么忙碌,如果不是此行有特别任务,如果我和李萌萌都有闲情逸致,我多想在这春暖花开的阳春,携带着恋人,沉浸在这春光明媚的仙境中……

这,该是多么令人心旷神怡啊!

可是,眼下我哪有心情欣赏这美景,我和同事马上得进行最危险的采访。

看到邓保卫和大刘已吃得差不多了,我马上招呼服务员快速收拾好桌面,然后,拿出那封举报信和一张最新的浦江市地图,开始查看地形。卫强早熄灭了烟头,和邓保卫一左一右坐在我的身边,一起开始规划起来。

很快,我们达成了以下共识:

1、由我和邓保卫以表兄弟相称,以"找小姐"为由下车进入现场。

2、我们今天把暗访重点放在离桃花湖公园不远处的世纪大剧院,然后沿着剧院大门由西往东行走,或由东往西;卫强和大刘随车跟随我们前进,卫强躲在车里偷拍。

3、为了防止万一有便衣警察或治安员"抓嫖",我俩身上都一律带上记者证。可以带上传呼机,以便联系,但不带手机,因为手机在那些密集的楼群中信号不好,而且我们新买的手机价格不菲,同时还存有报社和其他记者的联系电话。

4、不到万不得已,不能暴露自己的记者身份,随时和卫强及报社保持联系。

5、不管采访结果如何,中午我们一律在此包厢聚头,谁到谁先等候。

10分钟后,我们三人坐着大刘驾驶的黑色本田,直向世纪大剧院挺进。

此时已是上午10点多了,上早班的拥挤高峰已经过去,我们的车子很快就到达了世纪大剧院。从高高耸立的剧院广告栏上,我才知道这几天剧院正日夜轮放好莱坞大片《泰坦尼克号》。好在一周前,我忙里偷闲看过这部电影的盗版碟。记得那个晚上,李萌萌紧紧地抓着我的手,直看得涕泪横流,唏嘘不已,并一再要求我尽快找个时间,一定要带她一起去影院里看,那样效果才更加强烈。

见我目不转睛地盯着广告牌上的男女主人公,"不要看那假的,我们得看真的……"邓保卫也一边打趣,一边双手拿着长镜头相机,正朝剧院两边寻觅着目标。

"今天真是奇怪,怎么没有看到有拉客女呢?"大刘一边紧握方向盘,一边纳闷地自言自语。

生活在浦江市的人大都知道,世纪大剧院这个地方,除了演出设备好、环境优美外,平时更是小姐和拉客女最集中的地方,也是许多外来的男人们寻花

第一章 神秘举报信

问柳的必到之处。

在平时,每天上午八九点钟到凌晨四五点,打扮妖艳的小姐和拉客女都云集在这里。令人奇怪的是,此时已是上午10点多了,为何剧院门口两边和附近马路连小姐的影子都没有呢?

我们围绕着世纪大剧院转了一圈后,又沿着举报信中所描绘的路线,第二次来到了大剧院门口,还是没有动静,有的只是一些三三两两进出电影院的观众,还有一群手持玫瑰花,追着那些情侣模样男女屁股后面招徕生意的男孩女孩们。

在大剧院大门两侧的绿化带和门前的广场上,尽管有不少游人,但看上去大都很平静。

我的中文传呼机突然急促地响了起来。

我按下显示屏一看,上面立即显示着:石记者,听说你们今天暗访行动,我特意于昨晚赶到了浦江市,今天一大早我就到达了世纪大剧院一带,见到了几位老熟人。可令人奇怪的是,今天上午到现在,没有一位小姐出现,那些我认识的团伙成员好像都没了影儿……是不是你们把今天的行动透露给他人了?

在一连串问号后面,还留下了一个公用电话。

是柯福贵?!

就在前天晚上,柯福贵又一次从山西洪洞给我打来电话时,我告诉了他我们今天的暗访计划。他立即在电话那头高兴得叫起来:"太好了!真是太好了!等了这么久,我一直等不到你们行动的音讯,还以为你们报社领导有顾虑,不会再关注此事了。没想到你们现在终于采取行动了……"随后,他再三向我表示,他会以最快的速度赶到浦江市,以便配合我们的采访。

我急忙用手机回复过去时,果然,那头正是我熟悉的柯福贵。他用有些嘶哑的嗓门,兴奋而又焦虑地说:"石记者,我今天凌晨两点就到达了,怕打扰你休息,直等到现在才敢联系您……"

"哎呀,战友同志,没想到你真的会赶来,更没想到你这么快就到达了。"

"呵呵,我是举报人,我当然要过来配合你们。请问您现在在哪里呢?"

我顿了顿,回答说:"我们正在桃花地区,马上就要到达世纪大剧院了。"

接着，我又追问道："你出现在那里，不怕人家认出你吗？不怕他们怀疑你吗？"

"不怕，我常在这里晃悠，他们目前不会怀疑到我身上。我只说是回来找工作……奇怪的是，我从早上到现在，在这附近转了两个多小时了，却没有看到一个小姐，连他们那些成员的影子都不见，不知为什么……"

"他们也许还在路上吧，南方夜生活丰富，他们早上都得睡大觉呀。"

"我也这么认为，但是，我还是很奇怪。再怎么样，只要世纪大剧院有电影上演，就一定会有小姐拉客，那些人一定会出现在四周，可今天上午，不但没有见到对方的鬼影儿，连平时我认识的小姐都一个没有见到……而且，我还看到两辆警车在附近转了半天……"

"警车？不会吧……"

"是的，有两辆警车，有好几个警察……但现在他们都走了。"

"你先不要急，不管如何，我们很快就会到达，如果今天有机会，我们就见一面，我请你喝一杯……"

"只要没有走漏风声就好……我这几天都会在附近，我住在以前一位同事那里，我每天都会和你保持联系的……只是，石记者，我还是要再三提醒，你们今天采访，一定要多做几手准备……万一有闪失，我就后悔一辈子了……"

我正要回答，不知何故，那一头的电话却突然挂断了。

"是不是发生了什么意外情况……"

"我们现在是否出发？"

我刚才和柯福贵的通话足有六七分钟，车厢里的另三名同事都听得一清二楚。他们显然也意识到事情有些不妙。

"老邓，你马上电话给顾阿荣，叫她想法向市局打听一下，上午这里到底发生了什么事，为何有警车出现？"

邓保卫忙不迭地打起电话来。与此同时，我也向庞达海打电话汇报了有关情况，并请他一起配合查查上午这里到底发生了什么事。

十分钟后，顾阿荣和庞达海都先后打来电话，我们这才明白：原来上午9时许，也正是今天第二场电影开演时，两对情侣因座位的事发生纠结，因为女友都在眼前，那两位血气方刚的男青年，陡地变成了针尖对麦芒，谁也不服输。

就这样，两人大打出手，从影院里一直打到外面。后来，一个认为自己吃了苦头，马上用电话招来几位老乡，用刀子捅倒了对方，以致其身中七八刀而重伤倒地，还没来得及送到医院，就因大动脉大出血而死亡……

大白天，在省城最大的影剧院内，在众目睽睽之下就发生人命案，自然惊动了警方。于是几辆警车飞驰而至，并将现场封锁，将尚未逃远的嫌疑人抓获。这样一来，自然影响了电影的正常上演，更影响到四周正在游玩的人们。

原来如此！

直到这时，我们才恍然大悟。

一大早就出了人命案，又来了那么多警察，那些小姐和拉客女，特别是那些色情抢劫团伙的成员，就是吃了豹子胆也不会再露面，哪还敢送菜上门呢？但是下午小姐们一定会出动的。

第二章 明知山有虎,偏向虎山行

10元钱打啵，30元看电影，50元……

由于上午毫无收获，我们心里都很急，中午干脆在与火车站相邻的一条马路上，每人吃了一份盒饭。然后，我和邓保卫把手机和相机都留在大刘那里，让卫强躲在车子里面，和大刘一起驾车跟随着我们前进。我们还约定，如果走散，双方随时保持联系；万一有意外，更要及时通气。

随后，我和邓保卫就从火车站广场东面沿着湖南路往南出发。拐弯过去，就是世纪大剧院。

四月午后的太阳，已显出热腾腾的劲儿，烤得我们满身是汗。幸而我俩都穿着夏装。我上身着一件淡蓝色衬衫，下着黑色单裤；上衣下摆用皮带扎在裤子里面，那只刚买不久的BP机就斜插在皮带右边。戴着近视眼镜的邓保卫则身着一件香港产的亚麻白色T恤，穿一条看上去褪了色的牛仔裤，BP机也直

第二章 明知山有虎，偏向虎山行

扣在右腰间皮带上。所不同的是，我的手上多了一只黑色帆布采访包，里面装着 5000 元现金、记者证、采访本及名片等杂物。

我和邓保卫一高一矮、一胖一瘦、一黑一白，颇有点像春晚上说相声的演员。不过，邓保卫圆乎乎的脸，在太阳底下，越发显得白里透红，加上他的时髦装束，那模样看上去真像一名大学生。

我们就这样有一搭没一搭地说着话，一边向前走，一边不时瞅瞅四周情况，而卫强和大刘驾驶的采访车在我们身后四五百米处，不紧不慢地跟着我们。十分钟后，我们来到桃花西路的十字路口，往东就是省电视台方向，往北则是江湾区，往西就属浦西区，也就是世纪大剧院方向。

就在我们转向西面马路时，迎面走来两位长发披肩、身材高挑、身着大红色开衩旗袍的漂亮小姐。只见她们一边用不标准的普通话向路人热情地打着招呼，一边笑容可掬地向来来往往的路人散发什么广告单。从她们肩上所披的宽松金色缎带上看，好像是某洗脚城的。这两位漂亮小姐看到我们一副白领模样，就笑嘻嘻地迎上前来，将两份广告单塞到我们手中。

这广告单看上去花里胡哨，但印刷得很精致。只见上面用特大红色字体印着"华南沐足保健中心"字样，下面用歪歪斜斜的方框印着"人之脚，如树之根；树枯根先竭，人老脚先衰"等蛊惑性文字，然后是一长溜五彩缤纷的图片，其中大部分是衣着光艳、大腿裸露、风情万种的美少女图片。上面除了介绍这些沐浴用中草药的深奥和神奇之外，还留有醒目的前往路线及几条热线电话。

邓保卫一边认真地翻阅着，一边笑嘻嘻地对我说："以前是歌厅多、酒吧多、桑拿浴多，现在又涌现出这么多沐足的来，据说都是从韩国和泰国传进来的。"

"怎么了，现在是不是很想先进去体验一下生活？""老兄，这不仅叫体验生活，是享受生活呀。"他拍了我一下，教训我说，"不错，你是我们都市报每月发稿量最多的记者，每天除了采访就是写稿，这种敬业精神值得我学习，但我们年纪轻轻的，也得学会享受生活呀……"

看他一脸暧昧的样子，我一乐，回敬道："等我们把这次新闻做好，我就跟随你学习享受去……"

"呵呵，我们做记者的，好歹也算白领吧？努力奋斗的目的是为了什么？当然是为了更好地享受生活呀。"他拧开矿泉水瓶，咕噜地喝了一大口水，说，"行，等我们把这篇稿子发出来，我一定请你。"

"哈哈，那我们就去这家新开张的。你看，那上面不是说'开张一月之内8折优惠'么？我们就先把这张广告纸保留下来。"

"好呀。这也是我们此次特殊行动的一种纪念呀。"

我说笑着，将正要扔到路边垃圾桶里的广告纸，随手塞进采访包里。邓保卫笑逐颜开地看着我，就扬着那广告纸叫道："我也会一直保存着，凭这广告纸才能享受八折优惠呢。"

我俩谁也没有想到，就在此后不久，这张不经意留下的广告纸，竟会在我们命悬一线时，成为我们的救命草。步行了十多分钟，我俩于13时24分，终于慢悠悠地来到了世纪大剧院前广场。

世纪大剧院是40年代初兴建的，在这个省城历史悠久，就像当年上海滩的"大光明剧院"一样，颇能勾起一些当地人的怀旧情结。特别是那些从这里走出去的海外华侨和港澳同胞，对这里一直情有独钟，他们经常热心捐赠，历届政府自然也很重视，经多次修缮，最终成为目前省城最好的演出地。在高大耸立、颇有哥特风格的剧院前面，是一个很宽敞的广场，绿树婆娑，鲜花环绕，一直是市民饭后茶余的休闲娱乐场所。由于来来往往的人多，这儿很快又成为小姐和拉客女趋之若鹜的觅客处。

明晃晃的阳光下，在这里逗留的人们，明显比上午要多得多。尽管离上午的命案才几个小时时间，但我们眼前却是一片和谐状态，根本看不出上午这儿曾发生过命案。

看到我俩就在这儿逗留，大刘和卫强驾着车继续慢慢前行，以免引起四周人的怀疑。车子开到路尽头后，还会掉头转回来，在马路对面，或随着车流路过此处时，摄影水平高超的卫强会隔着有色玻璃，用他的长镜头，跟踪我们的一举一动。

卫强坐在采访车里面，可以用长镜头清晰地将外界的情况尽收眼底，而外面的人想要透过茶色玻璃看清里面，特别是发现有人正在拍照是不可能的。事

第二章 明知山有虎，偏向虎山行

后我才知道，就在我和邓保卫刚到达大剧院门口广场不久，他就眼疾手快地偷拍了一大叠黑老大、矮冬瓜等人和几名小姐趴在栏杆上嬉笑的镜头。

在明晃晃的太阳下，席琳·迪翁那低沉而摄人心魄的歌声，随着微风，在空中萦绕。我和邓保卫刚刚踏上广场，马上就发现附近有许多晃来晃去的闲杂身影。当我们慢悠悠地踱到剧院大门右面的广告栏，饶有兴趣地观看那一溜令人眼花缭乱的《泰坦尼克号》介绍时，随着一阵嬉笑，两位画着浓眉、嘴唇描得血红的年轻小姐就靠到身边来。

"靓仔，这好莱坞大片很好看呀。如果有我们陪着，那就别有风味了……要不要陪看电影？"那位瘦高个暧昧地说。

"是呀，老板，我现在特想看呢。这可是爱情片呀，请我们一起看吧……价钱便宜得很！小费50块，包您开心！"另一位个子不高，但体态丰满的女人，直截了当地冲我们招徕起生意来。

"我是第一次来这里看电影呢，到底怎么玩呀？"邓保卫故意装作懵懵懂懂的样子。

"一看你就是第一次来呢。我们这里的规矩是，10元钱可以打啵，20到30元陪看电影，50元可以陪你睡觉……"那女人见这学生模样的人如此问话，早乐得两眼眯成一条缝，唾沫横飞地介绍起来。

我一边欣赏画报，一边装着不经意的样子回敬道："我们花钱请你看电影，应当感谢我们才是，为何还要我们付费给你们呢？"

"呵呵，看看你这大老板真是小气。我们是女的，陪你享受爱情，当然得花钱呀。"

"嘻嘻，你就是带女友出来看电影，还不一样地要买电影票呀？而且还得买上可乐呀、饮料呀、水果呀什么的，一样地要花钱呢……"

说着说着，这两个风骚女人不由分说，一个挽起了邓保卫的手臂，一个也拉起了我的右手。

这两个妖艳女人如此直截了当，就差没把手伸入我们的衣袋里掏钱。

我俩装着心动的样子，不动声色地一边留意四周的情况，一边与她们搭讪起来。

在我们的旁边，也有几个打扮得花里胡哨、身上散发着劣质香水味的年轻女人围着几名男子，正窃窃低语。不远处，几个男女，三个一群、四个一伙，公然在广场中追逐路过的男子，大摇大摆地招徕着生意。

在游玩和休息的人群中，只要是路过这里的男人，不管年老的还是年轻的，总有小姐追上前问话，就连中学生也不放过。我看到，有两位身着校服的十二三岁左右的中学生，推着自行车跑来看电影公告栏时，竟有两位妖艳的女子跟上前去悄声说着什么，最后吓得那两位嘴唇上都没有长出茸毛的小男生落荒而逃。在他们无奈而又无畏的苦笑声中，很明显，他们对这种情形早已是司空见惯。

看来，称这里为浦江最大的红灯区，果然是名不虚传。

我们一次又一次地拒绝了几伙小姐后，又装着等人的样子，慢悠悠地往广场东面的那两棵大榕树走去。

"我们再转一会，就得定好目标了，否则会引起那些人的怀疑。"我一边对邓保卫说，一边环顾四周。

在这里拉客的小姐足有五六十人，都操湖南和四川口音，也有河南、贵州及湖北的。而在四周那些装作若无其事，或晃荡、或坐在树底下、或坐着抽烟的男人，不是那些小姐们的同伙，就是他们的保护伞。尽管他们装腔作势，但老远就能望到他们和那些三三两两的小姐不时碰头说几句，或是鬼鬼祟祟地聚在一边窃窃私语。

其中，我发觉一位身着苹果衫，像我俩一样将下半截衣服扎到皮带下的男人，不时窥探着我俩。

广场南面那两棵大榕树，据说有二百年历史了，一年四季，它们像一对彼此深爱着的恋人，将其茂盛碧绿的枝叶依偎交融在一起，犹如张开的一把巨伞一样，遮掩着天空中炙热的太阳，将浓荫笼罩在树下小憩的人们身上。

我俩一路上婉言谢绝了几位拉客的小姐，刚坐到大榕树下的大理石椅子上，从背后又冒出一位年轻女人。只见她30岁左右年纪，梳着一根油光水滑的长辫子，穿着一件款式俗气的白色连衣裙，脚蹬黑色高跟鞋，脸上尽管涂着厚厚的脂粉，但仍然依稀能看到长着明显的雀斑。不过，这位操着湘音的女人，尽

第二章 明知山有虎，偏向虎山行

管长得不漂亮，但说话的声音很中听。

"两位老板，看到你们转了半天也没有要一个小姐，是不是嫌她们不漂亮呀？"

"一个美女都没有呀……不是说这里有处女的吗？"

"哎哟，原来你们是想找处女呀？哈哈，我说你们为何挑肥拣瘦的呢？原来如此呀……"雀斑女眼里放出光来，一边笑嘻嘻的，一边似乎不经意地回头看了看。

这时，两个外地模样、衣着邋遢的中年男人手指夹着香烟从我们身边走过，同时还掉过头瞟了我们一眼。雀斑女一见，马上丢下我们，三步并作两脚追上前去，问他们要不要小姐……

趁此机会，我飞快地朝周围看了看，发现不远处的绿化带边，或蹲或倚或立，晃荡着十多个形迹可疑的男人，见我们正在和那女人有说有笑，他们向我们投来警惕的目光。当我们看着他们时，对方赶紧掉过头去，看着别处。同时，我还发现，有一个柯福贵在举报信里指称的"头发已花白的老头"，此时也在不远处来回转悠。

尽管他们装得有模有样，但形迹可疑，显然都不是等闲之辈。

"老板，我帮您找两位漂亮的小姐吧。去电影包厢里也可以，去我们的出租屋也行……"见雀斑女离开，一个外表妖艳、身着露脐装的长发女人向我们凑过来。

见我们还是摇头，紧接着又凑上来一个女人。这些拉客女有的要求陪我们看电影，有的口口声声称他们那儿的出租屋条件多么好，多么安全。至于那些出租屋，有的称是在附近的桃花村，有的称是在桃花苑，总之都是空调房，席梦思床，条件都很好；小姐都很漂亮，处女很多……

就在此时，雀斑女和一位二十多岁的小个子女人急急地赶过来，没好气地冲那两个女人低声喝道："你眼瞎啦，没看见我们早就谈好了吗？是不是想抢老娘的生意呀？走一边去！"那女的也不示弱，刚要反驳，但眼珠滴溜溜地飞速朝四周转了转，似乎发现了什么，最后只好悻悻地离开了。

刚才那一宗没有谈成，看到我俩又差点被同行抢走生意，这巧舌如簧的雀斑女故作亲热地一把拉着邓保卫的胳膊，挑逗道："这位靓仔，看你年纪不大，一定是学生吧？那就更得趁年轻多玩玩……"说着，好像早已看透了我们心思似的，故意靠上前，又在他的耳边诱惑道："我们那里好多好多美女，还有从乡村里来的处女……只要你们愿意，前边还有更好玩的地方，爱怎么玩就怎么玩，每天都有很多男人去……""老板，今天天气这么好，我们那里刚来了几位处女，还不快抓紧玩玩……"那位小个子女人一开口更是露骨，在一边不停地怂恿。

"那……到底怎么个玩法呀？"邓保卫故意装作不知内情，顺着对方的暗示走。

雀斑女乐得哈哈大笑起来，接着把右手伸向前，发嗲道："先给小费30元，我马上带您去见小姐，一个个长得像花一样——如果你们认为不漂亮，我不收你们一分钱！"

"可是，我们还没看见那些小姐，怎么知道靓不靓呀？"我故意用鼻子哼了一声。

"哎哟，我说老板，想玩就快跟我走，不要拖泥带水的啦……"那女人有些急躁地拍了拍白嫩嫩的大腿。

"是呀是呀，如果你们不满意，我们一分钱也不收，这该行了吧？"那女人看到我们心动的样子，赶紧乘胜追击。

一阵凉爽的风摇曳着大榕树，也轻抚着我们的脸颊。我暗暗思忖，我俩已在这里晃悠了四十多分钟，上前来搭讪的拉客女来了好几拨。我们的外表看上去根本不像在工厂里打工的普通外来工，却像坐写字楼的白领。再说，这么长时间，我们的外貌特征早被四周那些窥视我们的闲杂人员纳入眼底，如果再在此磨蹭，必定会引起人家的怀疑。我们得前往那些出租屋看看了。

于是，我向邓保卫使了一个眼神，佯装心动的样子说道："这样吧，我俩先跟你们去看看，如果没有美女，那我们就一分钱不付。"

"对了，如果小姐不漂亮，路费也不给。"邓保卫随声附和。

雀斑女顿了顿，忙讨价还价道："这样吧，一人20元，一共给40元吧。"

我故意说："我可是湖南岳阳的，咱们说起来都是老乡呢？"

第二章 明知山有虎，偏向虎山行

"嘻嘻，我是常德的……见到你这老乡很开心呀。"雀斑女听到我这话，显得亲近多了。

我朝四周瞧了瞧，刚好看到采访车又一次从西往东慢吞吞地驶过来。我赶紧说："我第一次来这里，是特意带我这位表弟过来看看的。他大学还没有毕业……老乡得照顾照顾呀！"

"老乡见老乡，两眼泪汪汪。成，你们俩就给我30元吧！这里人多眼杂，那就快点跟我走，我保证有漂亮小姐等着……"

时间不能拖得太长，以免有人怀疑；再说，车子刚好转过来。我们现在出发的话，大刘和卫强可以跟随在我们的身后偷拍。

我和邓保卫会意地交换了一个眼神，故意拉起他的手，嚷道："表弟，咱们就跟这位老乡走吧……"

海军陆战队出身的我，决定冒这次险

雀斑女马上面露笑颜，一边向那小个子女人露出会意的笑，一边带着我俩向城北方向走去。

邓保卫和她并排而走，说着一些不着边际的话，我则紧跟在后面，故意靠马路边走，以便采访车好跟随我们。回头一看，除了几个脚步匆匆的路人，两个刚才在世纪大剧院门口转悠的男子，也跟随在后面。

一路上，我们看到，在马路的绿化丛中，活跃着三五个鬼鬼祟祟的青年男女，正在向来来往往的男人招徕生意。

我俩就这样跟随着雀斑女向前走着，《泰坦尼克号》的主题曲如泣如诉，隐隐约约地在风中飘荡，唱得我心里酸酸的。

我抹了一把额头上的汗珠,心想:把这稿子发出去后,无论多忙,我一定要带萌萌来这里看看这部爱情大片。一想到她,我就想起我们那爱的小窝,尽管是每月300多元钱租的别人的房子,但那可是我来南方后的第一个家,她像萌萌身上甜美的气味一样,令我感到温馨和幸福;一想到她,我又不由回味起今天早上临出门前的浪漫情景——甜蜜中略带隐隐的忧伤,幸福中又伴着一丝不安……

伴着马路上嘈杂的汽车马达声和隐隐约约的英文歌曲,我们路经省妇幼医院、城北大楼,很快来到那一块高高耸立在街道边,建得金碧辉煌,而且颇有气势的牌坊前。

这就是本市著名的桃花苑。

桃花苑,离火车站只有三四公里远,以前是城郊,近几年随着经济的飞速发展,随着城区的扩展,这里连同周边的几十个村庄,全由麻雀变成了凤凰,成为都市里的村庄。这里的居民也成为城里的村民,不但征地可获得一笔钱,村里的企业每年还可以分红。别看他们大多没有什么文化,可比城里人有钱。有头脑的,就去开工厂做企业去了;没有文化的,也大都靠地吃地,盖起了楼房出租给外地人。

这里建得密密麻麻的楼房,全是村民们自己的家产,少的高六七层,多的高达十多层。除了自家住的外,大都用来租赁。光此项收入每月就不菲。尽管城区对本地市民出租房屋有明确规定,要求遵纪守法,要求办理暂住证,对出租屋管得较严,但上有政策下有对策,那些村民们为了图方便和贪小利,很少有人按规矩办事,以致这些出租屋成为治安的最大隐患,有的甚至成为藏污纳垢的黑三角。

且说就在我和邓保卫跟随着雀斑女,刚刚步行到桃花苑牌楼时,挂在腰间的BP机又叫了起来。我一看,原来是卫强接连给我发了信息:他和大刘驾车跟随着我们,刚刚到桃花苑路段时,才发现前面就是一个十字路口,行人可以从红绿灯穿过步行到对面马路,而车子得向前行驶两公里才能掉头回来,这样一来,采访车就无法再跟随着我们继续前行了。

我赶紧向马路那边扫了一眼,果然发现那辆子弹头的采访车正在马路对面

第二章 明知山有虎，偏向虎山行

跟随着车流向前走。我自然明白，在这紧要关头，我们根本不可能在这牌楼底下长时间停留；如果我们现在进入桃花苑牌坊里面的话，则会马上从他们的视野消失。

我趁着查看 BP 机上的信息，往四周看了看，发现身后那两位一直跟随着我们的男人，此时正蹲在后面不远的一家小卖部前。我还看到，在他们的身边，又多了一位肤色黝黑的中年人。

很显然，他们一直在盯我们梢。

难怪卫强给我发了几个传呼信息来。

我不由着急起来，如果他们跟不上我们怎么办？我们是继续前行，还是借故拖延，在此等候车子赶到？

这时，我看到邓保卫也在低头看 BP 机，很显然，卫强在给我发信息的同时，也在给他发。

雀斑女看我们都在看传呼机上的信息，就奇怪地问道："你们两位老板也真是，为何都在看 BP 机呀？是不是又想放老乡的鸽子了？"

"哪里话？老乡不要误会。家里人找我们有点事，下午出门时走得急，手机都没有带，一直都没有与他们联系呢……"我边笑着敷衍，边对邓保卫说，"老表，你先和老乡在这里稍等一会，我去前面给家里回复一个电话就来。"

邓保卫心领神会地冲我点了点头，又和那女人插科打诨地聊起来。

我三步并作两脚，抓起小卖部里的电话就给卫强打过去，简明扼要地告诉他我们所在的位置。

卫强在电话那头一听，急忙叫道："前面是红绿灯，我们掉头过来的话，至少得十几分钟，你们最好在那里再等一会……"

"估计来不及了……再说，就是你们的车子过来，也无法在此停靠，这牌坊里面全是出租屋……"

"那怎么办？你们最好不要进去，我担心有危险……实在不行，就放弃这次采访，直接和警方联系算了……"

"这样吧，老卫，现在时间较紧，你们如果联系不上我们，就直接在桃花苑牌坊附近等候……不管时间多长，我们肯定会从这里出来……"

就在我打电话的短短几分钟中，我敏锐地发现，四周有好几双诡异的眼睛，都在虎视眈眈地盯着我。

我又以最快的速度拨通了庞达海的办公室电话，并告诉他：我们此时正在桃花苑牌楼，采访车无法跟随我们……我和邓保卫也许马上进入里面，想去出租屋看看……

在此等候采访车到来太不现实。而且我们不进入里面的话，极有可能被四周这些形迹可疑的人发现端倪，这些人警惕性极高，只要引起一点点怀疑，我们的所有计划将会因此而功亏一篑，以后要想重新开始风险性更大：我们在这一带转悠了两个多小时，我们在明处，他们则躲在四周，早就熟悉了我们的外貌特征。眼下，这些神情诡异的陌生人，极可能就是柯福贵信中所说的"打手"和"保安"了……

不入虎穴，焉得虎子？

特种兵出身的我，决定冒这次险。

我故作轻松地冲正朝我这边张望着的邓保卫大声喊道："老表，原来是我公司的人找我有事。我和他们约好，一个小时后就给他们电话……对了，下午4点你还得跟我一起赶往白云宾馆，我一位朋友在那里举行生日派对……"

邓保卫似乎明白了我的意思，紧张的神情马上松弛下来。

就在我和邓保卫跟随着雀斑女正要走进桃花苑牌坊村时，我趁拐弯的机会向身后飞速扫了一眼。

果然，从大世纪剧院一直尾随到此的那两名鼠头鼠脑的男子，连同刚才出现的中年人，见我们往里走，也跟随过来。

他们见我冷不防地掉头向后看，赶紧在相距不远的地方停了下来，有的双手抱胸，有的双手插在裤袋里，耸耸肩膀装作一副若无其事的样子。我将计就计，故意往前走了几步，又突然掉过头往后看了看,正好和那中年汉子目光对视。眨眼间，那位愚蠢的家伙赶紧把眼光闪开，更令我可笑的是，为了掩饰，只见他一边装模作样地用一只手摸自己下巴，一边还吊儿郎当地吹起了口哨。

第二章 惊魂桃花苑

卧底调查·生死暗访

前有拦截，后有盯梢，
眼前还有凶悍黑衣人

　　桃花苑牌坊后面全是村民的自建屋，高楼林立、参差不齐，黑压压的一片。

　　我们跟随着雀斑女往左边拐进去，看到一个人声鼎沸的菜市场。那用塑料雨棚和钢筋高架堆砌起来的顶棚下，人头拥挤，嘈杂异常，各种声音此起彼伏；鱼腥味，腐肉烂虾味，腌菜的酸辣味，冲鼻而来；地面污水横流，脚下一片潮湿。从菜市场一侧直穿过后，又向右转了一个弯，拐进一条凸凹不平、曲曲折折的小巷。由于楼与楼之间挤得很紧，上面几乎密不透光，以致脚底下一片阴暗。

第三章 惊魂桃花苑

　　这些由村民们自建的"高楼大厦",悬在路人头顶上的阳台,都一律密封着一层层的防盗网,放眼望去,极像一只只丑陋的鸽笼,令下面路过的人不由提心吊胆,生怕突然掉下来什么重物。

　　钻出小巷后,我们又跟着那女人拐入一个交叉口。一路上,甜蜜而忧愁的歌声不是从这家士多店(南方人对小卖部的俗称)响起,就是从那家发廊里飘出,随着初夏的风,四处飘荡。在这甜美的情歌声中,随处可见一家紧挨一家的发廊,门顶上像堂吉诃德要挑战的风车一样,闪烁着正转得欢的彩色旋转灯。发廊里面,不是闪着诱惑的粉红色灯光,就是靠门口倚靠着几位无精打采而又打扮妖娆的性感小姐。见雀斑女领着我们走过,她们先是怪异地盯着看,然后就故意挺着高耸的酥胸,一边吃吃地浪笑着,一边故意向我们抛着媚眼。

　　七拐八拐,曲曲弯弯的,我们又被带进一条极窄极窄的小巷深处。这是第四条阴暗狭窄的小巷了。我们刚进来时的那两条小巷还能看得到发廊、士多店、洗衣店和修鞋店之类的门面,愈往里进,愈少见做生意的店面,那里全是用来出租的各类房屋;我们路过那些阴暗打滑、异味扑鼻的小巷时,刚开始还见到一两个散发着劣质香水味的女人,或偶尔能遇到模样邋遢、趿拉着拖鞋、用绑布背着小孩子的本地女人外,再往里面,就几乎没有见到行人,令人顿生莫名的恐慌。

　　就在我胡思乱想时,一直有一搭没一搭和我们说着话的雀斑女,忽然警惕地掉头朝后看了看,又向前望了望,就领着我们停在一个锈迹斑斑的防盗门前。

　　我赶紧问:"老乡,我们是不是到了呀?"

　　"嘻嘻,大白天的,不要那么紧张呀……"她回头神情有些不自然,笑得有些意味深长。接着又像安慰我们似的说:"我说不远吧?这不就到了呀。怎么样,这里很安静吧?"

　　她笑嘻嘻地说着,一边手脚麻利地将手伸入防盗门里面,摸出一串钥匙,稀里哗啦的开门声,听来格外刺耳。

　　我回头朝后看了一眼,那两条鬼鬼祟祟的影子像缩头乌龟一样,猛地将脑袋缩了回去。

我心里一紧，怀揣着有些乱跳的心，望着这锈迹斑斑的防盗门，看到顶端有一块缺了一半、早被风雨腐蚀了颜色的门牌，上面的字样隐约可见，只见上面写着"桃花苑334号"。

"两位老板，不要再东张西望啦，请快进去吧，人家小姐早在里面等得不耐烦了……"就在雀斑女熟悉地拉开防盗门，示意我们进去时，我预感到有些不祥。

果然，背后突然响起一阵"哗啦"声，在这安静的小巷里显得格外刺耳。我惊诧地赶紧回头一看，出租屋正对面虚掩着的防盗门被人粗暴地拉开，一位上下全为黑色装扮的青年男子，正拉开铁门，像庙里的天神一样。见我们转头看他，一声不吭地横在门前，只是用凶狠的目光盯着我们看。

这人是谁？我心里不由一沉。为何我们刚一来到此处，他就开门？为何拉开了铁门后，又一声不吭地横在这门口？难道他是这个女人的同伙？如果他们是同伙，为何双方态度都那么冷漠？为何见面连招呼都没有？如果他们不是同伙，那么这个神秘的家伙为何用那种令人毛骨悚然的目光看着我们呢？

我紧张地望了对方一眼，并趁机飞快地朝前后打量，心底倏地一紧，就在我目光四扫的一瞬间，我竟发现前面，也就是此条阴森森的小巷尽头，又有两个似曾相识的黑影在拐角处倏地闪过，很快又不见了。

特种兵的敏感，早令我观察清楚：这条小巷的尽头虽然可以向两边延伸，但从我们路过的由低往高的曲折地形来看，前面那儿极可能是一条无路可走的死巷。我意识到，此时我们的背后早就有人跟踪，前面也早有人守候，而对门这个黑衣男人和前后晃动的那两条黑影，极有可能是一伙！如此说来，拉客的雀斑女只不过是请君入瓮的一只黑手而已！

是想法马上冲出去，还是进入出租屋里？

但我很清楚，如果此时进入这间杀机四伏的出租屋，必然凶多吉少！如果我们的真实身份在这个是非之地暴露出来，就更是险上加险！如果往外冲，也许我还能突出重围，但戴着近视眼镜、平时养尊处优的邓保卫根本无法像我一样逃出去。而且那样一来，我们的行踪将会彻底暴露。

怎么办？是进是退？此时，我很后悔不该意气用事，逞匹夫之勇却陷入困

第三章 惊魂桃花苑

境。这不仅仅是我一个人的生死,更关系到同事的人身安危啊!此时此刻,我又不可能开口说话,也无法将我的疑惧告诉邓保卫。不过,机灵的邓保卫早就举步不前,正用惊疑不定的眼神看着我。

我不敢面对那黑衣人凶猛的目光,只故意装着畏缩不前的样子,站在那门口,想进去又似乎不敢进,只是抽出皮带上的BP机看,那显示屏上,刚好是下午的2点40分。

就在此时,从我们背后传来一阵拖拉的脚步声,我像看到了救命草,急忙回过头来一看,却是一位瘦干矮小、头发花白、腰身佝偻的老头。只见他上身穿着一件陈旧的黑色丝绸对襟衫,下着一条肥大的灰白丝绸裤子,脚上趿拉着一双南方最常见的拖鞋,噼里啪啦地向我们走来。

他目不斜视,双手背在后面,慢吞吞地从我们面前走过。只见那老头微蹙着眉心,冷冷的目光阴沉沉的,那神情与南方安适休憩的老者截然不同,颇有威严气势。他只是用眼睛余光斜瞥了我们一眼,然后继续哼着曲子,往前走了。

就在那一瞬间,我清晰地看到,这老头子右眼眉中间长着颗黄豆般大的黑痣,那黑痣上还长出一小撮白毛。当他佝偻着腰身从我们眼皮底下走过去时,我还发现他背在后面的干瘦双手,正咔咔地玩转着两只大核桃。

随着噼里啪啦的拖鞋声远去,那刚站在对面铁门前的黑汉子不知何时早缩了回去。

真是奇怪,这满头花白的老头子是什么人呢?村民?外来工?还是……他为何在此时出现?为何只冷若冰霜而又阴森森地瞥了我们一眼,就若无其事地向前走了?

我真是丈二和尚——摸不着头脑。

看到那白发老头儿从门前慢悠悠地走过,那雀斑女满脸惊惶地喊道:"快进来吧,我要锁门了。再不进来就没有时间了……等下还有下一拔客人要来呢……"

前有守敌,后有跟踪,而且……

此时此刻,我们身不由己,无路可逃,只能走进出租屋里……

不许动，快把枪交出来！

我们两个刚踏进里面，只听"哗啦啦"一声，对方早就动作娴熟地将防盗门拉上，锁了个结结实实。接着，又听她抬高了嗓门说道："我把这外面的大门锁紧了，里面安全得很呀！"

楼梯间黑乎乎一片，脚底下阴暗黏湿，空气恶臭难当。

雀斑女熟练地在前领头，我则紧跟其后。黑暗中，我伸出一只手紧紧抓住邓保卫那只汗津津的手，明显感觉出他的手在颤抖，我用手指在他手心轻轻划了一下，暗示他不要紧张。

沿着狭窄而潮湿的水泥台阶，我在2楼拐角处踩到一堆晦暗陈旧的稻草垫子。我一脚踢开，沾了满脚的灰。

在昏暗中，我们好不容易上到了5楼。雀斑女又窸窸窣窣地打开一条又粗又长的铁链锁，一边还转过头用安慰的口气对我们说："我们这儿多安全呀，有好几道锁子呢。只要把门反锁上，外面谁也进不来……"她拉开防盗铁门后，又推开一扇木门，我俩刚踏进去，她又手脚麻利地将两道门全反锁起来。

就在她关上门那一眨眼间，神经一直紧绷着的我，明显地听到屋里传来两声嘀嘀的声音。我听得很清楚，那是BP机的呼叫声。我一惊，心想，那是谁的BP机在呼呢？肯定不是我们俩的，因为早在进入小巷前，我们就相约将BP机调为无声了。按常理，一般BP机在接收到讯号时，如果没有人为中止，应连响8至10声，但刚才我听到只响了两下，便被人掐断了。

那BP机的呼叫声，难道是来自屋里面的？

毫无疑问，这屋子里面肯定有埋伏，他们早已听到了我们上楼的脚步声，

第三章　惊魂桃花苑

他们也没料到携带的机子会在此时尖声响起。很显然，刚才对方为了不让我们听到机叫声而赶紧人为地掐断了。这里面肯定是有人正手持BP机在等待外面的同伙传送有客人到来的"佳音"。

呈现在我们面前的是一间约30平方米的客厅，顶上虽然有日光灯，但那女人根本没有要打开的意思，只是指着前面右手边一间小门说："这里面最好不开灯，以防止那些治安员来找麻烦，这里的治安员很讨厌的……"

窗外透进来一丝暗淡的光，大厅空荡荡的，没有人影，也没有任何摆设，整个屋子里安静得令人窒息。我用警惕的目光四处探寻，除了靠路边有一个被窗帘遮掩了半面的小窗外，只有客厅尽头处并排着两个小门，一间是厨房和厕所，一间就是唯一连通客厅的房间，门上挂着一块粉红色的旧布门帘，直垂到地板上。

雀斑女一边招呼着我们，一边朝里喊叫道："阿彩，有客人来了……"随后，一把掀开那粉红门帘，又敲着木门，冲我们抛了个媚眼说："两位老板，美女就在这房间里面……快进来吧。"

门开了，雀斑女将犹疑不定的我和邓保卫拉了进去。

这个房间不大，约有10平方米。正对门有一个小窗户，但早被木板和塑料布封得严严实实。在窗户的左侧，是一扇紧闭着的小木门，门扣眼外面吊着一把小锁。很显然，这里面还有一间小房子。

浓浓的花露水和脂粉香气弥漫着整个房间。一位年轻漂亮的小姐正端坐在这张小床上，笑眯眯地盯着我们。只见她年龄二十五六岁，身高约一米六五左右，皮肤白皙，长着两条很好看的柳叶眉，黑炯炯的杏仁眼；身着无袖碎花的低领连衣裙，扎了根长长的马尾巴，虽然脸上很明显散布着几个小红疙瘩，但能看出还是颇有几分姿色的。长发女微笑着看我们窘迫地在她面前，坐也不是，站也不是，赶紧站起来，热情地招呼道："哎，一下来了两位靓仔呀，那谁先上呢？"

我和邓保卫都没有马上答话，只是睁大眼睛四处寻觅着什么。看到面前是一张单人床，但铺着脏兮兮的双人床单，一半在狭窄的小床上，一半直接垂到下面，正好将床底遮蔽住……

我的心不由咯噔一下，马上想起柯福贵在他的信中多次提到过的那肮脏的情形……

　　直觉告诉我：这床下肯定埋伏有人！

　　长发女人见我俩神情紧张，半天不说话，又重新一屁股坐到那小床上，只是笑眯眯地轮番打量着我们。

　　此时，大功告成的雀斑女嬉皮笑脸地指着小姐说："这位小姐长得很漂亮吧！我没有骗你们吧！"

　　"你们不要再耽误时间了，哪个先上都行。等下还有一位香港老板要来呢……"说罢，她伸手就要我支付 30 元领路费，并要求再付面前这位小姐小费 80 元。

　　我有些吞吞吐吐地支吾道："不要急么，钱我当然会给你……"

　　我故作镇静地将一卷钞票刚要掏出来，但又快速塞入衣袋里，拍了拍，说："老乡，你放心吧。钱，我马上就给你……但我们走了这么远的路，太累了……"说着，我不管不顾地远离那小姐，坐在床沿上，竭力克制着自己的情绪，以免被面前这两个女人看出我内心的惶恐。此时此刻，我内心深处只有一个最强烈的念头，那就是：如何骗过这两个女人，如何冲破那几道障碍，快速冲出这可怕的房间……

　　现实令我明白，此时要想逃出这儿谈何容易！

　　为了驱逐心中的紧张，我故作难堪地指指正不知所措的邓保卫："老乡，你刚才不是说，有好多小姐让我们挑选的吗，可眼下却只有一个美女呀？我们……两个人，一个怎么行呀……"

　　"行行，我们这里美女多的是。我再帮你找一个……"没想到雀斑女回答得挺爽快。

　　邓保卫不停地用手背擦着额上的汗水，叫苦不迭地道："刚才你还说比宾馆还舒服，你看这大热天，连空调都没有呀……"

　　"是呀，这里面太热了，没有其他地方吗？再帮忙换个地方吧。帮我们多找几个小姐，这样才好挑选……我们会付钱的，你就放心吧……"我依话接话，直向雀斑女请求。

　　雀斑女见我们不再紧张，而且话还越来越多时，就没好气地说："你们真

第三章 惊魂桃花苑

是穷讲究呢，条件好的地方价钱高呀，我是怕你们舍不得多出钱呀。这样吧——"

她冲女同伙交换了一下眼神，顿了顿，说："我马上帮你们再找一个，就在前面不远……不过，你得多加20元钱……"

我赶紧掏出50元，塞到她手里，故作满不在乎地说："行行行，我就先给你50元吧。咱们都是老乡，都要守信用。只要玩得开心，多花一点钱是值得的。你说是吗？"

那女人见我这么爽快，显得很高兴，马上加价说："这儿你们自己谈定……其他的，得交100元钱。"

我满口答应，再三请求道："这样吧老乡，请你赶紧带我表弟过去吧，最好能多帮他挑两个年轻漂亮的，只要让他开心，钱肯定不会少……"

说罢，我又急忙向邓保卫使眼色，暗示他赶紧找借口离开。在这节骨眼上，我们两人，能出去一个就算一个，也好和报社及卫强他们通风报信，否则我们两个都只能坐以待毙了！

听到我话里有话，邓保卫马上心领神会，他紧张地拉着雀斑女那刚装好钱的右手说："大姐，这儿只有一个小姐，就一张小床，太不合适了。我……我还是学生呐……请你快点带我出去，我们重新再找一个地方，就让我老表在这里玩吧。"

说着说着，机灵的邓保卫又趁机从牛仔裤后面的衣袋里掏出一张百元大钞，塞到她手里。

见客人如此大方，那女人兴致勃勃地答应下来："那我先带这位表弟去前面了，你就在这里好好玩吧……"

说罢，她又乐呵呵地对长发女说："那你们先好好聊聊，我们出去了。"

看着邓保卫随着那女人转身离开这房间，我紧悬着的心这才放下来。还没等我来得及松口气，坐在小床上的那位长发女便笑着说："我说靓仔，怎么半天不说话呀？快靠着我坐下来吧……"

长发女见我眼睛还盯着门外看，嬉皮笑脸地伸出一只手，轻轻地拉了我一下。对方身上那廉价的面油和劣质香水混合物直往我鼻孔钻来，刺激得我差点打一个喷嚏。

我这时才看清，床上还有一张卷起来的毛巾被，却没有枕头，不像是有人在此睡觉的样子。但我此时无暇顾及这些，只是竖起耳朵，听到雀斑女领着邓保卫已走出了大厅，正在用钥匙开门，我暗自思忖：我该如何应付这位笑里藏刀的小姐呢？又如何争取时间，尽快逃离这间危机四伏的是非之地呢？

突然，令人惊悸的事情发生了！

就在我刚要站起身时，只见对面那扇紧闭的小木门"嘎"的一声怪响，门扣上挂着的小锁陡然飞撞到我的身边，把我吓了一跳，小门猛地被拉开了，令我惊骇的一幕顿时出现：

两名戴着墨镜、全身都着黑色衣服、手中紧握手枪的壮汉，像饿虎扑食一样，挟着一股阴风，"嗖"的一声，冲到我的面前，气势汹汹地将两把黑森森的枪口，一左一右地顶在我的脑袋上，齐声怒喝道："不许动！快把枪给老子交出来！否则，就一枪崩了你！"

两支冰凉凉的枪口阴森森地顶在我的太阳穴上，我的头皮一阵生疼。枪支对于我这位中国海军陆战队的退伍兵而言，是再熟悉不过的了。戳着我的这两支枪，仅从外观、颜色、质地和分量上，就可以肯定是两只真枪！从枪口的口径和枪筒来看，这种枪应该是来自海外的走私货，性能好，杀伤力强。

既然是真枪，那这枪膛里必然装有子弹！一股直透心底的冷气，紧攫住我的神经，我的身心被一种莫名的惊恐笼罩着！汗水顷刻浸透了我的脊背。

恍惚之中，我又听到对方凶狠地威胁我马上缴枪。真怪，我这以笔为生的小记者，此时哪里又有枪呢？莫非这两个家伙认错了人？我不由颤声叫起来："你们说什么？我……我哪有枪……枪呀……"

"死到临头，你还敢装蒜？快说，你是干什么的？不要以为我们不知道？快把枪交出来……"

另一个家伙朝那女人叫道："你快搜查他那黑包，看看里面是否有枪……"

接着，这两个凶狠的家伙，一边继续用枪顶着我的太阳穴，一边各腾出一只毛茸茸的大手，动作麻利地在我前后腰间、上下衣服的口袋乱抓一气，而那个长发女，一把夺过我始终抱在怀里的采访包，手忙脚乱地一把拉开……

他们为什么怀疑我有枪？这大大出乎我的意料。我的心脏突突突狂跳不止，

第三章　惊魂桃花苑

奔腾的血液冲过了我全身每条血管。脑袋被两支枪硬邦邦顶住，我生怕他们手中的枪真的会走火。惊恐之中，我只好紧咬牙关，闭上眼睛，任他们像老鹰抓小鸡一样摆布……幸而此时我单薄的身上除了一只中文BP机和一把零钱，并没有什么东西。折腾了半天，见一无所获，那女人忙对他俩小声说："他的身上和皮包里都没有枪。"

"看来，这小子并不是公安局的……"另一个也松了一口气，不由小声咕哝道。

随后，顶得我太阳穴生疼的两支手枪就松开了。

我这才恍然大悟：原来他们把我当成便衣警察了！

我随手摸了摸汗津津的脑袋，似乎找到了答案：这两个家伙大概是看到我留着平头，把我当成了前来侦探他们的警察了。

在这松懈之际，我才看清他们的外貌特征：一个年约40岁，留着一头鸡窝乱发，满脸横肉，蓄着八字胡，肤色黝黑，上身穿一件黑色丝绸短袖衬衫，下身着一条黑色紧绷裤；另一个要比第一个小四五岁，肤色较白，圆脸，上身穿件黑色苹果牌衬衫，下着黑色休闲裤。两人都穿着黑色皮鞋。

只见那两个黑衣汉闪到大厅外，用听不懂的湘西方言耳语了一番，不到一分钟工夫，又突地冲到我面前，其中一个家伙在我的右大腿上踢了一下，又扬着手枪死死顶着我的脑袋，然后猛地把我的双臂扭到身后，将我顶在小床后面的墙壁上，恶狠狠地威胁道："给我放老实点！快说，你到底是干什么的？"

"再不说实话，就杀了你，再扔到江里去！"另一个家伙也在一旁帮腔。

此时，我上身一件灰色衬衫，下身一条单裤，脚上穿一双100多元的假冒名牌皮鞋。腰间的BP机和采访包早被他们夺过去。他们不放心地再次将我全身仔细搜了个遍，将我的皮鞋、袜子脱下来，连我的皮带都抽下，之后还是怀疑地盯着我，恶狠狠地问这问那。

"我是广告员，今天出来见客户。听说这一带的小姐便宜，就特意带我表弟出来玩玩……"见他们再三逼问，我只好用这话来辩解。

"从中午开始，你们就一直在大剧院四周转来转去，不是便衣，那又是做什么的？"他们交换了一下眼神，还是半信半疑地逼问我。

"大哥,您看您说哪去了!我们好歹也是白领,出来找小姐……最害怕警察抓到……又害怕熟人撞见……这种事,谁不担心呀……"我故意不停地喘着气,装着可怜巴巴的样子。

"那个戴眼镜的小白脸,真是你表弟?他是干什么的?他妈的,还不赶快叫他上来?快叫他上来!否则,他走不出这大门就得躺在这屋子里。"

另一个也阴森森地怪笑道:"实话告诉你,我们这种地方,是进来容易,出去可没那么容易……"

他们的话马上令我醒悟过来,不由一惊:这些亡命之徒,为了保证安全,为了杜绝后患,什么事情都做得出来。从刚才眨眼间发生的情形,我就能感觉到他们的凶狠和毒辣。我陡地想起刚刚跟随雀斑女走出大厅的邓保卫来。这哥们虽然平时头脑灵活,嘴巴很伶俐,但胆子小得很,经受不住惊吓。刚才在这里,在两个女人面前,他都吓得大惊失色了,如果此时有枪顶着他,不吓瘫才怪……

现在想起,我们进门时那突然被人为掐断的BP机声,肯定是这些黑帮成员正在用传呼的方式彼此通报情况,但他们没想到,警惕性高的我早就识破了他们的把戏。

如此说来,在这小房间之外,或在一楼、二楼、三楼,甚至阴暗的楼梯拐角处,都很可能埋伏着他们的人……

我愈想愈担心:如果邓保卫在出门时也碰到手拿刀枪的歹徒,那么,从未见过这种恐怖场面的他,情急中说不定大喊大叫,或是大哭大闹,万一激怒对方,他不但逃不出魔掌,反而马上会遭到灭口……

我吓得浑身一个激灵,马上意识到,只有立刻把邓保卫叫回到我身边,他才最安全。如果我们两人配合得好,或许还有逃出去的希望。

于是,我也不顾面前这两个家伙还在不依不饶地审问我,哀求道:"……我表弟,还只是个学生,都怪我,今天不该带他来这里……求求你们,千万不要伤害他呀……"

随后,我急急地朝外高喊:"老表,表弟!快上来,你快转身上来……"

刚刚发生在我眼前的那恐怖一幕,只有三五分钟时间。而那雀斑女带着他

第三章 惊魂桃花苑

下楼,先得打开五楼的防盗门,还得从五楼慢慢下到一楼,之后才能打开下面的防盗门。加上这楼梯间几乎都没有灯,因此他们不可能那么快走出大门。

此时,跟随着雀斑女刚刚走到一楼的邓保卫,突然听到我在上面大声叫他,当即答应了两声,然后又慌不迭地爬到五楼来。

听到下面转身的脚步声,那个稍高一点的歹徒,用手枪在我的脑门前晃了晃,威胁我要乖乖听话。而那满脸横肉的家伙,则又把我推到墙角,用枪口对准我的心窝,压低声音喝道:"先给我老老实实地待着,否则,哼!就死路一条……"。

他们收起枪,对长发女交代道:"好好看着他,等那戴眼镜的上来后,你们自己搞定。"

说罢,他们朝我剜了一眼,便迅速闪入木门后面那间小房子里,砰的一声关上了门。

我这才发现,那挂在上面的小锁,只不过是一个小摆设。不过,我至今也没弄清楚,那小房间里面,到底藏了几个歹徒。

不到一分钟,邓保卫一边气喘吁吁地喊着"表哥",一边掀开那粉红色的门帘,小心翼翼地把满是汗水的圆脑袋探进来。

此时的我正呆坐在床边,脸色苍白,一言不发,只是直拿眼睛死盯着刚走进门的邓保卫看。他见状,情知有异,但没有看出任何端倪,不由恐慌起来,结结巴巴地急忙追问:"表哥,你怎么啦?你……没什么事吧?"

第四章　死里逃生

"我们那记者证，是假的……"

"没事，没事，在这种安静的地方还能出什么事呀？"长发女像没有发生什么事一样，笑盈盈地拍了拍床沿，好像在热情地招呼着。

她的话音未落，我就发觉床板底下有什么东西在蠢蠢欲动。我马上紧张地意识到，这下面确实潜伏有人。

果然，只见一把寒光闪闪的长刀，从床底下顺着我的一只脚后跟伸了出来，足有两尺长。随后一只从手背到手腕文有青龙盘绕的干瘦长手露出来，紧接着，从床底下呼地滚出来一个瘦个子男人。只见这家伙来了个鹞子翻身，一下子弹跳起来，如同京剧舞台上人物亮相那般"嗨呀"一声，那双文有青龙图案的瘦手紧握长刀，刀尖直抵在我的脖子上。

我不由"啊"地发出一声惊叫，直为自己的贸然闯入而后悔不迭。

第四章 死里逃生

只见这家伙年约三十，中等身材，面庞清瘦，鼻子上还特意戴了一副墨镜，下巴显得出奇的尖。

"妈呀！这……这到底是怎么回事呀……"面对这突如其来的变故，从来没有见过这种阵势的邓保卫早吓得魂飞魄散，身子一软，一屁股跌坐在地上，不由发出一声惊叫。

不知是由于太紧张，还是此时逃生心切，他突然从地上爬起来，似乎早忘记了我的存在，竟哭着就要往门外跑……

他哪里逃得出去啊？！

我惊愕地看到，就在此时，一只粗壮的大手一把掀开了那粉红色的门帘，冲进一个特大墨镜遮住了半边脸的矮胖子，上下一笼统，长得像一只熟透了的大冬瓜。他一手迎面揪住邓保卫的头发，一手扬起粗大的巴掌朝邓保卫那失色的脸上"啪啪"就是左右两下。接着，那家伙又一把将他的脖子掐提起来，像老鹰抓小鸡一样，砰地扔在地板上，又一脚狠狠地踩在他的小腹上。

可怜的邓保卫一连发出几声惊恐万状的惨叫，马上像遭针刺的气球一样，一下子瘫在地板上。只见他闭着双眼，浑身瑟瑟发抖，再也不敢动一下。我几次想冲过去拉他一把，但却无法再动一下，因为我的脖子上早被尖下巴用长刀顶住了，只要动一下，脖子就会被长刀穿透。接着，从门外又走进来一位二十五六岁，面孔瘦长，颧骨高耸，长着一副马脸，鹰钩鼻上架一副墨镜的青年男子。

"不许乱动，小心老子先宰了你……"那家伙手中扬着一把匕首，抬脚像踢皮球一样，又朝邓保卫身上一连踢了几下。

天啊，看来，这次我们死定了……

就在我绝望地闭上双眼时，对面那扇紧闭的房门又被人拉开了。我以为又是刚才那两个持枪的家伙，谁知，这次窜出来的却是另外的壮汉，这家伙身高一米七五左右，40来岁，留着小平头，脖子上戴着一副金黄色的粗大项链。上身穿一件黑色绸缎短袖衬衫，下着一件黑色丝绸裤子，脚蹬一双圆口黑布鞋，加上他脸膛黝黑，上唇留着撮黑短胡子，那秤砣鼻上戴着墨镜，真个是全身都是黑的，黑得十分纯粹，仿佛刚刚从煤窑里钻出来一样。那模样，像极了影视作品中30年代上海滩的黑社会老大。

特别吸引我眼球的是，他的衬衫只扣了下面两个扣子，胸部几乎全部裸露，一丛黑乎乎的胸毛从中耸出，两边各文着一只青蓝色的蝴蝶。

大概是看到瘫软在地板上的邓保卫太不堪一击吧，这黑家伙都懒得瞥他一眼，只挥舞着一柄钢刀，杀气腾腾地逼向我，和尖下巴一左一右，死死地盯着我。

那一直紧挨着我的美丽长发女，尽管还是笑眯眯的样子，但先前那柔情早烟消云散，竟然与刚才这两个同伙一起，用匕首从背后直抵我的后腰身。直到那把锋利的尖刀顶着我，我才不得不相信，这漂亮的女人竟是如此的笑里藏刀！

"他妈的，快说！你们到底是干什么的？不说就先宰了你！"看守邓保卫的矮冬瓜，一边用尖刀顶着邓保卫的咽喉，一边用脚踩着他的脸，气势汹汹地喝问道。

与此同时，那黑老大和从床底下钻出来的尖下巴，一个揪着我的衣襟，一个用长刀"嘭嘭嘭"地敲打着铁质床沿，用凶残的目光，恶狠狠地质问道："小子，你别以为我们不清楚你们的底细。快说，你们到底是做什么的？不说实话就是死路一条！"

"大哥，求求你们放过我，我只是一名广告员，听说这一带的小姐长得漂亮，才带我表弟来……谁知……"我只一口咬定先前说过的话，其他的不敢再多说什么。

这时，那位长马脸又冲着邓保卫喝问道："戴眼镜的，你快说实话。你们到底是干什么的？到这里来有什么目的？"说着，又用刀故意在他面前晃了晃。"你们再不说实话，老子就先砍掉你的手，挑你的脚筋，再剁断你的腿……"

不知是这些家伙面目太狰狞，还是神经已到崩溃边缘的邓保卫实在受不住如此反复恐吓，像一位垂死挣扎的病人一样，竟然呼地扬起头，冲着门外狂呼了一声："救……命……"

这突如其来的撕心裂肺的叫喊声，把我吓了一大跳，更令屋里面几个持刀歹徒大惊失色。

几个家伙又叫又骂，扑上去把他按住，朝他的嘴巴就是几巴掌。可怜的邓保卫被打得满脸青紫，嘴角鲜血直流，面朝地板，一动也不敢再动了。

第四章 死里逃生

长马脸看到邓保卫那牛仔裤的后背口袋鼓胀胀的,一把拽掉上面的纽扣,掏出几张钞票和证件来。

目睹一切的我不由暗暗叫苦,大事不好了!

因为我知道,当我们和卫强他们分开时,只有我带上了采访包,我的身份证和记者证都在包里面的夹层里,而邓保卫就将他那意大利棕色真皮皮包放在了车上,只将身份证夹在记者证里面,而记者证就在他的身上。眼前,我们的真实身份一暴露,麻烦就更大了⋯⋯

果然,那家伙把邓保卫的记者证特意凑到眼皮底下认真地瞧了瞧,然后朝他怒吼道:"他妈的!这是什么东西?!快说!你他妈的胆子真不小呀,你这小记者找死找到我们这里来了⋯⋯"

那黑老大一把夺过记者证,另外两位劫匪赶紧围过去,把这小小的证件翻来覆去地审查,当他们确信无疑那就是记者证时,黑老大猛地将右脚踩在邓保卫的脊背上,左手一把抓起他的头发,让趴在地上的圆脸蛋整个翻了个个儿。他把这张红扑扑的圆脸蛋与证件上白皙笑眯眯的圆脸蛋一对比,不由惊呼:"啊!是记者,他们是记者!"

"没错,这上面的照片就是地上这小子!"其他歹徒凑上来你一言我一语地附和着。

"他们是记者!他妈的,是《浦江都市报》的记者!"

话音刚落,矮冬瓜一把将地上的邓保卫揪了起来,只差没有一口把他吞下去。那位长发女也吃惊得张大了嘴巴,看看面无血色的邓保卫,瞧瞧被压在小床上的我。

几个持刀的家伙,齐刷刷地围住了我们。

小房子里的空气陡地窒息起来,像凝固了一样,那种恐怖的寂静,静得只听得到自己的鼻息和咚咚的心跳。这要命的寂静,像一座冰窟窿,陡然凝固了我沸腾的热血。

"他是记者,要是让他出去,我们就完蛋了⋯⋯"

"他⋯⋯他们是记者,快杀了他们"

"杀了他们,快杀了他们!"

两把明晃晃的刀，闪着寒光，直逼被恐惧弄得几乎昏迷的邓保卫；两把尖刀一把直顶我腰部，另一把直逼我咽喉，顶得我一阵阵钻心的疼。我浑身冰凉，感觉时间马上就要凝固了。我今年才25岁呀，此时此刻，难道真会命丧出租屋里吗？

不不，不不不！我要活着，我一定要活着出去……

千钧一发之际，我突然拼出全身的力气，猛地挣脱开身子，扬着脖子声嘶力竭地叫道："不要杀他！他不是记者……他不是记者！那个记者证……记者证……是假的……"

看到举刀的手停顿了一下，我又赶紧大呼小叫道："大哥，千万不要杀我的表弟！他根本不是什么记者，那个记者证是假的，真的是假的……"

我的哀求，陡地把这几个家伙弄得丈二和尚摸不着头脑，他们面面相觑，那逼着邓保卫的刀尖终于慢慢地收了回来。

生存和死亡，就在那一瞬间。

"臭小子，你想先死么？这明明是记者证，怎么又是假的？"黑老大黑红的脸上涌满怒气，充血的小眼睛瞪得溜圆溜圆地直往外凸，朝我唾沫飞溅地吼叫道。

"这记者证不就是他的吗？哪里有假？"

"你敢糊弄老子，就先割了你的喉舌！快说，这上面盖有浦江都市报的公章，还能有假吗？"

他们冲我叫骂着，其中两个家伙又使劲将我按倒在床上，气焰嚣张地逼视着我。

"我表弟那个记者证真是假的，是花500元钱买来的。不信，我这儿还有一个，都是同时买的……"我想自作聪明地运用一下心理战术。

我没等他们反应过来，又接着叫道："大哥，这可是真的呀！你们把我的包打开，我也有一个，都是假的……两个假证，都是找人做的，花了我们1000块钱……"

在我为鱼肉，他们为刀俎的千钧一发之际，既然邓保卫的记者证被搜出来了，我不如主动坦白，主动将自己的记者证告知他们，这样或许能博得他们的

第四章 死里逃生

信任。

果然，只听黑老大叫了一声："快把这小子的衣服都给我脱下来，搜查他的全身，对了，还有那个黑包，看他身上是不是也有记者证……"

在寒气逼人的尖刀之下，袜子和皮鞋早就被他们搜过了。此时，我的衬衫和裤子也都被他们脱了下来，不过，他们并没有真的扒光我的背心和短裤，给我在那小姐面前留下了男人的尊严。

与此同时，黑老大和长发女抓起我的采访包，嗖嗖嗖地把所有夹层的拉链全拉开，然后倒提着包，将里面所有的东西哗啦啦地全部倒出来。

很快，我的记者证、身份证和一整盒名片，还有5000多元现金及一张过期的银行存折全被他们翻了出来，胡乱地堆放在床上。在这一大堆东西里面，有一根卷在一起的红绸带，很是令人注目。黑老大不由拉开一看，但半天又看不出所以然，因为那只不过是一根绸带。那上面，除了几个佛家的黑印，别无他字。看到这红色，我心里头不由怦然心动：阿弥陀佛，但愿老奶奶的祈祷能救我……

这是奶奶在我穿上军装，即将远离家乡时，特意让我揣在怀里的。奶奶泪流满面地祈求道："孩子呀，这是奶奶在庙里磕了好多头才求来的，希望菩萨能保佑你一路平安……戴着，千万不要丢失……你永远会平安的。"

我当然知道这是迷信，但我又明白：这可是老人家最朴素最虔诚的心……

一个家伙奇怪地直指这红色问道："这是什么玩意儿？"

我木然地回答："这是我奶奶特意从庙里求来的护身符……"

"哈哈哈……"

几个家伙闻讯，都不由乐得大笑。大约是讽刺我，此时我们的小命都在他们手中，哪还有菩萨来保佑呢？

那里面，还有我5000元稿费，是昨天下午从报社领的工资和稿费，是我特意带在身上，以备一时之需。这些钱倒还没什么，但我的记者证和名片，此时是否能在这伙歹徒眼皮底下蒙混过关呢？

黑老大看到我的记者证后，急急地翻开看了又看，又一次张着大嘴惊叫道："你们都是浦江都市报的？你们两个都是记者？！你叫石飞？今天让你插翅难飞！"

"他们肯定是记者，瞧这记者证，假的做得哪有这么漂亮？"矮冬瓜瞪着牛样的大眼，瞅瞅我，又瞅瞅邓保卫。

几双凶猛的大手又将我死劲地按在小床上，痛得我不由咧着嘴，一连发出几声痛苦的呻吟。

"记者！记者！你们他妈的是记者！你们居然敢来调查老子……"黑老大突然跳着脚狂怒起来，伸出黑乎乎的大手，将我的记者证重重摔在我的脸上，一手揪着我的衣领，一手死死扼住我的脖子，火冒三丈地瞪着两只血红的小眼睛，穷凶极恶地叫骂着。

我不由暗暗叫苦：难道那一番谎言被他们识破了？难道我的话有破绽？真是该死，既然是隐瞒记者身份，进行暗访，我们为什么要随身携带记者证呢？就是真的被警方拦截，报社也可以出面说明情况呀？在行动前，我将所有可能会出现的情况都设想到了，就是没有想到，记者证会被人搜出来……

新闻记者外出采访，如果不随身带着记者证，犹如军人上战场不带枪支弹药；记者证不仅是记者的身份证明，有时候也是特殊护身符。可是眼下，这"护身符"不但保护不了我们，反而令我们面临灭顶之灾。

怎么办？怎么办……

此时此刻，无论这些歹徒如何狂暴，我一定得保持镇定，必须以最快的速度设法稳住他们。这是一帮杀人不眨眼的匪徒！

五把长短刀陡然逼紧我。我浑身一阵冰凉。我的心在怦怦怦乱跳。

"大哥……这两个记者证都是假的，大哥，我们真的不是什么记者……"生死如何，听天由命。我闭着眼，死死坚持，鸭子死了嘴也硬，"记者证500元一个，有的只要300元，大哥……在浦江这地方，北大清华、博士、博士后，警察证和军官证……只要有钱，什么证件买不到呀……"

一阵死寂。

听到我临死前还这样嘴硬，几个家伙也不由对我的话半信半疑起来。

这些家伙平时虽然杀人不眨眼，但是他们的主要目的是为了获取不义之财，不到万不得已是不会大开杀戒的。如果真的要杀我们的话，我们也许早就成了

第四章 死里逃生

刀下之鬼。

尽管他们一个个凶神恶煞，但我不难看出他们内心的疑虑，还有莫名的胆怯。

果然，迟疑了约莫一分多钟，竟没有一个人先动手，也没有人再举刀。

尖下巴瞅瞅这个又瞅瞅那个，见没有人动手，便狐假虎威地一把攥住我的领口，喝道："小子，你到底是真记者还是假记者？快说，为何老是跟踪我们？这次到底是干什么来了？"

"到底是谁派你们来的？如果不说实话，哼，那就别怪我们白刀子进，红刀子出！"

"别跟他们废话！那记者证明摆着还有假？他们一出去，还有我们的西北风喝吗？不要再拖泥带水了，干掉他们……"

瘫软在地板上的邓保卫在几声断喝声中，不由浑身发起抖来。他当然做梦也没有想到，如果在出发前听我的话不带记者证，也许我们就不会陷于绝境了。当我的狡辩让对方暂时停手时，他长长地嘘着气，哪敢再瞧这些持刀者一眼，只是不时可怜巴巴地把求助的目光投向我。

我看到他脸色煞白，大颗大颗的汗珠爬满了额头，平时梳得油光滑溜的长头发，此时早被汗水浸成麻雀窝了。衣服早已被抓得凌乱不堪，那副高度近视眼镜不知何时弄破了一角，以至于他费力地睁着视力模糊的双眼，像在四处寻找着逃生的机会。

"喂，戴眼镜的，你他妈的快给老子说实话，是不是有人派你们来跟踪我们的？特意来曝我们的光呢？嗯？！"

尖下巴看到我老是重复那些话，又把视线转移到正瑟瑟发抖的邓保卫身上。说着说着，这家伙一手拧着他耳朵，并用那长长的杀猪刀又在他的脸上比划着。

突然，随着一阵腥臊味，尖下巴和长发女都盯着邓保卫，肆无忌惮地笑了起来，特别是那女人，呵呵地笑着，使劲地捂着鼻子。

尖下巴和矮冬瓜也像鸭子一样"嘎嘎嘎"地笑起来。我莫名其妙，不明白这几个穷凶恶极的家伙到底因何而笑，那一直绷着脸的黑老大也指着邓保卫哈哈大笑起来。

我这才发现，满脸是汗的邓保卫身下，出现了一汪水迹，越来越显眼。我心中不由一沉：那不会是流的血吧？我实在担心他刚才已被这些可恶的家伙弄伤了。

但再定睛一瞧，原来那并不是什么血迹，而是邓保卫惊吓过度，不慎小便失禁了……

此时此刻，小便失禁又能算什么呢？我不由松了一口气。

那几个恬不知耻的家伙看到这一幕，竟当成开心的笑料。

不过，也因为这一阵笑声，刚才还杀气腾腾的氛围一下子就缓和了。

这笑声虽然充满了邪恶，但我像寻到了生存的灵光。

"大哥，我们真的不是什么记者……我们只是……想找小姐。真的，请放了我们吧……"我怏怏地说。

"放了你们？说得那么容易！今天不说实话，别想活着走出门……"那个可恶的尖下巴又耀武扬威起来。

"老子连警察都敢杀，还杀不了你们这两个小记者？！快说，你们到底是做什么的？"黑老大又凶狠地逼问我。

"杀了这两个小子，免得留后患。"

"老大，还是赶紧动手吧……"

手持长杀猪刀的尖下巴又用手卡着邓保卫的脖子，举起那把寒光闪闪的长刀比划着，一边还不时地用狡猾的余光直往我身上瞥。我能明显感觉到，虽然对方骂得很凶，刀子也没放松，但他们的口气和动作比起刚才来要小心得多了。这些狡猾的家伙还企图继续试探我们。

"大哥，千万不要动刀子，我们的记者证都是假的！真的是假的……"我继续假装到底，又竭力装作极恐惧的样子，苦苦哀求道。

我的话果然又起到了作用，几个家伙又不由面面相觑起来。

这时，尖下巴和黑老大闪到一边耳语了一番，又重新翻起我们俩的记者证，目不转睛地认真查看了一遍，半信半疑地说："这明明是记者证，上面有你们的照片，还有《浦江都市报》社的钢印，怎么是假的？"

随后，他又抓出几张我的名片，喝道："名片上印的也是记者，这怎么解释？你们是不是故意来暗访我们的？"

第四章 死里逃生

我心中暗想,幸好这几个黑老大平时不看报纸,不然我这曝光率极高的"名记"今天就要交待了。"哎哟,大哥呀,我要真是记者就好了,哪里还用买一个假记者证跑到外面拉广告呢?拉广告太辛苦……"我赶紧接过他的话茬说。

"什么拉广告?拉什么广告?"

"他妈的,你还敢在老子面前说谎?拉广告的为什么要记者证?"

"我们是报社的广告业务员,平时的工作就是四处拉广告;我们以记者名义拉广告,客户会更加信任,业务也就好做了……"

"不信,请你们看看——"我趁他们松懈之机,急忙用嘴巴指着床单上的几张报纸。

那上面,正好有几张我们都市报的"房地产周刊"、"健康周刊"和"消费周刊"之类的广告版。

尖下巴和那个矮胖子果真凑过去翻了翻,装着很内行的样子说:"真他妈的是广告,还印得挺漂亮的么……"

随着他们胡乱的翻动,其中一张印刷得花里胡哨的彩色硬质纸张,令我双眼不由一亮,心头一阵狂喜:那不是我们在马路边时,那两位美女送的浴足的广告吗?

"大哥,这些都是我们报社的广告,我们广告员有一百多人,竞争很激烈。不信你看——"我指着那份对折的彩色广告纸,故作自豪地吹嘘道:"那张彩色的,就是下午刚刚拉到的一单生意……听说这里有一家泰式浴足店正开张,我就带着我表弟特意找来了……"

说罢,我故意停顿了一下,朝此时已被长马脸从地板上拖起来的邓保卫说:"不信,请看,我表弟那里也有一张……如果不是做广告的,我们总不会把这样的广告纸也随身带着吧?"

令我颇为惊异的是,遭受一连串惊恐的邓保卫,一只手竟还捏着那张花花绿绿的广告纸!

我真是如获至宝,赶紧说道:"大哥,不信请您快看看,我表弟那张,和我的是一样的——如果我们不是拉广告的,怎么会都带着同样的广告纸呢?"

"我……我们真的是……是拉广告的……"早吓破了胆,一直处于懵懵懂懂中的邓保卫，在我的鬼话连篇之中，似乎也来了灵感，一边接着我的话茬，一边把那张早已弄得皱巴巴的广告纸递给其中一个家伙。

两张广告纸自然是一模一样。看到眼前的"铁证"，这些歹徒明显松弛下来。

我又赶紧说道："各位大哥，现在职场竞争太厉害了。为了混口饭吃，我们实在不容易，办一个假记者证，就是为了方便业务呀……"

"哼，就凭你们两个小子也敢做假记者……"黑老大闻言冷嘲热讽起来。

其他几个家伙一看老大松了劲，有的便把钢刀放下，有的把刀子收了起来。那两把始终压在我身上的尖刀，也不知何时松了劲。我顿觉轻松了许多。

真是苍天有眼！没有想到，那两张广告纸竟会在这生死攸关的非常时刻，成为救命稻草。

三 杀手马路追杀

尽管黑老大一直阴沉着脸，说话不多，但我明显能听出他的口音是湖南的，其他几个家伙，除了尖下巴是河南口音，都应该是湖南一带的。

"老乡，老乡大哥，求求你们放我们出去吧……"求生的欲望再次激发我与他们套起近乎来。

黑老大把眼一瞪，逼问我："还老乡呢？谁和你是老乡？快说，你到底是哪里的？"

"我现在是湖北的……以前是……湖南的……"

"到底是哪里的？"几个家伙同时追问着。

"我祖籍是岳阳的，我的外婆家是长沙的……后来全家又搬到了湖北……"

第四章 死里逃生

我们的身份证对方早就看了个仔细，我现在是哪里的他们自然都清楚，但我还是决定继续说谎到底，反正湖南湖北的普通话口音差不多。

"请老乡行行好吧。'老乡见老乡，两眼泪汪汪'，请老乡放我们出去吧……几位老乡大哥，我也知道你们在外不容易，大家都是为了多挣几个钱过日子……请大哥放我们一马吧……我愿意把身上所有的东西都留给你们……"我趁热打铁，故意装着可怜巴巴的样子。

黑老大阴沉着脸，半天不吭声，只是用余光瞟了同伙一眼。尖下巴等几个家伙相互交换了一下眼神，又一拥而上，喝令我和邓保卫双手抱头不许动，重新动作麻利地将我们的全身彻底搜查了一遍。接着，他们又像审讯犯人一样，喝令我们报上姓名、年龄、家庭住址和现在的工作地址。

"大哥……老乡大哥，我们出门在外，都是为了挣钱生活，大家都不容易呀……"我努力吞了一下唾沫，以润湿一下干燥的嗓子，又说道："我们把身上所有值钱的都留下……请大哥放我们走吧……我们又无冤无仇……"

紧接着，我又向黑老大乞求："大哥，快让我们出去吧……保证绝对不会向外人说什么……"

我故意装着浑身发抖，又可怜巴巴地哀求道："大哥！"我一边向他们求着，一边飞快地扫了他们每个人一眼，从这些家伙狐疑的眼神中，我知道这番话语已经起到了一定的作用，于是，我赶紧又趁热打铁："大哥，我们的姓名、家庭地址、工作单位、工作地址和电话你们都知道……请求你们千万别给我们单位打电话……如果领导知道我们来这儿找……找小姐……我们的前途就没了……"

"是呀，老乡，我还是一个学生。要是学校知道今天的事……我……我肯定得开除……"聪明的邓保卫见我在拉老乡关系，也双眼望着满口河南腔的尖下巴，冲着他说情。

我们两人的哀求引来他们一阵狂笑，那满脸横肉的黑老大笑得更厉害，从他那阵阵怪笑声里，我感觉到对方杀机暂消。

就在这时，我和邓保卫的 BP 机在床上先后震动起来。不好，肯定是卫强他们见我们半天没有音讯，正在传呼我们。

黑老大陡然止住笑，一把抓起扔在床上那两部BP机，问我："谁在呼你们？"

"是我的同事。他们知道我们到了世纪大剧院，约好时间来那里接我们回单位……"我赶紧回答，故意把后面那话拉得老长。

黑老大拿起我的BP机，按开显示键，小声念道："……你们现在在哪里？我们四处寻找不着。我的车就在附近，请速回话。急急。"

"这个叫卫强的是做什么的？和你是什么关系？"他又盯着我问。

果然是卫强他们。

"哦，是我们的业务经理。他管业务员管得非常紧，我们每天都得给他汇报当天的拜访量，每天都得向他汇报今天到哪些客户那里去了……我们中午在一起吃饭时说好的，两小时后在剧院前面的广场见面，是不是没有见到我们，就着急了……"我极力按捺住内心的紧张，显得很诚实而又唯唯诺诺的样子。

我的话使黑老大沉思了一下，然后又重新将BP机扔到床上。

这家伙不经意的动作，使我不由松了一口气。他幸好没有继续翻看那上面的信息！那上面有不少与采访有关的信息，尽管不是很直接，但细心的人还是能看出一些端倪来的。

这时，总爱在黑老大面前表现自己的尖下巴一边翻弄着我们的名片，一边对犹豫不决的黑老大说："大哥，我看这样吧……这两个小子到底是不是《浦江都市报》的记者，只要打通这名片上的电话一问就知道了……"

黑老大恶狠狠地瞪了我们一眼，点了点头。

尖下巴抓紧我的两张名片，急匆匆地下楼去了。

听见尖下巴下楼的脚步声，我不由心急如焚：此次暗访行动，除了采访部主任庞达海和几位主要报社领导，其他人根本就不知道。如果那家伙通过报社电话核实了我们的身份，那么，我们就真的走不出这出租屋了……

我清楚记得，刚才跟随雀斑女走进这里时，沿途除了发廊，公用电话只有靠菜市场边的几家小店才有；从那里到这里，最少七八分钟。现在，尖下巴出去，来回最快也就十五分钟左右。我们必须抢在他回来之前脱身，否则，我们

第四章 死里逃生

的处境将极其危险。

就在那家伙刚刚离开小房间,长马脸身上的 BP 也轻微地震动了两下。他看了看,然后拉着黑老大到门帘外,鬼鬼祟祟地悄声说着什么。

这时我才发现,这几个家伙身上,只有长马脸衣袋里藏着 BP 机。这样说起来,我们刚进来时听到的那两声急促的嘀嘀声,说不定就是从他身上发出的。

很快,他们又重新回到我们面前。

我意外地观察到,黑老大神色有些慌张。到底是什么消息令这家伙紧张呢?该不会是卫强或报社看到联系不上我们报警了吧?

我又赶紧请求道:"老乡大哥,快放我们出去吧,时间不早了……我再不回去,我那领导又会四处乱找……"同时,我又故意诱惑道:"如果嫌少,我还可以马上回家去取,我在单位里还有一张10000多元的存折,我愿意全部交给大哥……"

后面那句话果然起了很好的作用,只见那家伙得意地扬着头:"你们两个的姓名、年龄、工作单位、电话,还有老家的地址和身份证号码我们都知道,哼,我们随时可以告你们嫖娼,告你们强奸妇女!"

我和邓保卫赶紧像小鸡啄米一样,忙点头称是。

黑老大不知是为了炫耀还是为了继续恐吓我们,随手抓起尖下巴放下的那把两尺余长的杀猪刀,瞪着眼,咚咚咚地连着敲了几下床沿,然后竟将刀子横到我们眼皮底下,恶毒地说:"告诉你,我们都是背着很多命案的!在这个地方,我们想杀谁就杀谁!不信,你瞧瞧——"

我和邓保卫都惊骇地睁开双眼,果然隐约能看到刀面的褐色污迹,我的眼前立即浮现出了鲜血淋漓的场面……我不由得毛骨悚然地打了几个寒战。

看到我们狼狈的模样,他更加得意洋洋了:"哈哈哈哈,闻到了吧?老子这刀上是不是有股人血味?怎么样,这上面的味道是不是很好闻呀?不是老子吹牛,这些年,老子用这把刀已经宰掉十来个人了,至今还没人找过我们麻烦呢!在浦江这地方,我们杀个人就跟宰只鸡一样容易!如果你们两个敢跟我们过不去,我们可以随时杀掉你们……将尸体扔到浦江去喂鱼,叫你们死无葬身之地……"

天哪！我们面对的歹徒，看来的的确确是一伙杀人不眨眼的亡命之徒！面对这扑鼻的血腥味，面对这寒气逼人的锋利长刀，我又一次不由毛骨悚然，汗毛直竖！

邓保卫也用哆哆嗦嗦的声音，再次哀求道："大哥，老乡大哥，请快让我们出去吧……求求您了。以后只要有需要，我们一定听你的话……"

"哈哈哈哈！"邓保卫的话令黑老大很舒畅，他又故作威风地吆喝道，"老子今天心情好，算你们运气！给老子记住，出去以后你们必须做到三不准：第一，不准报案；第二，不准告诉任何人；第三，绝对不准去找我们老乡的麻烦。否则，就是跑到天涯海角，老子都找得到你们……"

很显然，这厮所指的"老乡"，应该是下午骗我们进入狼窝的雀斑女了。

阿弥陀佛，真是谢天谢地！

如果我的直觉没有错误的话，此时紧张的杀气正在向缓和的方向发展。我心里七上八下地期待着气氛更缓和些。

紧攥着我们身心的险情，似乎正在渐渐消退。虽然是大白天，但此时却看不到一丝阳光，因为四周本来就是密密麻麻的出租屋，何况这仅有的窗口，早被他们用厚布遮掩得严严实实。

看到他们颇为自得地收拾起各人的刀子，我慌忙上前紧紧握着黑老大那长满黑毛的粗手，故作感激涕零地说："谢谢老乡大哥，你们说什么我都会答应……我们马上以最快的速度离开这儿，不过……"我又不安地请求道，"不过……我们现在身无分文了，请借我们几块钱吧，我们马上坐摩托车离开这儿……"

"嘻嘻，我们这些走江湖的，最讲义气。我给你20元钱作车费，不用还。赶紧离开这儿！"说罢，他从口袋里抓出两张10元钱的人民币，拍在我手掌心中。我慌忙抓紧这两张钱，都忘记了再次道谢，抓起扔在床上的采访包，拖着还未醒悟过来的邓保卫就要往门外冲……

"他妈的，急什么急！"黑老大箭步横跨在门前，再次恶狠狠地恐吓道，"有人护送你们安全走出去。记住，不许向后看！五分钟内坐摩托车离开这里……"

第四章 死里逃生

说罢,他与四个同伙,押着我们向外走去……

当下面最后一道铁门终于打开时,从头顶斜射下来的一缕阳光,落在前面不远处的地上。

外面一片光明。

一出门,我赶紧让邓保卫先走,而我自己故作虚脱的样子,放慢了脚步,不停地喘着气。

此时,如果我们两个人都拔脚飞跑,必然会再次引起他们的怀疑。危险还在身边,此时稍有不慎,也许前功尽弃。

刚才还软绵绵的邓保卫,没想到一出门,居然跑得比兔子还快。我见他安全往前跑脱了,就赶紧故意回过头朝后看了一眼。谁知,狡猾的黑老大似乎早看透了我的心思,挥拳就打,我慌忙把头一偏躲了过去,不料屁股却让一身蛮力的矮冬瓜狠狠地踹了一脚。我跟跟跄跄向前窜,吓得赶紧找了个借口,说道:"大哥,我……我都找……找不着北了……"

说时迟,那时快,我赶紧转身,撒开步子,快速朝邓保卫追去。

庆幸的是,当我往前小跑时,黑老大他们竟没有要追逐我们的意思。在我急促而慌乱的回头一瞟中,那几个杀人如麻的家伙,瞅着我们狼狈逃跑的样子,得意忘形地冷笑着。我三步并作两步,不到一分钟就在拐弯处追上了正没命往前蹿的邓保卫。我一把抓紧他的手,拖着他直往菜市场方向奔去。

谁知,当我们刚刚拐出最后一条小巷时,正好迎面撞上往回走的尖下巴。只见那家伙一边低头翻看着 BP 机,一边焦躁不安地骂着什么。我拖着低头逃命的邓保卫差点和他撞了个满怀。当那家伙睁大小眼睛看清是我们时,既恐慌又震怒,连连喝道:"站住,站住!你们怎么出来了?喂?谁让你们出来的?"

我头也不回,只是大声喊道:"是你们老大让我们去……银行取钱。我那存折上还有10000多元钱呢。放心吧,我们很快就会送钱来的……"

此时身在小巷中,那家伙不知是相信了我的话,还是不敢再蛮横,只好眼巴巴地看着我们夺路而逃。

几名发廊妹只是用漠不关心的眼神追着我们看,好像看到了西洋景一样……不知过了多久，也不知时空是否在转变，我们终于气喘吁吁地逃到了桃花苑牌楼下。

此时，这高大耸立、金碧辉煌的巨大牌楼，在渐趋西下的太阳底下，摇曳出几块郁闷的阴影。四周几个盯着我们看的行人，先是惊奇，很快又全都用惊慌的目光看向我们身后。

身后传来一阵杂乱的脚步声。我一惊，不由回头望去，心脏猛地又窜到了嗓子眼——

妈呀，那气势汹汹跑到最前面的、挥舞着长钢刀的，不正是黑老大么？后面紧跟着尖下巴和长马脸，在他们屁股后百米远还跟着矮冬瓜，大概是因为身上的肥肉太多，加上又跑得太急，累得这家伙实在跑不动了，后来干脆就蹲在地上直喘气。我还看到，他们此时尽管仍然戴着墨镜，却遮掩不了那几张狰狞的丑脸，曝露在阳光下。他们手中的刀刃在阳光折射下，发出刺眼的寒光……这令人毛骨悚然的一幕，就像是香港警匪片里的追杀镜头。

"我的妈呀，他们又追上来了……"早累得气喘吁吁、汗流浃背的邓保卫，一惊吓又几乎软瘫下来。

我急了，一把拖着他的手，大叫："快跑！千万不能停留！"

"站住！他妈的，快给老子站住！"黑老大在背后气喘如牛地嚎叫着，一边直向我们猛追上来。

我后来才知道，尖下巴将电话打到我的办公室后，恰巧是我那位刚来的实习生汪小雨接的，那初来乍到的小姑娘当然不知道我们今天的行踪，但她知道我的所有情况。当有人打电话来探听我的情况时，她毫不怀疑地告诉了对方……与此同时，就在我和邓保卫刚刚逃离黑窝时，黑老大正好又看到好几条卫强和庞达海四处寻找我们的信息，这令他们不由心惊胆战，杀心顿起，马上追赶了出来。

长跑对我这特种兵而言，不算什么。当年我在部队时，每天至少要保持五公里的负重长跑和十公里长跑的训练，后来这个习惯我又坚持了多年。在这命悬一线的危急关头，长跑的速度和耐力，一般人难以与我相比。

可此时受到过度惊吓的邓保卫瘫软无力，根本跑不动了，我几乎是拽着他，

第四章 死里逃生

一路负重向马路狂奔。

跑到马路后,我们一边往前逃,一边不停地挥手拦车。但几辆出租车看到我们这狼狈样子,不知到底发生了什么,没有人愿意停下。我拖着邓保卫只好继续往前跑,而身后的追兵已愈来愈近。

这时,我看到前面一辆从浦西区开往市区的公共汽车停在马路对面的公交车站上。我像溺水的人突然抓到一根救命绳子,也不顾来来往往的车流,连拖带拉,拽着邓保卫的手胡乱穿过马路。

就在公交车正要关上前门时,我一个箭步冲了上去,随后又拖着邓保卫上了车。

那胖乎乎的女司机哪里知道我们背后的危险,有些恼怒地瞪了我们一眼,然后气呼呼地关上了车门。

见车子终于启动,我想也没想,就将紧紧攥在手中的那两张10元钱塞入自动投币箱里,对司机央求道:"快开车,快开车!后面有坏人追我们……"

大概看到我们的模样不算坏,特别是看到邓保卫像一位学生;同时,眼尖的女司机也从反光镜看到后面那些凶神恶煞的追踪者,总之,她砰的一声快速关上前门,发动了引擎。满车的乘客都露出惊讶的神情,随同我们紧张的目光,他们不约而同地透过车厢后面的玻璃,清清楚楚地看到,马路中央那个身穿黑色丝绸短袖衫的黑老大,正和两个戴着墨镜的家伙,挥舞着手中的拳头,气急败坏地朝着开得愈来愈快的公共汽车,又喊又骂……

啊,我们终于死里逃生……

我和邓保卫紧紧拥抱在一起,久久地,久久地没有松开。

眼看汽车进入了市区,为了安全起见,我拉着邓保卫只坐了两站路就跑下来,然后赶忙拦了一辆出租车,飞也似的往报社方向冲去。

十几分钟后,当我们看到报社那高耸的大楼时,重新沐浴着这初夏明媚的阳光,我和邓保卫像刚逃出地狱的死囚,贪婪地呼吸着新鲜无比的空气。阳光像起死回生的神灵,将金黄色的光辉洒播在我们的身上,轻柔地抚慰着我们的脸颊,是那么的温暖,那么的慈祥……

我把手伸入那早分文不剩的采访包,发觉我的记者证和其他东西还在;我的指尖又触及到一团软乎乎的东西，拉出来一看，原来是奶奶给我的红绸带子，那上面印有"菩萨保佑"字样的圆圈。此时我手中的红绸，在午后绚丽的阳光下，映衬得像一团火，那是生命之火……

　　嗨，又活下来了！

第五章 专案组在行动

几声呼叫把我从噩梦中惊醒

又是一场噩梦……

梦中的我,继续被人追杀。摩托相撞……闹市奔逃……手机失灵……江边被殴……

在一阵震天的喊打喊杀声中,我飞身跃入滔滔浦江中,一股呛人的浑浊江水灌入口鼻……竟像秤砣落水一样,身子直往下沉。我想施展身手,可全身动也不能动,只能眼睁睁地看着自己直往深水里沉没。我大喊救命,可是,我的声音愈大,江水灌入嘴里的愈多……

几声喊叫陡然把我从死亡线上拉回。我浑身是汗,定了定神,发现自己原来正躺在床上。我愣愣地发了一会呆,还不放心,直到用指甲用劲掐了掐胳膊上的肌肉,疼痛很明显,我才相信刚才自己的确是在梦里。

第五章 专案组在行动

屋子里并不安静,伴随着一两声梦幻般的鸟鸣,屋顶上和窗台外,传来淅淅沥沥声。外面,不知何时已下起小雨。

我拍了拍发胀的脑袋,长长伸了一个懒腰,拉近床头上的小闹钟看了看,是下午4点15分。由于两个窗帘都被拉得严严实实,屋子里昏暗得像黑夜。南方的初夏,潮气袭人,下雨天,屋子里老弥漫着一股发霉的味儿。

正在我呵欠连天地想起来又不想起来时,外面又传来几声熟悉的呼喊声。没错,有人正在叫我的名字。再仔细一听,那喊叫的人除了邓保卫外,还有一个好像就是前不久才进报社的汤中杰。

昨天下午,我和邓保卫一起跑到浦江国贸大市场,两人重新购买了两台样式相同的中文传呼机。这是社长万达获知我们的BP机被抢后,特意让财务通知我们重新选购的,到时拿发票报销就行。尽管我那同时被洗劫的5000多元现金目前无法报销,但采访部一再声称肯定会为我想法冲账的。

记得昨天下午,我们直忙到临近黄昏,邓保卫驾着他那嘉陵牌摩托车,一定要将我送到家门口,之后他才离开。

这也是邓保卫第一次到我居住的地方,没想到邓保卫这小子记性那么好。昨晚送我回来,今天下午就能自己找过来了。我赶紧披衣下床,贴着朝南的窗户探头看了看,果然是胖乎乎的邓保卫,身着雨衣,在楼下叫喊着我的名字。紧挨着他的,正是精瘦的汤中杰和一个高大肥胖的身影。由于让雨具遮蔽着,看不清到底是哪个。

我一边大声答应着,一边快速打开了放在床边的BP机和手机。然后动作麻利地穿衣下楼。平时我习惯24小时都不关机,今天肯定是李萌萌为了能让我睡个踏实觉,趁我不备,临出门时悄悄将我的手机和传呼机都关上了。要不,我不可能一觉睡到黄昏,也不可能不知道此时邓保卫他们会上门来。

我从六楼下来,拉开沉重的防盗门,看到邓保卫和汤中杰正站在门外。令我颇为意外的是,陪同他们一起来的,竟然是采访部主任庞达海。

"你看你,打你传呼无人理,打你手机又一直关机,幸好我们嗓门大,到底把你叫醒了!"邓保卫一边用手抹着头上和脸上的雨水,一边不停地抱怨我。

"嘻嘻，石大侠，是不是屋里有美女呀，害得我们叫了这么半天你才醒来……"汤中杰将那抽了半截的香烟，在临进门前又狠狠地吸了一大口之后，才拍着我的后背，跟随我向楼上爬去。这小子，平时总是爱称我为"大侠，大侠"的，仿佛我真是一位武艺高强、能飞檐走壁的侠客似的。

"我们的名记这么累，很少看到他休息，今天能关机睡觉，也是好事。只有养精蓄锐，才能更好地战斗呀……"紧跟在汤中杰和邓保卫后面的庞达海听说女友帮我关机，才睡得这么香，毫无责怪之意，反而不停地夸赞我的女友对我体贴入微。

说话间，我们很快就上到六楼，进了我那一室一厅的出租屋。

庞达海看到我居住的地方如此简陋，不禁露出惊讶的神情，一边东张西望着，一边感慨地说："真没想到，我们《浦江都市报》的名记还住在这么简陋的地方……惭愧，惭愧，我这做主任的实在惭愧呀。"

"那主任尽快向报社帮我们这些打工的申请房子呀。在浦江这地方，眼看房价一天天见风涨，而我们的基本工资每月才800，累死累活，稿费也就几千元，一辈子也买不起房子呀。"汤中杰接过庞达海的话，嘻嘻哈哈地叫道。

来自四川宜宾的汤中杰，今年四十岁，中等个子，开阔头，也就是有些谢顶，这令他显得有些老气横秋。两脸像被刀削一样，颧骨高耸，鲜有肌肉，但皮肤很白皙，看上去满脸斯文相，颇有古代书生模样。但他有一嗜好，就是爱抽烟。走到哪里，都能看到他捏着香烟在吞云吐雾。尽管汤中杰貌不惊人，衣着也简单，但我们爱开玩笑地称他为"汤司令"，像《战上海》电影里的汤恩伯。

他从不拿穿衣服当一回事，看起来真像民工。正因为他这洋不洋土不土的样子，使得他加入机动记者部后，以种种身份采访了许多独家新闻，很快成为暗访组的骨干记者。

一月前，采访部来来往往地变动了不少人，于是又来了一次调换办公室，他和邓保卫分到了一起，我则和卫强、华子诚成为一个办公室的伙伴。他们正好在我们的隔壁。这样一来，我们平时聊天的机会很多，很快成为无话不谈的朋友。

我拿出一包尚未开封的绿茶，找出几只一次性纸杯，又烧上水，就等着水开。

第五章 专案组在行动

"呵呵,我们这些打工记者,能租得起这样的房子也不错了。"看到主管领导此时冒雨登门看望,我心里头不由一热,平时对他的某些成见,此时也因为他的"亲临寒舍"烟消云散了,有的只是感激。

"今天几位同仁贵脚踏贱地,令寒舍蓬荜生辉啊!"我呵呵笑着,赶紧又是让座又是找小吃和水果。平时我工作极忙,萌萌也总是早出晚归,有时也得出差,因此除了关系密切的几位老乡,平时很少有人光临我这里。只有邓保卫昨天第一次上过我的家门。

尽管这一室一厅的面积不大,但却被很爱清洁的李萌萌收拾得有条不紊,干净整洁。只是我回来后总会弄得一片狼藉。何况,这两天时间,我一直在家休息,这也是我进入《浦江都市报》以后,破天荒的第一次休息。

此时庞达海登门,除了代表报社对我表示慰问外,主要还是为了看我写的稿件。那时,电脑还没有像现在这么发达和普及,我们采访部写稿,几乎全都是先写在稿纸上,由编辑编好,交专门的打字员打印成文稿发排,再交报社三审后才发稿。

算起来,今天是4月3日了,也是我和邓保卫在桃花苑生死历险后的第三天。

那天临近黄昏时,死里逃生的我们乘坐那辆出租车急速驶入报社大院,我还没等车子停稳,就跳下来直冲入旁边的传达室里,也不顾两位值勤保安惊诧的目光,拨通了庞达海办公室的电话。

进入桃花苑的两位大活人,突然失去了联系,而且时间长达两个多小时,这不但令卫强和大刘急得驾着车子在附近四处乱转,更令坐在报社办公室里的庞达海如坐针毡,急得像热锅上的蚂蚁,只能在办公室里团团转。因四处寻找我们不着,卫强他们几次想报警求助,但又担心弄巧成拙,只好不停地向采访部求助。庞达海闻知后,又急急地把情况向几位领导反映。几经协商,领导们还是让采访部先等候,因为此次暗访是报社策划安排的,让外界知道内情毕竟不是好事。不过,他们表示,如果到了晚上还没有我们的消息,那就只好求助警方。

庞达海听到我的声音,获知我们此时就在报社大院里,高兴地在电话里叫了起来。几分钟后,扭着肥胖的身子,气喘吁吁地从大楼跑出来,忙不迭地递给出租车司机50元钱,连声道谢,不让对方找零,连车票都没有要,一手拉着邓保卫,一手拉着我,三人紧紧聚在一起,急匆匆地乘电梯回到18楼的采访部……

看到我们汗流满面、失魂落魄地回到采访部,正在写稿的同事们,这才惊悉我们刚刚历经了生死暗访。此时庞达海要想隐匿真相也不可能了,就干脆将实情和盘托出,并再三嘱咐大家:为了确保两位同仁的人身安全,在没有破案之前,必须做好保密工作,绝对不允许消息外泄。

随后,副主编高良和周大可也闻讯赶到庞达海办公室,高良了解到我们的历险经历后,一连说了几句"好险,好险!"之后安慰了我们一阵,就急匆匆地去总编室开编前会去了。周大可颇为关心地询问了一番情况,最后紧紧握着我的手,只说了一句"保重"就离开了。

很快,报社和采访部特批我和邓保卫休息三天,然后再由报社出面,带我们直接去省公安厅报案,这样既可以令新闻界和警方秘密合作,又能在破案的同时,让本报得到独家的新闻内幕。

三天时间,对于我这每天围着新闻现场奔波的一线记者,哪能闲得住呢?

除了昨天下午被邓保卫拉出去购买了中文BP机耽搁了三个多小时外,其他时间,我排除干扰,在家里埋头写稿。由于报社早就拍板,此次我俩的生死卧底经历,《浦江都市报》准备在下周的头版和十六版,以两个整版的版面,作为独家新闻先发表出来。等警方破获此案后,我们就可以作跟踪报道。这样说来,这两次的报道浦江的其他几家大报都无法获悉,只能是我们《浦江都市报》的独家新闻。

就这样,我把自己关在出租屋里,一鼓作气,终于写出了长达一万字的暗访经历。

今天中午,在稿纸上画上最后一个句号后,浑身疲软得像一团棉花的我,草草地吃了一包方便面,就倒在床上呼呼入睡了。没想到,这一觉直睡到临近黄昏。如果不是他们的叫喊声把我从噩梦中惊醒,也许会一直睡到黑夜了。

我从凌乱的桌面上翻出一大叠早写好的稿子,递给庞达海说:"因为是生死历险,所有的细节都历历在目,所有的感受深入心底,所以写起来很顺手,

第五章 专案组在行动

一气写了一万多字。喏,请主任批评指教。"

庞达海往鼻梁上推了推因汗水而往下滑的近视眼镜,看了看标题,马上笑呵呵道:"石飞呀,一看你起的大标题,就很吸引人。《记者暗访桃花苑出租屋被黑帮劫财后险遭灭口》不错,不错,我们就以这个标题为主。"接着,他就站在桌前,一手抓着稿纸,一手飞快地翻着,一目十行地浏览了十多分钟,很快就把稿子看完了。

我拔掉开水瓶上的"开得快",将早放好茶叶的三只纸杯倒上刚烧开的水,还没等我放好开水瓶,眼疾手快的邓保卫早就端起一杯热腾腾的茶水递给庞达海说:"领导快坐下喝口水吧,石飞是我们都市报的快枪手,他写的稿子你就一百个放心了……呵呵,这次是我们俩用性命换来的东西,当然弥足珍贵了,他肯定是用心在写。"

庞达海赶紧将稿纸放下,接过邓保卫递过来的溢满香气的绿茶,轻轻地呷了一口,又放到桌上,说:"刚才我粗粗地浏览了一下,稿子写得很好,很吸引人。不过,稿子还得压缩一两千字,精致点好。"

"请庞主任多加批评指正。稿子中午才写好,还没来得及修改。"我把另两杯茶水分别递给邓保卫和汤中杰后,拉了一把小椅子,坐在他对面。四个人一边喝茶,一边讨论起稿子来。

"按编委会早就定好的版面,这篇稿子我们就发在头版,再转到最后一版,也就是第十六版。"不知是刚才爬上六楼太急,还是热茶的作用,庞达海宽阔而肥胖的额头冒出了一层细密的汗珠。他接过邓保卫递过去的一张散着香气的纸巾,轻轻地擦了擦汗水,继续说道:"你把稿子压缩后,还有七八千字。在稿件的前面,报社决定用黑体字,把那封举报信也发表出来,就是删节得再多,也可能有三四千字。这样算起来,两个整版,有一万多字,再配上两张卫强偷拍的照片,就显得很紧张了……"

"两个版太少了吧?我认为得用三个版、四个版来发表我们这篇特稿,"邓保卫有些激动地屁股离开了椅子,想站起来,但最终还是坐下来,"都市报可不比日报和晚报,本来版面小,容量小,我们这种新闻是独家新闻,又是记者暗访历险,无论从可读性,还是社会性,都具有非凡的意义。所以,我要求多给一些版面……"

等他把话说完，庞达海也没有马上接话茬，只是笑眯眯地点了点头。

"邓保卫说得对。"汤司令一边抽着烟，一边接着说，"在浦江市的报业中，现在竞争太激烈。无论是从历史还是从实力，我们都市报目前还只是新报，根本比不上《浦江日报》和《浦江晚报》，所以我们只能从新闻上打败他们。这就需要我们多抓独家新闻。像我们两位记者暗访历险，本来就是极独特的新闻事件，又是自己报社的，更具炒作点。多发几个版面既能吸引读者的眼球，又能突出我们报社对此事的重视。"

庞达海用纸巾又抹了抹汗水，依然没有接话，依然是笑眯眯地静听着我们的意见。然后，他把目光转向我，征求我的意见。

我想也没想，接着话题说道："刚才你们三位所说的，其实都是我很想说的。我和邓保卫都是亲历者，这篇独家新闻可以说是我们拿命换来的，我当然希望报社花大力气来关注。不管如何，我只希望尽快让真相公布于众，以期引起有关部门的重视。我此时不担心版面多少，最担心的是，有关主管部门是否会因为这是负面报道，认为此事会影响我们浦江市的美好形象而令我们偃旗息鼓呢……"

庞达海笑呵呵地站起来，拍了拍我的肩膀，信心百倍地安慰我说："不管如何，这稿子肯定是要发的。这不但是我们采访部的意见，更是报社几位领导早就定好的。当然，版面多少，此时我这当主任的还真无法确定，只能是等我们去报案后再定了……"

说到这里，庞达海朝窗外看了看，说："石飞，真的不好意思，本来这几天很想让你们安静地休息的，但时间很紧。今天已是案发后的第三天了，明天是周五，我们最好去一趟省厅。我上午就让跑省厅的顾阿荣联系好了，明天上午，我陪你和邓保卫一起去省厅报案……"

窗外的雨点依然没有停顿，伴着风雨，暮色徐徐降临。就在我们说话间，这初夏沉沉的夜色，从卷起的陈旧窗帘涌进来。

"呵呵，时间不早了，我们就不打扰你休息了。看你很疲乏，晚上再好好睡一觉。稿子直接带到报社，明早八点我们在报社见。"

第五章 专案组在行动

那意味深长的话，令我们喜忧参半

4月5日。雨过天晴。飘洒了一夜的雨，将浦江市的天空净化得一片蔚蓝。雨后的空气，伴着南国初夏浓郁而清新的花香，令人心旷神怡。

虽然只有三天时间，对我来说却像三年般漫长。平时我经过传达室时，里面负责接待的漂亮女孩阿云总会隔着茶色玻璃对我笑笑，有时还会塞给我几块巧克力。今天一进门，她就递给我四个热气腾腾的肉包子，让我做早餐，感动的我还没来得及道谢，她已飘然而去。

乘电梯上18楼，走廊里静悄悄的，不见人影。记者们大都是下午或晚上写稿，有的写得很晚，早上一般很少有人起早到报社，如果没有特别的事，一般都是直奔采访现场，大多直到晚饭前后才会陆续回报社。

几天没有进来，办公室里面凌乱一片。我的办公桌上更是堆满了各种各样的信件和报纸。但我今天无暇顾及这些，我的心思全放在历险的稿件上。我从包里掏出昨晚已修改过的稿件，坐在办公桌前，认真地再作一次润色。

端详着那首页的大标题，我默默地祈祷：稿子的质量自己很自信，可读性也很强，只是，报社是否真的拿出两个整版来发表，我无法知道，但愿我冒着生命危险换来的独家新闻，能尽快变成铅字。

真是日有所思，夜有所梦。大概是因为采访部主任光临寒舍时说的那一番话，令我吃了一颗定心丸吧。昨天夜里尽管我睡得很晚，但还是怪梦连连，不过，那种被人威胁、恐吓、追杀的噩梦少了些。临到天亮时，我又做了这样一个梦：我和邓保卫合写的长篇暗访报道发表在《浦江都市报》上最显著的位置后，立即在整个浦江激起了空前的反响，大街小巷的各个报摊前，都出现了抢购都市报的火爆场面；社会各界对两位记者的历险无不感到震惊和气愤，各地读者的电话响个不停，各种信件和传真像雪片一样飞到我的案头；报道终于引起了浦江市有关部门的高度重视，警方迅速成立专案组，并在极短的时间内将那一伙穷凶极恶的黑恶团伙一网打尽……我欣慰地看到，黑老大、矮冬瓜他们，和那几位小姐都被铐着锃亮的手铐，被押上了庄严的审判台。我和邓保卫看到这些作恶多端的歹徒们垂头丧气的样子，忍不住乐得哈哈大笑起来……

那笑声，总算把我连日来那挥之不去的噩梦冲淡了。

今天上午，我们就去省厅直接报案。只要省厅重视，这个黑恶团伙一定很快完蛋。想到这，我不由再次会心一笑。

门外传来一阵男女嬉笑声。一听，又是邓保卫咋咋呼呼的声音；那快乐的女声，是政法组组长顾阿荣。

顾阿荣比我早进报社一个月，但她的架子却像在此做了十年似的，平时动不动以元老自称。在我们政法组有限的四五人中，她总是一副高高在上的样子，一般人根本不在其眼中。

按规定，像我们那天在桃花苑财物被劫的历险，也只能到案发地的浦西区公安分局去报案。只有特大案件，比如死伤两人以上，或是重特大事故案，才会由省厅直接管辖。但鉴于案情涉及到方方面面，特别是为了保密起见，报社特意通过顾阿荣直接与省厅联系，希望此案能得到省厅的重视，下面市区公安就不会有阻力，这样我们也可以拿到独家新闻。

根据报社的安排，今天由负责跑省厅的顾阿荣亲自出马，带我们一起前往省厅刑侦局报案。

顾阿荣和邓保卫显然不知我早已到达办公室。我也落得个自在。先把稿子再改一次，等下就得交给报社。如果没有特别的变动，也许下周一就可见报了。

不一会儿，我又听到对面庞达海开门的声音。五分钟后，说说笑笑的邓保卫和顾阿荣就进了他的办公室，随后我听到了关门声。

我紧闭大门，认真修改校对了十几分钟，直到这篇经认真润色和校对的稿子没有差错后，才松了一口气。

第五章 专案组在行动

窗外的阳光透过宽大的玻璃折射进来，照得我的脸颊热乎乎的。我面对刺眼的太阳，思忖着：看他们一副胸有成竹的样子，似乎只要今天一报案，警方马上就能将那个特大色情抢劫团伙一网打尽似的。然而迹象表明，事情并非那么简单，就是报了案，警方真的能一举捣毁这个黑团伙吗？那天下午，我和邓保卫尽管经历了死里逃生，但我们的介入只是第一步，这个黑团伙的许多内幕，只是露出冰山一角，巨大的黑洞还在后头……

后来所发生的一切，都证实了我的这种担忧并非杞人忧天。

正在此时，门外响起了一阵急促的脚步声，紧接着，办公室的大门被人推开了，进来的是卫强。

"哎哟，老弟，早上好，你这么早就到了！"背着沉重摄影包的卫强一见到我，高兴地冲到我面前，一把紧紧地搂住了我。

我们彼此寒暄一番后，卫强以老大哥的口吻，压低嗓门对我说："以后这种采访少做为佳。如果丢掉了性命，再有新闻理想有何用呢？兄弟呀，以后要注意安全，多保重身体。"

卫强是东北人，身材挺拔，高大魁梧。平时我们之间话虽然不多，但也称得上知心朋友。因为我们两人之间有双层关系：首先我俩都是从部队出来的。60多人的采访部，就我俩来自部队，所不同的是，他是正营级军官，我则只是一名普通的士兵；他是军官转业，我只是士兵复员。其次我俩都是同一天进入都市报的。当时负责招聘采访部人事工作的，是刚从省报调到都市报担任副主编的周大可。这位省报的老记，慧眼识才，在都市报招兵买马时，打破人事制度，特招了两人，一个是没有大学文凭而有实力的年轻退伍兵，一个是有文凭但早超龄了的正营级军官。这两个人就是我和卫强。

听到我们的说话声，庞达海开门出来。看看时间已是上午8时，离我们约定的时间9点，只有一个小时了。于是，大家赶紧下楼到报社大院，司机大刘早已发动了机车子，正在笑嘻嘻地等候我们出发。

接待我们的省厅刑侦局王局长个子不高，满脸正气，长得胖乎乎的，待人和善。在他的旁边，站着两位副局长，一位姓毕，一位姓赵。毕局长个子很高，但显得很精瘦，看上去很像一位学识渊博的大学教授；赵局长高大身材，满脸络腮胡子，长得有点像影视剧里的黑社会老大。大家彼此寒暄一番后，顾阿荣将我们一一作了介绍。

随后，庞达海毕恭毕敬地将那封举报信复印件呈递给王局，然后又分别让我和邓保卫把三天前的暗访经历详详细细地告诉了他们。

王局长了解到有关情况后，沉思了一会，笑着对我们说："首先，感谢都市报几位朋友对我们警方的信任。本案不大，按规定，最多由案发地的派出所受理。但是，鉴于此案的特殊性，所以我们各级领导会很重视。案情刚才已经了解清楚，我们会马上责令市局和浦西区分局成立专案组，一定会想方设法将这个黑恶团伙一网打尽，净化我们浦江市的治安环境。"

庞达海激动地连说："谢谢，谢谢！"由于点头太过，以致那玻璃瓶底般厚的近视眼镜差点从他那扁平的鼻梁上掉下来。

坐在他身边的顾阿荣见状，一边小口地抿了一下茶水，一边朝我们几个扫了一眼，颇为自得地笑了笑，似乎眼前不是局长在说话，而是按她的旨意在安排什么任务。

随后，王局长对毕局和赵局吩咐道："二位尽快和市局取得联系，让他们下午就开始协调此事。我再和几位新闻界朋友说几句……"

两位副局雷厉风行，和我们客气地一边打招呼，一边快速离开。

王局长在两位副手走后，对我们只说了一句话，那话含而不露，但我们每一个人都听得清清楚楚："此案涉及的人员较复杂，听说也有基层派出所的个别警员充当对方的保护伞……不过，请你们放心，不管涉及哪个部门，涉及到谁，我们一定会依法办事，绝不护短。不过——"说到这儿，王局长的胖脸庞嘟囔了一下，笑眯眯地说，"由于此案尚未展开，所以，希望都市报在未破案前，最好不要发表有关报道……"

王局长尽管始终是笑容可掬，但他最后那一句话，让我们在场的每一个人都感觉到沉重，感到忐忑不安。见省厅如此重视我们的报案，并表示马上为此成立专案组，我还没有来得及高兴，他最后那一句话，让喜悦全被疑问和忧虑取而代之。

王局长总结性的表态，究竟意味着什么呢？

| 第五章 | 专案组在行动

善饮的美女记者，能提高警察的办案效率

一大早，我美好的心情倏然被一张报纸破坏了。

按报社的原计划，我和邓保卫生死暗访的特稿，拟定于4月8日在《浦江都市报》以两个版发表的，可是这天早上，我早早爬起来，跑到楼下买早点时，在对面那家报摊看到当天的《浦江都市报》头条是有关省公安厅在省委、省政府的英明领导下，特别是在省厅新厅长吴大吉上任后，全省特别是直辖市浦江市治安一片大好的报道；在特大标题的正中间，还特意刊登了新任厅长吴大吉正在检查浦江火车站治安工作的照片。标题和版式正统严肃。头版右下角，也是两条赞扬警方神速破案的新闻，作者自然是顾阿荣。

我不死心，翻看二版，全是时政新闻，也就是政府的相关活动；第三版，也是几篇不痛不痒的社会新闻；第四版是各地新闻；最后一版，也就是第十六版，是一个区检察院破获一副区长包养情人，被发妻告发，继而查出贪污受贿百多万元的侦破通讯，占了一大版……

其他的版面我就更没有心情翻阅了，那些版面不是文娱版，就是体育版，更多的是健康、消费、医疗和楼市的专版软新闻。我失望又愤怒地想把这份尚散发着油墨香的《浦江都市报》扔到附近破破烂烂的垃圾桶里，可那被我捏成一团的厚厚报纸，还是弹落到地上。

又是一个大晴天。太阳一出来，就令人感到热气闷人，还只是初夏呢，这鬼天气就开始发飙了。

本来，我此时就想打电话给庞达海，责问他为何说话不算数？同时我也想直接打电话给社长万达，找李明白及高良等，我要责问这些主管领导：为什

么我们在报社领导亲自策划下的暗访报道不敢发表？为何我们冒着生命危险的独家新闻不见公布于众？为什么说好的事就这么轻易取消了？为什么……为什么……太多的为什么我要直面问这些领导。

几声急促的汽车喇叭声在背后响起，在这狭窄的街道上，相向的一辆小轿车和一辆破旧的面包车互不相让，加上几辆乱蹿的摩托夹在中间，一下就把路堵塞住了。在这令人心烦意乱的吵闹声中，我突然想起自己在车水马龙的马路上，继而又猛地想起，得早点赶到报社了。我狠狠地骂了一句，急匆匆地跑上楼，此时李萌萌也起床了，床上一片凌乱，她正在卫生间忙碌。

我蹑手蹑脚地将早点放在桌子上，然后拎起采访包，悄然下楼。我这样做，是担心她又来一次浪漫，既令人恋恋不舍，又浪费时间。

我跑到楼下，推起扔在一楼旮旯的轻便自行车，钻入曲曲弯弯的小巷，像一条夜游的水蛇，飞也似的冲向马路，然后由北往南，经过两条马路，直从浦江大桥穿过浦江。

刚上浦江大桥，我的BP机就响个不停。我右手扶着自行车把手，左手抽出那只亮锃锃的新BP机一看，上面显示是庞达海连续发来的信息，一条是：很抱歉，由于特殊原因，那篇报道今天没有发出，但肯定会发出来的，请放心，不要有心理负担；另一条是：请速赶到报社集合，今天专案组要采取行动了！两小时后，你和邓保卫、顾阿荣等人，要在桃花苑与专案组碰头，然后抓人……

几天前，我们一行四人前往省厅报案后，当天下午就接到市局的电话，要求我和邓保卫两人按计划，前往案发地的浦西区公安分局刑警大队做笔录。

当我和邓保卫两人在顾阿荣的陪同下，赶到浦西区分局时，刑警队的秦队和乔队及几位警员都等在办公室里。

看来，警方对我们的报案是相当重视的。尽管案情不重，但在省厅的关注下，市局很快就指令浦西分局刑警队成立了专案组，组长由市局刑警队的一位副队长担任，副组长则由我们面前的秦队和乔队担任。

之后，警方七八人面对面地听取了我们暗访的过程。在烟雾弥漫中，我和邓保卫耐着性子，又将4月1日下午的暗访过程认真叙述了一遍，几位工作人员都认真做了记录。直到晚饭时分，这项漫长而琐碎的笔录工作才结束。

第五章 专案组在行动

我看到笔录做完了,又到了晚饭时间,就提出马上回报社,其实我这是找借口想早点回家陪李萌萌。因为她下午从深圳出差回来了,几天不见,她一直在不停地给我发传呼信息,我也很想见她了,早就想赶着回家了。

但顾阿荣坚决不同意,叫嚷道:"你也真是,现在怎么能回去呢?本来采访部安排好了,今晚让我们请警方喝酒,但刚才马科长说了,晚饭他们安排好了,就在附近的九阳大酒店。这既是警方给我们面子,也是对案情的重视呀。我们正好趁此机会和人家好好熟悉一下,以后大家就是朋友了,有什么事就可以直接与他们联系,再也用不着提着脑袋去暗访了……"

顾阿荣当然是话里有话。

作为跑线路的记者,最不爱其他的记者插手自己管辖范围里的事。60多人的采访部,也像日报一样,分为政法组、时政组、热线组、机动组、文娱组、体育组和摄影组等七大块,而时政组和政法组是最重要的。时政组组长由毕业于中国传媒大学的任静担任,共有10名记者,主要负责省市政府及市八区政府的时事政策法规等新闻,及时向市民报道政府部门的决策行动和活动等;政法组尽管很重要,但目前只有六人,顾阿荣是组长,主要负责省厅、市局、军区及省军区的重大新闻,另外像居于市区重要位置的浦西区、道口区及江湾区等分局,也被顾阿荣独占;我为副组长,只负责跑消防、交警、边防、基层部队及偏远的几家公安分局;其他的如李国良、潘红松、周高强等人分别负责各级的检察院、法院和其他分局的新闻。邓保卫是两个月前才进采访部的,由于他在浦江混了好几年,也在几家大小报做了三四年记者,就和汤司令一起分到了机动部,段担任组长。

对任何一家报纸而言,和警方搞好关系,是很重要的一件事。刚从周报改为日报的《浦江都市报》自然更关注政法新闻。尽管都市报是省级党委机关报创办的子报,但由于是新报,一直被有关部门视为小报,那些有着几十年历史的《浦江日报》《浦江晚报》《浦江早报》等,更是对刚成长的都市报不屑一顾。位置显赫的政法部门总是将都市报拒之门外,有重大的新闻发布会故意不通知,有时,记者上门采访也置之不理。所幸的是,都市报好歹还有省委党报这个特殊的后台,如果真的拿不到那些重大新闻,就会直接从省报拿,而且所有的党报记者在都市报所发表的的文章，一律署名"本报记者"，这样一来，外面不知内情的读者还真以为都市报采访阵容很大。

为了消除这种被动现象，在两位做过一线新闻的副主编决策下，对于那些不接受本报记者采访，或是将本报拒之门外的政府部门，除非是本地最高层，其他的一律想法抓住其辖区内的黑点污点，派机动部去揭幕。正因为此，一篇接一篇的暗访新闻，也就是人们常说的记者"卧底"应运而生，并很快成为浦江市都市的重点新闻。

特别是，这种暗访新闻，既是独家的，又是揭黑性的，更是老百姓最关注的热点，很快就吸引了一大批读者。社会影响一大，那些被揭幕的有关部门，就害怕了，这么多丑态摆在全省数百万老百姓面前，再牛的部门也狼狈不堪啊，他们自然会有行动，会对此有说法。得，都市报再派跑线路的记者前往采访，作跟踪报道，留一个台阶给他们下，并借此和他们搞好关系；如果遇到牛的，就穷追不舍，加大力度批评他们，一直批得对方无处逃避，直到相关责任人因此而受到上级批评、处罚或丢掉乌纱帽，这样一来，对方就再也不敢小看你这家媒体了。以后有何事就会小心翼翼地配合你的采访。

但是，事情总有两面性。因为机动组或其他记者以暗访手段揭露了某些辖区的阴暗面，那些负责正面采访的记者不时受人家的气，有时还会挨骂。一次，我因揭露了浦中区一位城管队长在马路上对一位女民工施暴，不但砸烂了她的水果摊，还公然对这位年轻的川妹调戏和欺凌，正好被我偷拍了下来，第二天这篇独家新闻在都市报头版头条发表后，马上被省报及国内多家报纸转载，令那位城管队长成为过街老鼠，人人喊打，最后迫使浦中区将之法办。事后，时政组跑南湾区政府各部门的女记者刘虹和主任任静却因此而被区政府的某领导臭骂了一顿，还扬言要封杀都市报。后来是在市宣传部的协调下，才缓和了关系。

其实，我也曾因此而和顾阿荣发生过一次强烈的冲突。

那是去年底，我带着实习生小罗，联手《新闻人物报》深度报道记者田华暗访郊区的城中村龙潭村的黑帮时，因为揭开了盘踞此村长达20多年的恶村长、省人大代表段天鹏和其四个称王称霸的儿子一系列黑幕后，尽管最后迫使有关部门将之法办，但我因此不仅得罪了其顶头上司银河区政府和区分局，也

第五章 专案组在行动

得罪了市局。当我以一系列报道,揭露了以段天鹏的小儿子段四龙为头的那伙为虎作伥的治安员"吃霸王饭,打无辜人"的恶劣事件后,继而又拔出萝卜带出泥,带出对方一连串罪孽,最后终于引起市委、市政府的高度重视,在市长的亲自关注下,银河区有关部门终于对段四龙绳之以法……

此事成为去年本市最令百姓瞩目的新闻事件,我因此名声大振,从而成为本市最勇敢的揭黑记者。读者们把我当成刚崛起的《浦江都市报》的名片,许多报料都向我涌来。那位我从未谋面、从山西洪洞南下做保安员的退伍军人,正是看到我的这些报道后,冒着生命危险才将那封非同寻常的举报信寄给我的……

因为治安员是属于地方派出所管理的,而派出所自然又是属于地方公安分局的下属。当时,我曾因为此事多次前往派出所采访,但被对方以"派出所接受任何媒体采访只能以分局为主"为由,将我推到银河分局;但我们批评了对方,分局自然对我们这家"小报"的记者大动肝火,多次令我这"不识相"的小记者吃了"闭门羹"。

当然,后来由于此事社会影响愈来愈大,加上其他几家兄弟媒体一起声援,使得省厅坐不住了,市局也坐不住了,这样才迫使分局向我们报纸低头认错,并积极采取"亡羊补牢"的措施,积极支付伤员李世安的医药费,又将段四龙和其手下共11人全部以"寻衅滋事罪"和"故意伤害罪"全部刑拘,又一次性赔偿了当事人10多万元的医药费和相关损失,这才勉强给了广大读者一个交代。

由于我一开始是以暗访的形式,当时只是针对事件,也没有想到以后的事情会涉及到派出所呀分局呀,更没有想到会给市局和省厅也造成了不良影响,这自然令直接跑省厅和市局线路的顾阿荣面子挂不住,何况后来人家警方几级负责宣传的领导都直接表示了对都市报的不满,特别是对我这屡屡捅警方马蜂窝的小记者的强烈不满。

记得去年年底的一天,顾阿荣参加完警方的一个新闻会后,下午垂头丧气地回到报社时,正赶上采访部的编前会。我记得顾阿荣平时秀丽的脸庞,因为受了委屈,也因为发怒,显得白里透红。报社会议室里头,坐满了当夜值班的各个版的编辑，采访部除了少数几个正在外面采访的记者，其他的都到场了。社长万达坐在中间，胖胖的报业集团党组成员李明白坐在万达的右面，而主管编辑工作的第一副主编高良和主管采访部的副主编周大可则坐在左面。因为那几天《浦江都市报》负面报道太多，而被省委宣传部指名批评，并以红头文件形式向全省各宣传和新闻单位下发，所以这天的编前会实际上变成了报社的大会。

几个老总本来就因为此事沉着脸，偏偏在采访部主任庞达海最后向编辑部通报完当日采访部所交的稿件后，顾阿荣先是狠狠地瞟了我一眼，然后竟呼的一下站起来，大声要求发言。

庞达海和四五十位坐在一侧的记者们，个个颇为吃惊地看着她。

副主编周大可也不置可否地看着她。

手里拿着一份什么文件，正要对大家传达的高良，清了清嗓子正在发言，冷不防被这清晰而又略带气急败坏的叫声给镇住了。

就连平时总是在我们这些记者编辑面前老板着一张长方脸的社长万达，此时脸上也有些挂不住了。

大家看看顾阿荣，又望望坐在中间那排的几位领导，都不由面面相觑起来。

但众人很快都将目光聚焦在了顾阿荣身上。只见她好像遭受到了天大的委屈似的，满脸通红，丰满的胸部像正在打气一样，一起一伏。

高良见万达没有说什么，反而露出一丝笑意，赶紧来个骑驴下坡，把手向她一挥，说："阿荣不要激动么，你有话，就好好说吧……"

"我们采访部早就给每位记者分了线路的，各跑各的新闻，大家都做得好好的——"说到此，她咕咚地吞了一口唾沫，睁着一双失色的杏眼，朝我狠狠地瞪了一下，又努力提高了嗓门说，"但采访部有人放着好好的线路不跑，好多新闻不去抓，偏偏要去搞什么暗访！你暗访百姓关注的事情也罢了，学会打擦边球也罢了，倒偏要去专抓警方的毛病！"

我和采访部的几个专爱搞暗访的同仁，汤中杰、邓保卫和邓伟等，不由不安地相互看了一眼。

就在我也莫名其妙地想搜寻什么时，不料顾阿荣竟毫不避讳地点着我的名说:"今天上午,我去市局参加一个很重要的新闻发布会,差点吃了'闭门羹'……人家宣传处的负责人点名道姓地猛批我们《浦江都市报》,直指石飞搞的那几篇揭龙潭村治安员打人的报道,是故意给基层派出所抹黑……严重伤害了警方的感情……如果再这样,市局将会向市区八家分局发文,彻底封杀都市报……呜呜呜,我辛辛苦苦跑了大半年,好不容易把最难跑的省厅和市局的线路跑下来,好不容易和人家搞好关系,却被这几篇报道给搞砸了……"

说着说着,顾阿荣全然不顾大家各种各样的眼神和表情,竟又趴在桌子上痛哭流涕起来。

许多不明就里的人,都纷纷把疑惑的眼光投向我。

惊愕、意外、气愤、委屈等各种心情瞬间涌来。我忍无可忍,呼的一下站起来,冲着正抬起头,用纸巾擦眼泪的顾阿荣,反击道:"顾阿荣同志的话似乎太偏激了吧?我前往龙潭村进行暗访,不仅是我石飞个人的行为,而且是采访部的集体行为,更是整个浦江都市报的集体行为。"说到这儿,我不由朝坐在我身边的采访部主任庞达海和万达身边不远的主管采访部工作的副主编周大可说:"当时我是受主要领导的特派,并经编委会上报选题讨论后才去的。你以为我还故意去冒那种风险呀。有的人就是躺着说话腰不疼,那种极有风险的暗访,你去试一下!我们这么做,难道是为了个人利益吗?"

到后来,还是周大可站起来,为我们打了圆场。

但是,自那次冲突以后,我就和顾阿荣很少说话。即使是采访部开会,见面要么是彼此视而不见,要么谁也不理谁。就是今天我们一起前往省厅时,坐在同一辆车上,也很少说话,只不过彼此点了一下头。

本来,对于我和邓保卫此次没有和警方直接合作,而又是"擅自"深入人家地盘暗访,搞揭黑性的报导,顾阿荣早就憋了一肚子火。听好几位同事说,当我俩在桃花苑因暗访不但身上钱财均被歹徒们洗劫一空,而且差点丢命的"特大新闻"在报社传开时,报社上上下下几乎没有一个不为我们担惊受怕的,都庆幸我们死里逃生,唯独顾阿荣对此不屑一顾,还公然说我俩是"吃了豹子胆,竟敢不通过公安就擅自跑到那种鬼地方去……"

但是,当报社安排由她出面去联系省厅报案,并让她带着采访部主任一起前往省厅时，她的态度马上又来了个180度的转弯：采访部主任和我们三位主力记者在她的带领下，前往她负责采访的单位办事，那可是让她扬眉吐气、大展风采的好机会呀。这个时候，这位平时牢骚满腹的美女记者，再也没有怨天尤人，反而是心甘情愿地配合我们的一切。

现在，到了吃晚饭时间，尽管领导早就说好，由我们来请刑警队吃饭，但她还是要在我们面前显示她和警方的关系如何铁，不但再三不同意我们埋单，而且表示一定要让分局来请我们报社的吃饭。用她的话说就是："这样才能显出我们新闻记者的地位，才能让他们感觉到，我们是真把他们当朋友来看……除非是他们去我们报社办事……"

是的，今晚这顿饭，谁请客只是一种礼仪，我们采访部可以凭票据报销，警方自然也是公家埋单。中国的人情，要的只是一份面子，一份礼节。

也就是在这天晚上的举杯挥盏、觥筹交错之中，七八位警察和我们三男一女四位记者谈得很愉快，喝得很开心，平时严格控制酒量的我，也和他们一样，喝了个痛快。我第一次惊诧地发现，看似弱不禁风的顾阿荣，喝酒原来是那么海量，那么有情趣。她在酒桌上的表现，可谓一枝独秀，技压群雄，不但自己喝得东倒西歪，更将那几位叫叫嚷嚷的专案干警，一个个喝得连舌头都伸不直了。

在此种热情洋溢的和谐氛围中，专案组本来称要过几天行动，马上改为第二天上午。

这自然令渴求早日破案的我和邓保卫大喜。

这也令我对顾阿荣的交际能力刮目相看。

看来，要提高警察的工作效率，拉出美女记者喝酒也算一种好办法。

第六章 战果平平

"蛇"没惊动,派出所所长突然先冒出来

尽管不是重特大案件,但此次专案组是由省厅直接指示成立的,是由市局刑警大队和浦西区分局联合组成的,因此规格显得有些高。

这令我不由心花怒放。

邓保卫住的地方离报社只有几公里,来得最早,卫强和司机大刘也早早赶到,当我急匆匆地一把推开庞达海的办公室时,他们早在里面等候了。只有顾阿荣还迟迟没到。

"此时路上很堵了,阿荣就直接去浦西分局门口等。"见我进门,庞达海也顾不得寒暄,直截了当地要求我们,"今天的行动很重要,省报领导和都市报领导刚才都特意打来电话关心。时间不早了,你们得马上出发,我只要求你们一定记住:第一,一定要注意安全,你们一定要紧跟着专案组的人员,千万不

第六章 战果平平

要随便离开；第二、要注意相关纪律，不管发生什么事情，都不要擅自行动，跟着警方去，也要随着他们安全回来；3、抓到人后，卫强要马上抢拍现场相片。我们早和警方打了招呼，对方是不会再设置障碍的。"在我们出门时，庞达海又追上来对司机补充道："大刘的车子不要停在现场，也不要露面，等事后再接几位记者回报社……"

我记得很清楚，今天离我们上次遇劫，已整整十天了。

当我们的采访车抵达浦西分局大院时，时间正好是上午9点06分。我们直接上了二楼，敲开刑警余队长的办公室，里面有两位昨晚就在酒桌上早熟悉过了，一个是年约40岁、长得高高胖胖的张队，一个是满身肌肉、长得结实健壮的小伙子，叫黄雄。黄雄和我同年，是前年才从省警校毕业分到分局刑警队的，在昨晚的酒桌上成了无话不谈的朋友。在他们对面的沙发上，坐着两位身着便服的人。我想，他们应该是市局的人。

果然，张队见我们推门进来，马上热情地站起来，笑容可掬地拉着那两位陌生人对我们逐一介绍道："我向几位大记者介绍一下，这位是市局刑警大队的凌队，凌光汉队长。"凌光汉高大身材，粗壮，挺拔；一张长方脸显得很黑，剑眉看上去很精很浓，特别是那修得贴近头皮的板寸头，让满头短发像刺猬一样，一根根有力地竖着，给人一种刚劲和勇猛之感。他上着白衬衫，下着黑色裤子，一看就有军人派头。在随后的闲聊中，我获知他是十年前从南海舰队转业分到市局的，先从基层派出所做起，由于破获了多宗大案，很快被调到市局，成为刑警队的副队长。听说我也是南海舰队走出来的兵，他显得很高兴，对我的态度也较其他人亲切友好。

坐在凌队身边的刑警叫赵平，年约30岁，个子不高，满脸清秀，但一双黑炯炯的大眼睛显得很温和。后来我才知道，他是凌队的得力助手。

两位市局的刑侦高手和我们一一握手后，就决定马上出发。

就在此时，张队像突然发现了什么一样，拍了一下手掌，连忙问我："哎，对了，石记者，你们那位美女记者呢？她怎么还没有来呢？"

"来了，美女来了！"随着一阵小跑声，额头上汗晶晶的顾阿荣跑着冲进了门，见满屋里的人正在等她，有些难为情地说，"不好意思，让大家久等了，昨晚喝酒过量，忘记了定闹钟……"

"哈哈，这不是赶得早不如赶得巧么！我们正要出门，美女就像曹操一样，说到就到了！"

"嘿，你有没搞错呀，我可不是曹操，我可是貂蝉呢！"顾阿荣不慌不忙地从那精巧的小坤包里掏出一包散发着清香的纸巾，从里面拉出一张，轻轻地拭去额头上的汗珠，有些嗔怪地瞟了张队一眼。

大家相视大笑，连不苟言笑的凌队长也忍不住笑了起来。

在一片轻松愉快之中，我们分乘两部车子很快就抵达了世纪大剧院。

此次专案组由张队带队，从市局刑警队来的凌光汉和赵平，只是协助破案。专案组的五名干警都身着便服，兵分两路，我和邓保卫跟随着张队凌队一起；黄雄带着分局的两名干警一路。因考虑到安全等问题，大家让顾阿荣和卫强先蹲守在大剧院右面的麦当劳餐厅里头，等我们出来后再联系。

那辆没有挂警牌的吉普车，就停在剧院街对面的马路边。按事先的计划，我和邓保卫指路，带领专案组去寻找我们被劫的出租屋。

此时太阳已爬得很高了，阳光燥热地穿过那些高耸云霄的高楼大厦，撒到我们身上，很快我们身上都汗涔涔起来。当我们一行刚从马路拐过弯来，即将到达那高大气派、金碧辉煌的桃花苑牌坊底下时，走在最前面的我，突然被眼前的一幕惊住了：在高大气派的牌楼右面，也就是靠菜市场方向，赫然停放着一辆警车，那鲜艳夺目的红色警灯，正骄傲地闪耀着，在太阳底下很刺激人的目光。在警车左面五六米远处，两位身着警服的警察和一名肥胖的中年治安员，正站在牌坊一角的阴影下，一边四处张望着，一边不时低着头凑在一块窃窃议论着什么。

我心里一惊，此次行动不是在保密状态下进行的吗？为何此时会出现全副武装的警员呢？警察和警车，此时此刻，都一览无余地呈现在众目睽睽之下，我们还能抓到什么人呢？

跟在我后面的邓保卫见状，也急忙凑到我面前，小声地咕噜道："我靠，这时候怎么出现警车呀？"

就在我们满腹狐疑时，其中一位两鬓头发花白、像猴子一样精瘦、两颊颧

第六章 战果平平

骨高突的中年男子，远远看到我们一行走过来，马上露出笑脸，冲着我身后的张队长热情地招呼道："哎哟，市局和分局的领导光临了，我是刚刚听到……要不，早就派车接你们了，呵，有失远迎，有失远迎……"说罢，他三步并作两脚跑上前，绕过我和邓保卫，笑眯眯地一把抓住了张队那肥胖的大手。

张队瞧瞧凌光汉，又瞧瞧我和邓保卫，显得有些意外的样子，跟他寒暄后，将身后明显皱着眉头的凌光汉和满脸凝重的赵平介绍给他。接着，又满腔热情地和我客套一番。原来中年男子是这里派出所的田所长。

看到他们熟悉的派出所所长正和几位陌生人说说笑笑的，附近报亭、小卖部和发廊楼里的各色各样的目光，都聚焦在我们身上，有几位闲着无聊的市民干脆好奇地围上前来。

从张队长的表情和夸张的动作中，我自然看出他和这位田所长关系非同一般，只有凌光汉和赵平两人，也像我和邓保卫一样，都是刚刚和他们相识。

眼看还有一些闲杂人员要围上来，我心里早就火急火燎，哪有心思和他们套近乎，这么一磨唧，那些原来可能在出租屋里"钓鱼"的歹徒，岂不早闻风而逃了？我们此时过去，别说歹徒，就是连狗也抓不到一只！

凌光汉似乎看出我的焦虑，赶紧不冷不热地提醒张队："这里可是出行的要道，我们快点进去吧。等我们完事后，再去派出所做客不迟……"

张队长一听，似乎才醒悟过来，连忙对田所长招呼道："不好意思，田所长，我们先进村里去了解一点情况，嗬，就一点小事儿，你们就先回所里吧……"

"哎哟，张队把我当外人了是不是？你们都到我们的管辖地盘来了，我这做所长的能不尽职尽责吗？得了，我也没有什么大事，这里我比你们任何人都熟悉，还是让我来带路吧。"张队的话马上就被热心的田所长打断了，"不过请放心，我只负责带路，其他的事，一概不过问。呵呵，我们只是尽地主之谊。"

真没想到，这位长得瘦猴一样的所长，像橡皮膏药一样，甩都甩不掉。

我在一旁气得真想一脚把他踢开，可我也像紧锁眉头的凌光汉一样，无可奈何。

既然人家这么"热情"，此处又是人家的地盘，此关节眼儿上，我们还真没有理由能将他赶开。

我真不明白，这么隐秘的行动，是谁通知了辖地派出所呢？

当然，我们也没有必要把派出所想象得那么坏，也不能因为柯福贵的信中所列的那些乱七八糟的事，而对派出所有成见，毕竟事实没有调查。但不管如何，我俩带着这些身着便服的专案组，是悄然行动，不想打草惊蛇。可眼下，真正的"蛇"没有惊动，却这么快惊动了辖区派出所……

大概是看出我和邓保卫的脸色不好，或者也从凌队和赵平眉宇间瞧出了端倪，张队最后到底还是把热情过度的田所长拉到一边，咕噜了几句后，最终令他没有跟在我们屁股后面，而是在牌楼底下等候。

怀着复杂的心情，我和邓保卫一前一后，第二次又进军黑恶横行的地方。

进入高大的牌楼后，我们又一次拐入那乱哄哄的菜市场，穿过那一长溜色彩依然鲜艳夺目的大小发廊，插入那曲曲弯弯的小巷深处。

一切都是那么平静，一切都是那么熟悉，一切都是那样历历在目。十天前我们跟随着雀斑女进入这陌生而又熟悉的地方，在历经生死惊魂后，又惊惶失措地从这里逃生的情景，仿佛就在眼前。

此时此刻，我心里再没有丝毫胆怯和害怕，毕竟身后有荷枪实弹的几位便衣在保护着我们。仿佛是轻车熟路，我和邓保卫很快就领着大家进入了那曾经前有伏兵后有跟踪的小巷，终于重新站在那令我们心有余悸的出租屋前：桃花苑334号。

小巷里外阒无一人，死一般寂静。我惊讶地发现，那犹如鬼门关的简易的防盗门外，更换了一把崭新的铁锁；对面那地势稍低一点的出租屋，临巷的两个小窗户被人用厚实的窗帘掩盖得严严实实。

"再确认一下，真的是这里吗？"凌光汉四处张望了一下，小声地问我。

"没错，正是这里。"我小声地点点头。

邓保卫也激动而又紧张地咬着嘴唇，死劲地点头，表示肯定。

"妈的，他们胆子也真不小呀。"张队仰头朝这栋高达五层的农民出租屋望了一会儿，对凌光汉说，"瞧这外面，大门都紧锁了，不管里面有人没人，我们先破门进去看看吧……"说罢，他抬脚就要踹门。

"老张，这门可是铁制的，很难踢得开呢。"凌光汉抬手阻止道，又抓起那

第六章 战果平平

吊在防盗门外的铁锁说,"你瞧,这里有两道锁,一明一暗。"

趁此机会,我快速跑到前面看了看。果然,百米开外的巷口左右两面向前延伸五六十米后,就被建筑物给严严实实地堵住了。

也就是说,十天前,我们如果真的要逃命的话,也只有进来的路才能通向外面。如果在巷口有人守卫,进入此处的客人简直是插翅难飞。

就在我们伫立在门口小声议论时,黄雄带着分局两名干警也赶了过来。

在摸清周围情况后,凌光汉否定了张队一定要破门而入的想法,因为他从种种迹象推断:出租屋里面空无一人。为防止打草惊蛇,决定先离开此处,转到世纪大剧院附近的两边马路守候。

不知是为了摆脱那位田所长的"热情",还是为了抄近路,凌光汉要求赵平和张队长从另一条小巷穿出来,到达南面的马路后,再分别打车赶到世纪大剧院。

才十天工夫,《泰坦尼克号》的巨幅广告依然还在,只是广播里传出的声音不再是缠绵悱恻的主题曲,而是一部由刘德华和舒淇主演的武打新片。由于这天是周五,又是上午,因此看电影的观众寥寥无几。

依据我们在路上的约定,专案组的所有人员两人一组,四处散开,但都只能围绕着世纪大剧院活动;我和邓保卫两人必须走在一起,凌光汉特意安排黄雄和分局一名干警跟在我们背后。如果发现情况,就按约定及时向散布在四周的便衣发出信号。

但令我们奇怪的是,我和邓保卫围着世纪大剧院转悠了半天,也没有看到熟悉的面孔,只看到三两个陌生的拉客女,有的晃荡在太阳底下,有的躲在大榕树的浓荫下,没精打采地向来来往往的男性招徕生意;以前我们认识的那些散布在四周的男人,此时却一个也没有看到,他们仿佛都从此处消失了似的。

看来这个特大色情团伙,都是狡兔三窟,异常狡猾。那天我们遭劫的那间出租屋,只不过是他们众多作案地点之一。现在,案发现场没有人,我们又无法获知他们的其他住处。唯一能做的,只能是守株待兔,在他们经常出没的地方守候了。

但行动的第一天，我们和专案组的人员直守到天黑，也没有寻觅到我们所要捕的鱼儿。

黑老大误打误撞主动上门

第二天上午，我和邓保卫又出现在世纪大剧院广场。

昨天扑了个空，但专案组并没有气馁。

由于昨天在侦查行动中，惊动了辖区派出所的田所长等人，以致本应悄悄进行的专案行动暴露无遗。市局获知后，马上调整了行动方案，将本来由浦西分局负责的案子，改为直接由市局负责，也就是说，昨天凌光汉和赵平等人，只是协助分局侦察和破案，而今天却直接变成由他们负责指挥，而分局刑警只能是听从市局的指挥了。

获知内情后，压在我心头的那块无形的巨石，陡然落地。

专案组将指挥现场悄然设在世纪大剧院右面的麦当劳餐厅二楼，依然由凌光汉负责。早上我们见面时，凌光汉先是派赵平陪同嘻嘻哈哈的张队长直接去桃花苑派出所，尽快查清那几间出租屋户主及出租屋情况。随后，他又指派黄雄和一名叫于斌的干警跟随在我和邓保卫后面，一是暗中保护，二是一旦我们指认出歹徒，他们就会迅速出击。

从种种迹象上不难看出，狡猾的对手不但丢弃了案发现场，而且早就逃之夭夭。但他们肯定舍不得丢弃世纪大剧院这个特殊阵地，而且在附近肯定还有出租屋、小宾馆等预备的作案场地。

这伙在此处隐匿活动了多年的黑团伙，自然见识了各式各样的场面，也学会了应付随时发生的意外。只要沉得住气，他们肯定还会在此出现。

第六章 战果平平

上午同一时间，我和邓保卫又开始在大剧院四周的商场、店铺闲逛，顾阿荣则和卫强一起，跟随着凌光汉隐蔽于麦当劳和隔壁的绿茵阁咖啡厅里。

从目前现状看，专案组除了派人从外围秘密调查对方的背景和活动情况外，主要把希望寄托在我和邓保卫两位当事人身上了。

我们围绕着大剧院四周转了两圈，根本没有见到一个熟悉的身影，却意外地见到神秘举报人柯福贵。

那是上午10时许，我和邓保卫转得口干舌燥，在路边的小卖部买了两听饮料，扬起脑袋一饮而尽。正在我们意犹未尽时，我的BP机忽然嘀嘀嘀地欢叫起来。

我按下显示键一看，上面显示一行字：石记者上午好。我是柯福贵呀，我来浦江市好几天了，一直想和你见见面。这次是特意回来继续协助你们扫黑。请问你现在在哪里呢？我特别想见到您。请速回话。

后面留着的，是本地的传呼号码。

我心头一喜，举报人的出现自然令我精神大振。

其实早在我们暗访桃花苑的那天，远在山西洪洞的柯福贵就赶到了浦江，暗中协助我们抓获那些歹徒。桃花苑历险归来后，第二天我就将详情打电话告诉了他。他在电话那头听得目瞪口呆，连说："好险，真是好险呀……"这位显得很焦急的举报人，当即表示：因为这些天父亲身体不大好，他要返回山西洪洞一趟，把父亲送到医院后，他近日会尽快赶到浦江。

这些天报案和发稿的事，弄得我心力交瘁，疲惫不堪，也就没有打电话。但我没有想到的是，他此时真的会赶来。

暖洋洋的阳光下，举报人的出现，犹如一股暖流袭上我的心头。

我们前往省厅报案得到重视后，我当晚就将有关情况告诉了他，他也像我们一样兴奋，一再表示要回来配合我们打胜这场战斗。

柯福贵上次曾在电话中告诉我：他的父母亲都是长治某大型煤矿的工人，多年前就已下岗。母亲早已去世，他70多岁的老父亲春节前诊断出肝癌晚期。他还有个双胞胎弟弟，也在南方，做修理工，还没有成家。他媳妇没有工作，带着年仅5岁的女儿，一家人的生活重担几乎全压在他一个人身上。

为了避开众人，我就和柯福贵约在世纪大剧院后面的一家永和豆浆店碰头，并且没有向任何人透露碰面的事，就连邓保卫也保密，只是对他谎称要去附近找一位老乡。

我独自匆匆地赶到永和豆浆店，找到二楼靠角落处一个没有人的地方，刚坐下不久，就看到一位中等身材，结实健壮的中年汉子，动作麻利地推门进来。

正在他四处张望时，我站了起来。

没有招呼，只是随意地"哎"了一声，他就像见到老朋友似的向我大踏步走来。

心仪已久的我们，虽然第一次见面，却没有丝毫生疏感，两只大手紧紧握在一起。

柯福贵比我年长，今年38岁，见到我，露出一脸厚实的笑容。

"石记者，终于见到你了。"他屁股尚未挨上椅子，就急不可耐地问我，"你们昨天到今天，抓到人了吗？有好消息没有呢？"同时，他从上衣口袋里掏出一只黑色随身听和附带的耳机。随后，他又从身上掏出一包刚开封的"红双喜"香烟，用左手抽出一支，恭敬地递给我，见我摆手，他有些奇怪地说："当兵的人，难道不抽烟？再说你现在做记者，在写作时不抽烟哪有灵感呢？"

这时，我才发现，柯福贵原来是一个左撇子。

"呵呵，我只是曾经的军人了，早就戒烟了，这玩意儿对身体不好。"接着，我又盯着他那随身听，故意问道："你这单放机吧？你也爱听流行歌呀？"

"哪里哪里，我家小女儿爱听那些歌。我只爱听京剧呀、越剧呀之类的……"他见我有些好奇，就特意把那黑色的随身听耳机拉开，加大声音，一阵凄美的旋律，如泣如诉地从那里面悲悲切切地流出来，听得我心里一沉。我赶紧问道："这是什么曲子？好像是悲剧吧？那女的唱得那么悲惨……"

"哈哈哈，石记者真不知道呢，这是流传在我们洪洞老家最有名的一段案情……"

"哦，是不是叫……叫什么来着？对，好像叫《玉堂春》。"我努力从记忆里寻找着，终于想起了这一曲剧名。

第六章 战果平平

"我想起来了,记得当时玉堂春受冤屈后,四处申冤不着,就骂道:'洪洞县里无好人……'"我们都不由笑了起来。随后,我们又不约而同地想起什么似的,都朝四周看了看,还好此时楼上的人很少,这一块地方就我们两个。

"昨天我们扑了个空。再说,那出租屋只是对方用来伏击客人的,平时根本也没有人……"我摇摇头,神情黯然地将大致情况告诉了他。

"你说得对,他们在这附近租了好多农民屋,这种房子价钱低,手续简易,只要给钱就能租得到。平时只要稍有风吹草动,他们就会隐藏起来。"柯福贵不顾服务员的再三阻止,自顾自地点燃一支香烟,狠狠地吸了一口,不无忧虑地说,"这些家伙都是狡兔三窟,平时他们的作案场所不止一个,他们用假身份证租的出租屋在这一带多得很……再说,这个时候,那些出租屋里一般是不会有人的,他们大都是在寻找到明确目标后,等候那些拉客女谈好价钱之后,往里带人时,通过中文传呼机相互传送信息,再提前抄近路赶回出租屋埋伏下来。……"

在吞云吐雾之中,柯福贵又将他所掌握的这个犯罪团伙的犯罪手段、习惯、地点、成员背景及团伙黑幕,更为详尽地告诉了我。

他这才告诉我:他想办法把家里安顿好后,就从山西坐火车赶往浦江。由于他在这里生活和工作了好几年,朋友和老乡也不少,弟弟也在本市,因此,他在没有工作前,就时而住这里,时而住那里,没有规律。不过,他的行李都放在弟弟那里了。这些天,他认为自己最重要的工作,是继续摸清那些黑团伙的底细,看看他们最近有什么动向,以便配合我们的行动。

他抓起我为他要的一大杯冰镇豆浆,一扬脖子咕噜噜喝得干干净净。我赶紧问:"早上吃早餐没有?"

他有些尴尬地摇了摇头。我按住他那只要掏腰包的手,赶紧又跑到收银处,为他点了一份牛肉饭、一份大排面、一笼肉包子,外加一杯黑豆浆。没想到这足够几个人吃的饭,他三下五除二,很快就扫荡得一干二净了。直到此时,柯福贵才心满意足地接连打了几个饱嗝。

我正想问几句,腰间的BP机尖声叫起来,是邓保卫在催我马上赶到大剧院广场。

柯福贵也小心翼翼地朝四周搜寻了一番，急急地说："石记者，感谢你的美餐……我也得赶紧离开了，因为这一带有很多人认识我，那些黑团伙的成员经常在附近一带转悠，如果被他们发现，不但我倒霉，还得连累您。不过，请您放心，我出去把手头一些必要的事办妥，就全心全意地陪同您，我要亲眼看见你们把黑老大他们缉捕归案，才能睡上安稳觉啊……"

我感激地又一次紧握住他的双手。

好多话意犹未尽，但毕竟时间太紧张。

临分别前，柯福贵又贴近我的耳朵，悄悄告诉我说："从你描述的特征来看，上次在桃花苑出租屋洗劫你们的那几个家伙，我都认识——不过，最好等他们落网后，我一定和你一起去指认。"

为了避嫌，我故意让他先出门，我稍后再离开。隔着透明的玻璃窗，我看到他一出门就警惕地朝四周张望了下，然后低着头，快速消失在人来人往的马路中。

这一天又让我们白等了。当天晚上，从凌光汉那里得到的消息是，赵平和张队他们通过派出所协查，那些出租屋全是用假身份证租赁的，而这些天，案发现场根本就没有再出现过人影。不过，对方再诡诈，警方还是掌握了一些蛛丝马迹。

接连两天都蹲守无果，别说其他人，就是我和邓保卫都不由有些泄气了。一直跟随着专案组，渴望有精彩战果的顾阿荣更是坐不住了，多亏庞达海一再要求她必须坚持到底，并称会想办法对我们几位蹲在现场的记者补偿相关费用，她这才懒洋洋地又出现在这里。不过，她还是像以前一样，一直躲在绿茵阁里品咖啡、吃西餐，反正这些开销报社都会按采访费用全部给予报销。

负责摄影工作的卫强呢，时而在里面陪顾阿荣聊聊天，时而跑到大剧院四周转转，时而也跟在我和邓保卫的屁股后面走走，除了偶尔偷拍几张，也不敢像平时一样公开去拍照，搞得他整个人也灰不溜秋的。

专案组决定，如果第三天还找不到人影，那就只好先收兵，再实施其他方案。

第三天，4月13日，正好是星期六。

专案组那几位民警依然从上午9时就出现在尘土飞扬的马路边，继续蹲

第六章 战果平平

守。为了不引起外人怀疑，专案组每天都更换不同的车辆。我看到他们今天又将昨天使用过的那辆黑色桑塔纳换成了一辆白色面包车，停在几百米外的马路边。

我特意戴上了一副特大的墨镜，平时本来就戴不惯这玩意儿，但为了不让人认出，昨晚特意跑到马路边的小店，买了一副劣质的太阳镜，笨重的镜架架在鼻梁上，被汗水一浸，总是不安分地往下打滑，害得我不得不去动手扶一扶。一直戴近视眼镜的邓保卫，也特意换了一副备用的近视太阳镜。我们都换了一身新衣服，装作初来乍到的外地游客，继续在世纪大剧院广场和附近的几条主要马路边转悠。

但令人奇怪的是，都第三天了，昔日那随处可见的热火朝天的拉客场面似乎不复存在，只看到偶尔的几个流莺在活动；那些明目张胆的打手也不见踪影，除了能看到三两个追在路过的靓女后面色迷迷地转的小流氓外，再也没能看到其他的嫌疑人。

周末的太阳很辣。10点刚过，室外的温度就猛增至30多度，仿佛一下就到了盛夏一样。在广场四周或马路边转悠，就要忍受如火骄阳的炙烤。

我和邓保卫在外面转悠一阵，装模作样地溜到附近的店铺，时而买两支冰淇淋，时而跑到肯德基或永和豆浆端出一杯冰镇的饮料。但在热天，愈贪恋那些冰冻饮料，五脏六腑就愈干渴。为了保证不错过机会，我还和邓保卫约定，每过40分钟左右，我们两人就一个在外转，一个去购买冰镇饮料，这样，既能轮流休憩一会，也不误大事，反正两人一起也是蹲守，一人效果也一样。

临近11时，我又一次跑到南面的肯德基店里，要了两杯冰镇可乐和两支圆筒冰淇淋，就在我一手握着冰淇淋，一手提着打包饮料，推开门正往外走时，却不料和一位急急往里钻的长发女人撞了个满怀。

"小烂仔，你瞎了眼呀？为何要故意撞老娘呀……"

还没等我反应过来，那女人就柳眉倒竖，杏眼圆睁，冲着我就叫嚷道："黐线（南方话，神经病的意思），想吃姑奶奶的豆腐，你找死呀你！"

"对不起，实在对不起，可我不是有意的……"

我慌作一团，嘴里连连道歉，手中握着的冰淇淋竟不争气地开始肆意融化，不偏不斜，正好砸在那女人穿着丝光袜的双脚上，黑色的凉鞋溅出朵朵小白花。

这一下就更不得了了！那女人一边尖声叫骂着，一边朝外叫嚷道："老公，老公，你死哪里去了？！快点过来呀，有个烂仔在欺侮老娘……"

真要命，一不小心，自己现在竟变成寻衅滋事的小流氓了！这夸大其词的尖声叫骂，陡然吸引了店里不明真相的人，大家都把带刺的目光聚焦在我身上。

门外面几个行人，听到那女人的叫骂声，都纷纷探着脑袋往里看，其中还有两个人，急急地就想推门进来。

看到她因这点事而如此气势汹汹，我又气又急，干脆直接迅速挤到门外。谁知那女的还是不依不饶地紧跟着追出来。

我正要和那女的理论，就在抬头的刹那间愣住了：这张扭曲的漂亮面孔怎么这么面熟呢？我透过太阳镜，定睛一看，没错，这面前的漂亮女人，年约二十五六岁，柳叶眉、杏仁眼、瓜子脸，特别是那双看似柔情似水，实则阴冷毒辣的双眼，是那么熟悉，那样令我难忘……

我心头不由一跳：面前这女人，除了那天在出租屋里洗劫我们的小姐，还能是谁？！

此时此刻，想通知专案组或邓保卫，显然已来不及了！

就在我准备伸手抓住这唾沫四溅的女人时，随着一声粗声粗气的恶骂，只见一个戴着墨镜的男人，像猛虎下山似的，正张牙舞爪地朝我扑来……

我一惊，继而喜出望外！真是谢天谢地，这不正是我们日夜寻觅的黑老大吗？！

没错，正是那家伙！

扫帚眉，三角眼，秤砣鼻子，黝黑的肤色，脖子上戴着那一副金黄色的粗大项链，在正午阳光的照耀下，折射出刺眼的光芒；特别是在热气中裸露着的黑乎乎的胸毛，以及胸膛两边那两只青蓝色的蝴蝶，令我终生难忘。

这真是踏破铁鞋无觅处，得来全不费工夫！

看到对方气势汹汹地边叫骂着，边要对我挥拳，我随手一扬，将那一满盒刚打包出来的冰冻可乐，朝他脸上猛地砸过去。

那家伙猝不及防，"哎哟"一声怪叫，企图掩人耳目的墨镜早被砸飞；头上、

第六章 战果平平

脸上和脖子上，陡然一片湿淋淋的。不知是冰冻的液体太冷，还是那浮在饮料上面碎石般的硬冰真的砸疼了他，只见他双手捂着眼睛，又叫又跳，那狼狈和痛楚的模样，活脱脱像一只活虾掉到了热锅里。

"丢你老姆，你小子找死呀！"随着一声怒吼，一位身着花衬衫的矮胖子，像只发怒的螃蟹，挥舞着一把短刀，竟向我冲来。

"标哥，快砍他，快放他的血……"那恶女人见又来了救兵，气急败坏地指着我，恨不得将我碎尸万段。

说时迟，那里快，就在那厮如泰山压顶般地挥刀，气势汹汹地迎面扑来时，我赶紧一甩手，将另一满盒冰镇可乐朝他头上扔去。别看这家伙身材矮胖，却像善战的越南兵一样，头一低，机灵地躲过"冰手雷"的突袭，只是脸上沾到几滴水渍。

这家伙更加恼羞成怒，只见他用左手抹了抹脸上的"可乐"，另一手依然高举着那把刺目的尖刀，继续朝我张牙舞爪地扑来，看那样子，恨不得一刀就将我捅透似的。

我急忙往后一跳，然后抓紧剩下的那两只圆筒冰淇淋，猛地对着他的眼珠子狠狠砸过去。此时的我出手快疾如风，他哪来得及躲？只见呀的一声怪叫，两只圆筒不偏不斜，一只正砸中他的左眼，一只正击中他的鼻梁。

两坨又冰又稠的冰淇淋，白花花的一下子蒙住了他的眼睛，阻碍了他的袭击。我趁机使出军体拳中的一记"扑腹撩裆"，朝那笨重而结实的腹部狠击一勾拳，又以迅雷不及掩耳之势，往其下腹一记勾爪，紧抓其裆部，猛地往前一推，那家伙就像一具死尸一样，砰的一下滚倒在地，双手紧护着下面，嗷嗷惨叫着，扭曲着身体，半天也爬不起来。

我环顾四周，看到左侧来往的路人中，两个戴着墨镜的男子正要冲上前来，但随即又停止了动作，畏首畏尾地盯了我一会，然后混入人流，很快就消失了。

那女人呢，早吓得花容失色，全无了刚才的嚣张气焰，变得像只被人拔了毛的鸡一样，瘫软在肯德基那厚厚的玻璃钢门边，浑身像筛糠一样，半天也不敢再动弹一下。

这时，那黑老大缓过神来，哇的一声怒吼，从右腰抽出一把匕首，正想继续对我反击,前面传来一阵急促的脚步声,只见三四位便衣,像离弦的箭,呼地从三个方向飞奔而来。

黑老大见势不妙,早收起凶器,也顾不得两位同伙,像兔子似的,撒腿就往南面跑。刚跨出几步,只见"妈呀"一声痛叫,就被一个横扫腿踢翻在地,直将他掉了个狗吃屎。随后,两个矫健的影子将他按倒在地。

刚刚从地上爬起来的矮冬瓜,揉着发红的眼睛,见状慌作一团,也顾不得那漂亮女人,撒腿就往后跑。

"站住,哪里逃?"

还没等我追上去,只见精瘦的于斌呼地从背后扑过去,像老鹰捕小兔,一下子就将他按倒在地。随着"咔嚓"一声,他那双粗壮的长满黑毛的手,被一副锃亮的手铐铐得严严实实。

刚才还像母夜叉一样发飙的长发女,此时簌簌发抖着瘫倒在肯德基的大门边。突如其来的变故,惊得她双手抱脸,惊恐不安地嘤嘤哭了起来……

专案组其他几名成员闻讯,迅速冲过来,连推带拖,动作麻利地将两男一女押入守候在路旁的那辆不起眼的面包车里。

还没有等来来往往的路人从惊讶中醒悟过来,押着黑老大等人的面包车就尘土飞扬地消失在喧嚣的街头。

正躲在绿茵阁里休息的顾阿荣,听说抓到了人,哪还来得及想到我和邓保卫,早乐得推着卫强钻入凌光汉的车,跟随着那辆面包车赶往桃花苑派出所。

我和邓保卫见终于抓到了三条鱼儿,也一扫连日来的疲倦和忧虑,乐哈哈地赶紧把这个好消息告诉了庞达海及万达、高良等报社领导。随后,我们坐上大刘驾驶的采访车,飞也似的赶往派出所。

第六章 战果平平

初战告捷

我俩刚进入桃花苑派出所大院,就在两名早等候在门口的治安员陪同下,快速来到后面的一栋两层小楼,那是临时用来审讯和关押嫌疑人的地方。

黑老大、矮冬瓜和卖淫女押进二楼的审讯室。卫强时而跑到前面,时而跃到后面,随着镁光灯的阵阵闪烁,他抢拍着黑老大他们被押入审讯室的镜头。

顾阿荣此时表现得积极异常,正纠缠着抓捕黑老大等人的黄雄和于斌他们一边笑逐颜开地问这问那,一边快速地在采访本上记录着,以致一位治安员几次递了一盒"王老吉"给她,她都没有理。

田所长见到我们显得十分殷勤,又是递"中华烟",又是叫人送矿泉水和饮料上来。

首轮审讯由凌光汉、赵平和黄雄提取,而张队和于斌他们则在隔壁盘查冬瓜和卖淫女。

本来,预审重地是不让外人进来的,但由于这几天我们和专案组的人天天泡在一起,虽不是风餐露宿,但可谓朝夕相处,已打成一片,成为无话不说的朋友;另外,此案又是我和邓保卫的遭劫案,又是在我们共同参与下才令他们落网,所以我、邓保卫、卫强及那个活蹦乱跳的顾阿荣,都分头在两个审讯室转转,记录,拍照。专案组没有阻挡我们,我们这些一心想抓新闻的记者呢,也就厚着脸,故作深沉地旁听他们的审讯了。

在审讯黑老大的一间狭窄的预审室里,顶上吊着一只明亮的白炽灯,里面就独摆着一张陈旧的桌子,桌子后面摆着一只长椅子,凌光汉坐在中间,黄雄和赵平分别坐在他的左右。在他们的正对面,是戴着手铐的黑老大,此时则像一只乖狗,惊惶失措地低着头,早就没有了先前的穷凶极恶。

我清清楚楚地看到,在他的右脸颊上有小块明显的青瘀,不是我刚才那杯可乐中的冰块划的,就是被干警按倒在地上磕的。

"姓名？"盯了对方几分钟,凌光汉这才严厉地问道。

"李……李……二狗……"

"给我老实一点！把腰挺直,坐正。什么大狗二狗的,再大声一点！"

"我家两兄弟,我哥叫大狗,我叫二狗……"

"李二狗,民族？"

"汉族,不不,是苗族……"

"到底是什么民族？告诉你,这个时候,你就少给我耍花招！"

"嗯,我老婆是苗族……我是……是汉族。"

"年龄？"

"42。"

"籍贯？"

"湖南常德……"

"再具体点？"

"常德地区……石门县……大李村……"

……

经初步审理,这个叫李二狗的家伙系湖南石门县一煤矿工人,前两年下岗后,在两位亲戚的介绍下,来到浦江市打工。因他年纪过大,只有初中文化,又无一技之长,打了几份工都不如意。在走投无路之际,一位已在浦江混迹十多年的老乡介绍他加入色情抢劫的勾当。

据他交代,活跃在浦江火车站和桃花苑一带的团伙,有五六个,多则五六十人,少则七八人,都头中有头,有不同的头儿在背后统治着他们。据说,在浦江市控制这种生意的有两个大头目,一个是河南的,一个是湖南的。具体多大年纪,姓甚名谁,他们一概不知。他只知道主管他的老板叫李海山,以前是他的同事,也来自湖南某煤矿,下岗后就来到了南方,最后落脚于浦江市。李海山之后又从单位陆续带出十多名职工,南下从事抢劫犯罪活动,并成立了

第六章 战果平平

两个团伙。

根据上午的初审，我终于搞清楚那个矮矮胖胖的、长得像只圆溜冬瓜的家伙，今年28岁，名叫任天宝；那以色情引诱客人的美女，叫李芙蓉，今年25岁。他们都来自湖南常德地区。

上午只不到一小时的初审，那个叫李二狗的家伙就招供了很多，下午如果再加一点力度，看来还能从他嘴里挖出更多的东西。综合那个任天宝和李芙蓉的审讯情况，基本能掌握这个黑恶团伙的大致情况了。

谁知，刚吃完午饭，当凌光汉他们各就各位，刚要继续对这三名男女开审时，他们三人却意外地一致翻供。那个任天宝和李芙蓉，死活不再开口，而那个李二狗却突然来了个180度的拐弯，对上午所说的话，全部矢口否认，只声称自己是前天刚刚南下来到浦江打工的。下午的审讯陷入了僵局。

尽管专案组都知道面前这个肤色黝黑、长得五大三粗的家伙并非什么黑老大，而只是团伙下面的一个小头目，但问到要害处时，他却避而不谈。问到后面，这家伙气焰嚣张，所有犯罪事实一口抵赖得干干净净，只是死死咬定自己不久前才来浦江，刚才是因为看到女友受人欺侮，这才气得跳出来打人。当问到他身上为何有刀具时，任天宝为何也有刀时，他却支支吾吾地低着头，半天不回答。

问急了，这家伙竟昂着头，胡搅蛮缠地还反问审讯干警："我文化不高，但也懂点法律常识。我早说过了，我只是一位遵纪守法的外来工，从来没有做过违法乱纪的事……我身上带刀，是因为南方治安太乱，用来防身的……我又没有用来杀人，你们公安局凭什么乱抓人呀？"

满脸铁青的凌光汉见这家伙故意在装腔作势，不动声色地让赵平将正坐在外面等候消息的我和邓保卫叫进来，示意我俩当面来揭穿他。

在这之前，我和邓保卫一直戴着太阳镜，都没有露出真面目。此时，我早将那满是尘埃的太阳镜扔到了一边，邓保卫也换上了他平时戴的黑金丝框架近视眼镜。

当我俩再一次走到李二狗的面前时，凌光汉站起来，踱到正莫名其妙的李二狗面前，喝问道："你认识这俩人吗？"

李二狗睁大眼睛，直直地盯着我：意外、吃惊、迷茫、惊恐……各种各样的眼神陡然交替。

但是，他依然将头一扬，咬牙切齿地回答："这两个人是谁呀？我……不……不认识……"

"砰！"一声巨响，把那位企图百般抵赖的家伙吓得浑身一个哆嗦，把毫无防备的我和邓保卫也吓了一跳。

只见铁青着脸的凌光汉，两眼喷火，猛地用手掌击打了一下面前的桌子。由于用力过猛，桌上那支记录的钢笔跳跃着打了一个滚，掉到了地上。

"李二狗，给我抬起头来！"

李二狗一个哆嗦，极不情愿然而又战战兢兢地抬起了头。"李二狗，正像你刚才所说的那样，我们都是懂法的，更是以法办案。告诉你，你再不老实交代，后果自负！"

接着，凌光汉示意我走上前。

我心领神会，大踏步走到他面前，拿出一大叠相片，递到他眼皮底下，故意问道："请睁开你的眼睛，看看这上面是什么？"

"老实交代，这上面是不是你？"凌光汉继续喝问道。

"唉……"李二狗定睛看了看我手中的那一张张展开给他看的相片，先是目瞪口呆，继而长叹一声，像只泄了气的皮球一样，低下了头。

这大叠相片，是4月1日中午，我和邓保卫在世纪大剧院暗访时，紧跟着我们的卫强躲在茶色玻璃窗内偷拍到的。那上面除了三三两两的拉客小姐外，更多的是分散在人流中监视小姐们的打手，而李二狗那天偏偏就在现场，而且偷拍到的相片效果最好：他时而在那里对两位男的指指点点，时而和拉客的小姐打情骂俏，其中最引人注目的是，这家伙正站在离马路最近的绿化带，趴在隔离处的铁栏杆上，和一位浓妆艳抹、长发披肩的小姐谈得正欢。更令人侧目的是，其中一张镜头最近的，是他正得意地咬着一根牙签，和那位身着白色连衣裙的小姐说笑……

"这是谁，你认识吗？"我激动地用那叠相片拍着他那满是热汗的头顶，气呼呼地逼问道。

第六章 战果平平

"你这王八蛋！你这黑老大，还不赶紧坦白，真是不见棺材不落泪！"邓保卫也忍不住冲上前，掩人耳目然而又是恶狠狠地趁机在那家伙的脚尖上踩了一下，痛得那家伙不由倒吸着冷气，龇牙咧嘴起来。

"唉……"

在铁铮铮的事实面前，这家伙不知是叹息自己的倒霉，还是哀叹在此种场合下，我们竟会冤家路窄。

"你不是说，三天前刚从湖南老家来的吗？你仔细看看相片下面的日期！这就是我们4月1日在剧院一带拍到的……"

在审讯者的威严警告下，这家伙只好又有气无力地抬起头来，戴着手铐的双手规规矩矩地放在大腿上，怯懦地躲躲闪闪着，不敢正视我们的眼睛。

他突然面露惊骇之色，结结巴巴地问道："您……您……您是谁……我不……认识您……"

看到这家伙在此节骨眼上还如此耍赖，看到他眼前这副窝囊废的样子，盯着他这张丑陋不堪的黑脸，我心头不由激起一团怒火，真想飞起一脚踢翻他！

但我不能动粗。

我强忍着心头的怒火，逼视着他，一字一顿地说："你烧成灰我都认识你！你还记得用刀顶着我的样子吗？还记得我们那两个记者证吗？哼，你竟然说不记得了？但我们记得你……告诉你，公安局的同志早就掌握了你们所有的罪证，唯一的出路就是，坦白交代……"

"你……你们……真……真的是……"这家伙垂下头，又抬起头，有些不甘心地问。

"没错，我们真的是记者，是《浦江都市报》的暗访记者。听清楚了吗？"我得意而又自豪地回答道。

李二狗满脸惊愕，大汗淋漓，像条癞皮狗一样，终于瘫软在审讯椅上……

第七章 谁绑架了举报人

卧底调查·生死暗访

我和小雨正在推让红包时，
　门突然被推开了

　　回到报社后，我和邓保卫、顾阿荣等四人，一起来到庞达海办公室，将这几天的出访情况特别是今天的抓捕情况，及时向采访部作了汇报。
　　其实，早在上午我们赶往桃花苑派出所的路上，邓保卫就激动地通过电话第一个告诉了庞达海。听说抓到了三个歹徒，庞达海也是笑逐颜开，一直乐呵呵地等候我们胜利归来。此时他听到我们的说话声，早就从办公室跑出来，笑眯眯地把我们几个都迎进去。随后，他又通过电话，请来了李明白、高良和采访部副主任杨智等人。
　　杨智是东北人，瘦高个子，满脸清瘦，要不是他那一口东北腔，一般的人

第七章 谁绑架了举报人

还真不相信他是东北人。杨智毕业于人大新闻系,南下后就直接被招聘到报社,刚开始也做过几个月的记者,但后来因副主编高良很赏识他,他很快由招聘人员转为报社正式员工。

不过,杨智尽管被提拔为副主任,但因编辑部人手紧,目前仍负责头版新闻的编辑,只是有时跑到采访部来,协助庞达海开会。

此时他获知我们几个人都胜利归来,就跟在高良的后面,进了庞达海的办公室。我们看到,他跨进门时,总是有意识地低一下脑袋,仿佛担心碰到门顶似的。他这下意识的动作,逗得顾阿荣吃吃地笑了起来,杨智也笑着向大家打了招呼。

待胖胖的李明白最后坐定,话题直接谈到今天的发稿问题。

还没有等大家三言两语地说几句,顾阿荣早就叫嚷道:"今天的新闻应该首先发在头版头条,而且我建议一定用一个整版。"她掏出一张纸巾,动作有些夸张地擦拭着根本没有汗水的脸颊,说:"今天的行动,可以这样说,在全市几家报纸中,是千载难逢的良机,更是我们都市报创刊以来最猛的独家新闻。"

我一听到从这位美女记者那张小巧的嘴中吐出"最猛"两字就想笑,但努力忍着没有笑出声来。在这种时候,她真会表现自己。

顾阿荣接着说:"要知道,今天有这样的好结果,都是因为省厅厅长亲自批示,警方各级部门紧密行动的结果。这种新闻,我们一定要做大、做透……以今天警方抓捕经过为主,至于——"说到此,她朝我瞟了一眼,又快速把眼睛的余光掠过邓保卫,略把声音放低了下,说:"因为省厅、市局,当然还有分局,这几家主管领导都一再叮嘱我,不管如何,有关此案的所有报道,在发表前一定要经他们同意……"

我一听到这话,就别扭得禁不住拿眼睛盯了她一下,心中嘀咕道:批评的报道不让发,今天警方抓人的报道总应该会同意发吧?这可是实实在在的正面报道呢!不管如何,只要发稿,总能起到一定的监督作用。

李明白一直笑眯眯地听着,那副老气横秋的黑框眼镜下面,总是透出两道和蔼的光芒。他今年58岁,矮矮胖胖,满脸红润,眼睛很小,由于平时总是笑眯眯的，所以给人的感觉是，他的双眼总是眯成一条缝，似乎老是睁不开。

他在省报工作了大半辈子，现任报业集团常委；都市报成立后，他又下派到这里负责全面工作。从职务上讲，要比社长万达高一级，属副厅级。

等待顾阿荣说完后，高良马上接过话茬说："正因为有了今天警方的战果，我们编委会建议，先发今天专案组抓捕的新闻。"说到这里，他又朝坐在他斜对面的卫强笑了笑，说："卫强的现场镜头肯定很精彩，我们先以这组镜头为主，文字尽量不太过宣扬。这样既不丢失独家新闻，没错过时效性，又保留了一定余地。"

高良今年42岁，中等个儿，白净脸，乍一看上去，外表还真像一位文弱的书生。他从本市一所著名高校毕业后，就直接分到南方这家省报做记者，先是在偏远的一家地级市做记者站站长，后来又回到省报做编辑工作。都市报成立后，他就被提升为副处，任副主编，主要协助社长万达负责所有编辑工作。

"不过，石飞和邓保卫两位同志此次的暗访报道，肯定是要发的，但因为涉及到方方面面的一些事，所以，现在只能往后推一推……"他转而对着我露出笑脸，点点头，似乎对我和邓保卫表示表扬和安慰。由于脸上太清瘦，他一笑，总会将没有多少肌肉的面部拉得很紧，看上去有点令人心疼。

"高老总呀，既然如此，那我就得抓紧时间写稿去了。文字再不多，像这种独家的又时效性强的现场新闻，我们怎么着也得写一二千字呀？"顾阿荣不失时机地插上话，以显示自己的重要，随后就想站起来。

这时，一直眯着那双小眼睛认真听着的李明白，咳了一声，清了清嗓门，说道："几位记者同志这些天实在辛苦了，特别是石飞和邓保卫两位同志，此次是冒着生命危险在做新闻，此种敬业精神实在不多见——"他用笑眯眯的小眼睛看着我，又掉过头对正坐在靠办公桌前的一张小椅子上的庞达海说："采访部草拟一份表扬，我们要通过全报社对两位记者大力表扬。"

"行行行，我今晚就写，今晚就写。"庞达海一听到报业集团领导提出这种表扬，当然兴致勃勃。

李明白接着说："万达同志下午去省委宣传部开会去了，我就代表我们整个社委会成员，首先向几位记者表示，此次前往桃花苑暗访，是我们报社的一

第七章 谁绑架了举报人

种行为,所以,尽管内外有一些非议,但我们都不要理睬……我们只管把新闻做好。当然,目前此事搞得影响太大,特别是引起了省市主要领导的重视,所以么,嗯,此事就变得有些复杂起来……"我和邓保卫睁大眼睛,紧紧地盯着这位领导的表情,很想知道后面的情况到底"复杂"到什么程度时,他却看了看手表,借口有事说:"这样,时间不早了,我还得去集团那里开个会……你们先接着聊一会,具体情况再由高良告诉我就行。"

说罢,李明白朝我们点点头,笑眯眯地先走了。

之后,高良、庞达海和杨智分别发表了自己的见解,最后三位领导的意见是:

1、今天抓捕经过,先由顾阿荣执笔写稿,署上石飞、邓保卫及卫强等三人的姓名,作为合作稿,然后经请示集团领导后,再作决定;

2、由跑主线的顾阿荣及时盯着专案组,如果后面有情况,随时做记录,并向报社及时汇报;

3、现在案情有了很大眉目,除了跑主线的顾阿荣外,石飞和邓保卫及卫强等,从明天开始,各就各位,做好自己的本职工作,特别是不能漏掉各自线路的重要新闻;

4、根据集团主要领导指示,为了记者人身安全起见,最近一段时间,《浦江都市报》暗访小组暂停涉及到政府部门,特别是公、检、法等重要部门的暗访;

5、如果涉及到哪个地区或部门的批评报道,先向主管领导及时汇报,并由各自线路的记者出面协调采访……

在庞达海办公室开了近一个小时的会后,我因为还有两篇稿子要处理,就先离开了。走出门时,顾阿荣那快乐的笑声显得格外响亮,仿佛破案的不是公安局的人,而是她;这几天最辛苦的也不是我和邓保卫,而是她。她在几位领导面前的表现,刚才那眉飞色舞的神情,就像刚刚从战场上凯旋归来的勇士一样。

本来答应今晚早点回家,最好能陪李萌萌一起吃晚饭的,但此时肯定无望了。我只好给她留言,并表示歉意,然后就急匆匆地坐着电梯下到一楼,那儿是报社职工饭堂。这个时间,一般的人都吃完了,因此里面吃饭的人不多,剩下的菜也没多少了。我就胡乱地点了一个菠萝炒牛肉、一个清炒西洋菜,要了三两米饭和两个馒头。

正在我狼吞虎咽时，BP机响个不停，我边吃边打开一看，接连四条信息，全是李萌萌的留言：

1、你好过分呀你！我下午四点就回来买好了菜，一直在等你回来一起做饭，可你又失言了……君子一言，驷马难追。我再不相信你了！！

2、我刚把菜洗好……现在不想做了，我一个人不想在家里吃，我出去吃……

3、我不想吃了，什么胃口都没有！石飞，我问你，你为何老言而无信？为何不回家陪我吃饭？我理解你的工作，我支持你，但你能理解我一个女孩子的脆弱吗？你到底是不是在报社？你是不是借口采访，跑去和你那些漂亮的实习生约会去了？？

4、我要来找你，我想马上见到你……你就在报社等我吧。我一定要亲眼看到你在办公室里。你记着，我出差只两天，你却一连三天没有归家了！这家是不是得散了？

难怪刚才BP机嘀嘀嘀的响个不停呢。原来是李萌萌发来的，这女孩子正满腔怨气呢。

我苦笑着，赶紧拨打她的手机，可是不通；又急忙传呼她，并留言说：我今天真的事很多。再忙一会我就可以回了。请你不要跑出来，不要来报社。

赶紧吃饭去。唉，以后有空，我一定尽量多抽时间陪她。她没说错，作为一名男子汉，不能因为工作忙忙碌碌，而老在自己的女友面前失信呀。

坐着电梯上到18楼，我大踏步地刚走到办公室门口，正要掏出钥匙开门时，随着一阵轻快的笑声，一位留着齐耳短发、大眼睛、圆乎脸，脸庞白里透红的女孩早就手脚麻利地拉开了门。她露出半个脸，笑嘻嘻地冲着我叫道："石飞老师您好呀！老远听到脚步声，我就知道是您呢。军人走路脚步声就是与众不同呀，哈哈哈……"

这位娇小玲珑、总是睁着一双明亮的大眼睛的小姑娘，是我的实习生汪小雨，刚来报社没几天，今年19岁，湖南益阳人，现在湖南师范学院中文系学习。她读过我采写的许多独家卧底报道，对我敬佩得五体投地。几天前，我和邓保卫悄悄前往桃花苑暗访，当那位尖下巴拿着我的名片跑到外面的小卖部打电话

第七章 谁绑架了举报人

给报社时,正好是她接的电话。当听到有人询问我的情况,这位毫无经验的女孩子毫无防备心理,就告诉对方:石飞是我们《浦江都市报》的名记者,写过很多具有社会反响的批评报道……她带着炫耀的口吻,还不失时机地在电话里把我好好吹捧了一顿,最后说了一声:他今天一早好像是外出采访去了……

就这样,我和邓保卫的真实身份轻而易举地被她泄露给了对方。当那位尖下巴闻知我们的真实身份后,自然大惊失色,马上不顾危险,公然在光天化日之下挥刀又追了出来……

直到报社里沸沸扬扬地传开我和邓保卫此次暗访险些遭黑帮杀人灭口的历险经历后,这小姑娘才明白自己做了一件多么愚蠢的事,害得她忙不迭地向我道歉。

昨天上午,市交警支队宣传科通讯员陈江宇电话通知我:今天下午3点,交警队要表彰一批优秀基层交警,市局的一位主管副局长会到场颁奖,因此热情地邀请我一定参加。这种会,大多是在一起坐坐,吃顿饭,然后领一份新闻通稿,领一个红包或是纪念品之类的礼品。回到报社能帮着发一篇小消息或是简讯,也就应付过去了。而此时我正忙于配合专案组抓捕歹徒呢,哪有空去。于是,赶紧让汪小雨代劳。

寒暄几句后,我问:"下午交警支队的新闻发布会有什么好料没有?"

"只是一般性表彰大会。支队那边给了一份通稿,我斟酌了好半天,是应该写成小消息呢,还是写成简讯呢?先请老师过目,再指点我如何写吧……"说罢,她麻利地从挎包里翻出一份打印好的通稿。

这种通稿都是千篇一律的空话套话。像这种东西,一般也就发一个简讯,应付一下就行。但我与交警队交情不错,对这种正面的稿件,尽量处理好,这样对方高兴,我这跑线路的记者面子上也有光。

于是,我就指点着她找出其中一个事迹最显眼的交警,以他的事迹为主,再带出此次表彰的主要内容。然后把标题做得灵活一点,不要搞得太死板。这样一来,就可以勉强写成一篇200字左右的消息了。

在我的指点下,汪小雨一下子豁然开朗,一边忙不迭地道谢,一边赶紧铺开稿纸,沙沙沙地写起来。

我分管的是一些路途偏远或贫困的远郊分局、边远部队，比如海军基地、边防支队、机场分局等，还有平时最劳累的如交警队、消防局、112，也分给了我。在保证不漏掉本线路主要新闻的同时，平时我们总要隔三差五地跑到这些单位看看，以加强彼此的合作关系。

现在，有了汪小雨这样一个聪明能干的实习生，倒也帮我代劳了不少琐碎之事，也省去了我很多麻烦。

我端起小雨刚为我续了白开水的茶杯，轻轻地喝了一口，又抓起电话，赶紧给柯福贵打了一个传呼，让他速回办公室电话。然后，我胡乱地抓起案头一连两天都没有翻的本地报纸，了无情趣，随手扔到一边后，又从抽屉里翻出我那篇有关桃花苑暗访历险的底稿，看了几页，又陷入沉思中。

稿件已交给编辑部半个月了，为何现在还迟迟不让见报呢？今天有关此事的后续也有了初步结果，但今天顾阿荣执笔的稿件，特别是卫强在现场拍的那些相片，明天真的能见报吗？这可是一正面一负面的新闻，如果真的有一面能见报，至少也能让外界知道有这样的一件事发生了……

"老师，稿子我已经写好了，请您过目一下吧……"汪小雨的说话声，打断了我的沉思。

她把写好的稿子递到我面前，我认真看了一遍后，只用笔帮着改动了两处，赞扬道："写得还不错，至少让一篇简讯变成了一篇消息。"我看了看时间，此时已是晚上8点了，再迟一会，就赶不上版面了。我赶紧催促道："你赶快把稿子送到二版编辑手中，也就是时政新闻版。再不送下去，今天就来不及了……"

小雨闻言，马上一边手忙脚乱地收拾东西，一边就要下去。

临出门时，她忽然想起了什么要紧事，又急急地从挎包里掏出一个黄色信封，双手递给我说："石老师，真不好意思，刚才只顾写稿子，竟把这个都忘记了。这是下午开会时交警队给的，每家媒体都有，是200元车马费……"

我让她自己留下。

"那怎么能行呀？石老师，你真是太客气了，上次你把几百元的购物卡硬塞给了我……现在，我再不能要了，请您收下吧……"汪小雨见我又一次诚心诚意地把这200元"车马费"让给她，哪还肯接受呢？就拼命地要塞给我，

第七章 谁绑架了举报人

而我又坚决推脱。

就在此时,半掩半开的办公室大门,突然"砰"的一声,被人用力推开了。

我和汪小雨都不由吓了一跳。

门外昏黄的灯光下,站着一位长发披肩、细高个儿,手里拎着一只黑色小坤包的清秀女孩。她显然也被眼前陡然出现的一幕弄得不知所措,也没有搞清我们究竟为何事而推让,但看到我们"亲热"的样子,就一下愣在门外,半天不愿踏进来,只是气鼓鼓地用那双明亮的大眼睛,一会儿盯着不知所措的汪小雨,一会儿又斜视着满面尴尬的我,努力地翕动着那两片涂着红色唇膏的小嘴唇,想说什么,但终于没有说出来。

机灵的汪小雨早从我颇为难堪的神情瞧出了端倪,她赶紧热情地主动打了一声招呼,然后,有些面红耳赤地问道:"石老师,请问……这……这是不是……"

"呵呵,小雨,我来介绍一下,这就是你从未见过面的李姐,李萌萌同志……"不知是因为紧张,还是因为这两天没有回家而心生歉疚,我一紧张,竟将李萌萌咬定成"李姐",还郑重其事地在后面称了一声"李萌萌同志"。

果然,那最后两个字,陡地点燃了李萌萌的怨恨,她用鼻子哼了一声,说:"哎,不用石大记者介绍,我也知道这位漂亮的湘妹子,肯定就是常在我面前提及的汪小雨吧?"

"哎哟,还真的是师娘……不,不不,是李姐……"汪小雨哪里见过此种难为情的场面呢。这小女生一紧张,想叫师娘,顿觉不妥,因为她知道我们尚未结婚;叫了一声李姐,又担心不亲热,就显得有些语无伦次起来。

我赶紧为她解围说:"小雨,时间不早了,你赶紧把刚写好的稿子送到二版编辑那里吧,再晚一点就来不及了……"

汪小雨如获大赦,忙不迭地向依然怨气十足的李萌萌道别,一边咚咚咚地三步并作两脚,一路小跑着出去。

幸好,左右隔壁和对面的几家办公室都没有什么人,刚才那几个还在叽叽呱呱的女学生,不知何时早走了,要不,就凭李萌萌此时这副兴师问罪的样子,也足令我丢人的。

李萌萌和我尽管都在同一大楼里,但因各自的工作太忙碌,从我和她相恋

133

以来，这是她第四次来我办公室。记得第一次来报社时，她陪我在办公室写了一下午稿子。她看我实在太忙，又不是独立的办公室，以后她就不再愿意来，有事不是电话联系，就是让我去她那宽大安静的办公室。

我跟随专案组进入案发现场的那天，刚由财经版调入《浦江楼市》的她，因某房地产公司组织员工去外地进行业务培训，她要跟随采访，就出差了四天，正好今天下午才回来。

她得知我这几天的状况，十二万分担心，每天总是在传呼里留言。

此时，她带着情绪特意跑到报社来找我，除了责怪我以外，自然还有对我的不放心。真是雨点滴到针眼里——巧得很，就在我一手紧抓着小汪的手，一手硬将那信封塞到她挎包里时，原本就满腹狐疑的女友，竟在此节骨眼上出现了。

看到汪小雨走远了，我赶紧带着苦笑，冲着她招呼道："你也真是，晚饭时我打你手机不通；连给你打了好几个传呼，都不理……这么晚了，还冒冒失失地跑到报社来……"

她就那样伫立在门口，理也不理我，动也不动一下。

我急了，尽量压抑着声音叫道："你怎么啦？快进来呀？为何还站着不动？"

"谁是'你'？我是李萌萌同志！现在汪小雨同志走了，你可以大声地喊我'李萌萌同志'了……"

我伸出手要拉她，谁知却被她一把甩开了。

她那哀怨双眸含着的亮晶晶的东西，在刺目的灯光下，此时终于夺眶而出。

她揪住汪小雨指责我。我又气又急，跺着脚，搓着双手，气呼呼地解释："……是小雨把下午去交警队开会的红包给我，我考虑到她是外地来的学生，生活很拮据，就把那200元的红包让给她……"

谁知，我这句大实话，却犹如火上加油，让她更生气了。

"好呀，你还真关心人家小女生呢？我说她为何笑得那么开心，原来有你这老师对她格外照顾呀！你能把红包给她，不是有企图还有什么？！"她叫嚷道，陡地泪如雨下。

第七章 谁绑架了举报人

我知道此时说什么也是多余的,只是嘟囔道:"萌萌,请你不要以小人之心度君子之腹,好不好?我这是出于老师的关心,但人家坚持不要……"

"君子?你还君子呢,我看你是一个伪君子……"

说罢,她像一只斗气的小狗,气呼呼地转身就走。

看到李萌萌涨红着脸,气呼呼地夺门而去后,我担心她在路上有什么闪失,毕竟是夜里9点多了。

我手忙脚乱地抓起采访包,正要锁门追随她出去,就在此时,办公桌上的电话骤然响起……

举报人和记者同陷危局

我心里一个激灵,猛冲过去,抓起电话刚喂了一声,那头就传来熟悉的声音:"石记者吗?石记者,我……我有非常重要的事……"

浓浓的山西口音,粗声大气的嗓门儿,正是柯福贵。

就在刚抓起电话听到那直喘着粗气、惊惶而又不安的声音的一刹那,我就意识到,他很可能遇到了什么危险。

"柯福贵,柯福贵!你现在在哪里?今天我打了十几个传呼你都没有回音,是不是遇到麻烦了呢?你现在在哪里?怎么回事?""石记者,不好了,大事不好了……今天公安局在桃花苑抓人时,惊动了很多人,那些家伙都慌作一团,跑到了郊区宋庄镇,其他几个团伙的也早躲起来了。我知道后,就偷偷地跟踪着去探听风声,谁知,我的行踪很快就被他们发觉了……特别是李二狗那个黑团伙的,他们有人怀疑是我从中捣鬼,几个家伙就把我挟持到了他们的住处……真没有想到,他们也有人住在那么偏远的地方。"

"那现在他们把你怎么样了？你怎么还能打电话呢？你有没有危险？赶快回到市区吧……"

"……就在天黑时，他们五六个人将我绑架到出租屋里……还把我狠狠地打了一顿……他们怀疑李二狗等三人被抓与我有关……"柯福贵语无伦次。

我赶紧安慰他："不要害怕，如果有危险就马上报警。请你快点告诉我，你在宋庄镇的具体什么地方？"

"唉，我也不知道具体地方……我一点也不熟悉这里的环境……这里只有靠马路边有几栋房子，三面都是建筑工地……我跑了好远，才找到这里的一个小卖部。"在他慌张的话语里，我隐约听到电话那头传来喧嚣的机器轰鸣声和马达声。"靠近水塘边的小屋子里……具体方位我也不熟，这四周一带有好多鱼池，很偏僻……"

"你不要紧张，仔仔细细地看清周围的环境，然后再告诉我具体位置……我马上和专案组联系，通知警方来救你……"我一手抓着笔，一手紧握话筒，大声安慰着他。

"对了，今天绑架我的歹徒，其中就有4月1日抢劫你们钱财的尖下巴，真名叫曹细福，是湖南浏阳人……带队的那个家伙外号叫'鱿鱼'，我听他们手下说，那天戴着墨镜用钢珠枪威胁你的那个正是他……"随着柯福贵的描述，我的眼前马上浮现出那位戴着笨重墨镜、身着黑色苹果牌衬衣、满脸横肉的中年歹徒。

"石记者，本来不敢惊动专案组的……但那些家伙真的对我非常怀疑，明确表示一定要除掉我……请你马上直接与专案组联系，越快越好……对了，刚才他们关押我的那栋出租屋后面，有一大一小两个水塘……离马路有一公里远……"

就在此时，我听到柯福贵在那头惊惶失措地叫道："哎呀，不好了！他们发现我在外面打电话……都追上来了！有七八个人……石记者，快、快、快救救我……"

我紧攥着话筒的手早已是汗津津的，嗓门儿紧张得直吊起来，只是急急地追问："柯福贵，发生了什么？发生了什么事？你快把电话放下……快拨打

第七章 谁绑架了举报人

110,快报警……"

"石记者,千万不要开警车,不要穿警服……否则,他们就会更加怀疑我……告诉他们……便衣……"

我惊疑地还要追问时,只听他又在那头结结巴巴地叫了几声。

他的话音未落,我就听到电话"啪"的一声挂断了……

我陡然一惊。

我紧握着嘟嘟嘟响的话筒,半天不知所措。我意识到,此时此刻,远在城郊的柯福贵肯定凶多吉少……

愣了好一会,我才像醉酒的人突然清醒过来一样,急忙拨打110。可我一连拨打了几次,却总是占线!直到第四次,才好不容易接通。

我火急火燎地将事情经过,简明扼要地告诉了值勤民警,然后急急地请求道:请辖地的派出所以最快的速度前往解救柯福贵!

紧接着,我又拨打专案组负责人凌光汉的手机,可是无法接通。再急忙拨打黄雄的手机,宋庄镇正是他们浦西区分局所管辖的范围。谢天谢地,他的手机通了。

一听到我的声音,黄雄开玩笑地说:"哎,是石记者呀,不要着急,慢慢讲,慢慢讲……"我平时说话本来语速就极快,说话一快,我那挟带着鄂东南乡村土话的普通话,往往就会变成"不懂话"了。于是,我尽量按捺着激动,一字一句地,将刚才的一切都告诉了他,然后焦急地催促他赶紧想办法。

"这真是一个意外的情况。不过,请你放心,我马上与宋庄派出所联系,先叫他们去救人。我和凌队联系好后,也会尽量赶过去……"黄雄一听,马上变得严肃起来。

见警方很重视我的电话报案,我紧悬着的心好不容易才松弛下来。思忖了一会,又赶紧把刚才的情况,先后向采访部主任庞达海、报社领导李明白、高良和周大可等人,都一一汇报。他们闻知后,都显得很意外,但也只能口头安慰我几句,提醒我自己更要注意安全。

庞达海接到我的电话后,不由倒抽一口冷气。当他获知我此时很想打车前往宋庄镇时,坚决表示反对,高声地对我叫道:"现在只有警方才能起到作用,你千万不要轻易出门，以免搞出什么乱子来……"他的电话刚放下，只过两分钟，又打了过来，再三叮嘱我："那地方是较为偏远的郊区，此时是夜晚，弄不好又会出意外。你难道忘记了前几天的历险？那其实也是我这采访部主任的重大失误！实话告诉你吧，为这……我没少挨批……特别是如果再出什么漏子，我也没法向上面的领导交代呀！"

他一再在电话里要求我，千万要注意安全，随时与警方保持紧密联系，一有消息马上电话他。

10分钟过去了，15分钟过去了，18分钟过去了，转眼半小时过去了……我心神不定地不时看着时间。

此时，时钟指在夜晚10点48分。

电话仍然没有响。

外界依然毫无音讯。

我就这样等候着电话，焦躁不安地在办公室里走来走去。

我踱到窗边，隔着纱窗，哗的一声将中间那扇玻璃窗拉开，一股清新的凉风扑面而来，竟令我打了个哆嗦。

清爽的微风中，我凝望着窗外的世界，今晚的意外，不禁让我对今天白天发生的事心有余悸。

今天上午，专案组抓到李二狗后不久，我就按捺不住兴奋，第一时间打电话告诉了柯福贵。

那正是中午时分，我利用在桃花苑派出所吃完午饭后休息之际，趁着顾阿荣和邓保卫他们正在和田所长及几位民警说话，悄悄地溜到派出所后门外，蹲在后院一角的绿化丛中，在清香四溢、翠色欲滴中，用手机传呼柯福贵，告诉了他抓捕李二狗等人的经过。

他很快回复了我的电话。听我讲述完那两男一女落网的精彩经过后，他并没有像我一样高兴，反而有些忧心忡忡地说道："今天被抓的，只有李二狗是他们的头目之一。他们有好几个老大呢，我只认识李二狗、钱志刚和那个叫贾庆丰的，但在幕后控制他们的真正老板，外人一般认为只有那个李大魁。但实际上，真正的罪魁祸首，是一个瘦小的老头子……"

第七章 谁绑架了举报人

"什么，他们的真正老板是一个小老头？这不太可能吧？"我既惊奇，又疑惑。因为在我们常人的理念中，绝大多数涉黑的团伙首领，要么是武艺高强，要么是生得五大三粗，要么是长得凶神恶煞，要么是心狠手辣，怎么也不可能是一个瘦小的老头子。

不知怎的，他的话蓦然令我想起案发当天，我和邓保卫跟随着那位雀斑女正要进入那黑幽幽的出租屋时，那位矮小精瘦、双眼阴鸷、头发花白的小老头儿，至今，他右眉中间的那颗长着白毛的黑痣，我依然历历在目……

我心中打了一个激灵，正想问话，柯福贵又叽叽呱呱地在那头口若悬河起来："我说石记者，你意想不到的事多着呢！据我所知，此团伙在这一带盘踞了有十年的历史，而那老头子在十年前来到浦江市后，就看好了这一生计，带着几位老乡开始干起来。因此，随着十多年的发展，这里目前虽然已有十几个这样的团伙，但大家一提起这老头子来都会害怕，因为他年轻时，本来是在某煤矿做临时工，后来因为和同事发生争吵而动刀子，伤了人，后被判了两年。出来后，生活无着的他，只好跟着老父亲一起在农村里做木匠。有一年春节前去乡间讨工钱，对方不但企图赖账，居然还叫人殴打他。一怒之下，他就半夜时分潜入对方家里，举起斧头，将那家中的父子俩砍成一死一伤……后来，为了逃避死刑，他就故意装疯，加上家人四处花钱找关系，又砸锅卖铁地积极赔偿，判了死缓，后来七搞八搞的，最后坐了20年牢出来了……别看这小老头个子不高，但却是这一行创业的元老，加上他是杀人犯出身，心狠手辣，所有人都怕他，所以他的团伙也最大。据说，在南方几个主要城市中，都有他的手下……当然，这些都是平时我听不同的人讲的，但我从来没有见过他。"

看来这个黑社会团伙真够复杂的，单这个奇特的黑老大的历史，就够写一本书了。

"对了，石记者，刚被警方抓到的李二狗我早就认识，我们喝过几次酒，那个叫李芙蓉的是他的情人，一边色诱客人，一边陪他睡觉。这个女人还是她表哥矮冬瓜的情人……"

"一个女人怎么会同时做两个人的情人呀？再说，这两个男人都在一起……"我吃惊地问。

"呵呵，在他们这些人心目中，是毫无廉耻可讲的。还有姐姐卖淫弟弟收钱的；有老婆卖淫，老公守门；有女儿卖淫父亲收钱……这种乌七八糟的事，发生在他们身上，一点也不奇怪。这些家伙都是无恶不作的坏蛋！这些团伙中，那些拉客和卖淫的小姐，除了极少数是他们的亲戚朋友外，其他的都是他们打着老乡的牌子，以招工为名，从那些偏远的地区骗来的，还有的是低价拐卖过来的；当然，也有少数本来就在南方打工但幼稚无知的女子……这些女人，只要落入他们的火坑，一切就毁了……除了被强迫卖淫外，平时还得陪这些团伙成员睡觉，稍有不从，他们就捆绑毒打，然后再当众将她们强奸，更多的是轮奸……"

柯福贵愈说愈激动，嗓音都明显提高了许多："石记者，我还要告诉你一件事。这次我刚回来，就听到熟人告诉我，那个以湖南人为首的黑社会团伙，前几天发生内讧，差点动刀子呢？"

"什么？他们当中发生内讧？是什么事引起的呢？"我马上竖起了耳朵。

"我刚才说过的，那些家伙道德都很败坏的，简直是畜生不如！他们和那些小姐乱搞后，有的因为没有采取措施，就会生下孩子……你想想，他们的小姐有十几个呢，天天睡在一起，还有的要陪客人睡，能不出事吗？

柯福贵告诉我：前几天，一位叫林秀云的年轻女人，伙同一个叫吴松林的，持刀砍伤了一直控制她的"顶头上司"钱志刚后，趁机逃跑了……

时年25岁的林秀云长得很漂亮，原是常德某技工学校的毕业生，两年前来南方打工时，被该团伙的小头目钱志刚以老乡之名骗到外面，设法将她灌醉后强奸，又胁迫她入伙。落入魔窟的林秀云身不由己，一边装扮小姐色诱客人，一边只好和钱志刚长期姘居。

去年底，林又怀孕了。钱志刚在湖南农村早就有老婆，并生了三个孩子，他害怕抚养不起，不敢要，一直逼着林去打胎，结果也不知怎么搞的，那女的就想留下孩子。因为在这之前她打了好几次胎，医生说再打胎，就永远不能生育了，她就想法隐瞒着，最后终于生下了一个小男孩儿。结果，那个丧尽天良的钱志刚，竟然趁林秀云坐月子时，偷偷地把刚出生不足一月的孩子卖给了人贩子……

第七章 谁绑架了举报人

"什么？竟然还有这种事？！那家伙也太没有人性了！那女的为何不去报案呢？"我听得汗毛直竖。

"唉，石记者，你怎么又忘记了，那可是黑团伙呀，他们杀人如麻，无恶不作！平时有多少双眼睛在背后盯着呢，连人身自由都没有，哪还敢去报警呀？！据我所知，这些小姐和拉客女……如果怀孕的话，连他们自己都搞不清楚是哪个的种，因为一旦哪个女的生下了孩子，一律卖给他们熟悉的人贩子。不管是男是女……你肯定又要问这些人贩子是哪里来的？我告诉你，在浦江四周，有不少专门在医院和发廊转悠的人贩团伙，他们最青睐那些刚出生父母又不愿抚养的婴幼儿，他们雇佣人把婴幼儿养到三五岁，就控制着他们去马路上乞讨，或去歌厅、宾馆、酒楼、马路上卖花……打着卖花的名，实际上是变相乞讨。这些孩子一旦落到他们手中，一生就完了……"

柯福贵在电话那头无奈地告诉我说：这种事太多太多……还是说那个钱志刚吧，那家伙偷偷地把孩子卖掉后，林秀云很快就发觉了……得知真相后，这个女的竟发起狠来，利用深更半夜李睡着的机会，拿刀朝那家伙的脑袋上砍，刚砍了一下，钱志刚就惊醒了，马上夺下她手中的刀子，把她打得遍体鳞伤……

如果是在平时，这个女的早就死无葬身之地了，但此时，大多数人都同情她，再说这是钱志刚和这个女人之间的事。

也正是因为此事，另一位叫吴松林的成员和钱志刚发生了纠结。因为他一直喜欢林秀云，我早就听他们同伙说，两人经常背着钱志刚睡在一起，为此还吵过架。他怀疑那个刚出生的小男婴是自己的……就一直想抱回老家抚养，因为他不像钱志刚乡下有老婆孩子，他是独身……他一直痛恨钱志刚霸占了自己的女人，现在获知钱志刚不但偷偷地把孩子卖了，而且又如此毒打自己的女人，就忍无可忍地和钱志刚打了起来，并趁机捅伤了他的大腿……见闯了大祸，吴松林趁乱带着林秀云逃之夭夭。听说，那个钱志刚现在就躺在军区医院呢……

"石记者，请你赶紧把这些情况向警方反映，我等候你的好消息……"

大约是话说得太多说得太快的缘故，我听到柯福贵停了一下，咕噜咕噜地喝了几大口水，又接着说："由于我在火车站附近的几家派出所做了三四年保安，所以接触到许多丑陋的事情，像票贩子呀、电话宰客呀、黑旅店呀、吸毒呀、卖淫嫖娼呀，这些我早已是司空见惯了，但我最痛恨的是那些以色情引诱，抢劫杀人的黑团伙，因为这些人比较起其他的犯罪团伙，危害性更大……所以我就首先向你举报了他们。"

尽管在四五年新闻记者生涯中，我接触过形形色色的举报者，也叫报料人或线人，但还是第一次结识柯福贵这样懂得多、社会见闻也广的报料人。

"他们当中等级森严，分工明确，江湖规矩很多，谁敢犯，轻则砍手、剁脚、挑脚筋，重则小命不保……他们平时都相互监督，谁敢犯规，就会受到严厉惩处……关于这些内幕，有机会我再细说吧。就说他们里面的女人吧，不管是亲戚朋友还是拐骗过来的，只要一进入，就像跳进火坑一样，要想跳出来，难上加难，除非不想活了……他们这伙人还有一个叫李大魁和贾庆丰的，前者是河南人，后者是湖南人。那个贾庆丰以前还请我喝过酒的……"

我还想问什么，但对方有些着急地说："石记者，我马上得去人民医院，我弟弟出了一点事……有一些重要的情况，到时我们再想法面谈……"

说罢，他就仓促地挂了电话。

晚上回到报社后，我就开始与他联系，但一连传呼了他几次，都没有回音。晚饭后回到办公室，我不但亲自传呼了几次，还特意叫汪小雨也帮着传呼了几次，见还是无回音，我就开始感觉不妙。

而后跟李萌萌小闹一场，尚未宁静，又意外地得知这个一心想捣毁那个特大色情抢劫团伙的举报人，自己身陷险境，竟遭黑帮绑架……

此时我所在的这栋浦江市的标志性建筑高达38层，而《浦江都市报》正位于此楼的第18层。站在高高的窗前朝外远眺，在灯火辉煌深处，一条宽敞的马路由北向南，在不远处跨过滔滔浦江，连接着高高的浦江大桥。

半年前，我暗访和揭露了本市龙潭村段天龙及其4个儿子的系列黑幕，在全社会激起强烈反响的同时，我这做跟踪报道的记者，先是遭受到恐吓和跟踪，之后又被人公开叫嚣"30万元收买人头"，继而收到一颗子弹头……最后，就是在3个月前的那个月黑风高的夜晚，我从报社办公大楼写完最后一篇稿后，拖着疲惫不堪的步履，骑着自行车，沿着浦江大道正要穿越长达一公里的浦江大桥时，突然遭到后面一个骑着摩托车的男子和埋伏在桥头的两名歹徒的袭击。

第七章 谁绑架了举报人

所幸的是,特种兵出身的我,趁机翻过桥,纵身跃入滔滔浦江之中,才得以逃命……

回想起那些日日夜夜,我至今心有余悸,常常无故流汗。

唉,往事真是不堪回首,但残酷的现实谁又能躲避得了呢?

如果说,上次的那长达一月余的暗访,也是那样触目惊心,那样令人心有余悸,但暗访的目标在明处,我们却躲在暗处,对他们的违法犯罪行为耳闻目睹,在深入调查和走访后,最终很快就将事情调查得清清楚楚。那么此次,却是一场看不见的战斗,犹如窗外那黑不见底的夜色。

凝望着黑沉沉的夜色,我思绪千万,愁绪百结。

很明显,此次的暗访,比起以前的所有历险,是前所未有的复杂。没想到,第一次由报社策划的暗访,竟会令我如此身不由己地陷入深深的迷局中。

窗外,半轮残月,高悬夜空,云遮雾绕,时隐时现。四月的晚风寒意未消,伫立窗前朝外远眺,忽明忽暗的月光下,外面临街的马路上车水马龙,霓虹闪烁。我的心就像那高空残月一样,在愁云迷雾之间挣扎着,挣扎着……

我唉声叹气地又回到办公桌前,那里杂乱地放着柯福贵寄给我的那封举报信复印件,原件我早已连同和邓保卫合写的新闻特稿交给了编辑部,以供他们发稿用。

可是,时间已过去半月了,一切似乎都是未知数,一切都是深不可及。

我百无聊赖地翻着那封举报信,翻到最后一页,看到上面留下的电话,看到那个我曾经多次拨打过的电话,心急如焚地想到了他的家人,就打通了山西洪洞他老家的电话。

电话是柯福贵妻子接的,当她获知是我后,这才放松了警惕。她用我难以听懂的洪洞话说:老柯早在一周前就南下了,还借了2000元钱。现在他父亲因为无钱住院,早就回到家里,靠她和10岁的女儿一起照料。西药根本吃不起,只能吃价钱便宜的中药,以维持最后的日子……

柯妻说着说着,竟小声地哭泣起来:"家里这个样子,他还往外跑……还敢借债,这日子实在无法过了……"

我劝慰了好半天,柯妻在电话那头好不容易才安定下来。她说:"我只知道老柯的 BP 机，不过，他每天都会坚持打电话回家的……"末了，柯妻又抽抽噎噎地请求我，见到他一定叫他早点回家，她实在撑不住了。家里再穷，但安全……

最后，这位老实善良的女人，给了我一个陌生的传呼号码，是柯福贵的同胞弟弟柯福来的。早听说柯福贵的这位孪生兄弟几年前就跟着他南下打工，他们一直在一起，后来他弟弟又去了邻近的一个市。

我急忙又传呼柯福来，传呼号是本市的，看来，他也在浦江。

没多久，柯福来回复我的电话了。当他获知我是特意来打听胞兄的情况时，他停顿了一下，马上变得支支吾吾起来，说："我哥到浦江后，和我见了一面，就跑到外面去了，只说有急事要办，但到现在我也不知他的消息……"

他告诉我：几年前随哥哥南下后，先是在附近几个小镇打工，后来才又回到浦江，现在也在一个城中村里当保安，月收入不高，仅能勉强维持温饱。现在老父重病在家，急需钱治疗，而哥哥又来到了这里，因此，下个月他可能辞职回家去。

我和他东扯西拉地寒暄了一会后，见问不出所以然，只好怅惘地挂上了电话。

但令我做梦也没有想到的是，在不久的后来，我正是通过柯福贵这位尚未谋面的孪生兄弟，获知了一个惊人的内幕……

看来，我今夜又不大可能赶回家了。在担忧举报人柯福贵安危的同时，我自然也牵挂负气而走的女友。但我连打几次传呼，她都不理，打出租屋里的电话，也无人接，只好无奈地给她小心翼翼地留言。

就在我心烦意乱地推开办公室的大门，正欲到外面走廊里走动一下时，电话又急促地响了起来。我一个箭步冲进去，抓起电话，急不可耐地正要问话时，那头传来一个陌生的声音，问道："请问您是不是石飞记者呢？我是浦西区宋庄镇派出所的，半小时前接到 110 的指派，正在现场找人……"

"你们找到人了吗？找到那位柯福贵了吗？"我急不可耐地问道。

"没有……我们绕着四周寻找了半天，也不见当事人的踪影……刚才分局的同志也打来电话，他们很快就到达。哦，对了，请问您手头有当事人的联系方式吗？"电话那头很嘈杂，还不时响着呜呜的警笛声，很显然，他们是在行

第七章 谁绑架了举报人

驶的警车里用手机给我打的电话。

"柯福贵只给我打过一次电话,称他人被劫持到宋庄镇一出租屋里……四周是一个建筑工地……附近有一大一小两个鱼塘。"

那位民警说:"我们的车子已经找到好几个鱼塘,但根本不见人影,我们再去附近转转……"

我又赶紧拨通了黄雄的手机,还没等我开口,他就告诉我说:"石记你好!我刚刚赶到宋庄镇,现在正和派出所的同志一起,正在四处寻找……张队长也随后赶到。请你放心,只要找到人,我会马上通知你……"

他告诉我,他和派出所接洽的民警刚碰头,由于这儿远离市区,四周都是偏僻的乡村,地理位置比较复杂,加上很多土地都被征用,周围大大小小的建筑工地林立。

由于当事人唯一的联系方式 BP 机已关闭,因此,此时要想在茫茫夜海寻找一个人,可谓大海捞针。

最后,他在电话那头大声安慰我说:"石记请放心,根据我们所掌握的情况分析,那些黑帮团伙目前应该还不敢拿这个柯福贵怎样……"在一片嘈杂声中,手机信号明显不好,很快就断了。

忧闷的我刚刚放下电话,猛然想起柯福贵对我说的最后那句话,脑袋轰然一响,气得在桌子上狠狠地击了一拳!

真是忙中出乱!我刚才为何没有提醒他们不要驾驶警车呢?!

在那种空旷的偏僻地方,一帮警察驾着几辆警车,威风凛凛地拉响警笛、闪烁着警灯,老远会把兔子都吓跑,何况那些老奸巨猾的歹徒呢?那些本来早就是惊弓之鸟的歹徒,还能不闻风而逃吗?!

按规矩,警方接到群众报警后,出警时,相关民警不但要证件齐全,更要全副武装,身着警服、驾驶警车是情理之中,但是,在此关键时刻,他们面对的不是一般的出警,而是一伙身负重案、罪行累累的黑团伙!

我又急忙抓起电话,又一次拨通黄雄的手机,却不通。

无奈之余,我又打通了张队长的电话。他听我说明来意后,马上爽快地大笑起来,说:"哎,是我们的石记者呀。行行,你说的有道理,在这个节骨眼上,的确不能如此大张旗鼓地去抓人，应采取隐蔽手段，嘀嘀，请你放心，我马上通知下面，马上……嘀嘀……"

但愿他们能尽快找到人……

直等到12点多，时间已是深更半夜了，身心俱惫，等候无望，我怅然若失地长叹。

接连几个晚上没有休息好的我，决定今晚不再回家，就在办公室再凑合一夜得了……

第八章 神秘"深喉"

警方抓捕的现场新闻，又让人给压了下来

尽管紧闭了所有窗户，但还是能清楚地听到下面不远处建筑工地传来阵阵刺耳的喧哗声。我打开空调，倒在硬邦邦的办公桌拼凑起来的"床"上，久久无法入睡。

担忧着柯福贵的安危，我翻来覆去地总是把这位勇敢的举报人和美国那位著名的"深喉"作对比，脑海里一直思考着"深喉"、"深喉"……

是的，这位山西退伍兵，就是一位勇敢的"深喉"。

说起来，这个独特的词，还是我不久前翻阅美国新闻史时，才获知并深深理解的。

"深喉"即"DEEP THROAT"，起源于美国1972年的水门事件，指的是那些为了公众利益而奋不顾身出来作证的人。一般是指事件背后所发出的更深

第八章 神秘"深喉"

层次的声音,而在水门事件中,特指为记者提供重要资料的人。

1972年,美国《华盛顿邮报》记者鲍勃·伍德沃德和卡尔·伯恩斯依据线人"深喉"的消息,捅开了"水门事件"鲜为人知的内幕,使真相大白于天下。1974年8月,处境尴尬的尼克松宣布辞职,成为美国历史上第一个被迫辞职的总统。

就这样,神秘的"深喉"竟成为导致尼克松下台的最核心人物。"水门事件"成为美国200多年历史上最为严重的政治腐败行为,它对美国的政治体制提出了严峻的挑战。30多年来,这一事件一直深深地影响每一位继任总统的行为。

事后,这两名记者一直拒绝透露当时线人的身份,但是《华盛顿邮报》的总编辑西蒙斯引用了当时一部知名色情电影《深喉》的片名,作为告密者的化名。就这样,"深喉"一词经过无数文章、书籍、电影和互联网不断报道、炒作、描绘,使之愈来愈带有神秘的传奇色彩。

30多年来,"深喉"事件对美国的政治制度和新闻报道都产生了重要影响,打破了美国新闻报道的常规,使那些秘密的消息从此开始更多地登上"大雅之堂"。

报道出"水门事件"的记者伍德沃德和伯恩斯坦当时都很年轻,但他们因此一举闻名世界,并获得了1973年的普利策奖。这两位记者无疑成为世界上无数年轻记者学习的楷模,给他们以信心和激励,鼓舞记者们勇敢、执著地追踪事实真相。

直到2005年5月31日,时年91岁的美国联邦调查局前副局长马克·费尔特承认自己就是"水门事件"中那个曾被称为"深喉"的人,曾向美国《华盛顿邮报》记者提供尼克松总统"水门事件"的关键线索。随后,《华盛顿邮报》和费尔特的家人均确认,"深喉"就是费尔特。

"深喉"被曝光令美国媒体陷入疯狂的争夺战,费尔特在加州圣罗莎的住处被记者围得水泄不通。

2008年12月18日,这位曾对美国历史造成重大影响的神秘人物因心脏衰竭去世,享年95岁。

"深喉"揭开疮疤,保障的是公众利益,推动的是社会良性循环。我们中国需要更多的"深喉",需要更多的像柯福贵这样勇于向新闻媒体举报的重要"深喉"。

我就这样胡思乱想着,伴随着室里空调的嘶嘶声和远处隐隐约约的嘈杂声,竟然逐渐坠入迷迷糊糊的睡眠状态……

也许是实在太疲乏了吧,我这一倒下,竟然一觉睡到大天亮。

办公室两面的窗户都紧闭着,接完最后一个电话后,办公室电话铃声一直没有再响,这一觉居然睡得很香,是那种无任何噩梦纠缠,有了打扰也吵不醒我的深度睡眠。

隔壁和对面办公室都隐隐约约传来些许嘈杂声,有电话铃响声,有说话声。我愣愣地揉着惺忪的睡眼,才发觉原来早就天亮了。尽管一觉睡到天亮,人却依然觉得疲惫不堪,浑身像散了架一样难受。手机在充电,别人的电话都打不进来。我抽出 BP 机一看,上面竟有二十多条留言,除了几个陌生电话外,有庞达海和邓保卫的几次传呼,还有李萌萌十几次传呼我并留言的信息。

我赶紧爬起来,拿起被我扔到沙发上的电话一看,原来昨天在移动那两张笨重的办公桌拼起来做睡床时,不小心将电话线拉掉了。

如果同事看到我把这里搞得乱七八糟,那实在是令人难堪的事。我急忙把电话线接好,三下五除二地叠好我那床蓝色军用被子,把并拢的两张办公桌拉复原位,把同事桌面的东西摆好。

正在我忙碌时,电话响了,我拿起一听,却是李萌萌。

尽管我喂了几声,她还是不吭声,但从那特有的鼻息中,我就断定是她。而且直觉告诉我,此时她对我的气已经烟消云散。

我们化干戈为玉帛,刚轻松聊了几句,我的 BP 机又叫了起来,手机也丁零零地响起。

我赶紧对她说:"我的电话响了……记得按时早餐。有空我再电话你……"

说罢,我就赶紧扔下醋意十足的她,挂断电话。

原来是庞达海。

由于昨晚的事惊动了报业集团及报社的几位主要领导,上午一进办公室,他就急忙和我联系。他见我的电话老占线,就传呼我,随后打通了我的手机。

第八章 神秘"深喉"

我急忙拉开门,跑到他办公室。他开门见山地说:"我知道你昨晚肯定又没有睡好,但一大早还是得打扰你……万达社长一到报社就关心此事,特别是你的人身安全。他正在办公室里呢,我们一起去他那里坐坐,正好也把这些天发生的事对他汇报一下,以免老万放不下心……"

原来是社长万达要见我,难怪一上班,我们的采访部主任么急着要找我呢。

笑眯眯的庞达海刚要带着我出门,桌上的电话丁零零地响起。他一把抓起话筒,却是副主编高良。

从庞达海脸上复杂的表情和话筒里隐隐约约传出的声音,我听出来,万达刚刚接到通知,得马上到集团开一个很重要的新闻会议,没有时间接见我了,让高良和我好好谈谈。庞达海也没多说什么,只说了声:"老万临时有事出去了,我们就直接去高良那里吧……"

我跟随着庞达海要出去,谁知高良却像一阵风那样,早迎面走了进来。原来万达临出门时早打电话告诉他了,他就干脆直接向庞达海办公室这边来。

还没有坐下,高良看到我满面憔悴的样子,就关心地问道:"石飞呀,你的睡眠好像很不足呀。这样可不行……这样下去哪能做得好工作呢?这样吧,从今天下午起,你就回家好好休息两天……"我急忙回答道:"谢谢高总的关心。我只是……只是有点压力,累倒不累。不能再休息了,一大堆事得做呢……"

"那也行。做记者的么,生活本来就没有什么规律。不过,平时你一定得注意休息,多补充营养,身体可是革命的本钱呀——哎,还站着干嘛呢?来,坐下,快坐下……"

高良尽管是一介书生模样,但平时也像我们这些当兵的一样,爱留一个小平头。坐在我正对面的他,刚刚修理过的小平头,露出了青色的发茬,这令他那本来就瘦削的脸颊,更显得像刀削一样。还好,他不像李明白和庞达海一样,总是架着一副老气横秋的近视眼镜,那双眼睛很大,虽然一笑脸皮总会拉紧,但却显得很精干。

高良和主管采访部的副主编周大可,都毕业于本市同一所高校,两人是校友,但平时关系却不怎么样。由于在下面的记者站工作出色,他很快调到省报做编辑。几年前,风华正茂的高良来省报实习时,正好是万达带他。据说,后来也是万达大力帮忙，他毕业后就直接分到了省委机关报做记者，万达对他可谓有知遇之恩。一年前，当才华横溢的万达被省报委以重任，主持新创刊的《浦江都市报》全面工作时，手掌大权的万达就直接将当时在某偏远地级市做记者站长的高良调回省报，再直接将他提升为主管编辑工作的第一副主编。这也让高良成为所有编辑记者中最年轻的处级干部。

听我一五一十地讲完前后经过，高良轻轻拍着我的肩膀安慰道："石飞，我们马上通知顾阿荣，让她迅速通过省厅和专案组的人探听虚实，再作商议。这些日子累坏你了，一定要注意休息。现在既然有警方正在侦查此案，我们新闻单位就不要过多地插手，以免弄巧成拙。毕竟这是很危险的事呀……"

沉默。

我在沉默中点了点头。

庞达海端起刚泡好的绿茶，往里吹了一口气，小心地呷了一口说道："石飞呀，你是咱们采访部最敬业的记者，这次让你承担了那么多风险和压力，报社和采访部的所有人都心知肚明。此次你和邓保卫的功劳，我代表采访部表示衷心的感谢，将会永远记载入都市报的史册……"

我把目光转向面前这胖胖的脸庞。不知是因为我盯得太直，还是他不敢迎接我布满诸多疑惑的眼睛，庞达海有些不自然地瞟了我一眼，又低着头啧啧地呷了一口茶水，说道："……最好不要再为那个柯福贵担心了，他当过几年兵，又在当地派出所做过保安，是不会有大事的。目前，我最担忧的是我们记者的人身安全……"

"是的是的，大海说得对。我想他应该是一位智勇双全的男子汉，如果没有这个胆量，一般的人是不会冒这么大的风险的，再说警方早已采取行动了……他不会有什么意外的。石飞呀，现在最要紧的，你自己要注意休息，更要注意安全呀……"

高良呵呵地笑着，他一笑，脸皮就绷紧得像包在伤口上的绑带，苍白而紧凑；所以，他平时只要发笑，就不由自主地歪着嘴。也正因为如此，他不管在大会还是小会上，只要发笑，就会立马用手顺着下巴往上捂住嘴巴，那神情，就像一个颇为害羞的淑女。

第八章 神秘"深喉"

每当报社开会时,我们这些记者编辑们一看到这位副主编伸出一只手摸下巴时,就知道他要开心了,要发笑了。大家都跟着乐,看他五指并拢或张开,捂着嘴笑的滑稽动作。

"昨晚的事,集团和都市报主要领导都知道了……大家一致的意见是:所有与案情有关的事,我们新闻单位此时一律不插手,以免干扰警方破案……等案情有了最终结果,警方宣传部门肯定会公开召开相关新闻发布会的……"

我锁着双眉,尽量向面前这两位领导靠拢,努力露出笑意。只有我自己明白,那是苦涩的、无奈的笑。

我的目光穿过庞达海肥胖的身影,望向后面的窗口。

外面,又是一个阴雨霏霏的阴雨天。

我的办公室和庞达海的办公室正好门对门。我的为南,他的为北;我那里面对两条直达浦江的大马路;他这里的窗口外正好是一片正在开发的建筑工地,高高的脚手架、轰轰隆隆的起重机,把窗外的世界弄得嘈杂一片。

我在微笑中沉默着。

外表沉思默想的我,其实内心正在作激烈的斗争。

我不能在两位主要领导面前总是沉思默想。

我和他们面对面,就那么微笑着,想大声叫喊几声什么,但终于没有喊出。就在这百无聊赖之中,响起了轻轻的敲门声。

是采访部内勤小周。

这位扎着一根长辫子的小姑娘,是万达的一位远房亲戚,职高毕业后就被招聘进来做内勤工作。小姑娘大眼睛,高挑个子,长得不漂亮,但是皮肤白皙,显得很秀气。平时不爱说话,但见人总是会笑笑。

她看到我们仨正坐在那里谈论着什么,就不好意思地冲我们笑了笑,小声地说:"不好意思,打扰了,这是今天的报纸……"

靠门口最近的我,赶紧接过那一大叠散发着呛人的浓郁墨香的报纸。

"谢谢石记者。"

小周红着脸,朝我点了点头,又微笑着朝两位领导告别,怀抱着一大堆报纸,急匆匆地离去。

每天这个时间,她都要将当天的报纸和信件依次分送到所有记者办公室。

我接过的报纸中,有《浦江日报》、《浦江晚报》、《浦江商报》和《浦江都市报》。按照省报业集团的规定,所有主报和子报的记者编辑,每天都免费送一份当天的日报、晚报和本集团的所有子报,以供采编人员学习和借鉴。

我趁机随手翻起最上面的《浦江都市报》,飞快地浏览了一下头版,令我大失所望的是,今日的头版根本没有看到昨天专案组抓捕那三个歹徒的只言片语,也没有看到卫强所拍的一张图片。

我又飞快地翻到第二版和第三版,都没有看到。只看到三版一个毫不起眼的角落里,有我和汪小雨合写的那篇有关市交警队表彰先进的小消息……

看到我满脸狐疑而失望的神情,庞达海看了高良一眼,然后呵呵了两声,说道:"昨晚那个特稿,因为特殊原因……唉,又让上级领导给压下来了……不过,肯定是暂时的……"

"上次那篇我们冒生命危险换来的独家新闻,至今都不见踪影!现在,这种正面报道的稿子为何又不让发呢?"

我的嗓音忍不住提高起来。

"不要激动,不要激动么!你的心情我们完全理解,完全理解……"书生意气的高良,伸出右手,又开始摸下巴了。

"这可是由主管省厅和市局线的政法组长顾阿荣写的呀,她是以正面宣传警方为主的——再说,昨天那场行动,完全是正面的,是表现我市人民警察如何辛苦、如何机智勇敢,最终将作恶的歹徒逮住……我和邓保卫那暗访的稿子,现在没有发,我还可以理解,但为何这种正面的稿子还有人不让发呢?这——我这做记者的无法理解!"我两眼紧紧地盯着他们,越说越快,越说越来气了。

庞达海看到我激动起来了,赶紧站起来,有些不自在地向我解释道:"唉……说心里话,我这做主任的,比你更着急!可以这样说吧——"庞达海站起又坐下,坐下又站起,向我摊开双手,无可奈何地诉苦道:"……你们遭劫后,我们以报社的名义直接去省厅报案,当时主要目的是希望此事能马上引起警方高层的重视,尽快打掉那些黑团伙的保护伞,火速将对方一网打尽,为民除害。这样一来,我们就会由负面批评变为正面报道了……谁知,省厅胡厅长批示后,马

第八章 神秘"深喉"

上就惊动了省市有关主要领导,他们都认为此事有损浦江市的良好形象,弄不好还吓跑了那些正欲雄心勃勃来投资的港商、台商和外商……要求我们暂且停止报道,以后等警方正式有新闻发布会后,再大力报道……"

高良将手从下巴移下来,双手合在一起,击着巴掌说:"石飞,你就一百个放心。作为调查记者,你以军人的果敢,为我们都市报写了那么多独家报道,此次和邓保卫冒着生命危险,采写的新闻稿,我们肯定是要发的……不过,我们报社头上有好多官帽在管着,不听他们的又能怎么样呢?"

这倒是实话,也是报社面临的现状。两位领导一番推心置腹地倒苦水,令我的火气渐渐小了下来。

外面的建筑工地上,各种机器的噪音刺激得人浑身每个毛孔都有些紧张。看着高良和庞达海满脸无辜的样子,我这做手下的,自然也不敢太造次。说心里话,作为主管领导,面对如此重磅而独家的新闻,一直无法面世,心里自然会像我这当事人一样,别扭、失落、难受、烦躁,各种不好的滋味都会杂陈。

沉默。

嘈杂中的沉默。

难堪中的沉默……

起风了,四月的风,挟带着细雨,吹着潮湿的气息,让我感觉到一阵冷意又扑面而来……

我满腹惆怅地从领导办公室走出来。

我满腹狐疑地返回到自己的办公室。

汪小雨正背对着我,在打电话联系一个什么采访。这小姑娘倒是挺敬业的,以后肯定能成为一名好记者。不过,等我哪一天真正清闲下来时,我会认真告诉她:做我们这一行,除了敬业和写作水平,还得懂人情世故,特别是应懂得,什么该写,什么不该写……

我还要告诉她:做新闻不能光凭激情,不能单凭个人爱好,还得顾全大局。特别是,什么样的事情可以介入,什么样的事情绝对不要碰……

比如现在的我,头脑里一直缭绕着这样一个奇怪问题:冒险介入桃花苑的暗访,到底是对,还是错呢?

举报人昨夜肯定吃了不少苦头……

勤奋的汪小雨打完电话,就急匆匆地出门采访去了。

卫强和同事华子诚都没有来,办公室里就我一个人。

在心神不安之中,我坐也不是,站也不是;以前只要有报纸,我就会抓起来看,一是了解最新的消息,二是学习下别人写的新闻,而且说不定可以寻找到有用的新闻线索。但此时,面前一堆散发着油墨气息的报纸,我看也懒得看一眼。只要听到电话响,我就会浑身打激灵,以最快的速度去抓话筒。可是,很多电话不是找卫强的,就是找华子诚的。这其间只有几个电话是找我的,一个是正在外面采访的汪小雨因找不到地方,特意打电话询问我,另几个都是鸡毛蒜皮的投诉,比如家里的管道煤气不通,找了很多部门都在相互踢皮球;在本市大商场里买到假冒伪劣商品,投诉到工商部门,不管,找到消费者维权处,也无人理睬;还有一个是私营服装厂的打工妹,因几个月欠薪,穷得连卫生纸都用不起了……

像诸如此类的投诉电话,每天只要到办公室,都会接到几十个。事不大,但琐碎得很,你一定得很有耐心接听,做记录,并要好言好语地安抚对方一番,毕竟,人家是投诉无门了,才最后找到报社,找到记者。

但我今天接电话都显得力不从心,更显得心不在焉,总是三言两语地找借口打发开。因为,我一直在等候柯福贵的电话。电话占线时间长了,他就根本打不进来。

不过,其中一位黄阿婆的投诉还是引起了我的兴趣。她用很难听懂的本地方言夹着普通话,来电向我反映:浦江北岸的浦北区那一带卖淫嫖娼的现象极

第八章 神秘"深喉"

为严重,不论白天晚上,街头、路边,随处可见"野鸡成群",可就是没有人管,她希望我们都市报能好好揭露一下……

她说,最近她那七十高龄的老伴,近半年以来总是黄昏时就溜出去,然后玩到很晚才回来,时间一长,这位老实巴交的老人就起了疑心,搞了几次跟踪追击,结果发现,那老头子原来是"恋"上了不远处的一位发廊妹,与对方打得正火热呢。

痛心疾首的黄阿婆回家认真查看存折,这才发现有十万多块钱不见了。她立即向两个女儿紧急求助,企图阻止老头子的进一步"堕落",谁知被揭穿了底的老头子,干脆来了个破罐破摔,要"色"不要脸,毅然决然地和全家人分家过,天天大摇大摆地"泡"在发廊里"欢度晚年"了。

我作了记录,留下了她的联系方式,好不容易让对方放下电话,一看时间,已是上午11时了。

唉,这时间过得真快。

几次抓起电话,很想向专案组或是宋庄镇派出所打听下昨夜他们的出警结果,但转而一想,人家都辛苦到半夜三更,此时大多肯定没有起床;如果真的有消息,肯定会有人通知我。

正如刚才高良和庞达海所说的那样,举报人柯福贵当过兵,这几年一直在基层派出所做协警和保安员,见多识广,再说,他又与那些团伙没有过节……他们也最多是怀疑而已,还不可能达到要杀他灭口的地步……

下午3时许,办公室里空无一人。此时,采访部外出采访的记者大都还没有回来,除了左邻右舍不时响起各种电话铃的响声,外面走动的人也不多。

极度疲软的我,干脆关上办公室大门,坐在椅子上,双手交拢做枕头,想倒头休息一会,居然昏昏沉沉地进入了梦乡。

不知过了多久,昏头昏脑的我突然被一阵响亮的电话铃声惊醒。

懵懵懂懂中,我像只被人推醒的小动物,有气无力地抬起头,正看到卫强把话筒递给我说:"有人找你,听口气很着急呢……"

卫强是何时进办公室的,我毫不知觉。此时也来不及多问,赶紧抓过话筒。

尚未开口,就听那头传来一个熟悉而又疲软的声音。我不由一喜,大声叫道:"柯福贵,是柯福贵吗?你现在哪里呀……"

那头传来柯福贵疲惫而嘶哑的嗓音:"……石记者,我终于又听到你的声音了……我……"他刚说了一句话,竟在那头抽抽搭搭地哭泣起来。"我现在……跑出来了……天还没亮,我就趁两个看守熟睡后,寻机跑了出来……"

"太好了!你跑出来就好!那你现在安全吗?不管如何,你马上找个出租车,或是摩托车,以最快的速度赶紧到报社来!"

"我……我听……听你的,但请不要告诉任何人……我的行踪……"

"我一定会为你保密!现在是白天,你就不要担惊受怕,赶紧找车离开那里,然后直接到报社,我就在办公室等候你……"

"行,那我马上打车,要不,我的行踪很快就会被人发现,这里四处都有他们的耳目……我还从他们的出租屋里偷来一张最新的派出所值班名单……"

"什么?派出所的值班名单?是真的还是假的?是哪个派出所的?他们拿来做什么呢?"尽管我早从他的那封举报信中了解到:这些黑团伙手中经常有桃花苑等派出所的值班名单,如果有人被抓或出事了,他们就会马上按名单找关系,花钱把人保出来;但此时我还是想问个究竟。

"他们那出租屋里,每个床头都贴着这些派出所的名单,而且是最新的……"柯福贵马上告诉我说,昨晚他趁对方不备,偷偷撕下一张,今天凌晨逃跑时,随身带了出来。

我从事记者这行业后,采访过不少涉黑案件,像桃花苑这样的涉黑团伙,之所以能在此盘踞这么多年,敢有恃无恐地继续作恶,其背后肯定有地方政府,或是司法部门的个别腐败分子做他们的保护伞。他们肆无忌惮,就是背后有特殊身份的人为他们撑腰……就像我在前面提的一样,桃花火车站票贩之所以猖狂,是因为有个别腐败铁路警察积极参与;火车站电话宰客现象如此严重,是因为有不法之徒打着某些职能部门的牌子与之相勾结。如果能揪出幕后的这些"保护伞",他们失去攀附的支架,树倒猢狲散,才有可能将这帮活跃在桃花苑的歹徒们一网打尽。

在离市区五六十公里远的郊区,这些黑团伙手中竟能有派出所的值勤名单,可见其中必有名堂。这也难怪他们很少能落网了。

第八章 神秘"深喉"

由于时间很紧,我在电话里只是再三叮咛柯福贵:"马上离开宋庄镇,越快越好!找到出租车,打车过来,车费我给你报销……记住,以最快的速度赶到《浦江日报》报业集团大楼来。"

"嗯,我马上打车过来……"令我奇怪的是,看到我坚决地要求他马上直接赶到我们报社时,他却在那头变得犹豫不决起来。

他拖延一分钟,就多一分危险。我来不及多想什么,再三要求他:"小心安全,马上出发,不见不散!"

放下电话后,我赶紧找出几只纸茶杯洗净,又向卫强要了一包"555"牌香烟。我知道柯福贵烟抽得比较厉害,虽然我早就在女友督促下禁了烟,但男人招待男人,最好的东西就是烟酒了。

下午5点40分,报社大门口传达室阿云给我打来了电话:"石记,门口有一位外地来的美女口口声声要见你呢……"

听到阿云那甜美的声音,特别是她那快乐的笑声,总是令我如沐春风,但听到她后面那句话,又陡地令我如坠云里雾里:今天没有任何预约,怎么会平地冒出一位什么美女来呢?

"咯咯咯……又高兴坏了吧!哼,你们这些记者,一听到有美女就开始动心了吧?你急,我偏不让她和你说话……"

听那小姑娘的口气,好像真的是一位女性来找我一样。可是,这些天我一直为桃花苑的事而焦头烂额,几乎把所有的应酬都推脱了,哪还有心思约见其他人呀?更没有约什么美女来报社找我。

就在我丈二和尚摸不着头脑之际,调皮的阿云又在电话那头得意地乐了起来。我说:"你看你,就知道和我开玩笑。我们这些打工的人,每天哪有那么多美女找上门来呀。唉,除非是阿云你找我……"

"嗨,你这臭石头,又开始贫嘴了是不是?你这名记就是嘴巴不饶人,又想把猪八戒的耙子倒打在本小姐身上呀……哼,不理你了,有空再罚你。"阿云总是那么快乐地笑着,不管你说什么,她总是笑嘻嘻的样子,不愠不恼,笑意盎然。

"好了好了,我马上就得下班了,现在就让美女跟你通话吧。记着,可不要激动得晕倒呀!咯咯咯……"说着笑着,她把电话递给了一个人。

那瓮声瓮气的声音,马上让我明白:原来是柯福贵到达报社大门口了。

我赶紧坐电梯下楼去迎接他。在电梯里,回想刚才阿云那快乐的笑声,那娇柔的玩笑,再想到来找我的"美女"并非那戏曲里的美女苏三,而是一位长得五大三粗、脸色黝黑、瓮声瓮气说话的山西洪洞大汉,我不由得笑了起来。

被调皮的阿云一番调侃,连如惊弓之鸟一样的柯福贵也变得语气轻松起来。看来,快乐的美女,真是男人生活中的调节剂,哪怕是她一句笑语,一声玩笑,都能令人化解压力,驱散愁绪。

想到这,我猛地又想起:怪不得我们社长万达平时那样青睐美女记者和编辑了,难怪他总是对顾阿荣格外照顾和包容了……

我刚刚出现在传达室门口时,看到阿云和传达室的同事小刘,都正在忙忙碌碌着:阿云耐心地给什么部门打电话,因为门外正有几个人在等候着回话;而那位小个子的小刘耐心地为三位民工模样的人查验身份证,并在出入本上认真地登记着。

看到阿云正在打电话,我只好微笑着冲她点点头,算是打招呼。但那个调皮的小姑娘,看到我出现,一边用那双忽闪忽闪的大眼睛朝我眨了眨,又朝正在传达室里面正急躁不安地踱来踱去的柯福贵努了努嘴,然后,一边得意地笑笑,一边继续打电话。

她那意思我当然心照不宣:瞧,这就是来找你的美女呢……

"石记者,我们终于又见面了……"柯福贵一看到我,喜出望外地冲上前来,一把紧紧地抓住我的双手。

站在我面前的他仿佛一下老了10岁:两眼布满了血丝,胡子拉碴,满脸憔悴。左眼角一块青色的淤肿,左脸颊上有两条被人划伤的血痕。上身着一件脏兮兮的黑色衬衫,显得宽松而肥大;下身穿着一条早褪色了的旧式军用迷彩裤,一边的大腿上沾满了脏乎乎的泥巴和油污,右边裤脚下,还有一条明显裂口,不知是被硬物挂破的还是人为撕裂的。他那模样,显得很狼狈;那神情,显得很慌张;仿佛刚从铁牢里侥幸逃脱的罪犯一样。

大概是传达室里不让抽烟吧,他那只背部贴着几张创可贴的右手,正捏着半截烟,很显然是刚灭掉火后又舍不得扔掉的。

第八章 神秘"深喉"

我付完车费后，拉着他刚刚走几步，发现他走路时右腿明显不灵活。不由吃惊地问道："老柯，你怎么了？是腿部受了伤吗？是他们打的吗？"

"唔……是，不……不是……是我逃跑时……不小心碰伤的……"他满脸窘迫，颇为尴尬地嗫嚅着，眼睛好像不敢正视我。

此时的我，想得最多的就是：这位重要线人，这位《浦江都市报》的"深喉"，在过去的十几个小时里，一定饱尝了磨难，吃了不少苦头……

庞达海听说我们这位重要线人到达了，也有些激动地跑到走廊里来迎接。我对柯福贵作了一番介绍后，这才一起进庞达海的办公室坐下。

疲惫不堪的柯福贵一屁股落到庞达海那柔软的沙发里，也顾不得礼貌，就像一个瘫痪的病人一样，几乎将大半个身躯都倚靠在那里，好像再也没力气爬起来似的。如果此时没有人，我相信，他肯定会立马进入梦乡。

我把刚泡好的一杯热腾腾的绿茶递给他，还再三提醒他小心烫着。谁知，他伸出被烟熏得焦黄的左手，接过去只吹了几下，就三下五除二，很快就将茶水喝光。看来，为了逃命，他一路上连水也顾不上喝一口。

庞达海见状，赶紧从沙发旁边拉开一只纸箱子，掏出两瓶"娃哈哈"矿泉水递给他。他连连道谢，一把接过，然后动作飞快地扭开盖子，一扬脖子，只听到咕噜咕噜一阵响，眨眼间就将一瓶水喝了个底朝天。

庞达海刚递了一瓶水给我，还没有坐下，见面前这位线人这么能喝，也禁不住倒吸一口冷气。

我苦笑了一下，赶紧劝道："老柯，不要一下子就喝这么多水，小心把胃搞坏了。"

"唉，我的胃早就坏了……昨晚到现在，都没有吃任何东西呢……"他用脏兮兮的手背擦了擦嘴唇边的水，有些不好意思地说。

接着，他将手中早捏了半天的半截烟头夹在手指间，左顾右盼地问："谁能借个火？饭可以晚点吃，但烟得先抽，呵呵，烟瘾来了……"庞达海早掏出打火机，笑眯眯地为他点上了火。我们这位采访部主任平日虽然烟瘾不大，但偶尔也会抽烟，所以烟呀火机呀，他也总是随身携带。

我见此情景，才想起从卫强那要来的那包尚未拆开的"555"烟，一把塞到他手中。柯福贵自然没有推脱，有些窘迫地接过，然后装在那灰蒙蒙的衬衫口袋里。

我看了看时间，就赶紧说："现在已到了晚饭时间，我们先不谈了，就先吃饭去吧……"

庞达海早说好，晚上由他请客，再邀请上高良一起，就在报社饭堂的包间里请柯福贵吃晚饭。

听说我们要请他吃晚饭，而且还有报社领导作陪，柯福贵连忙推脱道："不不不，晚饭就不用了，我和你们聊一会，就得赶紧回去……晚上我弟弟和几个老乡还等我有急事……"

刚开始，我还真以为他是客气，又看他很饥饿的样子，就赶紧说："我看这样吧，你如果真的很饿，我先帮你泡一包方便面，等一会，我们再下去吃晚饭？"

"行行行，方便面更好……我平时也最爱吃那玩意儿。"

我赶紧冲到我的办公室，从案头上翻出两桶牛肉方便面，打开一桶，帮他倒水泡好。然后又找出两包榨菜放到上面。这也是我在报社写稿或错过吃饭时间，最常对付的快餐。

我刚把开水倒进去不到一分钟，柯福贵就迫不及待地一把掀开纸盖子，只见他抓起那塑料叉子，将一块刚软化的面团送到嘴里。随着呼哧呼哧的山响，柯福贵风扫残云，很快就将一大桶面卷到肚子里。

显然，他是真的饿坏了。此时此刻的他，真正是饥不择食。

喝了那么多水，又吃了一大桶方便面，柯福贵很快就精神起来。可能是刚吃了热腾腾的方便面的缘故，他很快就汗流满面。

他点上一支烟，随手接过我递给他的纸巾，抹了抹额头上的汗，然后长长地吐出一个圆圆的烟圈，舒畅地叹了一口气。

这时我又发现，他的两只手臂上也有不少明显的伤痕。他那小平头虽然头发不长，但发茬还是显得很零乱，后面也有一处青肿，左鬓角还明显地沾着一小块干涸的泥巴。

看来，这位兄弟，在昨晚经历了绝不亚于我和邓保卫所经受的惊心动魄……

第九章 螳螂捕蝉,黄雀在后

"他们正要将我沉入水塘，突然响起了警车的鸣叫声"

正在我们说话间，刚刚从省委宣传部开会回来的高良，闻讯后也急匆匆地赶了过来看望我们这位"深喉"。

靠在沙发上正吞云吐雾的柯福贵，看到一位中等身材的中年人笑容可掬地走进来，又听到庞达海介绍是都市报领导，慌忙将右手捏着的烟换到左手，腾出右手和我们的领导握手。他那模样，显得很是受宠若惊。

在我们几个人的期待中，只见他猛地吸了一口烟后，长叹一声，然后才用快速的语调，心有余悸地向我们讲述了他被绑架的经过……

昨天下午，当专案组在世纪大剧院附近抓获李二狗、任天宝和李芙蓉三人时，一直躲在麦当劳快餐厅的柯福贵，刚好目睹了全过程。当时，跟随在后面

第九章 螳螂捕蝉，黄雀在后

的另外几个同伙，突然看到五位便衣如猛虎下山一样按倒那三人，早吓得四处躲藏，作鸟兽散了。

柯福贵赶紧盯住其中一位叫董艳光的家伙。他对这家伙有一定的印象，但不是很熟悉，于是，错以为对方也不认识自己。

董艳光个子不高、身材消瘦，和另两个同伙慌作一团，急忙分头逃窜。当时专案组的干警们只把焦点放在那两男一女身上，并没有注意到分头逃跑的另外三人。

柯福贵看在眼里，急在心中。但他不可能公开抛头露面，也来不及和我联系，就悄悄地跟踪夺路而逃的董艳光。他跟着对方先是跑到大剧院后面的一条小路上，又抄道到离桃花苑不远的一条马路上。

董艳光在接连不知给谁打了几个电话后，故意绕了很多圈子，确信自己安全后，这才松了一口气。接着，他又钻到路边的一家快餐店，大快朵颐了一顿。这正是我给柯福贵打电话的时候。董艳光磨蹭到日落黄昏时分，才慢悠悠地跳上了一辆从市区开往西郊宋庄镇的公共汽车。

宋庄镇距市区有 20 多公里，那辆慢吞吞的公汽，足足行驶了近两个小时，到达终点站时，已是夜晚 8 时许了。

那位像瘦猴子一样的董艳光下车后，慢悠悠地踱到车站附近的一小卖部里买了一瓶"王老吉"，又买了一只打火机和一包香烟，然后若无其事地用湖南方言打了几个电话。

昏黄的路灯下，四周的物体早就变得影影绰绰。

柯福贵很隐蔽地躲在百多米远的一个破旧电话亭边，一直耐心地盯着对方的一举一动。只见那小子时而打电话，时而等复机，旁若无人地在忙碌着，仿佛根本不知道黄雀在后似的。

15 分钟后，当柯福贵看到对方仍在叽叽呱呱地打电话，一边还不时掉过头往后寻觅着什么，感觉似乎有些不对劲，但他转而一想，对方根本就不认识自己，不可能会想到有人在背后跟踪。

谁知，就在柯福贵躲躲闪闪地又一次朝前窥探时，他的后脑突然被什么硬物猛击了一下，随着眼前一阵发黑，他就什么也不知道了……

当柯福贵被一盆凉水淋醒时，发现自己正躺在一间出租屋的水泥地上，四周围着四五个凶神恶煞的男人。在一张木椅上，端坐着一位戴着近视眼镜的瘦高个中年男人。他定睛一看，不由倒吸一口冷气：虎视眈眈地盯着自己冷笑的家伙，正是此团伙的主要头目之一——贾庆丰。

贾庆丰今年40岁。系湖南常德石门人。他读高三那年，在常德某国有煤矿当矿工的父亲，因矿井塌方而死亡。后来他就顶职进了那家国有煤矿，成了一名矿工。但因他眼睛近视，根本无法在矿井作业，后来领导看到他有文化，就照顾他进了矿工子弟小学，成了一名小学教师。谁知，这位外表文弱的乡下人，性情怪僻且粗暴，嫌当老师辛苦钱太少，常旷工去外玩。半年后，当他因此而被煤矿辞退时，不由勃然大怒，带着两位朋友冲进校长办公室，在众目睽睽下将两位领导打得头破血流。

尚未逃脱的贾庆丰很快被抓，随后以"故意伤害罪"被判处3年有期徒刑。刑满释放后，他在老乡李二狗的帮助下，来到浦江市，很快和几位湖南老乡一起，从事色情抢劫的勾当。别看这家伙外表文质彬彬，却是一个六亲不认、心狠手辣的家伙。由于他表现突出，令很多成员服帖，很快就成为团伙老板李大魁的得力助手。

尽管平时贾庆丰也少不了找自己探听情况，也少不了请吃喝，但柯福贵一看到他，心里还是不由打了一个寒战。特别是，从他那厚厚的近视眼镜背后透出的那一道冷冰冰的凶光，柯福贵就知道自己今晚肯定是凶多吉少……

果然，贾庆丰压抑着声音，故作笑嘻嘻地喝问道："柯福贵，你还认识老贾这张脸吧？"

"贾大哥，这全是……是一场误会……是误会……"柯福贵看到这家伙笑里藏刀的样子，心里不由一阵发毛，赶紧结结巴巴地辩解道。

"我丢！老子以前一直把你当做兄弟看，没想到你他妈的也敢反水呀……"曾与对方打过交道的柯福贵知道，这家伙平时性格虽然十分暴躁，但很少出口成脏，生气和发怒时，总爱骂的口头禅就是："我丢，我丢……"显然是从浦江方言里骂人的"丢你老姆"演化而来的

"贾哥，贾哥，您听我解释……"

第九章 螳螂捕蝉，黄雀在后

"我丢，死到临头，还不老实说真话呀？！看来你这保安员真是敬酒不吃，吃罚酒呀……"

那位董艳光看到一直跟踪着自己的"黄雀"睁开了眼睛，就想动手出气了，现在听到队长发号指令，马上恶狠狠地用皮鞋朝他的身上、屁股上一连踢了五六脚，喝问道："他妈的，你这只山西猪，竟然也敢跟踪老子……"

其他几个早就跃跃欲试的家伙，跟着董艳光，围着他一阵拳打脚踢……

柯福贵做梦也没有想到的是，其实这家伙早就认识他。尽管平时他们从没有见过面，但柯福贵曾在桃花苑派出所和桃花地区一带做过好几年的保安员，平日因工作关系，也少不了要和这些家伙接触。一来二往，对方把他们这些保安的音容笑貌、外表特征及生活习惯都摸了个透，而且总是会找各种借口与他们亲近，以便有事时，好找他们帮忙提供情况，疏通关系。

因此，这些黑团伙不仅对周边几家派出所的每个民警的个人情况都熟悉，更对这些保安员的底细了如指掌。柯福贵的个人信息和外貌特征，早通过幕后老板及各级骨干透露给了手下每一个人。

所以，当董艳光看到同伙眨眼间就被便衣警察抓走后，吓得魂飞魄散赶紧逃之夭夭。为了防止被人发现影踪，像惊弓之鸟的他故意四处绕圈子，最后才惊魂未定地上了开往城郊的公共汽车。也就是在上车不久，坐在他不远处的柯福贵身上的BP机响起，他马上掉头看清了这个形迹可疑的黑脸汉子的外貌，最终回忆起来，这个正跟在自己屁股后的人，就是桃花苑派出所的那位原治安员。

这位外表长得像猴子一样精瘦的小个子，心眼也像猴子一样精明。当他确定柯福贵是在跟踪自己时，故意装作毫不知情，拐弯抹角的，一直将他引诱到宋庄镇。一下车，就赶紧用电话告知主管自己的顶头上司——队长贾庆丰。

对方一听，大惊失色，马上指令他就在那里佯装打电话等人，自己带了三四个人从背后悄然包围并袭击了柯福贵。

贾庆丰他们决定先将柯福贵绑架，探听虚实再说。

下车后，柯福贵也是"螳螂捕蝉"，却不知"黄雀"在后。当他正目不转睛地盯着目标打电话时，做梦也想不到狡猾的对方会偷袭自己，并将自己绑架到了一间不知名的出租屋里。

被绳子捆住手脚的柯福贵,挨了一阵拳脚后,只能闭着眼睛痛苦地呻吟着,动也不敢动一下。

后面进来的几个男女当中,还有两个人不但认识柯福贵,而且常和他喝酒,平时还曾称兄道弟的:一个叫吴朝阳,一个绰号叫"四毛"。他们获知今天上午李二狗等三人的被抓很可能与柯福贵有关时,几个家伙都变得愤怒起来。于是,他们不停地挥舞着棍棒、晃荡着几把短刀,逼问他:为何出卖他们的兄弟?是不是他报的警?为何最后还要跟踪董艳光?

柯福贵心中暗暗叫苦,只好狡辩道,李二狗与自己往日无冤,近日无仇,他们被抓,绝对与自己无关;如果他真要举报的话,不可能等到现在。同时,他还死死地咬着这样一条理由:之所以跟着董艳光,是因为他想寻找自己的双胞胎弟弟;不久前,他和弟弟因父亲的医疗费问题而发生争吵,弟弟就跑到宋庄镇一带打工……

四月的夜幕像一张黑黝黝的大网,笼罩着远近依然热火朝天的大小建筑工地,远处的各种街灯也先后亮了起来。这毗邻大都市的近郊,夜景自然没有市区那么繁华和喧嚣,仅有的宁静也被嘈杂的机器声淹没。

"柯福贵,你他妈的死到临头还敢狡辩?快说,到底是来干什么的?是谁派你来的?今天二狗他们被抓是不是你告的密?"贾庆丰一边啃着一只苹果一边喝问道,咬了一半,忽然又变得狂躁起来,竟将那半只苹果猛地朝柯福贵脸上砸来。

"哎哟……"猝不及防的柯福贵,躲避不及,被击中了左眼眶,疼得他眼泪直流。

"他妈的,你这忘恩负义的小人!以前我们还经常请你喝酒、饮早茶、吃宵夜,现在就翻脸不认人了……"

那个长得五大三粗的吴朝阳,平时见到柯福贵上街值勤总会点头哈腰,老远就打招呼,除了时不时地塞上一两包好烟,还多次一起喝酒划拳,关系处得不错。但是此时,这位曾和他称兄道弟的河南人,正气呼呼地用一根粗棍捅他,恶狠狠地骂道:"柯福贵,你个王八蛋,真是忘恩负义的东西!想当初,你在派出所做保安时,俺一向对你不错吧?只要一见面,哪次不是又敬酒又敬烟的?

第九章 螳螂捕蝉，黄雀在后

哪里亏待你了？"那个小白脸"四毛"，平时做事总是笨手笨脚的，但此时手中竟也扬着一把匕首，也跟着狐假虎威起来。

"四毛"的情妇马小梅，那位总是挺着高耸的丰乳、扭着圆墩墩的屁股的风骚女人，不但经常在世纪大剧院一带拉客，在出租屋里接客，还经常轮流着陪李二狗、吴朝阳等人睡觉。

此时，她也揪着柯福贵的一只耳朵，咬牙切齿骂道："呸！你这不知好歹的王八蛋，以前我一直称你大哥，陪你吃陪你玩……现在竟敢吃里扒外了……"

"姓柯的，我们连那些警察都不怕，还怕你这个小保安不成？今天你不说清楚，就别想活着离开……"

"实话告诉你，如果不是看在以前的情分上，我们早就把你扔到水塘里喂鱼了……"

窗外，就是接二连三的鱼塘。那是当地人承包圈养的鱼。此时在屋子里面，如果没人说话，不时能听到鱼儿在水中嬉戏和凌空飞跃的鱼尾拍击水面的响声。

忍着剧痛的柯福贵，刚开始时，心里真是又惊又怕：正因为自己在派出所里做了两年多的保安员，所以他十分清楚面前这些家伙的本来面目，他们说的话当然不全是吓唬自己的，他们有时连自己的同伙都会杀，更不要说局外人了。在浦江这个地方，他们要想杀一个人，真的像是杀一只鸡那样容易。这些人绝非一般的地痞流氓，不但心狠手毒，而且杀人如麻，其中一部分人早已身负多宗命案，血债累累……他咬着牙，强忍着他们的拳打脚踢和棍棒威逼，闭着眼睛想对策。此时的他真是后悔不迭，直恨自己那么麻痹大意，自以为"螳螂捕蝉"，谁知却是早有"黄雀在后"，竟被他们绑架到这里。

尽管这些黑团伙软硬兼施，但身处险境的柯福贵只是连呼冤枉，怎么也不承认自己与李二狗等三人被抓有关，只称是来寻找弟弟，同时来找朋友，其他一概不知……

但这些凶相毕露的家伙，哪敢相信他？最后贾庆丰拉着几个亲信，跑到门外商量对策。

自从李二狗他们被抓后，他就一连派了几个人前往桃花苑派出所探听情况。他们以为像以前那样，只要花钱打点关系，总会有一些消息。但此次，托了很多人，花了不少钱，到晚上了都是杳无音信，这自然令他们心神不安起来。

审问了柯福贵几个小时，贾庆丰见没有任何结果，气得一脚将坐椅踢翻，像一条疯狗一样叫道："我丢！我丢！老子搞了那么多人，这个时候还真不敢修理你这小保安了？"接着，他冲董艳光他们猛一挥手："我丢！不要再浪费力气了，马上捆紧他的手脚，把这山西猪给老子沉到水塘里——喂鱼！"

就在此时，正在门外望风的马小梅，连跑带滚地一把推开门，慌乱地叫嚷道："贾哥，贾哥，大事不好了！警察来了，警察来了……"

接着，一辆闪着红绿警灯，鸣着警笛的警车，由远而近，很快就在不远处的水塘边出现了。

其实，这辆警车正是接到我报案后，按时出警的宋庄镇派出所的，他们当时正一路寻找过来，却没想到惊动了那几位穷凶极恶的歹徒，令他们误以为是特意来抓捕他们的……

大约是曾经坐怕了牢狱吧，贾庆丰虽然心狠手辣，但平时最害怕见到警察，何况此时又有三部警车正鸣鸣叫着朝这里驶来呢？

说时迟，那时快。这些刚才还凶神恶煞地要杀人灭口的歹徒们，此时只恨爹娘少生了两条腿，没命地夺门而去。转眼间，就跑得没有影踪了！

在警笛的鸣叫声中，柯福贵听到窗外不远处有人好像掉到了水里，接着又听到有人呜咽着喊了两声"救命……"

警车在嘈杂的建筑工地机器声中，由远至近，又由近远去。他听到水塘边传来一阵杂乱的脚步声，还有人用当地方言在追问着什么，很快又恢复了平静。

见这些家伙在眨眼间，竟真的全逃出屋子了。手脚被捆，嘴巴又被一团破布塞紧了的柯福贵，赶紧挪动身子想寻找到刀具之类的东西，但没有。后来，他好不容易挪到门边，先将捆绑双手的绳子磨断，又解开了脚上的绳索。在确信四周无人之时，他这才一拐一跛地逃离了那个令他心惊肉跳的出租屋。

不敢走大路，只能在阴暗处摸索着行走，最后悄然钻到一废弃的建筑工地里头，躲到一工棚里睡了一夜……

第九章 螳螂捕蝉，黄雀在后

胆战心惊的柯福贵在工地里休息到中午，这才跟跟跄跄地找到一家公用电话亭，因为身上的钱早被那些家伙搜刮一空，最后只好以身上仅有的一包香烟作交换，这才和我通上了电话……

刚送走举报人，我就接到专案组的电话……

柯福贵的讲述，令我们几个人都听得目瞪口呆，大家都半天没有吭声。连平时见人总是滔滔不绝的高良，此时也只是左手抱着右手肘，右手不停地抚摸着尖瘦的下巴，像陷入困境的人一样，不知在沉思着什么。

庞达海呢，大约是为了尽主人之谊吧，只是不停地往柯福贵的杯子里加水，不停地递烟给他，仿佛此时只有烟和茶水，才能弥补某些缺憾似的。

我看看早到了吃饭的时间，就赶紧提醒地说："真的非常谢谢你，我们现在下去吃饭吧……"

谁知，柯福贵有些慌张地挥着手，坚决回绝："我刚吃了方便面，现在一点也吃不下了，还是你们先去吃饭吧……我马上得离开……"

他又点燃了一支烟，只听吱吱吱的几声，很快就将一支烟抽得只剩下了烟屁股。接着，他又长叹一声，忧心如焚地说："我现在已彻底暴露了身份……那些家伙肯定不会放过我的……现在，浦江我无法再栖身，只能暂时到外地去转转。"

说罢，他站起来，又坐下；坐下，又站起来。他看了看坐在斜对面的高良，看了看正对面的庞达海，又用余光瞟了一下我。

瞧他那欲言又止的样子，我连忙鼓励道："老柯，你是不是有什么话要当面说呢？没事的，有什么就说什么吧。再说，我们的主管领导都在。"

他听到我这样一说，马上鼓足了勇气，涨红着脸伸出熏得焦黄的左手挠了挠脖子，有些难为情地说："……是……是这样，我听说，咱们报社有报料费……我本来实在难以说出口，现在又出了这么多事……我弟弟又联系不上……我……我……现在是身无分文了，能否按规定支付我一点费用呢？也可以算是我暂时……借报社的吧……"

高良和庞达海马上相视一笑，高良爽快地答应道："行。本来我们平时也有报料费。此事大海马上去落实，柯先生为我们浦江市可谓是九死一生，这是我们的福气呀……"说罢，高良站起来，又握着柯福贵的双手说："实在不好意思，我有事得先离开，没空陪你吃晚饭了……就让庞主任他们代表大家，请你吃饭。对你的支持和帮助，我代表报社向你再一次表示感谢！"

高良刚离开，庞达海很快就从自己腰包掏出1000元现金，笑眯眯地递给柯福贵说："很不好意思，报社的报料费，从来没有超过500元的，但你这是重大新闻线索，所以我们特事特办，支付你1000元，略表谢意……"

柯福贵有些喜出望外地接过钱，一边忙不迭地道谢，一边接过钱塞进牛仔裤前面的小袋子里。

因柯福贵再三表示不再吃晚饭，庞达海看看时间不早，也就不再客气，寒暄了几句，关照我送送柯福贵，也关门回家了。

只有我明白，柯福贵此次特意冒险重返浦江市，主要是想协助我们将有关桃花苑黑帮横行的新闻内幕揭露出来，以便有关部门能将这群无恶不作的歹徒一网打尽，同时也想重新寻工作，因为他山西老家早已下岗的妻子和年幼的女儿还得靠他挣钱养活，他无法老不工作。尽管早有预料，他还是没想到这么快就被对方怀疑上了，这种事一旦暴露了身份，下场不言自明。

他和我商量了一番，便决定今晚就离开浦江。

临了，他再三嘱咐我们："你们在发表这篇报道时，千万不要提到我的真实姓名，尤其是和浦西区有关派出所人员打交道时，更不要暴露有关我的真实情况，切记切记。"

他这颇为感伤的话，令我心里又陡然涌起莫名的悲哀。

但是，像我这样一个无权无势又无钱的小记者，又能为他做些什么呢？虽

第九章 螳螂捕蝉，黄雀在后

然我再三表示一定想法为他谋一份工作，但还是被他婉言谢绝了。其实就算真的帮他找到饭碗，我又能如何保证他的人身安全呢？现在，我这位《浦江都市报》的记者，自家的人身安全不也是难以保障吗？

我不寒而栗。

临别前，我从身上掏出了仅有的600元钱，硬塞到他手里，满怀歉疚地说："老柯，这是我们报社给你的交通费，请你收下吧。"

"不不不，石记者，你的心意我领了。再说，刚才庞主任已给了我1000元，现在我……我怎么还好收你的钱呢……"他摆动着一只手，连连推脱着说。

"拿着吧……我知道你过得不容易，妻子没工作，老父亲还躺在病床上。为了我们的新闻，你又耽误了这么多天……"

"我不要……"他两眼盯着钱，缩回刚伸出的双手，以表示谢绝。

我二话不说，只是把钱硬塞到他那被烟熏得焦黄焦黄的左手里。

"如果真的是车费……那我……我就恭敬不如从命吧。"听说这是帮助报销的打车费时，他终于略为窘迫地接过钱。

我拉着他的手，一直把他送到报社大门口，帮他拦了一辆出租车，直到看着他上了车。

凝望着他消失的背影，不知怎的，我的耳畔又萦绕起"苏三起解"那悲伤而凄凉的曲调：

苏三离了洪洞县，
将身来在大街前。
未曾开言我心内惨，
过往的君子听我言：
哪一位去往南京转，
与我那三郎把信传。
就说苏三把命断，
来生变犬马我当报还
……

伫立于华灯初上的街头,我心头空荡荡的,怅然若失,竟然半天不知所措,仿佛突然丢失了什么重要的东西似的。

就在我拖着沉重的脚步,转身朝一楼的报社职工食堂走去时,手机突然响起。

我摸了摸衣袋,又将手缩回来。

我长叹一声,有气无力地继续往前走。

此时此刻,我的心情就像路灯下的那几棵玉兰树一样,在微风中摇曳不定,哪还有心情接电话呢?

大约是我手机半天无人接听吧,腰间的BP机又尖锐地叫了起来。我看也不看,一言不发地来到了食堂。偌大的饭堂空荡荡的早没有了就餐人员,只有三四个清洁工正在打扫卫生。

点了些剩饭菜,我坐在空荡荡的食堂里正狼吞虎咽。手机和BP机又欢叫个不停。等我风扫残云般地将晚餐解决了大半时,再听电话声,才感觉有了力气——不,应是有那么一点心情接听了。

我掏出手机一看,来电显示却是庞达海的。他刚离开不久,怎么此时又打来电话呢?

果然,电话一通,庞达海用他那满是河南口音的腔调火急火燎地叫道:"哎,我说哥们,你现在哪里呢?刚才打了几个电话你都没有听到呀……"

"刚才在电梯里……没有听到,现正在吃晚饭呢。庞主任应该还没有到家吧?领导有何指示?"我一边咀嚼着饭粒,一边应付地回答。

"刚才专案组的凌队长打电话找你,但你两次都没有接;打你传呼,你也没有回……后来,他就联系上我,叫我马上通知你给他回电话……"

我不由双耳竖起,后悔不迭地拍了一下大腿,紧张地问道:"他此时找我,肯定是有关案情的事吧?这可是重大的事呀。真怪我粗心,刚才没有听到……"

"你马上回电给他。不过,听他刚才的语气,的确是很急。但没有告诉我,只说找你有事——我又不好询问什么。"庞达海显然还在回家的路上,因为手机那头传来阵阵嘈杂声,不时有汽车和摩托车的喇叭声。

正说着,我的BP机又急促叫了起来。我一边和庞说着话,一边按下显示键,看到上面显示凌光汉找我。

第九章 螳螂捕蝉，黄雀在后

庞达海一听，赶紧叮嘱我快回电话，然后将情况再告诉他。

我用手机赶紧回复过去。凌光汉急急地直截了当问我："快告诉我，那个柯福贵现在离开了吗？他在哪里？"

当他得知对方半小时前刚刚从报社离开时，遗憾地叫道："哎哟，早应该和你联系的……不过，下次无论在哪里见到他，无论你们报社哪个知道他的行踪，请一定及时告诉我们，切记，切记！"

随后，我们又简单聊了两句题外话，他就匆匆地挂上了电话。

我手抓手机，面对昏黄的灯光下还剩下的一半饭菜，再也没有任何食欲了。

我正要起身时，顾阿荣打来了电话。这美女记者，平时很少有事找我，此时又因何事呢？难道也是因为柯福贵的事？

顾阿荣是因为采访的事找我。

当然是跑腿的劳累活。据她讲，一小时前，也就是晚饭时分，在市区西面城乡结合部，自来水公司在马路上挖路修水管时，不慎将煤气管道挖断，造成煤气泄漏，并引发爆炸，目前致一死一伤，其余情况不清楚。她让我马上赶紧过去一趟。

大概她一开始就听出了我的抵抗和不满吧，末了，还故意提高嗓音叫道："我现在在宋庄镇这边采访一个刑事案……昨夜有人潜入这里的鱼塘偷鱼偷蟹，结果被这里的农民发现并追赶，造成一死一伤……我实在赶不过去。刚才问了庞主任，现在只有你正好在报社，还是劳驾你辛苦一趟吧……"

听到她提到宋庄镇有命案，而且又恰好是在鱼塘那里，我马上联想到柯福贵下午对我们所讲叙的那些情况，是否也与那伙人有关联呢？

我刚想询问，但顾阿荣根本不理其他的，只是要求我最好能马上赶往采访现场，我只好作罢。

现在已是晚上8点多了，就是有专车从报社出发，到达事发地时，至少也得一个半小时。到达采访现场后，除了要采访相关目击者和当事人，还要采访有关主管部门，还得去医院采访伤者或死者家属……一圈下来，12点前能回到家就是万幸了。至于采访稿，肯定得等到后天才能见报了。因为，按照编辑部和采访部联合制定的交稿规定，当日新闻原则上当晚8时前得交稿；

如果有重特大新闻，最多也只能延迟到晚上 11 点前，否则，肯定会影响第二天的正常出报。

我冲到办公室，抓起采访包，就想直接回家去。

我才不会赶一个多小时的车去西郊，何况都快晚上 9 点了。我现在最想做的事，就是想回家，就想回家好好睡一觉，我像只无家可归的流浪倦鸟，好几天没有归巢，没有在家睡觉了。

刚才吃晚饭时，李萌萌就已经给我打了好几次传呼了。

因为桃花苑的采访，我已经有一周没有回家了，再不回家，怎么也说不过去，李萌萌也不会答应了。

第十章 谁在跟踪追击

刚打开BP机，几条死亡威胁信息就跳入眼帘

决定回家，所以我赌气地拒绝了顾阿荣要求在晚上9点多前往南郊采访那突发事故。随后又接到庞达海的传呼讯息，上面用较为委婉的口气，试探我是否有空，是否能去一趟南郊？如果实在没空或太累，那就直接让卫强通知摄影部的侯国强或雷霆等人，去现场拍一两张照片……

他没有直接打我电话，而是采取此种婉转的方式通知我，自然知道我这些日子的情绪和心态。这不失为中庸的好方法，既照顾了我的面子，亦体现出他这位主任并没强人所难，而且还显示出他对下属的理解和关心。

我当然不能不作回复，怎么着也得给这位主管领导一个面子，至少得给他一个台阶下。于是，我就通过传呼台回复道：庞主任，很抱歉，我女友身体不好，得马上陪她去看医生……请另安排他人。

第十章 谁在跟踪追击

之后，我干脆关闭手机，也懒得再骑自行车，拦了一辆出租车，直接回到家里。忽明忽暗的路灯下，我刚刚来到租住的楼下，就听到从上面传来时下正流行的港台歌曲，曲调甜美又带忧伤。

我抬头向上望了望，可以看到七楼的窗户正大开着，一缕孤独的灯光从上斜射到外面。我心里不由一阵心疼：那歌声正是从我家窗口飘落下来的……

特别是那句"云在风里伤透了心，找不到一丝丝怜惜……"更令我这男子汉一阵心酸。

于是，我将刚掏出钥匙的手又重新放到口袋里，转身穿过两条弯曲的小巷，寻到离大街不远的一个拐角处，闻到一阵随风飘荡的饼干和面包的诱人香味。这家依然灯火通明的面包店还在营业。此时，我再也没有像平时买东西那样挑肥拣瘦，而是专挑外表精致、标价高的，买了一大袋葡萄蛋糕呀、火腿面包呀、奶油面包和刚出笼的蛋挞，然后快速往家赶。

重新回到楼下，7楼那哀怨而婉转的歌声依然在唱着。

那悱恻缠绵的曲调，那"眼泪"呀"飞呀飞"的歌词，似乎都变成了女友那怨天尤人的眼泪。

我赶紧蹑手蹑脚地推开门，轻轻地从客厅闪到房门口，在幽暗的台灯下，双目紧闭的李萌萌，正聚精会神地沉浸于收录机里小河般流淌出的旋律，正像她默默流出的眼泪那样。

由于声音开得太大，她根本没有发觉我此时正站立在她的面前。看着她闭着眼睛，看着两行热乎乎的泪，像小河一样，正沿着她那白皙而秀丽的脸颊，悄然而下……

我鼻子一酸，一动不动，就那样陪着她沐浴在那忧伤的歌声里。平时的她不是听《高山流水》、《汉宫秋月》等古典乐曲，就是爱听理查德·克莱德曼的《水边的阿狄丽娜》、班得瑞的《蓝色天际》及肖邦的钢琴曲。也不知从何时起，她居然也赶起了时髦，爱听在大街小巷里飘荡的流行歌。

我不想再听下去，这种歌者女星哭，听者女孩哭的歌，不只是让人肝肠寸断，更有撕心裂肺的痛楚。于是，我轻轻地按下了收录机上的单放键。

正沉溺于忧伤愁海中的李萌萌，正独自倚着床头黯然泪下的李萌萌，猛地一惊。当她揉揉泪眼迷蒙的双眼,看清此时站在她面前的黑影是我时,陡然由惊恐变为喜悦。但是,这位自尊心极强的上海姑娘,又很快掉过头,耸着双肩,终于忍不住嘤嘤地哭出声来……

我两眼也不由红红的。但我竭力装出若无其事的样子,努力地绽出笑容,心疼地看着她。

我扬着手中那大包小包,那散发着诱人清香和温热的食品,故作轻松地逗道:"傻瓜,我们一起吃饭吧……"

李萌萌百感交集,从床上一跃而起,猛地扑进我的怀里,放声大哭起来。这哭声可比孟庭苇姑娘的来得更直接,更迅猛。

委屈、责怪、愤然、意外、惊喜和撒娇……真可谓百感交集。

要命的是,我这位特种兵出身的男子汉,其实是外表强悍,实则内柔。见不得眼泪的我,也忍不住热泪盈眶,展开双臂,一把紧紧抱住了她。

是呀,我都七八天没有回到我们的小狗窝了,总是让她孤零零地与黑夜相伴,而且还总是让这位柔弱的女友为我的人身安全牵肠挂肚。

一阵歉疚袭上我的心头……

这一夜,我们两个原本有隔阂的年轻人,谈了很多很多;这一夜,我这位血气方刚的男子汉拥着这位柔情似水的青春女友,就那样缠绵着,缠绵着……似乎只有这样才能把那流逝的遗憾弥补回来……

我睁开眼睛,却发现原来天早就亮了。一缕红彤彤的朝霞,从窗口斜射进来,落在我的脸上。

我伸着倦怠的腰身,从床头翻出BP机和手机,打开一看,却是上午11时了!

难怪我喊了半天,家里无人答应呢,原来都快中饭时分了。

我打了一个满足的呵欠。这还是我进入《浦江都市报》一年来,第一次睡这么长时间的懒觉,也是我第一次没有像以往一样,按时到达报社。

看来,这些日子,自己像一只在迷雾重重的森林里寻觅食物的小动物一样,在迷失了许多东西的同时,也实在是疲惫不堪了。

现在,这难得的一觉,不仅治疗了我的烦闷和忧虑,更消除了我这半个月

第十章 谁在跟踪追击

以来高度的紧张和疲乏。

时间不早了,赶紧起床,五分钟时间洗漱完毕。然后,看到桌上李萌萌留给我的小纸条,告诉我:她8点就得赶到外经委开一个新闻发布会,早餐有牛奶、豆沙面包和奶油饼干,都放在柜子里。

就在我刚将那包尚有余温的牛奶一饮而尽时,刚刚打开的BP机嘀嘀嘀嘀地响个不停。果然,上面除了七八条是读者给我的报料信息外,还有几条是同事和朋友发来的,比如,采访部副主任杨智也在昨晚11时留言给我:听阿荣说,南郊煤气爆炸事故是你去采访的,不知情况如何?那稿子只能明天再发了,这些天看你实在太累,注意多保重,身体可是革命的本钱。

一般来说,对于一些重特大新闻,特别是突发性的事件,不但编辑部会关注,采访部的两位主任更会紧追不放,以防遗漏新闻。昨夜庞达海收到我的回复后,自然不会勉强,肯定会安排其他人前往新闻现场。

还有一条是顾阿荣的,也是在夜里近12点留言,询问我煤气爆炸采访情况如何……

联系这三条信息,我马上明白过来:顾阿荣尽管听出我不耐烦,但认为我肯定会赶赴事故现场,因为消防和交警本来是由我负责的,她只负责110。也许是听出我的不满,颇有心计的她就故意又将此事向庞达海和杨智两位主任汇报了,这样一来,不管我去与否,她都没有责任了。而一直在编辑部负责要闻版的采访部副主任杨智,自然在接到顾阿荣的电话后,也认为我肯定去了现场,故留言询问有关情况。由此也可以看出,到底最后派哪位记者去了事发现场,庞达海根本就没有告诉身为副主任的杨智。

据说,当初社委会提名杨智担任采访部副主任时,庞达海竭力反对,认为杨智既然是编辑部的人,就不应当担任采访部的职务,而应由采访部从68名记者中选出,或由报社直接委派,而不应从编辑部调任,这既阻碍了采访部其他优秀人才升级,也让采访部不好开展工作。但最后因为主管编辑工作的常务副主编高良固执己见,加上其他几位编委会成员一票通过,身为编辑部要闻版的杨智,最终成为采访部副主任。但杨智平时除了采访部重要的会议参加外,一般的事情他从不参与,干脆以编辑部为家。这自然令庞达海心里不爽,但他又无可奈何。这样一来，我们采访部两位主任，就常常闹一些小别扭。

还有一条留言是同事华子诚今早 9 时许留的：上午有几个男人打电话到办公室里找我，听那口气，好像不那么友好……这位平时不爱说话的同事，好心提醒我要注意安全。

果然，在我继续往后查翻时，又连续看到三条令我心惊肉跳的消息：

"不要问哥们是谁，在下只提醒石大记者，该管的事就管，不该管的事就不要管；该写的文章就写，不该写的文章就不要碰。否则，以后你那写字的手也许写不了字的……"

留言者为李先生，时间显示为：昨夜 11 点 50 分。

"石飞先生，我们是一群关注你的朋友，因为你是《浦江都市报》的名记，但我要说的是，作为一名记者，值得写的东西很多很多，有些方面，最好是不要管。到时惹火烧身，实在是不划算。祝你多写出好文章……"

留言者是位先生，时间显示为：凌晨 1 点 18 分。

"我知道你的住处，也知道你每天在忙些什么。做记者实在太辛苦。我知道石记者的女友李萌萌记者也是这么忙碌，要知道，我一位朋友和她是同事。有机会，我很想去你们家里做客呢。作为朋友，我要提醒石大记者，为了你那美丽的女友，也不要再管那些闲事了。我会一直关心你的。祝你幸福。"

留言者为吴小姐，留言时间显示为：凌晨 2 点 14 分。

一般来说，传呼台对那些恶意的粗言粗语和威胁恐吓的留言，是会拒绝的，但上面这些留言，尽管说表面看上去很婉转，但实际上却暗藏杀机，充满了威胁和恐吓。

前两条，我倒司空见惯，但对后面一条，却不由令我提心吊胆起来：这些家伙真是无孔不入，连我女友的一些情况都打听得一清二楚。看来，他们不仅要针对我，同时也想拿女友的人身安全来威胁我。

一阵清风从窗外吹进来，令我不由一阵紧张。

这些半夜三更发出的留言，到底出自谁手？他们到底想干什么呢？是龙潭村的那些人吗？那事早过去好几个月了，而且段氏父子等人早就被法办了，除了一名因罪大恶极而被枪决外，其他的此时都正在深牢大狱里服刑呢。当然，

第十章 谁在跟踪追击

也不排除是他们的余党或其他爪牙……

是平时我因采访得罪的某些人吗？是的，在这一年多时间里，我这不信邪的流浪记者，倒是写了不少揭黑性的报道，但除了像龙潭村那样的少有几宗外，其他的我一般都用"本报记者"或笔名代替了，外人一般是搞不清哪个记者捅出来的。

是有关桃花苑的事情吗？应该不会。尽管我和邓保卫暗访过，两个版的特稿也早写好，但报社至今因为上头的指令，一直没有发表稿件呀？没有发稿，外人根本不知情，为何还会有人如此威胁我呢？

不过，尽管有关此事的稿件没有见报，但警方特为此成立了专案组，前些天还抓了三个人，此案还在紧锣密鼓地进行着。要知道，对方可是近百人的特大涉黑团伙呀，专案组既然捅开了一个口子，后面的自然不会轻易放过。

难道是这些黑团伙早就知晓了我的底细？或者是，前几天在世纪大剧院抓捕李二狗他们时，那些团伙成员们像受惊的野兽一样四处躲藏，他们肯定互递信息知道是我们这两个记者将事情揭发的。

专案组对于刚开始的案情，是绝对不会外泄的，但是，桃花苑派出所那些人，特别是那天，我们陪同专案组还没开始抵达案发现场，为何那位派出所所长田光明就闻讯出现了呢？

而且，当李二狗他们刚落网时，首轮审讯就是在桃花苑派出所的审讯室里进行的。事情的所有来龙去脉，田所长和手下的民警，特别是那些保安员们，谁人不知我们这两位记者的姓名和底细呢？

我们暗访的那个特大色情黑团伙，此时仅仅只有三个歹徒落网……举报人柯福贵又遭人绑架，如果那天夜晚不是我们及时报警，那位洪洞大汉说不定早就被他们喂鱼了……

毋庸置疑，根据种种迹象分析，发这种威胁信息的人，肯定与我采访的桃花苑事件有关。

我这多次死里逃生的小记者，也见多了低劣的恐吓，习惯了恶意威胁，但是，如果他们真的将这种仇恨转移到萌萌身上，想到这里不由不令我倒吸一口凉气，真的提心吊胆了！

我要马上赶往报社,我要直接找社长万达去。我要当面质问他们为何至今还不发稿子,我要弄清到底是什么部门在阻挠这篇稿子的发表!我要弄清,我们在报社领导的策划下,以组织的名义进行的暗访活动,到底触犯了哪条行规,违反了哪些法规?

就在我气呼呼地收拾东西正要出门时,电话突然尖叫起来。

我看也没有看,就拿起电话,带着情绪,正要问话,那头响起了一个洪亮的声音。

我一听,马上像泄了气的皮球,赶紧认真地倾听着。

打电话找我的,是主管采访部的副主编周大可。

猝不及防,我被那摩托车撞到了臭水沟里

周大可是因为一宗突发事件,要求我马上前往采访。我想也没想,毫不迟疑地就答应了。

周大可对我有知遇之恩。一年前,我从一家小报辞职出来,一边在一家中专学校当保安,一边四处寻觅报社。但因为我没有上过大学,没有本科文凭,想进正规的报社实在是难上加难。我之所以能进几家小报,主要是我手头有近百篇在部队时发表的各类作品。但那些小报纸,名义上是记者编辑,但不是工资太低,就是要求记者在写稿、编辑排版的同时,还要四处拉广告。

当时,背着背包刚刚从海军陆战队复员的我,像浮萍一样四处漂泊,居无定所。后来流浪到浦江后,决定在此以写作为生,做一名打工作家。可要成为一名作家又谈何容易?发表作品难!就是发表了,稿费也很低!平时连喝水都困难,哪还能解决吃住问题呢?

第十章 谁在跟踪追击

于是，我只好委曲求全，先做了一名保安，这样既可以立马解决吃住问题，也好令我有空时再重新寻觅新的报纸，继续圆我的记者作家梦。

一年前的元旦，由省报业集团创办的《浦江都市报》正好公开向社会招兵买马，但最基本要求是：大学本科中文系或新闻系毕业，要求要在省级以上报刊发表过作品。我有作品，但大都是诗歌呀小说呀散文呀的，只有几篇发表在《解放军报》和《海军报》及地方报的小新闻稿。就是那文凭令我愁眉不展，因为当时因家里太穷，我只勉勉强强上到高一，就被迫辍学外出打工了。在部队那四五年，除了极忙碌的军事训练，一有空我就读书写作，做起了作家梦，根本就没有想到要去考一个文凭。直到从部队复员后，才意识到大学文凭对一位年轻人就业的重要性，就像一个男人只有拥有了一定的钱财，才能找女友谈婚论嫁一样。

《浦江都市报》是省报业集团创办的一家都市报，后台和实力在本地都独占鳌头，通过媒体公开向全社会招兵买马，不仅吸引了本省人的目光，同时也吸引了全国许多追梦人的眼球。人力资源部的叶主任后来惊叹：三天之内，从全国先后涌来了5000多人，而我们各个部门加在一起，最多也只能容纳120人左右。

当时，正在某中专学校做保安的我，当然不知有那么多人才都削尖脑袋想进入《浦江都市报》，居然也不知天高地厚地前去报名。可是，当我手持厚厚的一大叠发表过的作品和在部队时的立功获奖证书，挤入人力资源部时，两位忙得焦头烂额的工作人员只翻了一下，见我连大专文凭都没有，不屑一顾地把我的简历往外一扔，冷嘲热讽地说："你最好看清我们的招聘公告后再进来！我们每天要面对多少人才呀？大学本科学历，有两年以上从业经验，省级报刊以上发表过作品……"

"文凭只不过是门槛……我发表的作品有一百多篇呀！"我自然有些不服气地争辩道。

但那漂亮的工作人员头也不抬，冷若冰霜地说了声："连大学文凭都没有，怎么还能做编辑记者呀？"随后，她冲后面喊道："下一位，快点……"

我就这样吃了一回"闭门羹"，但我并没有气馁。

两个月后，我无意间获知：这家都市报又开始第二轮招兵买马了。原来，第一批人进来后，经培训和学习，很多人就被淘汰了。

我心里一动，不服气地咕噜道：文凭算什么呢？我就不信自己不能做记者。以前我不也在报社做过吗？不管是大报小报，毕竟也是从事记者这行呀。我又一次打点行装，带着自己精心包装的简历和作品，第二次踏入这座省报报业大楼。有了上一次的教训，此次我并没有进入人才资源部，而是直接找到了主管采访工作的副主编周大可。

周大可以前也是军人，后来通过努力，考入本省的一所著名高校，之后就分到省报做记者，写过不少有社会影响的调查报道。《浦江都市报》创刊后，他和高良一起，行政职务上直接升为副处，高良主管编辑工作，他主管采访工作。我早就打听到，周大可做事雷厉风行，敢作敢为，不爱看表面的东西，只喜欢有真才实学的人。

个子不高的周大可尽管戴着一副近视眼镜，但目光犀利，腰板挺直，说话嗓门儿粗而大，很有军人气质。他听我说明来意，并认真地翻阅了我的几篇作品后，马上露出了笑脸，说："你一个退伍兵，能发表这么多作品，实属不易。"接着，他站起来，踱了几步，转过身对我说："我马上和人事部门打招呼，你下周就过来吧……记住，你是我招的第一个军人。我给你3个月的试用期。"

可以说，没有周大可的力荐，我这个连大学门都没有踏入半步的退伍兵，是绝不可能进入这家省报的。

几天后，周大可又打破规矩，将年龄已近40岁的正营级军转干部卫强特招进来。后来，卫强也成为《浦江都市报》最有名的摄影记者。

进报社后，周大可又先后两次大力帮助过我。

第一个月，我以两篇头版头条、38篇消息和通讯，排在采访部八十多名记者的前三名后，我就与报社签了正式合同，成了一名招聘记者。但不久，我因一篇批评报道得罪了一位权贵部门的科长，对方向省委宣传部、新闻出版局及报业集团领导，四处告我的黑状。不明真相的社长万达很生气，要求采访部直接解聘我，但马上被周大可顶了回去："一个被人告的记者，不一定是有问

第十章 谁在跟踪追击

题的记者，我们主要得看他写的报道是否失实，看他采访时，是否有偏听偏信或接受吃请和收取红包等问题，但据我了解，这些都不存在。所以，很明显对方是出于打击报复，是诬告石飞……"

第二次，我因受不了政法组长顾阿荣的颐指气使，忍无可忍地和她顶撞了两句，她马上哭哭啼啼地跑到万达面前，添油加醋地告我的状。当时的我，根本不知道社长万达最宠爱这位采访部的美女记者。他虽然没有对我大发雷霆，却当天悄然指示庞达海，暗示让我当天就走人。周大可获知后，马上找到万达，一番慷慨激昂后，终令对方意识到太过分，于是不声不响地又撤回了我的"解聘"令。

周大可在电话里先是安慰了我一番，就开门见山地说："半小时前，《浦江日报》机动记者部的告诉我，在本市西郊发生了一起特大交通事故：一河南籍大货车因失控撞入路边一民房，致使民房内一家四口全部死亡，还引发了火灾……请你马上赶赴现场。桃花苑的事情，明天晚上，我找你详谈下，到时再约上邓保卫……"

我心头一热，半天竟有些语无伦次起来。

"石飞呀，你要记住，不管遇到什么事情，一定要沉得住气。同时，不要带着情绪去工作。好了，赶紧出发吧。打车去的话，车票我给你报……"

从我的住处到南郊，没有直达的公共汽车，如果坐公交的话至少得转三趟车，那样一来，没有两三个小时到达不了。打出租车去，当然很快，如果不堵车，半小时就可以到达，但我最后还是决定骑自行车去。我从这里出发，抄近路的话，40分钟就可以到达现场，这样既可以避免万一出现的堵车；再说，下午我还得去交警队一趟，然后回报社。这样我来去都会方便省时。

周大可布置的这个采访，下午4点能忙完就不错了，回报社还得赶紧写稿。

我手忙脚乱地跑到楼下不远处，找到那修理自行车的湖南老头，先检查了一下车的前后刹，然后又给轮胎打足了气，这才匆匆忙忙地推着自行车出发。就在此时，我无意中发现：看到我骑着自行车往前走，刚刚停在对面一家皮鞋店门口的黑色"驱风"牌摩托车，一名戴着头盔的青年男子，也跟着启动油门，带着另一名壮汉，尾随在我的屁股后，不紧不慢地跟着我开往南郊。我看到，这两个男人都身着黑色衣服。

我只用了38分钟，就赶到了南郊。我老远就看到一股黑乎乎的浓烟，被风吹得弯弯曲曲，高耸入云霄；刺鼻的汽油味扑面而来，警车和救护车的笛声混杂鸣叫，此起彼伏。

此地属浦南区管辖，事故发生地叫南畈村。五六辆旋转着警灯的警车将四周隔离成一个大圈子。事发地用黄色隔离带隔开，禁止附近像蚂蚁一样探头瞧热闹的村民进入。

我气喘吁吁地刚将自行车锁到路边的一块即将收割的麦田上，那里一片狼藉，显然是不久前被人踩踏而成的。

"站住，你是干什么的？没看到这是隔离区吗？"我一看，只见两位身着警服的警察老远就朝我不停地扬着手，阻止我继续前行，其中一位正对我大声呵斥着。

我没有理睬，绕着那一长溜黄色隔离带，继续前行，向事发现场靠近。

老远看到省电视台的女记者陈虹带着两位同事，正在那里忙碌地拍摄，同时还看到省报跑政法线的老记者程天然也在那里询问一位官员模样的中年人。

我见状，赶紧小跑着迎面赶过去。那两位警察跳出来拦截我，气呼呼地叫道："你到底是做什么的呀？怎么还敢跑到这里来？"

我赶紧回答道："对不起，我是《浦江都市报》的记者，和前面那位程记者一起来的……"说罢，我特意掏出记者证，朝他们扬了扬，就径直往里钻。对方见状，看了看我，又回头看了看那几位正在现场采访的记者，只好让我越过隔离带，钻入事发现场。

穿越两道封锁线，我终于进入事故现场。

现场像电影电视里的大地震之后的镜头那样，令人很发怵：那辆肇事的大货车像蜻蜓一样，车尾朝上高翘着，长长的车身和车头，像一只僵硬的怪物的死尸，直插入路边一栋三层高的民房。事发时正值凌晨6时许，天刚刚蒙蒙亮。劳累一天的村民大部分还没有从睡梦中醒来，惨剧就发生了。

肇事车来自河南，有两名驾驶员。当时他们一人在副驾驶上睡觉，一人在驾驶。这辆车从海南拉了一大车菠萝、香蕉，刚路过此处时，不知是因为司机

第十章 谁在跟踪追击

太过疲劳，还是因为当时车速过快，刹车不及时，那辆挂着河南车牌的大货车，一头从马路上栽下来，随后向这栋三层楼撞去，巨大的冲击力竟将这三层钢筋水泥结构的楼房几乎全撞塌，以致这家正在熟睡的一对青年夫妇，及一对正上小学的孩子都被突然坍塌的楼房活埋在下面。

因撞击过猛，这辆大货车随后又发生了爆炸，随即引发火灾，不但将那对夫妇倒塌的三层楼烧着，还火烧连营，将紧挨着的几栋民房都烧了起来。幸而村民们都及时逃了出来，除了那一家四口，其他人倒还没有伤亡。那辆肇事车的两名司机，一人当场死亡，一人受了重伤，刚被救护车送到医院。

惨祸发生后，浦江市长就在浦南区区委书记和区长的陪同下，来到现场指导救护。就在我到达前半小时，市长才刚刚离开回城了。此时只留下浦南区姜区长在现场指挥，由特警、交警、消防和城管组成的抢救队，目前正有条不紊地进行抢救工作。青年夫妇的遗体刚刚被挖出，被几名身着白色大褂的医护人员盖上了白布，正要往救护车上抬。其他的几名医护人员，像四周围观的人群一样，都焦急而不安地探着脑袋往里看。那两个孩子因睡在另一房间，目前还没有找到，也不知是死是活。

车祸引发的大火虽然早被熄灭，但那被肇事车撞塌的楼房此时依然还冒着滚滚浓烟，可能是压在建筑物下面的东西在燃烧。因为不知埋在下面的那孩子到底是否有救，救援队都不敢启用大型机械，以防加速孩子的死亡，只能依靠人力，一点一点地往外掏。

午餐是在村口那家小卖部对付的，我只要了一包方便面，两包榨菜和一根火腿肠，就草草地对付了过去。

直等到下午3时，坍塌楼房才被彻底清理出来，救援人员最后终于在最底下找到了那两个孩子僵硬的尸体。

看到那两个可怜的孩子终于被挖出，并很快被早守在一边的救护车拉走，围观的人们叹息着，纷纷散去。省电视台的陈虹他们驾着采访车走了，省报记者程天然也骑着他那锃亮的摩托车，风驰电掣般地朝市区驶去。

目击到现场的大部分救援过程，又想法采访了在现场指挥的姜区长之后，我提着拍满照片的"海鸥"相机，推起早被正午的强烈日光烤得有些烫手的自行车，转到村口的小卖部，买了一瓶矿泉水，扭开猛喝两口，然后又塞到采访包里，推着自行车，急匆匆地往市区赶。

前面是一道斜坡，下去之后，又是一个往上的陡坡，之后就是一座五六米宽，四五十米长的水泥桥。桥底下，是一道长长的死河。说是死河，是因为这里的水全是死的，流淌着的几乎全是本市南郊近百家大小化工厂、造纸厂、制衣厂排放出的污水。因为污染严重，以致这附近的村民频频成群结队地跑到浦江市政府上访静坐，尽管有关部门也大规模地对此进行了清理，但由于巨大利益的驱使，一阵风后，这里的大小工厂依然像雨后的韭菜一样，割了一茬又一茬……

近年来，这里的河水肮脏异常，熏天的臭气愈来愈浓，成为发达的浦江市名副其实的死角。记得去年年底，我因这里的环境污染问题，曾和两家报社的记者到这儿采访过。

眼看就要上桥了，我抬起那两条早已疲倦的腿，死劲地踩了踩自行车的脚踏，想一鼓作气冲上去。

就在此时，背后传来一阵呜呜呜的怪叫声。我马上听出，那是正在行驶的摩托车突然加大油门的引擎声，不由掉头往后看了看，只见两名身着花色衬衫、用厚厚的头盔将面部捂得严严实实的青年男子，正驾着一辆黑色"驱风"牌摩托车，从我背后跟随而来。之前我的心思全放在那两名身着黑色衣服的男人身上，却没有想到他们此时会变换衣服。

刚开始，我还以为对方是因为赶路想超越我和前面的那辆摩托车，就赶紧移动车把，往右靠。

下面，就是杂物漂浮，散发着恶臭的死河。

随着刺耳的突突突声，那辆摩托车加速俯冲上了桥面，屁股后面朝后甩出一股黑黑的浓烟。就在此时，那摩托车却像一头凶残的怪兽，呜地一声，猛然向我撞来。

我大吃一惊，急忙再往桥外靠，仅仅半尺远，下面就是脏水翻腾的死河了。

眼看那摩托车就要从我身边左侧穿越而过，意外的情况发生了！只见背后那位戴着墨镜的男子，扬着一把铁链锁，冷不防朝我劈头盖脑地抽来。

第十章 谁在跟踪追击

尽管早有防备,但此时此刻,根本无处躲避的我,连人带车,扑通一声,掉入河水中……

随着两声恶毒而得意的狂笑,那辆摩托车嚣张地绝尘而去。

幸而河水不深!更庆幸的是,桥面离河水不足两米高,否则,我不摔伤,也会在猝不及防中灌几口脏水……

那臭气熏天的脏水已淹到了我的膝盖上,所幸斜挎肩上的采访包只是底部被河水浸湿,特别是随身携带的手机和BP机尚未被浸泡。

所有从桥上来往的行人,都疑惑地看着站在脏水中发愣的我,指手画脚地,像在观看一出滑稽戏。

斜射的阳光下,严重污染的河面漂浮着废纸、塑料袋、破布、烂菜叶等杂物;不远处,居然漂浮着几只不知名的动物死尸,上面沾满了密密麻麻的蚊子、小虫子。我不由一阵恶心,忍不住"哇"的一声,将中午那尚未消化的方便面什么的,全吐了出来。接着肠胃又像翻江倒海一样,吐得我整个身躯都几乎倒入那脏兮兮的、臭不可闻的脏水中……

见有活物掉入水中,一群无头苍蝇兴致勃勃地围了上来,嗡嗡嗡嗡地在我的头上欢叫着,似乎要将我粉碎,然后再一点一点地吞下去。

一群密密麻麻的蚊子,更是快乐地鸣叫着,一阵又一阵地围攻过来,很快叮咬得我的身上又疼又痒,又红又肿。

我吃力地拖着自行车,忍着一阵又一阵恶臭,好不容易爬上岸,一屁股坐在地上,喘着粗气,半天回不过神来。

几名好心的围观者,靠近我,提醒我赶紧去前面不远处,那里有一个环境卫生监测站,可以找水先冲洗身子。

得知我是《浦江都市报》的记者后,那位脸色黝黑的中年守站员,热情地接待了我,让我在水龙头下将全身冲了个够。接着,我又将运动鞋和衣服都洗了一下。尽管我将全身冲了又冲,但那难闻的臭气,依然熏人。

谢天谢地的是,掉入河中时,除了右脚踝被一小块石头碰破了皮,左手受了一点小伤,其他并无大碍。但令我痛心的是,跟随了我大半年的无牌自行车,却被撞坏了,一时无法修理,也找不到地方修理,只好忍痛割爱,扔到了野地里。这时我才发现,我的脸上、脖子上和胳臂上早被那些凶猛的蚊子咬得起满了红疙瘩。

想到今天的采访稿子还得赶紧回去写,我向那位热心的守站人道了谢,硬塞给他一张面值50元的钞票,这才顶着落日的余晖,披着半干不湿、在风中依然散发着怪味的衣服,狼狈不堪地拦了一辆顺路车,再转了一辆出租车,直到晚饭时分才赶回到报社……

"求求你,再不要搞这种危险的暗访了……"

回到报社后,我本来很想及时把自己遇袭的事告诉李萌萌,但转念一想,她肯定会为我担惊受怕。如果获知也有人跟踪她并知晓了她的行踪,她更会背上沉重的心理负担。

经过深思熟虑,我决定先隐瞒事情经过,但会经常提醒她,每天一定要提高警惕,不管是出门还是回家,都要多留几个心眼。同时,我也决定,等到五一后,就马上搬家,搬到一处离报社近一些,不为外人所知的地方去。

但我做梦也没有想到,就在我遇袭后的第三天,李萌萌竟然也出事了。

我记得很清楚,那天一早外面就刮起了大风,就像台风来临一样。我们在家吃完早餐后,就急匆匆地下楼。一出门,外面就下起了瓢泼大雨。

但家里只有一把雨伞,而且是李萌萌平时用来遮挡太阳的。此时我们也顾不了太多,就一起拦了一辆出租车到达报社。一下车,我们共用一把小雨伞,相扶相携着往报社大楼跑。由于伞太小,加上我硬是把大部分让给了李萌萌,仅仅三四分钟时间,我的后背和屁股就给淋得全湿了。

我边跑边向她告别,表示今天肯定不出门了,就在办公室里写稿,下班后

第十章 谁在跟踪追击

我就来接她，然后一起回家。

她满脸幸福，不顾自己额上和脸上全是雨水，硬是扯出两张清香的纸巾，就站在电梯边，轻轻为我擦拭脸颊的雨水，之后才恋恋不舍地和我分别。

跨进办公室，正看到华子诚正在翻阅内勤小周刚送到的报纸。

华子诚一边笑呵呵地欠起身，和我打招呼，一边将面前刚刚打开的一大包饼干客气地往我面前递。

"不客气，你赶快吃，我出门时就在家吃了早餐。怎么样，这些天在外一切都好吧？"他在一周前跟随着省检察院的去了浦江下面的两个边远的县级市，写了几篇会议式的新闻。

华子诚比我小一岁。瘦高个子，戴着一副高度近视眼镜，给人一种温文尔雅的感觉。如果不是那一脸的络腮胡子显得有些老成，外人还真看不出他的真实年纪。

他是来自人大的高材生。毕业后，因不服从分配而南下打工，后来进入《浦江都市报》，和我一样，成为了一名招聘制的记者。因为他以前曾在省法制报做过两年编辑记者，因此一来就被分到政法组，负责全省检察系统的新闻。

"对了，老兄，你们暗访那稿子，怎么到现在还没有出来呀？"

他出差一周，显然对我这些日子连续发生的事情不大清楚，但当然知道月初我和邓保卫在桃花苑暗访历险的事。

"这几天，我早就听检察院的朋友询问过，还问这种新闻为何不让发表。前天，对了，是前天晚上，我在下面浦台市采访时，连那里市报和电视台的记者都知道，听说我是《浦江都市报》的，就好奇地打听这些内幕……"

"唉……"我双肘抱头，有气无力地将脑袋倚在那把硬硬的木椅子后背，简明扼要地将情况告诉了他。

"这他妈的也太邪门了吧？这还是报社组织你们去的呢……要是独自采访，那不就更麻烦了？真是扯淡！"

"是呀……发生了这种事，没有死在那黑屋里就算是万幸了！事发后，不报警不可能，报警之后，却没想到也是一种麻烦。我想来想去，当时不应小题大做，特意跑到省厅去报警的，那样一来，还能不惊动高层么……"

"说得没错,那胡厅长是新官上任,但他不可能真的会点燃这种阴暗的火呀。这种事,对他们而言,都是社会阴暗面,是影响政绩的晦气事……"

我一边点着头,一边百无聊赖地凝视着窗口上,那里有一只避雨的小蜘蛛,正惊恐不安地拖着长长的细丝,从大雨淋浴的窗外爬到里面。

"我看你不要老是这样等待,应主动去找万达社长他们——实在不行,我建议你们发内参。"

华子诚的话令我眼前一亮,是呀,如果都市报实在不敢刊登我们的暗访经历,那我们也可以想法通过内参发出来,岂不是一样能引起省市领导的重视吗?

我马上打电话给邓保卫。一连好几天,这小子都没有在报社露面。除了偶尔打一两个电话给我外,都不知他到底在做什么。

邓保卫似乎还在床上没有起来。他呵欠连连地回答道:"行,好……这也是一个办法。要不你上午先去找找万达社长,如果实在不发稿,那我们就直接找省报,发内参……"

挂上电话,我发现窗外的雨逐渐变小了,风也停了。

我翻出内部通讯录,找出万达的电话,但打过去半天没有人接。这说明他此时还没有进办公室。一大早,我又不好意思直接打他手机,只好放下电话,心想:那我就等一会再打。不管如何,今天一定当面找我们社长问清楚,到底发不发稿?如果发,到底要等到何时?如果不发,那又到底是何缘故……

刚刚来到办公室,就搞得心事重重,实在不是什么好事。这样肯定会影响一天的工作。但我又无法不去想。

好在此时办公室电话正在被华子诚占用,要不,肯定又会有不少投诉电话打进来。

我面前有几份当天的报纸。看到今天《浦江都市报》的头条,醒目的黑色特大标题是:河南大货车撞塌三层民房,南郊一家四口全部惨死废墟。

我昨天采访的那则突发事故,上了头版头条。但我又发现,那上面配发的大照片并不是我拍的,却是省报老记者程天然的,因为上面有浦江市长深入现场指导抢救工作的画面。

第十章 谁在跟踪追击

我将报纸翻到二版和三版，飞快地浏览了一下，又被三版头条一篇新闻所吸引，那主标题是：深夜潜入鱼塘作案，被人发现慌不择路；副题为：一偷鱼贼被淹死，一偷鱼贼被活捉；采写者为顾阿荣。令我奇怪的是，此报道的事情如举报人柯福贵所说的竟大同小异：

本报讯（记者顾阿荣）一伙来自湖南农村的外来工，在打工之余，竟打起了打工附近鱼塘的主意。前晚，他们一伙共5人，利用看塘人熟睡之机，潜到鱼塘偷鱼。因一同伙不小心掉入水里而惊醒了看鱼人，在追赶过程中，这伙偷鱼贼中的一人掉入鱼塘当场被淹死，一人灌了几口脏水后，被闻讯赶来的村民逮了个正着……

这消息只有200多字，但那上面的时间和地点，几乎与柯福贵所说的一致，作案者也是湖南人，但为何会发生一死一伤呢？那死者和伤者又是什么人呢？其他的同伙结果如何？那落网者是否有口供呢？

这篇消息，令我马上联想到柯福贵所说的那些过程：难道真的这么巧合吗？这伙人会不会就是那天夜里绑架柯福贵的那些黑帮成员呢？

我本来想打电话问问顾阿荣相关情况，但想了想，她肯定不知内情，也不会知道其他情况。从字面上看，此篇新闻稿与新闻发布会上的通稿差不多，是由下面分局宣传科提供的，记者只是问了一下相关情况。从字里行间看，记者根本没有到达案发地，没有到鱼塘查看，也没有采访目击者，特别是那两名守鱼人。通篇稿子几乎全是依据警方的审讯。

看来，这些疑团只有专案组才能解开。

前天夜晚，专案组的凌光汉不是打电话询问举报人柯福贵的行踪吗？我决定近两天去一趟市局，想当面把一些情况向那位值得我信赖的老刑警汇报一下。

直到上午10点多，万达办公室的电话才打通。听到我说明来意后，这位平时严肃得像庙里的罗汉神像一般的社长，似乎有些意外，只是"嗯嗯"了两声，既没有明确表态，也没有表示反对。

我们这些记者和编辑因为忙碌的工作，平时大都直接与各自的部门领导来往较多，如果没有特别的事，一般的人是不会直接找李明白、社长万达、常务副主编高良和副主编周大可的。不过，毕竟大家都同在一层大楼上下班，在大家的印象中，李明白见人总是一副笑呵呵的样子，一点也没有副厅级干部的架子；高良对人也很和蔼可亲，尽管老歪着嘴，但不管见到哪个部门的人，总会主动打招呼，是位很平易近人的领导；周大可爱抽烟，爱与女记者来往，也有点爱摆架子，所以采访部的记者大都怕他。至于时年56岁的社长万达，从外表看，他中等个子，体态微胖，肤色有着南方人的特征，很黝黑；加上他挺直的鼻子，一双老是向上看的小眼睛，总是一副严肃的样子，有些令人望而生畏。平时不管是在外面还是在报社里，他见到我们这些手下员工，极少像其他几位领导一样招呼，最多用鼻子哼一声就走过去了。所以，在大家心目中，万达是一位不苟言笑的人，是一位架子较大的领导，这就令我们更加对他敬而远之了。

我才不管那么多。放下电话，我就直接通过弯弯曲曲的走廊，寻到那悬有"社长"牌子的办公室门前，犹豫地，然而又是坚决地敲响了半开半掩的大门。

听到问话声，我推门而进，正好看到高良也在那里。万达此时正在接一个电话，他见到我，一边用本地方言和人家说着什么，一边微笑着对我点点头。他这一丝微笑，令我的拘束全消。

高良见我特意来找社长，估计是为桃花苑稿件的事，他想说什么，但最终没有说出，只是有些心不在焉地和我寒暄了两句，然后就借口离开了。

屋子里弥漫着一股浓重的烟味。万达这宽大的办公室是由两间办公室拼凑而成的，但装修得很高档，特别是地上铺的那油光可鉴的进口地板，令我都不敢用力在上面踩，生怕一不小心就会损坏了。

万达接完电话后，欠起身子，抓起面前一包软中华香烟递给我。我慌忙连连摆手道："谢谢万社长，我现在戒烟了……"

"嗯，抽烟对身体不好，你这么年轻，能戒烟真是好事。嗯，我这年纪，想戒都戒不了……"

见我真的不抽，他自顾自地用右手食指弹出一支，啪地用火机点燃，很惬

第十章 谁在跟踪追击

意地吐出一个烟圈后,这才想起了什么,忙立起身,从书柜旁边一纸箱里掏出两罐"王老吉"饮料递给我,客气地说:"来,先喝点饮料。嗯,这些天,你很辛苦呀……我这做社长的,每天不是大会小会,就是报社一大摊事,繁忙得很呀,也就没有顾得上去看看你和邓保卫……嗯嗯,我这做社长的,说来惭愧呀……"

这位平时不苟言笑的社长,看来真有一副热心肠。眼下,他又是递烟又是递饮料,又是自责的,令我这小记者心底一股暖意油然而起。不知是受宠若惊,还是这些日子遭受了太多的是是非非、曲曲折折,此时在得到领导的关怀后,就像那些身怀冤屈而投诉无门的弱者,终于获知有记者马上会关注自己的事时,那种感慨、激动、担忧、狐疑等五味杂陈的心理。真的,我鼻子有些发酸,陡然涌起的感动无以言表。

这也是我这打工记者进入都市报一年多以来,第二次进入社长宽大而豪华的办公室。第一次,就是几个月前,因暗访龙潭村黑帮事件,报社遭受到来自多方压力时,我被万达召进办公室当面汇报工作——那时的我,浑身充满着儿马气息,做什么事都热血沸腾,对社会上的不平事,总是嫉恶如仇,恨不得用大炮把那些危害咱老百姓的坏人坏事,一股脑儿炸飞;于是,刚从事新闻事业的我,满怀热血和激情,以初生牛犊不怕虎的姿态,见什么不平就专揭什么地的黑盖儿,最终一个人,竟懵懵懂懂地撞到龙潭村,与那位用铁手腕统治村子达30多年之久的全国人大代表、省政协常委、龙潭村村党支部书记段天龙及他四个儿子斗起法来,结果,差点把我这小兵的小命丢了。不过,万幸的是,我那一系列报道在万达等领导的大力支持下,终于接二连三地出笼,形成了《浦江都市报》创刊以来批评最猛烈、势头最火爆、社会影响最大的一系列独家报道……

"感谢社长的关心!我现在冒昧地打扰社长,就是想知……知道……我和邓保卫暗访那稿子的情况……"

"哦,你说上次那稿子呀……"他吸了一口烟,然后腾出一只手,将油光滑溜的头发往下梳了梳,有些迟疑地说,"那篇稿子么,写得很有深度……我都看过。稿子还在编辑部主任张之胜那里呢……这稿子么,因为涉及到的人和事太多，政治影响不好……加上我们的采访手法不是很到位……所以么，嗯，目前上面先让我们不要发……"

"万社长，我现在只想知道：第一，此次暗访是由报社亲自安排的，您也给予了不少指导，本来就是一宗平常的刑案，为何现在倒变成政治事件了呢？第二，报社早就说，一定要用两个整版来报道此事的，为何拖到现在还不让发呢？第三，我和邓保卫，因为此次采访，都差点成了刀下鬼……为何说我们采访手法不到位呢？另外，几个领导都说是上面压着不让发稿，到底是哪一级的哪个部门呢？这真令我想不通……"

当我听到万达社长竟然把我们的生死暗访与政治事件牵扯上时，先是吃惊，继而不满、愤慨，最后变得愤愤不平起来。说到最后，我不知因为过度委屈，还是伤感，语气几近哽咽起来……

沉默，难堪的沉默。

高悬在书柜右侧墙上的进口石英钟，嘀嗒嘀嗒地响着，我激动的心怦怦怦地乱跳着。紧闭的窗外，雨点依然在沙沙沙地响着。

"小伙子，你是优秀的政法记者，是从部队出来的党员，好多事，你也许比我这大老粗懂得多呀……嗯，嗯，我这当社长的，当然理解你的心情……我们会努力争取的……"说罢，他无奈地朝我摊开双手，脑袋倚靠在那高大柔软的真皮沙发上，轻轻地旋转了一下椅子。

从那表情、那神态和那语调，社长的压力是显而易见的。他桌上的电话又忙碌地响起来。我知道再说什么也是多余的，就赶紧站起来告辞。

万达一边朝我点了点头，算是告别，一边又抓起桌面的电话："嗯，我是社长万达……"

我有些垂头丧气地回到办公室。华子诚看到我神色不对，关心地问道："情况到底怎么样呢？"

"唉，还能怎么样呢？稿子看来无望了……"

我怏怏地将椅子拉到窗边，看那窗外时停时下的风雨，似乎要让窗外的大风吹散我的愁闷，让雨点洗涤我的心结似的。

春夏接替之季，南国的雨是颇为显威的，尤其是靠南海一百多公里远的浦

第十章 谁在跟踪追击

江市。这雨一下，总是好几天。对于我们这些新闻记者而言，有时总希望天天刮风下雨，这样就会找借口不外出了；但有时又害怕下雨，不管雨下得多大，风吹得多猛，我们的报纸每天都需要新鲜的新闻，就像那些家庭主妇每天总会往菜市场跑一样，这就是所谓的巧妇难为无米之炊吧。更何况，风雨一大，往往天灾人祸也就接踵而来。

大风大雨带来的灾祸没有出现，但李萌萌却出事了。

那是黄昏时分。

我因有两篇通讯员来稿要整理，让李萌萌先回去，但她不答应，坚持一定要在报社等我。我只好说：那我们晚饭就在食堂吃吧，然后再一起回家。

可这位平时在饮食方面最爱挑肥择瘦的上海姑娘，嫌食堂的饭菜不是油大，就是口味重。到了晚饭时间，她就独自打着雨伞跑到报社对面的一家"潮州牛肉丸"订了餐，然后再打包回来。

本来，这风雨天，一个电话就可以让人家服务送餐上门，可她又硬要亲自去选，这么一认真，意外就发生了。

我记得很清楚，当时我正在办公桌前伏案写稿，突然接到李萌萌打来的电话，她在那头笑嘻嘻地说：

"……我马上下地下通道了，你是到我办公室来吃，还是让本小姐送到你那小办公室里？"

"还是到我这里来吧……现在就我一个人在……"

"哎，我说石记，现在怎么不怕你那位汪小雨又返回来了？"

"你看你，又来了……我在办公室等你吧，路上小心安全。"

"……放心吧，这光天化日的，再说就在省报业集团大楼的对面呀，还能发生什么事呢？刚把饭菜打包，我十分钟就可以让你吃上丰盛的晚餐。呵呵，对了，石先生，你猜猜看，我给你点的什么菜……"

我还没有来得及回答，就突然听到她发出一阵歇斯底里的尖叫声："啊……你想做什么？快来人，救命呀……"

接着电话就断了！

我不由大惊失色。我知道她肯定出事了！

我连手中的圆珠笔都来不及扔,以百米冲刺的速度,闪电似的冲出电梯口,一路上也顾不上来往的熟悉或陌生的目光,像疯子一样冲出报社大门。然后,我又像鱼儿一样,钻入地下通道中。

只见来往的路人,正围着倒在水泥地上的李萌萌纷纷议论着什么,但没有一个人敢上前去拉她一把。

李萌萌倒在那里,想爬起来,可半天却又无法挪动身子;她前面一米远处,那散发着诱人香味的饭菜撒了一地,一碗热腾腾的海鲜汤,将她早上刚换的那条新裙子淋得脏兮兮的;那把漂亮的雨伞,不知是被人拉的,还是被路人不小心踩的,伞骨断了两根;那半吊子紫色布片,在过道的凉风中,像一朵被人摧残的玫瑰,仿佛正在向来往路人诉说着刚才惊险的一幕……

我冲上前去,一把将她拉起来,搂在胸前,急切地问道:"亲爱的,别害怕,是我!我来了……"

双手正紧紧地将小坤包护在胸前的李萌萌,满脸惊恐,正缩成一团,在那里抽抽噎噎着。

"哇……"当她看清面前是我时,猛地扑到我的怀中,失声哭叫起来。她像溺水的孩子捞到了救命草一样,紧紧地、紧紧地一把抓住我的双臂,久久不敢放松……

当我急匆匆地把她送到附近的军区总医院后,这才了解到她遭受突然袭击的过程——下班不久,外面的风虽然停息了,但小雨依然还在沥沥淅淅地飘舞着。李萌萌打着雨伞,急匆匆地走出报社大门,然后,又从地下通道穿到马路对面,在那里亲自点了一个牛肉炒菠萝、一个清蒸牛肉丸子和一个凉拌凤爪,另又要了一个海鲜汤。她认为这几个菜口味好、营养又不错,让服务员打包后,就满意地一手拎着饭菜,一手撑着那把紫色雨伞,小心翼翼地走下了通道。买完饭后,她边走着边用一只手拎着饭菜,一只手举着手机和雨伞。正费力地和我说话,突然从背后冲出一名戴着墨镜的青年男子,先是故意用身体撞了她一下,然后就伸出一只脏兮兮的大手,就要抢她的手机,并嬉皮笑脸地说:"美女,借用你的手机……"

李萌萌先是本能地呵斥了一声,见对方还企图靠近自己,就叫骂了一声。

第十章 谁在跟踪追击

谁知，那狂妄的家伙，竟恶狠狠地冲上来，猛的将她推倒在地……

幸好她将装有钱包和BP机的小坤包死死地护在胸前，没有被对方抢走，但手机却被摔坏了。那个图谋不轨的家伙，在众目睽睽之下，慌忙从通道里往后面逃之夭夭了。

谢天谢地的是，李萌萌只是受了点皮外伤。由于上药及时，伤口也没有任何感染，休息两天，很快就好了。但遭此一劫，她的精神受到很大刺激，高度的惊吓令她好几天都无法平静下来。这就令她在病床上多休息了两日。第三天下午，平时爱活动的她，说什么也不愿在那四处散发着酒精、碘酒和各种消毒液气味的地方待了。于是，我就将她接回我们租住的小窝中。

这个晚上，我依照她的吩咐，先是跑菜市，然后又是洗菜配菜，毕恭毕敬地听从她的吩咐，终于做成了符合她口味的三菜一汤。

为了把房子布置得温馨些，也为了给我们这个小窝增添情趣，我特意在窗台上摆了盆月季花，好让那刚吐露出火焰般深红的花蕊，把我们这简陋的家点缀一下，驱散下阴郁的心情。

细细回味起来，这似乎是我们同居以来，最浪漫的一顿晚餐。正如李萌萌说的那样：这是我陪她吃得最开心的晚餐。

尽管我们两人都在同一家报业集团工作，但由于两人不在一家报社，原本没有来往。后来我因为几篇揭黑新闻成为"揭黑英雄"，被国内多家传媒称为"正义的卧底记者"……我的相片同我的采访札记，也上了本报的显著位置。

当时在省报财经部的李萌萌也因此牢牢记住了我的名字。之后，她打听到我的所有经历，就开始对我这位流浪记者关注起来。

更巧的是，两个月后，我因住处拆迁而搬到她居住的小区。当物业管理处一位热心的大妈前来收物业费时，发现我们都是省报的记者，就将这一好消息告诉了我们两人。更巧的是，李萌萌也搬来这里不久，她和我同住一栋房，她在八楼，我则在一楼。闻知后，极为开心的她，当天晚上就跑来敲开了我的房门。随着来来往往，我们很快就成为无话不谈的朋友。我大她两岁，就这样，我们这对年轻人很快就水到渠成地恋爱了……

卧底调查·生死暗访

当天我还记得，我们相恋后的第一次饭局，也是在初春的一个夜晚。我们相约于距报社不远的一家"绿茵阁咖啡厅"，我们慢悠悠地品着咖啡，尽情地品尝着烧得香气扑鼻的美国牛排，在悠扬、轻快的《维也纳森林》浪漫钢琴曲中，我们两个边吃边聊，一直情真意切地聊到午夜时分……

从那时起，我这流浪的退伍兵，就认定了这女孩子做我的另一半；也是从那时起，这位美丽大方而又个性倔强的上海女孩子，视我这从没有上过大学的流浪记者为"佐罗"和"罗宾汉"式的侠义英雄，当然也视我为亲人。

在近一年的时间内，我们也吵过闹过，也分过合过，但多数日子还是甜蜜的。

这个夜晚，没有荧荧烛光，但有娇艳的花朵；这个夜晚，窗外没有月光，但有温柔的微风，轻拂着我们的脸颊；没有钢琴曲，但我们有一部半新不旧的收录机，那里正放着她平时较喜爱的台湾歌星蔡琴的《绿岛小夜曲》，蔡琴那简约而又带有古典韵味的歌声，像一杯岁月的美酒，香醇迷人，低回委婉……

李萌萌就那样倚靠着我。她轻轻地伸出双手，将我的左手握在她的手心，似乎要拉着我一起陶醉在这浪漫的歌声中。

她就那样轻轻抚摸着我的手，当她温柔地触碰到我那处擦伤后感染发炎、一直没有愈合的伤口时，我不由倒吸了一口冷气，手抽动了一下。

她两眼盯着我，逼问道："你这里怎么发炎了？好像也是这几天才有的吧？"

我不敢看她的眼睛。说心里话，在这种浪漫的曲调中，我真不想告诉她那残酷的一幕。

"快告诉我，这到底是怎么一回事？"

她看到我躲躲闪闪的眼神，马上从"恰似你的温柔"变成"个性的小女孩"，不依不饶地追问我。

见她如此坚决，我知道无法再隐瞒下去，只好吞吞吐吐地，尽量用委婉的语言，将前几天收到的半夜威胁短信，以及当日下午从南郊采访归途中遭人袭击的全过程，一五一十地告诉了她。

她听得目瞪口呆。

这位平时爱耍点小性子、对人大大咧咧，但遭遇到大事又会变得谨小慎微的上海姑娘，直听得那双大眼睛快睁得蹦出两颗杏果来，那双因惊骇而失色的

第十章 谁在跟踪追击

嘴唇,张得能塞入一只桃子!

不知是灯光照着她,还是她的脸色影响灯光,反正,我看到,在惨白的灯光下,她的脸也如白纸般惨白。

"我明白了……"她神色黯然地喃喃道。

"萌萌,真对不起,因为我的暗访,竟会影响你……"

"我说呢……事发前那个夜晚,我也收到一条莫名其妙的留言……当时我根本没有在意。"她疑惑地说着,忙从包里翻出 BP 机,按着翻了半天,终于找出来一条这样的信息:

"李萌萌记者,你也许不认识我,但我可认识你,因为我天天看着你上下班。你是一位美丽的姑娘,一定渴望和男友过上美好而安定的幸福生活。可你男友欠我的不少,我们只不过是见一次面,他就抓住我的不是不放……你作为女友,得好好劝劝他,叫他不要再管我们的家事。拜托了。谢谢。祝你和石记者幸福。"

时间显示为凌晨 1 点 51 分,留言者为吴小姐。

这与其说是留言,还不如说是一封公开的警告信!

文字很少,从表面看,有些似是而非,仿佛是我在外面拈花惹草,引出什么麻烦一样。

天哪,这留言的口气和风格,不是与我连续收到的几条一样吗?几乎如出一辙呀!是的,此时此刻,只有我,像嗅觉灵敏的猎人一样,能深深地闻出那字里行间的恐吓和威胁……

窗外,漆黑一团,只有远处隐约或明或暗的灯光。

三天前,这些狡猾的家伙就以留言的方式对我发出警告,然后又一直尾随着我去南郊,并在那偏远的地段对我实行袭击。如果那天他们真的要对我下毒手,是轻而易举的事,但他们只是用那种阴险的方式教训了我一下。

但是,我没有想到,这群诡计多端的家伙,竟然同时会盯上我的女友,竟也忍心对与此事毫无关系的女孩子痛下毒手。

显然,三天前在报社正对门的地下通道布置的"抢劫",其实只不过是对方布置下的迷魂阵,既是为了混淆视听,更是声东击西,借此来警告我:他们不但能跟踪我,追击我,更能随时对我的女友实施跟踪追击……

他们真的是无孔不入!

看来,我的住处和四周的环境,对方早已了如指掌。此处不可久留。

李萌萌看出我的凝思,用惊惶不安的目光看着我,哆哆嗦嗦地询问道:"……这么说来,那天在地下通道,还不是一般的歹徒作案,而是比这更严重的黑社会团伙在故意找碴儿……"

接着,她半天沉默不语。

我只是轻轻地拥着她,默不作声地看着她。

她不自然地,忽然抬头朝窗外看了看,像发现有异常似的,用力揪紧我的双手,将身子又朝我靠了靠,仿佛只有这样,她才能躲避开随时从窗外伸进的魔爪一样。

她像一只陡然受到惊吓的小羔羊,浑身发抖,充满了恐惧感。

她将头埋藏在我的怀抱中,低声地、压抑地抽泣起来……

屋子里的灯光,似乎也随风摇曳起来。

那从收录机中摇晃出的歌声,也变得伤悲起来。在摇曳的灯光下,浸在孤零零、悲戚戚的歌声中,我轻轻地伸出手拍着她的背部,就像一位父亲安慰自己刚刚受了惊吓的女儿一样,是那样的心疼,又是那样的无助。

"……求求你……这事完后,千万再不……不要搞什么暗访了……好吗?"

在蔡琴那伤感的歌声中,她哭了,哭得梨花带雨,点点滴滴,洒在我的心尖上。

我强忍着泪水。

我默默无语。

"我爱你……我不想你发生任何意外……求求你……答应我……一定要答应我……"

我默默地点了点头。

第十一章 意外发现

半私半公，结交了新华社记者

好不容易刚将女友受伤的心灵安抚好，父亲忽然从家乡写信告诉我：半月前，年已七旬的奶奶因挪着小脚，跑到后园去捡柴禾，不小心跌倒，竟造成左腿骨折。父亲和叔叔他们背着去县城医院看了几次，花了 5000 多元，除了肿消了些，但伤情还是老样，疼得老人夜里哼哼地叫个不停。父亲和家里人商量后，决定向我求助，看是否能护送奶奶来浦江市治疗，或是去上海治疗。

我一听，急得直掉泪。

直到晚上，当我背着李萌萌，重新读着父亲的来信时，情不自禁地变得泪眼迷蒙起来……

奶奶因长年累月操劳过度，身上早就有这病那痛的，前年因白内障两眼几近失明，我一直在想法存钱，希望能带老人家去北京的同仁医院看眼病呢。

第十一章 意外发现

后来托朋友打听，治疗这白内障，连路费带其他的，至少得准备三万元左右。我这打工记者，尽管每天忙得马不停蹄，发表的报道一篇接一篇，但收入不高。按浦江日报报业集团的统一规定，我们这些招聘记者，每月的基本工资才800元，饭补300元，交通补贴300元，加上稿费呀什么的，一月下来，也就4000多元。当然，如果每月都能完成发稿18篇、头版头条1篇的任务，也许还能多拿到一二千元。除去高额的房租和杂七杂八的，每月能存一二千元就很不错了，因此，就是一年下来，积积攒攒也顶多存上一两万元钱。

我是家中唯一在外工作的人，每年这事那事的，总得寄回家几千元，这样算下来，到年底，几乎没有什么余钱了。

到目前为止，我这长孙，一直没有能力送奶奶去北京或上海看病。

没想到，屋漏偏逢连阴雨，奶奶又不小心摔成骨折了。

再过几天，就是"五一"长假了。这长达七天的节假日，对拿铁饭碗的公务员来说，当然是欢欣鼓舞的事，这样能陪着家人好好玩一阵子。但我们这些做记者的，尽管也有假，尽管报纸也会像"十一"和春节那样，会压缩版面，但报纸总不能停，新闻每天得采写。因此，很多记者就利用别人休息的时间，特意留守报社，这样采写新闻多，发稿的机会也多——月底拿的稿费自然也就会多。

以前我是光棍汉，过着一人吃饱全家不饿的无拘无束的自由生活，整天骑着那辆二手自行车，穿梭于大街小巷之中寻找新闻。那个时候的我，生活中全是新闻。我的生活就是采访、写稿、发稿，整日像驴子拉磨一样，重复着周而复始的新闻生活。

可现在，我有了女友，而且我们早就到了谈婚论嫁的地步。我这家中的长子长孙，不但得牵挂着远在千里之外的家乡老少，更得照顾好爱犯些小性子的女友李萌萌。

这天晚上，我左思右想，还是决定将奶奶的病情告诉李萌萌。

对于奶奶，李萌萌并不陌生。因为她曾在去年春节时，和我回过一次鄂东老家。

这位大上海的独生小姐，一身时髦，出现在我家那破旧而低矮的砖瓦房前时，就像一位外星来的公主出现在贫民窟中。

不过，令我最为感动的是，尽管李萌萌在我家里这也不习惯，那也不方便，但特别喜爱我那慈祥的奶奶。

奶奶一见到我,又是拥抱,又是亲,一有空就拉着我的双手叽叽喳喳地唠叨个不停,仿佛不那样做,根本无法表达老人对我这远离家乡、长年在外的长孙的思念一样。

但老人家在这个如花朵一样漂亮的未来孙媳妇面前,却像个没有见过世面的山村孩子似的,老是畏首畏尾、惴惴不安的,既不知说什么好,也不知用什么样的动作来表达长辈对晚辈的喜爱和歉意。

但李萌萌却对奶奶出奇的敬重。这个平时最爱讲卫生的上海姑娘,此时在我们这个四处"不清洁"的山村小屋,不在乎家里的杂乱,不在乎奶奶病床上散发出来的难闻气味,什么都不当回事了,特别是对奶奶又是拥抱,又是亲吻的,常常弄得缩在床上的奶奶躲也不是,不躲也不是,害羞得竟像刚进入幼儿园的小姑娘那样,倚靠床头,一动也不动,生怕把自己身上的病传染给这位美丽姑娘似的。

此时,刚刚吃完晚饭的李萌萌又在灯光下,翻着当天的《浦江晚报》和《浦江商报》,那上面每天都有专版刊登婚介和房屋出租的广告。

看到我有些不自然的样子,她奇怪地问:"你怎么啦?今天你好像老是一副心不在焉的样子,不会还是因为上次那暗访的事情吧?"

我摇了摇头。

"那到底是什么事呢?你快告诉我么!"这位性子急的女孩,看到我一副欲言又止的样子,马上撅起小嘴,要生气了。

"萌萌,这个'五一'长假,可能……又得泡汤了……"

"到底是什么事……"她气得踢了我一脚,眼睛瞪着我,"你不会又是想去搞什么卧底呀暗访的吧?"

"不是,不是的。我……我想回家……看看奶奶……"

"奶奶怎么了?"她显然有些意外。

我默默地把父亲的信递给了她。

"哎哟,奶奶她老人家,这么大把年纪了,摔成骨折,怎么经受得住啊!"看完信,她不由长叹了一声,心疼地说。

第十一章 意外发现

"奶奶是我最爱的人,她伤成那个样子,我这做长孙的却不能为她分担病痛,心里实在太难受……"我偷偷地瞅了她一眼,故意试探地问,"我想利用这个假期,陪奶奶去看病……"

"原来你是因此而发愁呀!呵呵,真不愧是孝孙!"她一把抓起我的手,动情地说,"我就是喜欢你的重感情,有责任……"

我紧抓着她的双手。

"这样吧,我们马上想法找一个两室一厅的房子,然后把奶奶接到这里来看病,和我们好好生活一段日子……"

我不由松了一口气:没想到,这上海姑娘如此通情达理。

"倒不用特意去老家接,那样费时又费钱。我看还是采取一个两全其美的办法吧……"

"这种事还有两全其美的办法?"

"萌萌,你不是一直想回上海看望父母亲吗?"

她点了点头,但马上又说道:"可我们一直没有时间呀……本来很想利用这个长假,一起回上海的,可奶奶的病更重要,不能耽误。"

"你姑姑不是在上海人民医院吗?我想,利用回上海探望你父母亲的机会,直接让我父母送奶奶到上海,就在上海治疗。老人的病不重,有熟人照顾,很快就会好,同时在好多方面还能节约……"

"嘀,这还真是一个两全其美的好办法!没想到你这张飞式的记者,也会穿针引线,变得粗中有细了呀!"

事情很快就确定下来。

这个长假,我汇路费回家,母亲陪同奶奶从老家直接坐火车到上海;我们则从浦江直接到上海,再拜托李萌萌姑姑出面,想法将奶奶接收进医院,作一次彻底的检查,然后再对症下药,努力治疗。

要知道,在所有亲人当中,奶奶是我最敬爱的亲人。

说起来,谁也不会相信:奶奶并非我的亲奶奶,与我毫无血缘关系,但奶奶却比我的亲奶奶还要亲,是我生命中最重要的亲人。

我父亲的生母生有四子一女,父亲行三,因为人口众多,家里难以糊口,父亲就被过继给了我现在的奶奶。奶奶本来有一个儿子的,但早年间参加了游击队,解放后就当了志愿军,最后战死在朝鲜战场上。50年代初,当村支部书记的爷爷,听从上级指示大修水利,竟活活累死在修水库的工地上。

奶奶一下子成了孤家寡人,加上伤心过度,把眼睛也哭坏了,看东西总是眯成一条缝。为了让家里后继有人,奶奶先抱养了母亲,然后又将年长母亲7岁的父亲收为继子。父母长大成人后,就结婚成家。一年后有了我,很快又有了三个弟弟一个妹妹。

本是孤零零的一个老太太,现在一下子又有了一大家人,特别是先后添加了三个欢蹦乱跳的孙子,奶奶高兴得整日合不拢嘴,觉得日子有了奔头。

从此,本来就闲不住的奶奶,就更加勤劳持家。每天起早摸黑,上山砍柴,放牛养猪,下地种菜犁田,像一位健壮的庄稼汉一样,忙忙碌碌。由于积劳成疾,奶奶上了年纪后很快这病那病就来了。不过,她还是坚持在家操持家务烧火做饭,养鸡饲鸭的。

我们山村里有一句俗话:带孙不带子。意思是,儿子可以不是亲生的,但孙子却比亲生的还要亲。我从小由奶奶带大,直到十多岁了还和奶奶睡一个枕头,因此,奶奶几乎把后半生所有的爱,全给予了我。

由于长年在外漂泊,我一年也难得回家一次。除了写信,几乎无法与家里联系。每次我寄回去的信,父亲都会一五一十地念给奶奶听,然后再把奶奶对我的嘱咐和牵挂,写成文字寄给我。

后来,我们那个小山村终于有了第一部电话,于是,我经常提前打电话到那家小卖部,然后再等奶奶和家人来接电话。这样一来,当然方便多了。

去年春节时,我掏出5000元钱,要求家里安一部电话,这样方便我们联系。但因为当时奶奶身体不好,这钱就直接变成医疗费了。至今,我要打电话给家里,仍然只能打到村口的小卖部,然后再请他们通知家人来接电话。

当我打通村里的电话,把我和李萌萌的意见告诉父亲后,父亲在那头表示赞同。就这样,"五一"前的晚上,我携着女友,又一次踏上了甜蜜的情感之旅。

刚到上海的我们,尚未来得及歇一口气,就匆匆忙忙地赶到上海火车站迎接母亲和奶奶。

第十一章 意外发现

临近中饭时分,拎着一只蛇皮袋和一只拉链早无法拉拢的陈旧旅行包的母亲,终于和满头白发的奶奶在人头涌动的人群中出现了。当母亲满头大汗地背着奶奶蹒跚地挤出检票口时,我和李萌萌像小鸟一样迎了上去……

能在这异乡的大都市见到日夜思念的孙子,令从未出过远门、特别是从未到达过大城市的奶奶激动异常,她紧紧地搂着我,像个孩子似的"哇哇"地哭个不停。

我紧紧地拥抱着奶奶骨瘦如柴的身体,紧紧依偎着她温暖的身体,紧紧地抓住她青筋凸现的双手,再也抑制不住复杂的情感,第一次当着李萌萌的面,毫无顾忌地哭了起来。

在这他乡遇亲人的哭声中,我把生长到25岁以来遭受到的最大委屈、伤感和愤懑,把我生长到25岁以来,对奶奶独特而深厚的情感、撒娇和思念,淋漓尽致地全发泄出来。

在这悲欢离合的哭声中,我把在浦江桃花苑所遭受到的死里逃生、把因此而多次承受的巨大压力,全像积蓄太久的山洪一样,呼地放了出来。

在这酣畅淋漓的哭声中,最后还是她那花儿一样的"孙媳妇"笑嘻嘻地劝住了她。老人这才难为情地抹去幸福的泪花,赶紧又紧抓着她的手,唠叨个不停。

母亲也不由地咧着嘴哭了。只不过50多岁的她,早被生活压得像个60多岁的老太婆。我心酸地发现,只半年多时间不见,饱经风霜的母亲两鬓头发都白了。

就在我们一家祖孙三代抱头痛哭时,母亲手一松,不小心竟让装在蛇皮袋子里的一只老母鸡,在惊恐之中挣脱了出来,发出咯咯咯的尖叫声。从没有见过这阵势的李萌萌,吓得花容失色,继而拍着胸口笑了起来。这是奶奶在家里圈养的老土鸡,一年才养几只,是特意千里迢迢地带给李萌萌的。幸而这母鸡两腿间还绑着一根长长的布带,想跑也跑不远,很快就被母亲伸出裂隙四绽的大手,狠狠地一把抓住,在一阵咯咯咯的惊叫声中,重新把它塞进了蛇皮袋里。

随后,我从母亲的背上接过奶奶,在李萌萌的带领下,打了一辆出租车,飞也似的朝目的地赶去……

这一天,是25岁的我最幸福的一天,因为我能在国际大都市的上海和70高龄的奶奶相遇相守。

李萌萌的父母尽管只是极为普通的工人,但他们都有某些上海人的排外情绪,从骨子里瞧不起外地人,自然也瞧不起我这山里娃子。他们一直竭力反对独生女儿和我来往,但后来,看到他们的宝贝女儿爱意已定,看到我这打工记者人品和综合素质也还不错,也就唉声叹气地默认了。

不知是看到我和李萌萌很快就要结婚了,还是看到我精心为他们购买了一大堆吃的穿的用的——那可是我辛辛苦苦一个月的收入呢,他们对我的亲人都很客气。令我颇为感动的是,当天晚上,他们特意做了一大桌子菜,把奶奶和母亲都接到家里,热热闹闹地大吃了一顿。他们的"好客",直乐得奶奶合不拢嘴,见人就用外人根本听不懂的普通话说:"亲家真正地好,我这老太太死也值了……"

第二天上午,在李萌萌姑姑的大力帮助下,经检查,奶奶左大腿骨折不是很严重,但因治疗不得法,导致骨折后错位,得重新接骨。只要住院好好治疗,不用一月就会好。但奶奶白内障很严重,如果不马上动手术,很快就有失明的危险。

好在李萌萌姑姑那个行政科长还真有本事,不但帮助免去很多检查费,而且第二天晚上就想方设法把奶奶弄进了住院部,安心地住了下来。

这样一下来,奶奶这两项手术,加上住院费和母亲的陪护费,至少得两万元。这下不但花光了我的所有积蓄,也让李萌萌搭出了好几千元。

五六天时间如梭一样,眨眼而过。就在我们即将离开上海的前一天晚上,我在李萌萌的带领下,来到了风景如画的复旦大学校园玩,见到了她的几位同学和朋友。也就是在此次聚会中,我认识了她的一位新闻系毕业的王师兄。王师兄是新华社驻华东区的记者,刚娶了一位区长的千金做媳妇,事业也是如日中天之际。

这天晚上,由王师兄做东请我们吃完晚饭后,我们三个人一起就到外面散步。少言寡语的我,跟随着他们在校园内一家餐馆吃饭时,也不知怎的,李萌萌无意中提到了我一月前在浦江暗访时的那段历险遭遇。

在他的再三要求之下,我将一月前的惊心遭遇,一五一十地都告诉了他。

原本一直笑呵呵的王师兄,听完我的这一番话,目瞪口呆,半天回不过神来。

第十一章　意外发现

夏夜的校园真像一座象牙塔，安静而祥和。我们头顶的天穹，布满了若隐若现的星星，在五月的夜晚中显得很神秘。初夏的凉风，早将白天的暑气吹散，阵阵清爽的风，和着四周散发开的绿化带清香，扑面而来。一阵类似汽笛的长鸣声从远处传来，不知是远处黄浦江上的嘈杂，还是校园外马路上的喧嚣，那隐隐约约的声响，又似乎将我的思绪带回了遥远的浦江市，带回了那令我愁绪紧锁的迷局之中……

"真不容易！像您这样的记者，真是太少了！兄弟，您是我的英雄，真正的英雄！我向您致敬！"

不知是为我的惊心动魄所激动，还是为我的遭遇而感慨，王师兄一把紧握着我的双手，久久不愿放松。

李萌萌仿佛也跟随着我的思绪，回到了那些可怕的时光之中，我感觉到她倚着我的单薄的身子，在苍穹下，在凉爽的晚风中，发出微微的战栗。

"好了，好了，再不要提那些令人胆战心惊的过去了……我真的害怕……"

"我知道你没有学过新闻史，但作为年轻人，你也应该听说过约瑟夫·普利策吧？"他问李萌萌。

"听说过，没见过。只知道他是美国的名记者，是普利策奖的创始人……你也不要损我这小师妹啦，我又不是你们新闻系出来的……做新闻也只不过是半路出家。"李萌萌被师兄批得有些面红耳赤，一边窘迫地点着头，一边为自己争辩着。

"可以这样说，只要是从事新闻的人，很少没有不知道这个响亮的名字的。由他设立的美国'普利策新闻奖'被誉为'新闻界的奥斯卡'和'舆论界的诺贝尔奖'，自1917年诞生以来已经走过了80年的风雨历程。每年的四月初，全世界的传媒都会把目光投向那里，就像你平时爱看奥斯卡影星的情感生活一样……"

"师兄现在不愧是新华社的大记者呀，说出的话，都具指导性意义……"李萌萌这调侃的话，把我们仨都逗得哈哈哈大笑起来。

"石飞，请放心，我一定会大力帮助你。回去后，请你以最快的速度把你写的稿子，以及那些相关照片通过特快寄给我，我一定想法帮你找朋友，让这些事实早日公布于众——如果我个人的力量做不到，我一定会发动我在北京总部的朋友，找人民日报和央视的朋友，一起来帮忙……"

我再一次紧握着他的手，感激地点了点头。

"真正的新闻战士，是不会被这种危险吓倒，也不是这些恐吓能威胁到的。我相信你！你很快会成为中国最优秀的调查记者。对约瑟夫·普利策，我们自然都不陌生，特别是这位新闻前辈那一段名言，至今我都耳熟能详，'倘若一个国家是一条航行在大海上的船，新闻记者就是船头的瞭望者。他要在一望无际的海面上观察一切，审视海上的不测风云和浅滩暗礁，及时发出警告'。"

5月7日晚上，临去机场前，我和李萌萌又跑到医院，拉着奶奶、母亲的手，热泪涟涟地千叮咛、万嘱咐，这才依依不舍地挥泪离开。

临上飞机时，李萌萌有些疲惫地问我："告诉我心里话，你此次上海之行，最大的收获是什么呢？"

我凝视着正在跑道上奔驰的机身，盯着机窗外飞掠而过的建筑物和绿化树，有些心不在焉地回答道："我真正地明白了一句话……"

"一句话？什么话呢？"

"就是王师兄说的那句话……那句普利策说的名言，令我真正理解到，作为一名新闻记者的真正意义……"

"这种事情，内参也不宜发……"

我从上海回到浦江的第一件事，就是继续找报社领导询问我和邓保卫有关暗访历险稿件的发表情况。

谁知，此次的结果，再没有像前几次那样，多少还有那么一丝希望，而是

第十一章 意外发现

彻底没戏了。以前提及此事时，领导们总是表现各异：采访部主任庞达海表示一定会发稿；主管编辑部的常务副主编高良表示迟早会发；负责采访部的副主编周大可未置可否；社长万达总是打哈哈；集团负责人李明白总笑眯眯地"还是听听上头的意见……"

上班的第一天上午，大概都度过了一个愉快的七天长假吧，几位主要报社领导都在。

当我像祥林嫂一样，又一次旧事重提时，他们居然都变得口径一致，那就是：有关石飞和邓保卫暗访桃花苑历险遭劫的新闻稿，已由省公安厅和省委宣传部发了文件，明确表示，此事会影响本市的公开形象，影响外商投资……此稿不宜再发表。但相关案情应由警方尽快侦破，对有关歹徒绳之以法……

尽管我心里早就有准备，但历经一个月，这次由报社领导亲自参与和策划的新闻活动，就这样流产了！我们两位年轻记者，几乎是用生命换来的暗访新闻稿，竟然就这样莫名其妙地被人为扼杀了！只是，令我百思不得其解的是：我们到底是在什么地方触犯了谁的利益呢？我们的大小领导为何个个都对此讳莫如深呢？

看来，王师兄还是有远见的，这种事情，说大很大；说小，比芝麻还要小，关键看你从哪个角度考虑和看待。对于记者的这种暗访历险活动，尽管没有报社敢提倡，但那种意想不到的生死历险发生后，对于任何一家新闻媒体而言，又肯定是独家的好新闻。有关事情的内幕，通过这种新闻，足够令地方政府部门重视的了。

记得临离开上海时，王师兄特意打来电话为我们送行，他在电话里告诉我：当天晚上，他就将我的暗访历险情况告知了新华社的几位朋友，因为他们是华东区的，不大好跨地区揭别人的短，随后将情况告诉了北京总部的朋友，他们很重视，表示一定会关注此事……

为了让我放心，这位颇有正义感的王师兄还再三表示：如果北京总部不行，他还会找人民日报、找央视的朋友。中国有几千家主流媒体，东方不亮西方亮，总会有人站出来主持正义。

王师兄的话令我信心百倍。

所以，当我确切地获知：因为省委有关领导的指令，《浦江都市报》不敢违背上级领导的旨意，不可能发表相关报道时，我竟然显得很平静，再没有像以前那样激动而愤慨。

我当然明白，对于这种已被人为地打上"敏感"和"政治"烙印的新闻事件，连我们自己的报纸都让其胎死腹中，作为党报的《浦江日报》肯定更不敢沾，更别说其他的报刊了。

我怏怏地往办公室走去，路过邓保卫办公室时，正听到他在打电话。我推门进去，将详情告诉了他。

他长叹了一声，轻轻地说："其实……早在一周前，我就获知内情了……"他递给我一瓶矿泉水，见我摆手，又放下，像是安慰我，又像是自我安慰，挠着脑瓜说："看来，我们两个人是白死一回了……不过，谢天谢地的是，我们两人还活着。俗话说，大难不死必有后福呢。老兄，就不要想那么多了，都过去这长时间了，稿件发不发，我也无所谓了。反正……报社也没有亏待我们……至少，也给我们发了稿费……"

我们从桃花苑死里逃生后，在李明白和万达的亲自关注下，报社很快将我被抢走的那5000多元现金，以及我们两个的BP机，都以稿费的形式补偿给了我们；同时，庞达海还特意给我们每人奖励了500元钱，以此抵那篇尚未发表的历险稿件的稿费吧。

邓保卫有些惆怅地告诉我，自从那件事发生后，对他的打击很大，特别是此后，报社领导个个噤若寒蝉，对很多暗访线索悬而未决，不敢像以往那样大胆涉及。

这一个月时间，除发表一条小新闻，邓保卫几乎没有发表过文章，这样一来，到了月底，算上基本工资和部分补贴，他最多只能拿到2000多元钱。那点钱，在消费很高的南方，除去吃饭和必要的日常生活，几乎不可能有余钱。

他和我不同，他有老婆和两个孩子，除了供房，还要养一辆摩托车，每月的开支比我大多了。虽然我听说邓保卫早就在外开了公司，据说是搞职业中介的，但我一直无法证实。

"本来，我们这事有家香港报纸很感兴趣，他们采访了我，我将情况向采

第十一章 意外发现

访部汇报后，以为他们肯定会大力支持的，因为毕竟香港现在回归了呀，都属于一个中国了——退一万步讲，就是美国、法国及日本等国外的媒体采访，就算是叛国吗？这似乎也太耸人听闻了吧？！如果他们能关注，也是好事。谁料，报社一听，就要求我马上停止一切行动，称这样涉嫌违犯新闻纪律，会惹麻烦……见事情没戏，我当时就没有告诉你……"

其实此事我早已听说过，而且还是从周大可那里获知的。当时这位对我有着知遇之恩，并且一直关心栽培我的副主编，特意打电话给我，交代说："作为一名编辑记者，在政治方面一定要保持清醒的头脑和站稳立场。对于那些港澳媒体，可以接触学习，但不可以合作，不能私自投稿，最好也不要接受他们的采访……"随后，他就自然而然地提及到我们的稿件，"你和邓保卫暗访的那篇长稿子，至今还在编辑部，不管结果如何，你都要学会沉得住气，不要因此而负气。发稿的目的，还不是为了引起有关部门的重视，及时解决问题吗？可这事，省厅和市局都成立了专案组，也抓了几个人……不管如何，比起其他的案件来，结局也算是不错的了。"

作为省委机关报的子报，我进入《浦江都市报》后，也确实知晓了许多在那些小报所不知的规矩和禁忌。

邓保卫忽然像想起了什么似的，先是朝门外看了看，见没有人路过，这才对着我咕哝道："稿件我早已给了省报内参部，当时他们表示一定会发的，现在十几天过去了，也不知他们态度到底如何？"

聊了一会，我们约定，因为过完长假刚上班，大家手头的事肯定很多，不如过两天，我们一起直接去找内参部探探情况；如果实在不行，我们也可以直接找找省报的总编辑，当面汇报一下情况，并咨询我们这个省报报业集团的最高领导：我们暗访历险的新闻稿，如果报纸不发，到底能否上内参呢……不管如何，只要有一线希望，我们就一定要争取。

和邓保卫聊了一会，时间很快已是中午时分了。

这五月一到，南国陡然进入了夏天。初夏的太阳，只要露脸，总是火辣辣的，将每天的日子都烤得热腾腾的。

下午3时前，我趁编辑部开编前会，晃晃悠悠地寻到15楼，那里是编辑部的天地。

因为刚创刊才一年的都市报经费很紧，广告量也不多，创收就很少。没有钱，我们这些编辑记者工作条件就和日报不可同日而语。其他的不说，单说电脑，编辑部也只能两人共用一台。我们那些记者，写稿都只能像原始作坊那样，离不开纸和笔。记者写好稿件后，都得将稿子送给内勤小周统一收到编辑部，更多的是自己送下来。

我是政法组的，平时与要闻版和社会新闻部的编辑来往较多，有好多我熟悉的编辑，如张之胜、刘虹、崔红玉、李清渔及杨智等，因为工作关系，经常在一起聊天。

编辑部工作时间，一般是下午3点开编前会，之后是组稿约稿，从晚饭时就得开始紧张的编辑工作，一直忙碌到各自负责的版面出大样，三校之后交值班领导签字，最后发排后，才算完成任务，此时往往是半夜12点左右。如果有突发性特稿或急稿，时间就得向后拖到凌晨2时许。

此时还没有开编前会，大多数人尚未出现，早到的部分人，也躲在远处的某一角落里，正大呼小叫地打扑克，玩得正欢。

好在要闻版的崔红玉正在看刚送到的《浦江晚报》，看到我走来，马上笑着招呼我坐下，问："最近怎么搞的？都好久没有看到你这大将的头条新闻了。"平时，他们发表我的头条很多，我的许多独家新闻，都是在他们的跟踪下才发出来的。

我开门见山地说："那次桃花苑历险后，稿件一直没有发出来，令我很有失败感……所以，很多好线索都不敢轻易涉及了，免得到头来，难以发稿不说，还会挨批评……"

"你看你，还是中国海军陆战队走出来的呢！怎么受到一点挫折就变得灰心丧气的呢？"她一边看着我，一边递给我一颗口香糖。我撕开包装纸扔到嘴巴里，咀嚼了几下，说："我这特种兵也是平常人呀，你想想，连我们冒险写出的稿件都莫名地让人压着，至今不见踪影……搞得人实在没有心情。"

崔红玉今年30岁，身高一米六左右，披肩大波浪卷发，精致的鹅蛋脸上淡施脂粉，文雅中又不失时尚妩媚。她从本市某名牌大学毕业后，就分到省报

第十一章 意外发现

做编辑，一年前又被指派到都市报，成为要闻版的副主任。她待人热情、随和大度，特别是，她的新闻敏感性很强，常常能从记者普通的稿件中沙里淘金，发现新的新闻点，然后指点你再深挖，从而写出好新闻来。她编的稿子质量也颇高，特别是新闻标题做得很有水平，经常被其他报纸转载。

我平时除了跑好自己的线路外，还爱独自踩着那二手自行车，深入大街小巷寻找新闻，更爱使用特种兵的侦探技能，搜索各种焦点新闻。我这从没有上过大学的半路和尚，做新闻总是与众不同，比如总是突出"突发、独家、奇特、好看"等特点，总是令要闻版的编辑耳目一新；张之胜和崔红玉等，也总是能慧眼识珠，经他们精心地编辑，我的新闻常常点缀成头版头条。时间一长，我的采访经验愈来愈丰富，采写独家新闻的兴趣愈来愈浓，每月发表的头版头条也就愈来愈多。

"你们那稿子，无论是新闻性还是可读性，都是独一无二的。我们早就计划用两个整版来发表的，可是……这个指示，那个电话的，搞得我们莫名莫妙的同时，更是无所适从呀。"

"听说你们版式都搞好了，还配了卫强的图片，不知能否让我看看自己尚未出生的孩子呀？"

"哈哈哈，你还真会比喻呢！"崔红玉一乐，就随手从抽屉里翻出两份早打印出来的大样。

我还没有来得及看，背后响起一阵拖拖拉拉的脚步声，接着又传来一个沙哑的嗓音："石大记者好呀，今天怎么有空想到我们了？"

我回头一看：背部有些佝偻，瘦瘦的，小平头上显出些许白发，黝黑的脸庞上戴着一副黑色近视眼镜；脚下正趿拉着一双木拖鞋，搞得像个日本小老头。来人正是编辑部主任张之胜。

我发现屁股底下坐着的椅子正是他的，慌忙要站起来时，他连忙伸出一只手按住我的肩膀，友好地说："你坐你坐，我把杨智的椅子拉过来……"

看看时间不早了，我于是赶紧站起来，问道："张主任，我和邓保卫暗访桃花苑那特稿是您负责的，听说，现在上头一直不让见报……因此，我想下来看看……"

"哦……你们的稿子是我负责的，这是独家的重大新闻，可那些官老爷们，总会鸡蛋里挑骨头，没事找事。"

说罢，他手忙脚乱地在案头那堆积如山的稿件中寻找起来。

"你这马大哈，我看你还是不要在那些废纸堆里浪费时间了，"崔红玉见状忙提醒道，"我那天看到你就塞到右面那个抽屉里了……"

"嘻嘻，我们这些男子汉么，哪有你们女编辑那么细心呢……哎，还真找到了。"张之胜笑着，从抽屉里终于翻出了我那叠厚厚的手写稿，递给我。

我像接到工资表一样，急忙认真地翻阅起来。

最前面，是举报人柯福贵写给我的长达十多页的举报信，在顶上被用红色粗笔写下了"重点线索"字样，我认出那是庞达海的字迹。这信本来是柯福贵写给我的，但编辑部为了编辑需要，在上划了一个圈子，特意将"石飞先生"修改成"浦江都市报编辑部"。信上的许多错别字，编辑都一一标出并改正，同时也对这封长达万多字的"读者来信"作了精简。后面，是我和邓保卫合写的稿件。

我怀着极为复杂的心情，胡乱地翻了一下，然后抬起头向两位编辑部主任征询道："反正这稿子发不了，已成明日黄花了……我想……想拿回去，作纪念，行吗？"

"这本来是你的稿子么，当然可以拿回去。"张之胜很爽快地点了点头，随后他颇为惋惜地说，"多么好的一篇独家新闻，本来我们都市报可以火一阵的。那些所谓上级，真是扯淡！可惜了……"

"可惜什么呀？说不定，不久的将来，我们的石飞可以借此写一本畅销书呢……不过，以后遇到这种危险的事，安全第一。要学会吃一堑长一智呀。"崔红玉同情地看着我说，满怀诚意地冲我笑了笑。

本来刚刚平和的心情，现在突然看到自己一月前交的稿子和柯福贵写给我的举报信原件，不知怎么的，我的心头陡然又涌起一股悲观失望，就像一位刚夭折了婴儿的母亲，猛地又看到亲骨肉的遗体那样，眼泪几乎掉下来。

我想也没想，就径直从安全通道有气无力地下到十楼，那里就是省报一长溜办公行政部门，省报内参室就在走廊尽头那间狭窄的办公室里。

负责省报内参的是两位省报退休记者，一个老张，一个老何，真名我倒记不住了。两人都有60多岁了，但待人很和蔼。早在半月前，在邓保卫的提议下，

第十一章 意外发现

由他将稿件交给了他们。后来,我又在邓保卫的引荐下,曾来此拜访过他们一次。

此时,室里只有老何一人在,见我神情沮丧地敲门进来,他赶紧让座,说道:"我正想忙完手头的事后,给你和邓保卫打电话呢……来,请抽烟。"

见我摇摇头,老何吸了一口烟,令本来就烟雾弥漫的室里更是呛人。

"小石同志,我很遗憾地告诉你,你们暗访的事,省报内参……也不能发呀……"

说罢,他从案头拿起一份稿件,递给我,不无惋惜地说:"其实么,稿子我早就编好了,但在送审时,被秘书处拦截了下来……然后,我又特意找到马总……当天下午,马总把亲笔批示的稿件退还我,明确表示:这种稿子,内参也不能发……"

果然,在老何递给我的那一迭打印稿上面,压着一张短小的信笺,那上面有几行遒劲有力而又龙飞凤舞的大字:此稿内参不能发;此事建议两位当事记者直接向警方报案。通知各部门,以后记者少搞暗访,多做明访,以避免不必要的危险。

在烟雾弥漫中,我看到,那后面的落款是报业集团总编辑马慰明的签名,时间为十天前。

我的天!那人不正是我要
寻找的柯福贵吗?

这天晚上,华子诚给女友于洪丽过生日。这天正是于洪丽22岁生日,在几位同在报业集团实习的同学的吵嚷下,对女友爱意浓浓的华子诚,决定为女友搞个生日晚会,同时向大家公开恋爱关系。

卧底调查·生死暗访

所谓生日晚会，当然无法与影视中那些有钱人一样豪华奢侈了，只不过是找一个小餐馆，请上三五好友，点几个好菜，要几瓶啤酒，美美地大快朵颐一顿。

晚上6时许，我们一伙年轻人在距报社不远的"太熟悉湘菜馆"要了一个大包间，各自点了一道自己最爱吃的菜，然后又是喝啤酒，又是大喊大叫的，直吃到9点多。

此时，对于南国的夜晚来说，美好的夜生活还没有开始呢，大家决定找个歌厅继续玩。

我本来想吃完饭就回去，但被这夏夜的热情，特别是朋友的盛情所感染，决定跟他们到一起去玩个够。他们接受我的建议，去了一家半年前才开张的歌厅"红蝙蝠黑蝙蝠"。在这之前，我从来没有进去过，但早就知道这是一家刚开张就在本市闻名遐迩的歌厅。

说起来，我之所以突然提出要来这儿，是因为我早就关注过它，并想趁机来此进行暗访。

早在一个多月前，我就接到过好几位读者来信、来电反映，这家"红蝙蝠黑蝙蝠"歌厅，位于被称为"都市里的村庄"的城乡结合部，所以刚一开张，就以收费低、酒水打折、优惠多而吸引了不少前来娱乐的顾客。与此同时，为了招徕顾客，此处每到周末，据说都会有特意从泰国邀请来的"人妖"参加表演，其中还有一位被人称为"性感金老太"的妖冶女郎表演脱衣舞，每次都施以各种低级下流的色情手段，借此诱惑男女客人上台同演淫秽的舞姿，常常把这歌舞厅搞得乌烟瘴气，严重毒害了社会风气。同时，这家歌舞厅的巨大音响彻夜震耳欲聋，附近百姓对此意见很大，他们也曾四次投诉，还有的给市长意见箱写过信，但一直没人管。

今天晚上，我正好趁着娱乐之机深入此处，既能放松一下，又能明察暗访一番，说不定又能像以往一样，挖掘出一两篇独家新闻来，那岂不是一箭双雕的好事？

很巧的是，于洪丽居然也早就听说这个"红蝙蝠黑蝙蝠"的节目很前卫，有很多新招，远远的年轻人都爱往那儿钻，所以她也想来开开眼界。听到今晚的主角都要去那里看看，华子诚当然欣然同意。

第十一章 意外发现

半小时后，我们来到一座灯火辉煌的建筑物旁边，只听前面传来一阵阵震荡的音乐声，一块闪烁着"红与黑歌舞厅"的巨大霓虹灯广告牌很是刺目。只是，那"黑"字是用绿色的灯光闪耀着，如果不看字，一般人说不定会称之为"红与绿"了。那高高耸立的广告牌，在无数串时隐时现的小彩灯的衬托下，镶嵌在黑色的夜幕中，显得格外抢眼。

走近一看，我们都不由笑了，原来，这"红与黑"歌舞厅，实际上就叫"红蝙蝠黑蝙蝠"歌舞厅，那两只一红一黑用灯饰做成的巨大蝙蝠，只有走近看才能看得真切。

刚到门口，只见外面一排穿着打扮都极性感的高个迎宾小姐，笑盈盈地站在两边，只要见到客人光临，一律整齐地低头弯腰，用国语和粤语同时问好，同时很热情地给每位来宾颁发一张精美的名片，上面有歌舞厅的详细地址，有每周表演的节目单，更有几个袒胸露乳的妖艳女人的节目表演照。

在这家音乐震天响的"红蝙蝠黑蝙蝠"迪斯科歌舞厅大门的左右侧，张贴着特大字号花里胡哨的大广告："威猛！火爆！风骚！疯狂！秀色！激情！劲歌热舞恭候您；泰国名角金老太再次光临'红与黑'，特邀名模精彩登场表演；错过此夜，枉过一世。一周一次，真情演绎。"

今天晚上正好是周末，也正是此处规定的每周有精彩表演的时间。就是玩得再晚也没关系，明天不用按时起来上班，都可以赖在家里美美地睡个大懒觉。就这样，我们一行8人，在两位长裙拖地的漂亮小姐的指引下，来到一楼大厅。

晚上9时30分，我们一行进入了地下三层，只见这里装饰得有些像《西游记》电视中的地下海王宫，也有点像水帘洞。近千平方米的歌舞厅内，摆满了桌椅，上面摆满了或大或小的各种杯具。一些早到的客人，正围坐在歌舞厅四周，嗑着免费赠送的劣质瓜子。

刚开始，那里面的人还不算多，台上也只不过上演一些三流歌手的歌舞，并没有见到什么猛歌劲舞。我想，也许是还没到正式表演的时间吧。

半小时后，也就是晚上10时许，一位穿金戴银的黄发小姐跑上台尖声怪叫，两个武打装扮的男小生跃到中间，胡乱地翻滚了几下，然后就从那头走下。

随着一阵劲爆的舞曲，一位留着黄色"包菜头"的女人故意扭扭怩怩地走出来。只见她一路上向客人吹着口哨、故意抛着飞吻，然后摇摇晃晃地跳到舞台中央。随着由暗变明的摇曳灯光移近，四周的灯火通明，只见这位男不男、女不女的怪人对着大家作了几个揖，然后就站在中间抛着媚眼。

这大概就是所谓的"泰国人妖"了！

我赶紧丢开华子诚他们，动作麻利地钻到前面，这才看清其形象。只见这人妖长得是丰乳肥臀，杨柳细腰，双唇涂满血红的唇膏，全身似乎都是涂脂抹粉；身上仅穿着一件黑色无袖连衣裙，下面着高跟鞋。她刚一上台，后面就跟着来了一位上穿露脐装、下穿透明喇叭裤的小个子人妖，摇摇摆摆地和她并排一起，做着各种怪异的表情。那位泰国人妖一把挽着小个子同伴，在司仪叫嚷不休的声音中，和观众们的怪声起哄中，显得更加来劲，故意女声女气地唱起一支不知名的曲子。搞了半天，也没有听到他们说一句国语，也没有说半句英语，只是用叽叽呱呱的语调怪叫着什么。

但愈趋繁多的客人，却对这种低俗的表演发出阵阵叫好声。我在人群里钻来钻去，通过多种途径终于获悉：这两位怪里怪气的表演者，正是所谓的人妖，都来自泰国，而且他们都是所谓的闻名全世界的名模。他们在台上台下又蹦又跳，又叫又嚷，轮流表演，直至 11 时后，才在一群性感美女的簇拥下，慢慢地退回台中，继续与一些着奇装异服的人表演。

我看着时间刚刚到夜里 12 时，那位吊着长发的男司仪高扬话筒，颇为激动地对观众叫道："先生们，女士们，小姐们，朋友们！最激情的表演即将来临，请大家屏住呼吸，千万不要激动……下面有请我们的性感女郎金老太小姐，做最精彩的表演！"

随着台上几声怪叫，一位高个子、30 岁左右的肥胖女人，一摇一摆地登上台来。只见她故意裸露左上半身，用手抖着一对涂着绿油彩的肥乳，张着涂满猩红唇膏的大嘴，怪里怪气地向观众挤眉弄眼。原来这才是今晚的金牌主角呢！

在旋转着的辉煌灯光中，在一阵接一阵的强劲乐曲声中，又一次把这场所谓的泰国性感人妖的低俗表演，推向了高潮。舞池四周几百个座位无一虚席，整个地下大厅被挤得水泄不通。

第十一章 意外发现

在主台上热火朝天表演的同时,我们几个人都清清楚楚看到:在演出过程中,几位领头的妈咪,正带着十多名浓妆艳抹、身段婀娜、香气四溢的年轻女子,不时在人海里挤来挤去,公然与一些男人搭讪,一番耳语之后,便成双成对地走入里面包房,或离开地下歌舞厅。

对于舞台上那低俗的表演,我早就没了兴趣,于是,我赶紧把目光盯在那些找小姐的客人身上。

台下那十几名浓妆艳抹的小姐,陆陆继继地被十几个被酒精刺激得浑身发胀的男人兴致勃勃地带到后面的包房或是外面去了,很快就没有了行踪。

据此处小姐和服务员称,这儿每周末的晚上,都会举行一次这样的表演,生意很好。开张以来,从来没有什么人来查过。

我紧随在一位脖子上吊着一条粗大项链的中年矮胖子身后,他面红耳赤,满身酒气,在两位风骚的小姐扶持下,身子摇摇欲坠地往前挪动着沉重的步子。

很快,他们进了后面的一间小包厢,接着响起了不堪入耳的声音。

我趁机四处转悠了一下,发现这"红与黑"歌厅,呈"几"字形,除了最前面是演出大厅,左右两边全是大大小小的包间。里面不时传来打情骂俏声,还有吆三喝四的怪叫声。

我故意说要找小姐,所以一路上三三两两的保安和服务生都以为我真的是来寻刺激的客人,不但没有阻拦我,还有好几个无奈地表示:今天是周末,这里生意特别火爆,因此小姐根本就忙不过来。不过,他们会跑到外面去高价特招一些小姐来。尽管如此,还是供不应求。

我一听,故装气恼地问道:"我今晚正好有一位哥们做生日,来的全是男宾,想找几个小姐为何这么难呀?早知如此,我换地方了……"

随后,我又借故朝一位在包厢里蹿来蹿去的妈咪发牢骚道:"美女,你们不是每个周末都要从外面找一批美女来这里的吗?今天小姐为何这么少呀?"

那位像水蛇一样溜来溜去的年轻女人见我"猴急"的样子,高兴地说:"靓仔不要急么!马上就有一批美女到达……唉,没法子,每到周末,生意就特好,小姐也格外忙。"

正说话间,她的对讲机又嗡嗡地响起来。她用本地方言叽叽咕咕了一阵,笑嘻嘻地告诉我：快点跟我来，刚来了八个美女……

说罢，就转身朝前面快步走去。我本来想拉上个清醒的同事，但此时折回演出厅根本来不及。心想，还不如先跟过去看看情况呢。

曲曲弯弯地快到东面的出口处时，随着一阵嘻嘻哈哈声，七八名袒胸露乳、老远就散发着浓香的小姐，在一位中年男子的大声吆喝中，正鱼贯而入。

突然，我一下子愣住了，定睛细看：那位中等身材、挺着小肚子、迈着八字步、正迎面走来的，不是柯福贵吗？！

是的，没错，来人正是不久前离别的柯福贵，只见他摇晃着微微发胖的身子，左手用中指和食指夹着一支香烟，正东张西望地朝我迎面走来。

奇怪的是，只十几天不见，他居然比以前要白胖许多，而且神采奕奕。我正想打招呼，他却像看陌生人一样，只是瞟了我一眼，径直从我身边跨过，仿佛从来没有见过我似的。

难道是我看花了眼？不会，不会！我这特种兵的眼力，一直是上好的，从来不会看错目标呀？

那位举着对讲机正在忙碌的妈咪看到我对那些小姐熟视无睹的样子，不禁奇怪地问道："喂，靓仔，你刚才不是说要三个小姐的吗？怎么样，现在人到你面前了，你好像根本没有正眼看呀？"

我一惊，赶紧说："在这种灯光下，逼得我的两眼花花的。快叫那领头的停下，我再仔细挑挑……"

"柯先生，请先停下来，这位先生要挑小姐呢。"

柯先生？看来此人必是柯福贵无疑，可是，令我极为纳闷的是，他为何故意对我视若无睹呢？！

想到这，我忍不住冲他大喊了一声："柯福贵，柯福贵！你难道不认识我了吗？"

正用狐疑目光盯着我的他，先是一愣，继而一惊。就在他不知所措时，我又喊了一声他的名字。

"你……你是哪个？……你……认错人了吧？"他满脸惊愕，支支吾吾地反问我。

第十一章 意外发现

"柯福贵,你真不够朋友,只十几天不见,就居然不认识我石飞了!你……"

谁知,我的话尚未说完,他突然变得大惊失色,像明白了什么一样,猛地转身加快脚步继续往前走。

"柯福贵,柯福贵!你这是干什么呀?哎……"

我这一喊,把他吓得浑身一颤,随后,竟像只受惊的兔子一样,嗖地撒腿直向后门跑去,一下子就蹿得老远。

"柯福贵!柯福贵!你这是怎么回事呢?请等一等……"

我顾不上那位花容失色的妈咪,也懒得理睬那些小姐莫名其妙的眼光,自顾自地跟随着那条在灯光中穿梭的背影,追赶出去。

可是,等我从后门快步追出来时,他早已消失在茫茫夜色之中。

第十一章 蜗居"野鸡"村

正欲抓贼的我，却发现门缝里有两张招嫖卡片

第三天，我的文章《泰国"人妖"大闹"红与黑"歌舞厅》披露了此宗闹剧，没想到，此事不仅上了《浦江都市报》的头版头条，而且当天的《浦江日报》、《浦江晚报》和《浦江商报》等本地主流媒体都转发了我的这篇独家报道，浦江卫视收视率最高的"新闻夜话"也特别对此进行了评论，本地同时有几家报纸都针对这家娱乐场所的违法行为进行了曝光。

此事很快就引起了社会各界的关注。省厅和市局领导分别对此迅速作出了批示。"红与黑"管辖地的浦东市公安分局自然面上无光，哪还敢对此无动于衷？

报道发表的当天上午，庞达海一上班就给我打电话，听得出他很满意："今

第十二章 蜗居"野鸡"村

天这篇稿子不错！社会反响很好！没想到你这位卧底记者，很会抓这种市民关注的焦点新闻呢……"

我对他的话不置可否，心想：哼，你们这些做领导的，前几天还在报社大会上，指明采访部不要再搞什么暗访了吗？现在稿件没有问题，有关部门重视，你们就来个一边倒了！

不过，这也说明主管新闻的这位领导，认同了我这种采访方式，不再拿什么"新闻纪律"来束缚我们的手脚了。

文章见报的第二天，我就接到浦东分局宣传科的电话，再三表示要向我汇报工作，称当天晚上，分局治安科科长带领派出所 20 多名民警，一举查封了这家正在上演狂歌劲舞的"红与黑"，并当场扣留了 30 多人。经警方调查，这儿的所谓泰国人妖，原来只不过是本地的一个下岗工人装扮的；那个表演色情节目的"性感金老太"更是一个冒牌货，是由该歌舞厅里的一名中年肥胖员工男扮女装。警方当即查处这家歌舞厅，勒令停业整顿，对其中的几名当事人及老板行政拘留。随后，当地的工商、文化部门也对之作出了处罚。

文章是以我的名字发表出来的，有关部门当然也向我这位"肇事者"汇报他们的处理情况。我不禁有些哑然失笑。如果不是我深入暗访，这家公然在市区大张旗鼓地演出的"红与黑"，还真不知要将这假人妖进行到何时！

我在记录他们的电话"汇报"后，又要求他们整理一份盖有单位公章的"查处结果"，尽快传真给我。

于是，我又根据电话采访情况和对方的传真，写了一篇后续报道。像这种新闻，只要是发表报道的报纸，都会等候一个处理结果。随后，写好的后续报道不仅发表在都市报的头版，同时也发表在《浦江日报》，其他几家转载过此文的兄弟报，自然也转发了我写的后续报道。这样，有关此事的报道，才算尘埃落定。

但我看到有关后续报道的报纸时，竟然发现顾阿荣的名字排在我的后面，一问才知道：原来浦东区分局是属她负责的线路，尽管平时她很少跑，但一旦真的有事情，就是她的失职了。所以，当她看到我暗访"红与黑"的报道出来后，面子上很挂不住，就赶紧采取折中的办法，那就是快速与分局和事发地派出所取得联系，问明处理情况，抢着写处理结果。但她没有想到，人家早就在第一时间向我这"始作俑者"作了"汇报"。于是，当编辑部看到我和她的稿件时，自然明白其中的端倪，于是采取折中的办法，那就是将此报道同时放上我们两个人的名字，算合作了。

看到后续报道后，高良也笑呵呵地打来电话，对我表扬了一番，同时还再三叮嘱我，外出采访一定要安全第一，千万不要搞得太危险，云云。

当午后的微风将灿烂的阳光送入我的办公桌前时，默然静坐窗前的我，或许是因为自桃花苑历险遇劫后，自己首次暗访大获成功，并得到领导表扬的缘故吧。凝望着窗外远处的景色，心情像从远处带来海洋气息的微风那样，显得轻松怡然。

只是前天晚上，我在"红与黑"无意邂逅举报人柯福贵的奇怪场面，特别是对方听到我大喊其名时，仓皇夺路逃跑的怪异行为，令我这两天一直百思不得其解，总是莫名地陷入沉思中。

此事我谁也没有透露，但有好几次，我拿起电话，很想将具体情况告诉专案组的凌光汉，但想了想，还是决定暂时作罢。

由凌光汉那天晚上打给我的电话，联想到前晚邂逅柯福贵的场面，我怎么也无法将两者牵到一起，但是，种种迹象令我意识到，柯福贵应该就在浦江市，他根本就没有走远。

但是，他为何要对我撒谎呢？

很多疑团需要解决，我决定打电话给凌光汉，很想当面找他聊聊天，那是一位值得我信赖的老刑警。

还没等我拿电话，电话却响了起来。

原来又是那位黄阿婆。她已好几次打电话向我投诉，乔庄立交桥一带，"野鸡"成群，毒害一方百姓，特别是她的老头子现在也因色诱，先是去嫖娼，继而又在外"泡"上一位年轻发廊妹。

我想，她此时打来电话，肯定又是像祥林嫂一样继续诉苦了。

不料，老人听清我的声音后，却爆出一个猛料。原来，昨天晚饭后，黄阿婆从家里溜达到附近的街道，正好看到成群结队的站街小姐在拉客。当她来到

第十二章 蜗居"野鸡"村

江北大道和沙岗路交叉处的立交桥下时,看到一伙操着四川口音的发廊老板,带着十多个男女,正围着几位湖南小姐叫骂着,责怪对方不该在发廊四周拉客。争吵之中,他们一拥而上,把几位河南小姐打得全跪在地上。其中一位30多岁的小姐被人推在绿化带边的铁栏杆上,让尖锐的铁栏顶端刺破了左大腿的大动脉,当场躺在血泊里,动弹了几下就死掉了。那伙湖南人当即一哄而散。后来在黄阿婆和几位好心路人的报警下,110和120半小时后才慢吞吞地赶到现场,将死尸盖上白布拖走了……

黄阿婆气呼呼地说:这个地方因为地处城乡结合部,城中村很多,外来工也很多,加上四处都在热火朝天地搞建设,民工更多。从一年前开始,这里就涌来不同地方的小姐,因为她们价钱低,所以不但吸引了四周的民工,也吸引了附近的打工者……

最后,黄阿婆着急地说:"……我知道这种事在南方多得很,但这里的情况实在是令人担忧,不仅腐蚀我们的家庭,败坏了社会风气,更多的是,经常引发各种治安事件,搞得我们这些本地人都不敢轻易上街……请求你们,一定要管管这事,好好地给曝光吧……"

黄阿婆的电话,令我动了心思:是否去那里看看呢?但是,一想到又是小姐呀发廊呀站街鸡呀的,我心里又不由得有些发怵起来。

最近一段时间,听说我们想搬家后,热心的汤司令马上也行动起来,四处帮我找地方,后来很快就在江北的立岗村和江宛村交界处,也就是他现在居住的地方,帮我找到了一套两居室。

前几天,我和李萌萌特意跑去看了房子,尽管又是那种置于弯弯曲曲的城中村中,又是村民的自建房,四周环境卫生也不尽如人意,但交通还算方便。从那里出来,穿过几条小巷,就可以到达江北大道,再从那里骑车,往南两公里就是浦江大桥。

房东是一位老实巴交的本地村民,这房子是他特意建好用来出租的,质量不好,但比起我们以前那房子,要强那么一点点。因此,李萌萌看后,也同意马上搬家。

我们住的地方是5楼,尽管四周也都是密密麻麻的私房,但所幸的是,5

楼的窗户还能眺望到江边，能透进阵阵带有江水气息的清风。

可是，搬家的第二天夜晚，我们遇到了两件烦心事：

第一件就是，晚上我正沿着那潮气四溢的小巷往新家走时，一路上就被几个站街鸡拦截，她们都一律主动上前招徕生意。一问一答中，做一次，才只要30元钱。几位年轻的女人就一直跟随在我屁股后面；直到我转入村里的菜市场，装着要买菜，才甩开她们。

可是，等我穿过几条小巷快到新家楼下时，又看到那弯弯曲曲的小巷两侧，竟然站着七八个打扮一新、老远就散发着劣质香水和脂粉气的女人。只要看到有男人路过，她们都会弄姿搔首，故意摇头晃脑地诱惑对方。对于这种路边卖淫的不良现象，以前我也获知不少，但没想到这事此时就在我眼前不停出现，而且是在我的家门口……

晚上10时许，参加完一家房地产公司晚宴回来的李萌萌，也看到家门口附近的几条小巷，摇晃着三三两两的拉客女人。她吓得浑身起鸡皮疙瘩，赶紧三步并作两脚地跑回家。

一进家门，她就大呼小叫地朝我嚷道："天呀，那个汤司令真是不做好事，明知这个鬼地方是红灯区，还要骗我们租到这里来。浦江这么大，怎么偏偏让我们住到'鸡窝窝'里来？"

我故作好奇地笑道："你也真是，皇帝不急太监急呀。那些小姐只是针对我们男人，又不是针对你们这些漂亮小姐……"

"呸，我警告你，从今以后请不要再叫我什么'小姐大姐'的，我可是有芳名的人！"

"哈哈，我们的李大小姐还真是像模像样呀……"我乐得大笑，赶紧递给她一杯水，有些讨好地说道："……其实，在浦江这地方，哪里又没有小姐呢？这种卖淫嫖娼的现象，就像我们去菜场买菜一样，太正常了。"

第二件事是，就在当天夜晚，正在熟睡的我，忽然被李萌萌推醒，只听她惶恐不安地在我耳边轻声地说："……好像有……有人推……推门，不会是……是黑社会的吧？"

我赶紧安慰她说："你也真是，好歹也是做记者的，为何总是胆小如鼠呢？"

第十二章 蜗居"野鸡"村

哪有那么多白社会黑社会的……"

"那……不会是小偷吧?"

"不可能吧?怎么我们一来,就引来了小偷呢?可能是你听错了吧?"

说是这么说,但我还是有些不放心地拉亮了卧室的灯,连拖鞋也顾不得趿上,就光着脚跑过大厅,仔细地查看。

说实话,其实刚才我也听到了窸窸窣窣的声音。

见房子里没有任何异常,我赶紧警惕地将外面的房门拉开,只见过道里只有一缕昏黄的灯光,其他都黑乎乎的根本看不到什么。楼梯间,我清晰地听到有人踮着脚小心下去的声音。

难道刚才真的是小偷?就在我满腹疑团时,在微弱的灯光下,我发现门下面有两张名片。

我赶紧捡起来,然后随手将门锁紧,就退回房间里。在床头明亮的台灯下,我发现原来是两张招嫖卡片。

这两张卡片内容一致,正面字体和文字也相同,顶上用红色写的是:17-25岁靓女任您选;最下面是:24小时服务热线随时打,上门服务,随叫随到,价钱合理;正面彩印着一位风骚的成熟少妇,在那高挺而起的丰乳上,压着一行显眼的大蓝色字:风韵柔情靓女。接着是一行红字:让您享受不同感觉,给您不一样的温馨;最下面是提供24小时服务的BP机号码,还有一个手机号码。更好玩的是,下面又紧接着一行小字:星级酒店连锁,可提供报销发票。

这卡片反面印着的是诸如"气质优雅的白领丽人"、"风情万种的外来妹"、"柔情似水的都市女孩",后面打着在校学生、白领丽人、丰腴少妇、兼职小妹等诱惑的字眼。

另一张则印着"好莱坞女子国际私人高级会所",上面是大同小异的招徕男人的文字,也是一位低胸连衣裙的少女,裸露着双臂和大腿,正坐在一张铺着白色枕头和床单的小床上,露出妩媚的笑。

卡娃、卡妹、卡哥、卡嫂,这是我刚到立岗村的第一个晚上所获知的新名词,因为那天来看房,就在这四周看到有人在向路人分发这些玩意儿。有男有女,有老有小,当地居民都把年纪小的叫"卡娃"和"卡妹",年纪大一点的叫"卡哥"和"卡嫂"。

李萌萌此时已被弄得睡意全消,又一次撅着嘴巴,气呼呼地骂道:"找来找去的,费了那么大的气力,竟然搬到这种鬼地方来了……"

"只不过是两张色情名片,干吗那么大惊小怪的?不理他们不就得了么?值得你老人家生气吗?"

"我可不想在此长住,等我们把这两月住到头了,就搬家……"接着,她又像想起什么似的,从包里掏出一迭印刷精致的宣传册,说道:"这是浦南区新近要开发的新楼盘,叫'浦江丽景',我想就在那里供两室一厅的,这样也省得以后搬来搬去的。"

"首付多少?"我漫不经心地翻着宣传册,一边关心地问。

"才10万元。4000元／平方,以后可以月供的。"

"10万元?"

"是的,我们一起再想办法吧。"

"10万元……"

我喃喃地念叨着这沉重的天文数字,一边和李萌萌说着话,一边美好地憧憬着,渐渐进入梦乡。

一朝被蛇咬,十年怕草绳

第二天午餐时分,我在报社食堂碰到正在打菜的汤司令,于是小声地将昨天的情况告诉了他。

谁知他一听,就笑得差点喷饭。

第十二章 蜗居"野鸡"村

大概是看出我的窘态,他在嘈杂声中,一手端着饭菜,一边将我拉到后面靠窗口的一张桌子前,拽开椅子坐下后,说:"我说哥们,还真亏你是做记者的,这种事有何大惊小怪的呢?在浦江这地方,这种鸡鸭成群的事,实在是再正常不过了。"汤司令往嘴里扒拉了一口米饭,说,"不过,在乔庄立交桥那一带,各种各样的野鸡呀小姐呀随处可见,只是令人不敢相信,价钱会那么低……"

"价钱高没有人'光临'呀……那一带,几乎全是外来工。"

"正是。那些站街鸡,全都来自贫困地区,或是外来打工的,年纪都很大,有的还是兼职的。"

"他们当中还有兼职的?"我有些不相信地问。

"这你就不知道了吧!没事,只要你在这里待上一两个月就会发现,那些守在小巷两侧的站街鸡,有一部分是专做这营生的,但有不少只是在晚上出来,白天可要守着一份工呢……你不相信吧,他们当中,有的是白天做保姆,晚上出来做鸡;有的是白天卖菜,晚上出来做鸡;有的是白天在四周的小店里打工,到了晚上利用休息之机,也出来做生意……"

汤司令一边吃着饭,一边说得头头是道。没想到,他只不过在那里住了两三个月时间,对这些早已了如指掌。

汤司令口中吐出两个烟圈,唉声叹气地埋怨:"在机动部,他妈的实在太累,钱又少,还这不让写,那不让碰的……又不分线路给我们,唉,我都不想干了。每月的收入,房租一交,除了吃饭喝酒,就什么都没有了,唉……"

汤司令比我大七八岁,也就35岁,一个人南下打工,不知是用脑过度,还是因为生活没有规律、营养不良的缘故,人显得特别老态,看上去起码比我大十岁。

"先不要急,我们这些打工记者,谁也不比谁好到哪儿去。除了多发稿,多挣稿费,还有什么办法呢?"我苦笑了一下,像是安慰他,又像是自我安慰。

"哎,我说你们,怎么跑到这里来说悄悄话了?怎么着,我的出现该不会打扰你们吧?"

我俩掉头一看,却是庞达海端着饭盘,笑嘻嘻地向我们走来。

中午在食堂就餐的人是最多的,往往是人多座位少。来得迟一些的庞达海大约是看到我们这旮旯里，正好是靠墙摆着的小餐桌，我和汤司令一人一边，中间还空着一个地方，就端着饭菜径直找过来了。

我赶紧往里移了移，掏出一张纸巾，把他面前的桌子抹了抹，请他坐下。

庞达海一边道着谢，一边毫不客气地坐下。

"刚才我听到你们正在聊什么乔庄立交桥治安不好的事，那里可是城乡结合部，也是能出新闻的地方呢。"

汤司令朝我瞟了一眼，见我露出会意的眼神，赶紧说道："那地方是浦江市发展过程中，新发展起来的'红灯区'，小姐多，发廊多，性病诊所多，处女膜修复门诊多，引发的各种社会治安案件也多……"

见汤司令如数家珍一样，一口气说出那么多"多"字，我忍不住咧开嘴乐了。

庞达海也乐了，笑呵呵地一手拿筷子，一手指着汤司令笑着嗔骂道："行啊，你小子，都可以当那里的治安主任了！"接着，他接过话题说道，"那个地方是近年发展起来的城乡结合部，加上四周城中村多，各种私人作坊和小工厂也多，治安就变得复杂起来……前几天，我们石记不是还接到过报料：一个小姐就在那里被一伙人打死……"

"这事，我们也可以去采访，写一篇社会新闻呀。"汤司令马上借题发挥道。

"嗯……我后来让顾阿荣联系了浦北分局，但对方却推到了市局；市局呢，自然是找借口，称案情还没有结果，几名嫌疑人正在追捕中，就让我们最好不要发稿，等抓到人后，再发通稿给我们……"

"乔庄立交桥那一带，这种卖淫嫖娼的现象实在严重，我们媒体应该关注呀。前两天，省报不就披露了浦中区某小区，有人组织来自俄罗斯的小姐卖淫，后经人举报，警方一举捣毁的案件么？我们作为面向普通市民的都市报，为何不敢关注这些呢？"一连好几天没有发表过报道的汤司令，一边大口大口地抽着烟，一边有些牢骚满腹地说。

"不是我们不敢……而是，最近上头管得太紧呀……"庞达海边慢吞吞地吃了一块鸡肉，边颇为无奈地说。

我看着他，不由苦笑了一下。他的话令我眼前陡然晃荡起那一个个令我心疼的蒙太奇镜头：暗访历险，死里逃生，省厅报案，抓捕现场，稿件被压，内

第十二章 蜗居"野鸡"村

参不发……

"不过,城乡结合部的乔庄立交桥,那里事情的确多……我就接到好几次有关此处的投诉电话。"

"哈哈哈,原来主任早就在电话里被骚扰过呀……"汤司令有些夸张地晃动着那稀稀的秃头顶,有些暧昧地笑起来。

"那里早成为新的红灯区了,只是关注的媒体还没有。只要深入那里,肯定会挖出不少独家新闻来的。"我也提出建议。

大概是为了激起他的兴趣,汤司令紧接话题,故意说道:"那里各种色情现象实在严重,那些小姐们,不仅白天都跟踪起我们的名记来,夜晚还溜到人家的出租屋里送招嫖卡片呢!"接着,他将我第一天刚搬家,就半夜发现有人往家里塞招嫖卡片的事,绘声绘色地讲了一遍。

果然,庞达海停下筷子,饶有兴趣地问道:"还有这种事呀?一般做那种事的,大都是躲在发廊宾馆里。那些小姐现在公开在马路上拉客,还塞名片到人家里?也太猖獗了吧?"

"是呀,这种送上门来的新闻,我也没想到,第一天就会降临到我的头上呀……害得我女友埋怨了我一个晚上。"

我有些窘迫地摇摇头,从包里掏出那两张印刷得色彩斑斓的卡片来。几年新闻生涯,让我养成了一个生活习惯,那就是保留证据,寻找一切有可能的线索。

"哈哈哈……我说主任呀,你真是少见多怪!这种事太平常了。你以为现在卖淫嫖娼的都躲躲闪闪呀?在乔庄立交桥一带,正因为这种事多了,滥了,人们也麻木了,这种勾当就搞得像卖菜一样了。"汤司令抽着烟,一副吊儿郎当的样子,说到这里,他又故意看了我一眼,继续滔滔不绝道:"就像前天晚上那样,我们几个在那家'红与黑'娱乐时,还不是看到那些乌七八糟的东西?就因为那里客人太多,小姐太少,妈咪特意从外面搬援兵,才让我们的石大记者逮了个正着呀。"汤司令看到庞达海饶有兴趣地翻看着那两张卡片,似乎要从那里看到什么新鲜东西一样,不由乐了。

"呵呵,那报道时效性强,现场感强,新闻角度也不错,特别是……这稿一见报,当天警方就采取了紧急行动,又是抓人又是停业整顿的,效果显著呀!"庞达海听到这话,也笑得满脸的脂肪,一嘟一嘟地抖动。很显然,他对我前天在现场捕捉到那篇稿子依然感到高兴,呼噜噜地喝下一大口鸡蛋西红柿汤,抬起头看着我说:"那种新闻内容吸引人,尽管也涉及到'黄赌毒',但一抓就是一个,主管部门,特别是警方又无可奈何,只能动作迅速地进行依法取缔……那些人要想找关系也没有什么用了……"

"乔庄立交桥的情况,我们也可以采取这种速战速决的方式,先来一次暗访,然后想法促使有关部门迅速采取行动。那样一来,不仅全城老百姓拍手称快,社会各界的反响也不会错。"

"……不是我不敢让你们去碰那些,而是报社难言之处太多……唉,在这里我也无法用三言两语说得清。不管如何,要暗访那里,至少是两人以上结伴而行,必须多加小心,毕竟那里是新兴的'红灯区',情况复杂,而且已发生过好几次人命案了……"

见采访部主任点头同意我们去暗访,汤司令自然显得很高兴。

我见他那么得意,就赶紧推脱道:"老汤还是找邓保卫去吧,你们都是机动部的……我手头正好有几个线索,都忙不过来呢……"

"哎,我说兄弟!你也太不够哥们了吧?近水楼台先得么。刚才主任都说了,最好两人结伴去,我们今晚就可以开始行动了……老邓住得那么远,让他舍近求远地跑这里来,多麻烦!再说,这种事情,不是转悠一下就行,得明察暗访,多跑跑腿才行呀。"

"老汤说得对。这种事不能晃悠一下就行,得深入调查了解:站街小姐的背景、职业和生存状况。大多数的媒体,只要一提到卖淫嫖娼的就深恶痛绝,一棍子打死。其实,像乔庄立交桥这种不良社会现象,肯定是有其独特背景的,如果能探明背后有控制她们的黑手更好……"

说到这里,他有些不自然地瞟了我一眼,大概是担心我有所顾忌吧。我和邓保卫暗访桃花苑时,不是背后也有黑手吗?我们历尽劫难死里逃生后,结果连报道至今都没有发出来,案情也是悬而未决。

想到那次暗访给我心灵带来的创伤,我不由把目光抬高,漫不经心地,然

第十二章 蜗居"野鸡"村

而又是心事重重地叹了一口气。

身为采访部主任的庞达海，其实和我一样，都心知肚明这样一个简单的道理：如果直接以记者的身份与有关部门联系，也就是通过正常渠道了解有关情况，那肯定是没门的事儿，因为这明摆着是在揭人家的短，公示人家的丑陋，人家躲避都来不及，更别提配合记者采访了！

乔庄立交桥新兴的"红灯区"，要想深入了解相关情况，唯一的办法只能是暗访了，而且只能是假冒客人，也就是以嫖客的身份去暗访，否则根本就无法摸清实情，探明内幕。

这不能不令我犹豫不决起来。

我想起了一件令我极为纠结郁闷的窝火事：

那是两天前，我和李萌萌前往报社食堂吃午餐，当时正是人最多的时候。我们打好饭菜，在人声鼎沸的就餐人群里寻找空位时，忽然李萌萌拉着我停了下来，示意我不要出声。

我正莫名其妙，却听到身后几个正围坐在一起就餐的男女中，有人正毫无顾忌地说道："……他们哪里是在暗访呀，只不过是想借此出名罢了，肯定是去找小姐的……"

"要找小姐很容易么，他们也不可能特意跑那么远去找呀？"有人发出质疑。

"嗨，远方的小姐当然好呀！就像我们不爱吃城里的鸡肉猪肉，而爱吃乡下的土鸡土猪一样……"那位用半生不熟的本地方言夹杂着普通话，正在绘声绘色地描述我们暗访桃花苑历险的人，从侧面望去，是一个戴着啤酒瓶底般厚的近视眼镜，两鬓花白的中年矮胖男人。

我们这家省报业集团，除了省报《浦江日报》外，还有包括《浦江都市报》在内的六家子报，以及一家印刷厂和一支人员庞大的发行队伍。不包括下面的记者站，单在报业大楼工作的各色人员，就有二千多人，加上午餐是由集团统一发放的就餐卡，每天午餐时间，食堂里就餐的人员最多。

"……听说他们两个记者去那出租屋前，身上还带了好几千元现金呢，你想想，哪有暗访时还带那么多钱的？"

"这倒也是……有钱才好办事呢。他们那些记者，很多是花心的……"一位正在吃饭的女人接过话茬。

"我看不可能，人家明明是去暗访的，哪有可能跑那里去找小姐呢？我听说，那本来就是《浦江都市报》特意派他们去那里卧底暗访的，人家这也是拿性命去做新闻呢……"

……

后面的话时高时低，不时被喧嚣而嘈杂的人流声淹没。我端着盘子，正想冲上去质问那矮胖子，结果马上被早气得脸色发青、翻着白眼的李萌萌拽着走开了……

除了本报工作人员我还能混个脸熟外，其他的很少有来往，彼此都很陌生。那中年人肯定是本集团的，但到底是哪个部门我也懒得去深究。然而让我百思不得其解的是：此君为何会对我暗访的事"掌握"得那么清楚呢？为何如此乐此不疲地杜撰我和邓保卫的"嫖娼"情节呢？

这些话，显然并非无风起浪。我都不认识他，也就是说，我与他根本无任何个人恩怨，他为何这样在人前非议我们呢？

在那段心情极为忧愤灰暗的日子里，等候发稿无果，又无人诉说之际，我接到省报老记者程天然给我打来的电话，向我透露了这样一个让人匪夷所思的小道消息：在我和邓保卫报案后不久，有辖区内的个别民警公然对他说，如果是撞到他们手中，不管这两位记者找没找小姐，只要和小姐谈了价钱，他们一样可以处罚我们……如果我们这些做记者的敢揭他们的短，警察就可依法处罚我们，至少可以关我们几天……

老程是省报著名的政法记者，一直负责省市公安的新闻，与警方上下关系都很要好。

他语重心长的话，令我吃惊不已！一连好几天，我竟莫名地像一位陷于绝境的病人一样，处于惊惶不安之中……

程天然的话，显然不是开玩笑，更非无中生有。

难道我以伪装假冒方式暗访，竟然会触犯国家法律？

苦闷之余，我特意从图书馆里借来一大堆有关法律的书籍，几乎查阅了所有的法律条文，并无这种规定。最后，才在本省制定的有关治安处罚条例的规

第十二章 蜗居"野鸡"村

定中,找到这样的字眼:"只要是客人和卖淫女谈了价钱,不管有无嫖娼行为,都可以依照治安处罚条例有关规定处理……"

这一行字,像飞跃的子弹一样,令我冷汗直冒!真是做梦也想不到,我们这种行为竟然真的"触礁"了,触犯的虽然是本地制定的条例,但那也算是法规呀!

我不死心,在百无聊赖之中,特意找来国内社会学和性学的研究专著,认真翻阅了他们的好几本著作,企图能从中找出一些答案来慰藉自己。

一位著名社会学家在他公开发行、并成为畅销书的一本专著中这样说:"……如果冒充一个嫖客,却又询问对方的一些如家庭情况、个人经历、动机等其他情况,那么对方可能会怀疑您是一名便衣警察,那样您的人身安全都成为了问题;同时小姐所说的话,大都是'习惯性的撒谎',您的行为很可能会引起老板、保镖和鸡头的怀疑;另外,外人还会认为这样做其实只不过是想给嫖娼找个借口……"

我可不敢再给"嫖娼找个借口了"!以后面对这种事情,我是决不敢轻易以身试法的。

"你们最好结伴去吧。都是老记者了,采访经验丰富,也许只有你们俩才能胜任。不过,一定要周密策划,同时,要特别注意安全……"庞达海干脆把话挑明。

见我态度鲜明地表示不想去,汤司令显得有些意外。他愕然地看着我,转而又像明白了什么似的,对我鼓劲说:"我说石大侠呀,你不能一朝被蛇咬,就十年怕草绳呀?领导都大力支持我们了,就不要再瞻前顾后了……我们还从没有合作过呢……"

"时间不早了,我得走了,下午还要准备编前会的稿子……这事,你们两人就辛苦下,我下午给编辑部报一个选题……只要把握得好,还是可以做出几篇好新闻来的……"

别看庞达海长得肥头大耳,牛高马大,一副憨厚而笨拙的样子,其实他又是何等聪明的人呢?从我那不经意的眼神中,他马上就洞悉到,我肯定又开始为暗访桃花苑的一系列不痛快事情纠结了,还不如走为上策呢。

汤司令赶紧将最后的烟屁股猛吸了两口,美滋滋地吐出一溜烟圈,将烟头往饭盘里吃剩的米饭中扔去,端着盘子,和我们一起站起身来。

但令我没有料到的是,此次和汤司令一起在餐桌上谈妥的暗访选题,不但令我们经历了不亚于桃花苑暗访的惊心动魄,更令我意外地揭开了意想不到的真相……

第十二章 恍然大悟

卧底调查·生死暗访

我们刚坐下,两个妖艳的女人
就笑嘻嘻地凑上来

这天晚上,因李萌萌回家早,我从家里吃过晚饭后才出来的。临出门前,我假称要去汤司令那里坐坐,就溜之大吉。听说我去找汤司令,她想也没想,就让我早去早回。因为她平时对老汤印象不大好,称他秃顶,人老相不说,还总是油腔滑调,整日一副吊儿郎当的样子;最令她反感的,是他抽烟的样子,用她的话说就是:"整个一个民工相,哪像做记者的呀……"

但我们这位民工模样的记者,此时已经开始围绕着目的地明察暗访了。

所谓的乔庄立交桥其实并不算高大,只是因为这里以前是一个交通瓶颈,为了疏通南来北往的车辆,就在此建了架上下都呈十字形的分流桥。此地位于

第十三章 恍然大悟

浦江市的城北地带,也就是浦北区。以前,此处大都是农村,后来随着市区的扩建,这郊区的农村,很快就被飞速发展的城市所淹没,成为"都市里的村庄"。令人意想不到的是,在欣欣向荣的同时,"野鸡"村也同时繁荣昌盛起来了。

在乔庄立交桥,最为拥挤不堪的就是桥底了。所谓桥底,其实就是桥正中间。桥底下,由南往北,是一条连接市区和北郊的交通枢纽;桥顶上,是一个十字路线,南到北和东至西。只有这桥中间,和桥顶一样,也是十字路线形成的主干道。

白天这里车水马龙川流不息,每到黄昏时分,除了来往行人、摩托车和自行车外,这里几乎无法行车。因为每当太阳一偏西,水果摊、服装摊以及用一块塑料布铺地叫卖的各色小摊,都在四面的马路两旁,一路占位下来,形成了几条弯弯曲曲的长龙;桥底下,炸油条、麻花和臭豆腐的早把煤炉和简陋的家什摆开来;与城管和治安员有关系的外来工,更旁若无人地干脆搭起大排档,或架上煤炉、煤气炉,在这儿做起了小吃生意:蛋炒饭呀、炒田螺呀、炒米粉呀和炒面呀的,油烟味和着实呛人的辣椒、花椒味,老远就呛得人直打喷嚏。

最闹腾的是那些赤着半身的小贩,正在向路人大声吆喝着时下最流行的盗版音像制品,一只音响效果显著的录音机正在高声播放着港台歌曲,以此招徕行人。

我和汤司令头顶着昏黄的路灯,装着逛街的样子,从我们租住的江苑村出发,慢悠悠地穿过几条小巷,一路寻到乔庄立交桥底。我们发现,站在这里拉客的女人,不少是我们白天见过的。原来她们白天就在村子里的大街小巷或菜市场四周出入,因为那里来往的人多;到了晚上华灯初上时,她们就三三两两地聚集在立交桥四周。

乔庄立交桥四周林立着沙岗村、立岗村、江苑村和乔庄等七八个"城中村",而聚居在此、散布于大小工厂和私人作坊里的外来工,至少有十几万人,光附近如火如荼的建筑工地的民工就有好几万人。附近一家发廊的女老板告诉我们:一年前,这里最红火的是发廊里的生意,因为这里的村民因城区的发展、拆迁、企业分红、出租房屋,都收入不菲。俗话说"饱暖思淫欲",这些村民本来文化素质不高，一有了钱，不是赌，就是跑到外面寻花问柳。一般的酒店宾馆和歌舞厅消费高，而四面开花的发廊成为他们最好的宿花之处。

建筑工地的不断增多，许许多多民工蜂拥而至，使得那些原本穿梭于大街小巷的站街鸡，都似苍蝇闻到了有缝的蛋，把目光盯上了他们。民工腰包瘪，消费低，宁可要价钱低的假冒伪劣产品，也不舍得多掏钱购买价钱稍高的真货，忍不住寂寞时，自然就把这里当做最理想的娱乐场所了。

尽管各色发廊多如牛毛，但发廊里的小姐因为老板要提成，消费一次至少得七八十元，而在乔庄立交桥消费一次只要五六十元甚至更低，所以这里的站街鸡很受他们的青睐。聚集这里的小姐供大于求，很快就令价钱降了下来，变成做一次只要 30 元左右了。这不但令附近的民工趋之若鹜，也令其他地方的客人们，前仆后继前来寻欢。

我们绕着立交桥底附近转了一圈，只花了个把小时就发现，混迹于各类生意人群之中的各色站街鸡，大约有近百人，按我们部队的说法，称得上一个加强连了！

为招徕生意，更为吸引客人的目光，这些或站立或倚靠的女人，个个身上都散发着浓烈呛鼻的劣质香水味；还有的为了寻觅更好的顾客，特意在那些散步逛夜市的人流中穿梭，或东张西望，或左顾右盼，为热火朝天的夜色增添了些许神秘而暧昧的气息，形成一道耐人寻味的独特风景线。

桥底下、绿化丛边、马路两侧或是服装摊、水果摊边，围在这些女人身边最多的，恐怕就是那些下班后闲散的民工了。他们三个一群，四个一伙，勾肩搭背的，有的围着那些"站街鸡"没话找话，有的围在那里指手画脚，有的站在几米远的地方看着她们，就像在观看一幅免费的黄色图画，有的还和她们公开讨价还价：

"怎么要 50 元呀？昨夜不就 30 元吗？"

"我说多少就是多少，想做就交钱，不想做就给老娘离远点，别妨碍我们做生意！"

"那里还有 20 元的呢，快去那里吧……"这个长得像甘蔗一样瘦弱但略有姿色的女人，不屑一顾地瞟了他们一眼。

第十三章 恍然大悟

不远处，正有三四个年老色衰的中年女人，正站在几棵小树底下，等候客人上前。

经过一番观察，环绕立交桥四周的马路和绿化带边缘，约有百多名拉客的女人，除了少数是从附近发廊跑出来抢生意的发廊妹外，绝大部分均是来自底层的、被民工称为"物美价廉"的"站街鸡"。她们主要以老乡为群，相互照顾，服务对象主要为附近的打工仔，更多的是那些建筑工地的民工。一般来说，价钱多的不超过30元，少的也就20元，有的低至15元。我们还细心地发现，在这些女人的背后，都或近或远地站着几位闲杂人员，后来我们才获知，这些人大都是他们的老乡，或亲朋好友，他们是来充当保护人的，如果遇到有地痞流氓骚扰，或是有民工耍赖，他们则会马上通知其他同伙；如果老远看到有治安队员或是警车出现，他们就会发出信号，让大家一哄而散。

经过一番细心观察，我和汤司令发现：只要身材苗条的或看上去年轻的，或是打扮妖艳外表看上去略有姿色的女人，无论站在哪里，总会很快被一些不怀好意的男人围上。胆大一点的就会主动上前搭讪；胆小一点的，也会故意在那里磨蹭，希望能引起对方的注意。追逐在这些女人身后的，除了骑着摩托车的男人外，也有一些特意从其他地方赶来的打工仔。当然，也偶尔有几个驾驶着小车的客人，将车停在路边，四处寻觅到中意的目标后，带上车就溜之大吉。

如果不是亲临现场，如果不是耳闻目睹，我们实在不敢相信，在这城乡结合部的立交桥四周，皮肉生意竟会比夜市还火热。

五月的天气本来就很热了，加上晚间灯火通明的热量，特别是那些啪啪啪炒菜时冒出的冲天油烟，发出呼呼呼声响的煤炉，散发出一阵又一阵的热浪。我们尽管一路上是慢悠悠地步行，但这一圈绕下来，身上早已不知不觉汗乎乎的了。

在汤司令的建议下，我们找了靠西边桥墩的大排档，点了一碟尖椒炒田螺和十块臭豆腐，又要了一瓶啤酒，找了一张小桌子坐下来。

屁股刚挨上小马扎，两个站在一旁的妖艳的女人马上笑嘻嘻地靠了过来。

这两个女人都年约30岁，一高一矮，一胖一瘦；高的身穿薄如蝉翼的夏装，领口从肩膀滑下一半，裸露着雪白的双臂；胖的身材粗壮，两只肥厚的乳房像两只布袋，鼓胀在胸前，把那条红裙子几乎要撑裂开来。

那胖的手捏香帕，不时掩口而笑；也许由于身材过于五短三粗吧，看上去像上了年纪的半老徐娘，但性格很开朗，嘴巴甜得像涂了蜜："两位老板，难得有空在这里喝酒，可否赏我们姐妹俩一杯呀？我们也来帮着凑凑热闹！"说罢，不由分说地从旁边拉来两只小马扎，一屁股坐下来，然后又故意掀起下面的裙摆，要求我们请她俩宵夜。

看她们如此低俗的打份，我讨厌地想赶走她们，但马上被汤司令用眼神阻止了。

"行呀，那我们就喝一杯。"接着，老汤很大方地又朝那正在忙碌的小夫妻叫道，"老板，再加四瓶啤酒，加一个尖椒炒肉丝，一个炒河粉……"

"大哥呀，我这妹妹最近爱吃羊肉串，我们再来十串羊肉串吧？"

那黑胖的女人马上挤到汤司令的身边，故作娇媚地说。

汤司令有求必应，搞得还真像老熟人一样。

我装着若无其事的样子，跟着汤司令和这两个女人举杯喝酒，有一搭没一搭地和她们闲聊着。

不过，通过近一个多小时的聊天，我们从这两名女人身上知道了许多不为人知的事情。

临近夜晚11点，突然下起雨来。

嘀嗒嘀嗒的雨点儿，从立交桥顶飘下来，把下面绿化带里肥大的绿叶击打出阵阵脆响，那些摆摊设点的小贩，呼啦啦的一阵，四下里散去。许多来不及跑开的，就把小推车、自行车等推到桥底下来躲雨。那些早就有备而来的大排档，赶紧拉开了长长的塑料棚布，五颜六色地在斜风骤雨中发出清脆的声响。

刚才还是明月当空的天穹，现在说变就变，谁也没有想到会下起雨来。那些正到处拉客的女人们，有的往附近的出租房跑，有的就近钻到桥底下来了。

她们有的用手帕抹着脸上的雨水，还有几个靠近我们的，因突如其来的雨水把上了妆的脸弄得花花的，看上去很滑稽。

不知是触景生情，还是故弄玄虚，汤司令一边吞云吐雾，一边环顾着打扮得花花绿绿的淋了雨水的"站街鸡"，摇头晃脑地吟咏道：

第十三章 恍然大悟

雨打梨花深闭门，忘了青春，误了青春。赏心乐事共谁论？花下销魂，月下销魂。

愁聚眉峰尽日颦，千点啼痕，万点啼痕。晓看天色暮看云，行也思君，坐也思君。

我一乐，这不是明代风流才子唐伯虎的那首《一剪梅》吗？以前我看过，前不久又在汤司令家翻阅过，那时他正在抄写此词练硬笔书法。

"大哥，今夜难得有如此兴致呀！只可惜，此时月亮躲入了云层，我们只能早点回家去思君了……"我笑着，指着雨中的夜空调侃道。

"雨后的夜色才更加绚丽多彩呀，就像我们眼前的风景！哈哈哈，可惜今夜转得累了……"接着，他故意油腔滑调地朝那两位女人笑道，"要不——今夜我也许会把这两位美女都带走……"

那两位女人，早吃得嘴唇油乎乎的，见面前这位外表长得有些像民工的"老板"，竟摇晃着秃顶的脑袋吟诗，还以为是他临场发挥的呢，都不由笑嘻嘻地连声称道："真是好诗，真是好诗！没想到老板还是一位文化人呢……"

她们一边似懂非懂地瞅着他，似乎还在回味那句最令她们留恋的"花下销魂，月下销魂"呢。

我们早就吃好了，汤司令也刚埋了单，正要向那两位女人告别，不知是因为小姐多，还是因为从来就没有客人如此慷慨地请她们的客，那两位女人竟也忘记了自己的生意，陪我们聊了一个多小时。

在嘻嘻哈哈中，那矮胖的女人特意掏出几张印得花花绿绿的卡片来，塞给汤司令三四张，又笑嘻嘻地递给我两张。

我接过一看，不由愣住了：这卡片的色彩和样式，怎么和我那天夜里在门缝发现的如出一辙呀？

正反两面都是妖艳的美女，都有极具诱惑力的色情广告，上面都留着BP机号。

汤司令自然也看懂了我的眼神，他有些油腔滑调地说："我的老天，这上面的女人，才叫美女呢！我倒要问两位妹妹，这上面可不是你们俩呀，为何不将自己的靓相印上，要别人帮着打广告呢？"

那矮胖女人得意地笑了，指着上面说："唐大哥呀，咱们实说实说，我们是年老色衰，没人要了——大哥不也是没有看上我吗？所以么，我就帮其他的姐妹打广告，拿一点可怜的提成呀……"

喝酒时，汤司令自称姓唐，所以这女人也就半真半假地"唐哥长唐哥短"起来。

看来，面前这两个女人，不仅廉价出卖自己的肉体，同时也帮别人做广告。先不管那印在上面的女人是真是假，但至少她们背后存在一根利益链条，有团伙。

看看时间已不早，又看出我们两人只是说笑，根本没有做生意的欲望，这两个女人就说说笑笑地和我们道别了。

临分别时，我们也知晓了她们的名字，那位相貌平平、身材高的叫阿金，那位黑胖但胸部丰满的叫阿叶，一个来自山西运城，一个来自湖南农村。

不过，她们都说：三天前才来到这里……

我突然想起，柯福贵还有一个孪生兄弟

刚开始，我实在是碍于面子，才勉强上阵的。原本打算陪着汤司令转一下，然后让他自己暗访去，我就打道回府不再跟着他合作了。可谁知，第二天庞达海他们获知我们初次暗访的情况后，认为背后大有文章可做，再说，他将此事在选题会上通报了，要闻部很感兴趣，表示要作为重要选题来做。

庞达海要求我和汤司令不要只看表面的现象，要彻查乔庄为何能在短时间

第十三章 恍然大悟

里聚集这么多"站街鸡"？她们到底是一种什么样的生存状况？背后是否有黑手操纵？这种地下"性产业"是否有链式反应？比如，是否可能引发出性病和艾滋病，由性病引发出地下性病诊所，由非法小诊所引出各类假药，以及引发出哪些恶性治安案件，等等，最好都能环环相扣地去明察暗访，掌握清楚之后，再做一个深度调查性报道。

如此一来，我又难以脱身了，只好硬着头皮陪汤司令一起，把关于乔庄立交桥的地下性产业情况，继续暗访下去。

如果说，第一次的出访仅是走马观花的话，那么，第二次我和汤司令的行动，就可以说是精心的暗访了。为了不引起那些人的怀疑，我和汤司令根据各自的身材和外形特点，精心装扮了一番。

我呢，脸色黝黑，四肢健壮，肌肉发达，一看就像典型的体力劳动者，就直接化装成民工模样。

汤司令呢，则西装革履，把平时那件短袖衬衫，换成了长袖的，还配上了领带。他那半头稀稀的头发梳理得油光滑溜，还特意将几根长一点的竭力往前拉，企图遮掩住那半只老南瓜似的秃顶。平时一向邋遢的他，专门去附近的超市购买了一盒鞋油，把那双差不多大半年都没擦油的皮鞋，擦得油光可鉴，打扫得像刚买的一样。

一番精心乔装改扮，我们倒也像春节某个小品那样，看上去像一对配合默契的组合：他像个小老板，我则像一个跟班的马仔。如果我再把那副随身携带的平光眼镜或太阳镜架在鼻梁上，就有点像个男秘书之类的贴心人了。那样一来，外人还真难以看清我们的真实身份。

因为头天夜里，已经对乔庄立交桥底下的热闹场面有所了解，此次我们很想利用白天，对立交桥四周的刘庄、乔庄、沙岗村、立岗村及我们租居的东苑村和西苑村进行摸底，看看那些暗娼的活动情况是怎样的。

我从报社出来前，就和那位多次打电话给我的黄阿婆取得了联系，因为她是本地村民。这位一直对我们翘首盼望的热心读者，接到我的电话显得很高兴，欣然同意马上出来见我，和我当面聊聊她所知道的情况。半小时后，我和汤司令一起在距乔庄立交不远处的一家偏僻的茶楼，和老人见了面。

黄阿婆今年刚满60岁，瘦小的个子，满脸皱纹，头发有一半已花白了。看来，缺乏感情的老年人，生活条件再好，也是很催人老的。

"石生，汤生，感谢两位记者对我的关心呀。"黄阿婆一见到我们，就不停地道谢。她先是絮絮叨叨地诉说了半天，她和老伴以前在村子里是如何辛苦持家，如何生儿育女，之后又如何遇到邓小平的好政策，他们这些面朝黄土背朝天、辛苦了大半辈子的村民，很快变成了城里人，而且因土地被国家征用和开发，老屋子拆迁等得到了合理补偿，生活一下子好了起来。现在，他们家不但每年可以从村里的企业分红，还可以每月收到近万元的房租。谁知，苦尽甘来，与自己厮守了大半辈子的老伴，晚节不保变得花心了……

黄阿婆说到伤心处，不由抽泣起来。

我们慌忙好言劝慰她，过了十多分钟，老人才平静下来。

我们了解到，黄阿婆和老伴生育有两个女儿，长女在香港，次女在外地工作，家里就他们老两口。由于收入不错，晚年本来很幸福，谁知老头子却被那些"野鸡"所诱惑。后来，那花心的老头子嫌那些站街鸡年纪大不漂亮，就又经常出入密布四周的发廊，专找那些漂亮的发廊妹，先是给对方买衣服送高档化妆品，后来竟发展到在外租房同居。等到阿婆最终发觉时，老头子带着那笔钱，像从人间消失一样，再也找不到了……

哭哭啼啼地诉说了半天后，我们看时间不早，就站起来安慰道："阿婆，请您不要太伤心，要保重身体。请放心，如果我们找到他的话，一定会劝告他迷途知返，早日回家的……"

"唉，回家是不可能的了……只是，我真不敢相信，那老东西会这么狠心，我找到他后，一定要当面责问他……"黄阿婆一边用纸抹着眼泪，一边伤心地说。

临分别时，黄阿婆突然想起了什么，急忙从身上掏出两张写满了密密麻麻字的白纸，里头还有用黄色、红色、蓝色、粉红色绘制的标记。

看到我们满脸疑惑，她指着上面向我们介绍道："这是我花了好几个月时间绘出来的图表，是乔庄周边五六个村的卖淫嫖娼情况分布图：黄色的为站街鸡分布最多的位置；红色为色情发廊和小旅馆；那蓝色的为大大小小的性病诊所，其实大多是挂羊头卖狗肉，假的多……那粉红色的，是指那些小姐们租住

第十三章 恍然大悟

的较为集中的街区和小巷道……也许这个对你们有一些帮助。"

我心头一热，紧握着老人的双手，感激地说："阿婆，真没想到您不但是一位热心人，更是一位有心人呀！"

"我这也是实在没招了，被逼出来的……我们这里的村民，因为有钱了，就不安分了，就变质了，'近水楼台先得月'啦，他们就常背着家人去寻欢，搞得很多家里鸡犬不宁。前不久，我们村有一位中年人因为找小姐，得了性病，回家传染给了老婆……花了好多钱都没有治好，两人为此天天吵架，后来女的一气之下，趁他半夜熟睡之机，拿剪刀把老公的男根给剪啦……晚报还报道过的。唉，这世道，有钱也不得安宁呀，就像我们家一样，老头子都能狠心跟那么个小妖精跑了……"

说到这里，老人气得咬牙切齿，说着说着，又伤心起来。

黄阿婆所指的那宗新闻，《浦江晚报》确实报道过。我记得那标题是"风流丈夫嫖娼传染性病，发怒妻子半夜断其男根"，那天庞达海看到后，还批评跑卫生口的记者张燕为何漏掉了这么好的一条社会新闻。

黄阿婆的这份"乔庄立交桥黄色分布图"，简直像是打瞌睡的人得到了一个好枕头，及时而又实用。这令我们省去了很多麻烦，避免了走弯路。

临分别时，黄阿婆又特意折回来，再三叮嘱我们俩："对于这些乌七八糟的事，派出所极少管的——唉，要是他们尽职尽责的话，我那老头子也不可能被人钓走……特别是那些治安员。这些人大多是村治保会的，大多为本村人，为了更好地管理，他们也雇佣了少数外地来的退伍兵、刑满释放人员或是那些地痞流氓，这些人最坏，他们常向那些鸡们收取保护费，纵容她们做那些违法犯罪的勾当。治保会里的治安员，全是由派出所管的，所以，平时一旦真的有什么事情，派出所向来都是睁一只眼闭一只眼……有时还会为他们通风报信……你们去采访时，一定要特别注意呀，这些人，比那些鸡（妓）女们背后的鸡头还要坏……"

送别黄阿婆，太阳浅浅西沉，我和汤司令赶紧往乔庄立交桥走去。

桥底下吆喝声响成一片，有叫卖菠萝香蕉的，有守着堆积如山的甘蔗向行人叫卖的，有摆着南方的时令水果大叫"批发价甩卖"的，有推着自行车向行人兜售糖葫芦的,也有推着三轮车叫卖各色青菜的……其中也有几个年轻女人,在马路边用一块塑料布,上面摆着一捆捆新鲜的空心菜和西洋菜,正在殷勤叫卖……更多的是用一根铁杆子横在路边,吊满各种夏季衣服叫卖的。随处都是经营各色小生意的摊贩,那情景,俨然一个小集市。

不过此时看上去,比夜晚要规矩多了,因为白天这里时常有城管转悠,也偶尔有一两辆警车路过。

汤司令用嘴巴朝我努了努,指着前面不远处两位正在卖菜的年轻女人说:"那两个女的我认识,住在我们附近……你瞧她们,此时多像规规矩矩做小生意的,可一到夜晚,她们都会出来拉客……我就被她们纠缠过好几次呢。"

接着,他又指着五六米远处,一位留着短发、露出粗壮的臂膀,挥着一把刀具正为两位打工仔模样的年轻人削甘蔗皮的中年女人,偷偷地说:"瞧,这个女的也租住在我们那地方,好像是住20巷,和几位卖水果的合租着一套三室两厅,白天做生意,晚上就会出来做皮肉生意……有一次,我亲耳听到她仅以16元钱,就带着一位修皮鞋的男人进了出租房……"

我听得有些目瞪口呆,半天回不过神来,总以为这汤司令在说俏皮话。见我还是一副疑惑的样子,他神秘地说:"不信的话,你今晚就可以看到她们不是在村口晃悠,就是转到这一带来拉客。"

"眼见为实。我们现在去附近几个村口再转一转,今晚就在外面随便吃一点,之后找几个重点对象观察一下吧。"

我们先从南走到北,又从北绕到东,再从东走到西,把太阳西斜时的立交桥底转了一个遍,以便夜晚能更好地分辨地形和环境。一路上,我们除了在桥底四周看到三三两两的寻觅目标的女人外,在绿化树底下或是阴凉处,偶尔能看到几个向路人抛着媚眼的女人。此时围观那些女人的,大都是本地一些百无聊赖的村民,而且以老年人居多。

同时我们注意到,当我们沿着立交桥,路过乔庄、刘庄、沙岗村、立岗村等村口时,看到那里的出口处两边,都站着三三两两的"站街鸡",只要看到男人,立马老远朝你招手示意。

眼看很快就是日落黄昏,我对汤司令提议道:"我们已绕着立交桥四周差

第十三章 恍然大悟

不多转了一圈,趁太阳还没有落山,我们不如先去东南面的乔庄村看看吧?"

"行。在这里住了三个月,我平时一般就在西北角活动,还从没有去过那里呢。听说,那里的小姐很多,发廊也不少,有时发廊妹和站街鸡因抢生意而打架……"

汤司令十分赞同我的提议,于是,头顶着偏西太阳的余热,我们很快就穿过立交桥中间的通道,寻到了乔庄村。此村位于江北大道的东南面,沿着从市区到市郊的主干道,一长溜马路边全是高楼大厦、各色酒店和娱乐场所,这些都是乔庄村的产业,也有很多是和港澳台等地的商人合资的。而在这些靠马路边的高大建筑后面,全是密密麻麻的低层建筑,系乔庄村民的自建屋。就像我和邓保卫在前面暗访的桃花苑那里一样,这些自建房大都是用来出租的。

从一家悬着四星级大酒店牌子的狭窄街道进去,就看到一座仿古建筑的金黄色高大楼牌,这里就是乔庄村了。乔庄是这四周最早变为"城中村"的,在此村开发的房地产和建起来的各种酒店宾馆及高级写字楼不少,这里的村民都拥有一定的股份,每年都有分红。加上这里交通便利,大小加工企业很多,外来工聚居的也多,这就令村民自建房出租的收入也比其他村略高。两个小时前,那位在我们面前大吐苦水的黄阿婆,就是这个乔庄村的村民,不过她现在并没有住在村里了,而是在老伴离家出走后不久,就伤心地搬到了侄女家里,这样好歹有人照应。

我们刚进入那条通往乔庄村的街道,迎面走来一位少年和一位中年女人,他们见到我们也不说话,只是伸出手,将几张花花绿绿的卡片硬塞到我们手中。刚开始,我们以为是打折机票或洗浴中心的名片,没想到,原来却又是"招嫖"卡片。看来,这个经济较发达的村庄,更流行这玩意儿。

我和老汤相视一笑,赶紧接下,塞到上面的口袋里。

当我们从这高大而又金碧辉煌的牌楼底下进入乔庄时,我的心里就直打鼓。就像一个多月前,我和邓保卫做梦也没有想到会被人持刀劫持并险丢性命一样,此时,我和汤司令都没有预料到,一场惊心动魄的历险在等着我们……

街道两边,除了琳琅满目的各色店铺,最显眼的就是悬着旋转灯的大小发廊了,那些或袒胸露乳或着露脐装的发廊妹,倚在门口不时朝路过的男人发出暧昧的招徕。

我们没有理睬，径直穿过楼牌，往里走去。

杂乱的小街小巷两面，大都是门面房，随处可见一些不三不四的女人，文雅一点的倚墙而立，或手织毛衣，或闲嗑瓜子，每当有男人从面前经过，则大抛媚眼；粗俗一些的当街站立，有时像幽灵一样在附近的小巷四处飘荡，看到男人则笑逐颜开地上前招徕生意。两个歪歪扭扭地戴着帽子的治安员，手捏警棍和皮鞭，正驾着一辆悬着警牌的摩托车，趾高气扬地从我们身边开过，几位刚刚还在招徕客人的女人，脸上都露出惊惶的神情，赶紧转身就走，或是装着走路的样子离开，有的来不及躲避的，只好硬着头皮，努力绽出讨好的媚笑。

由于对这里的路不熟，我们只好顺着最热闹的小街直往里走，时左时右的，尽是弯弯曲曲的小街小巷。

不知不觉中，我们转到了太阳下山时分，肚子也咕咕叫起来。于是，我们来到一个小饭馆，要了一份快餐，三下五除二地填饱了肚子。

就在我准备埋单时，两位浑身散发着清香的女人闪了进来，坐在我们身边，其中一个先是嬉皮笑脸地向正点烟的汤司令撒娇道："大哥呀，好久不见，看你又精神多了，嘻嘻，不会不认识妹妹我了吧？"

汤司令先是一愣，但看到面前这两个女人都只有30岁左右，肤色白皙，衣着较为时髦，都留着长发，一个将长发顺肩披下，一个将长发拢在脑后，用一条手帕扎成一个马尾辫。刚开始，我还真以为那女人认识老汤，想先到外面去等，好让他们说话，但接着听到那披头散发的女人笑嘻嘻地问："大哥，要不要去我们那里休息一下？"我这才恍然大悟，原来这两个女人也是流动的小姐。只不过，眼前的她们看上去，比起乔庄立交桥下游荡的那些女人，显得干净利落许多。

这话问得直截了当，但又很有余地，不知是这两位女人有一些文化修养，还是担心被治安员撞见。

汤司令看了我一眼，回应道："你们住处离这儿多远呀？"

"哎哟，哪里会远呢？就在前面，一拐弯就到。"

"你看，我们姐妹俩，刚在家里洗完澡出来呢，很近的……"另一位个头

第十三章 恍然大悟

稍矮的女人也笑着说。

尽管我们刚吃过饭,但我看出这两位精明的女人目的很明显,一是想蹭饭,二是想趁机拉客,和我们两个谈妥"生意"。

深知汤司令是情性之人,此时我很担心他老人家一高兴,又会在这里请两位女人的客,那样一来,不但打乱我们的暗访计划,还会浪费我们的时间。

就在那位披发的女人亲热地和汤司令套近乎时,另一位女人装模作样地站起身子,想去外面看看,谁知,她刚一探出头,就赶紧缩了回来,神色慌张地用我们听不懂的某处方言,跟那同伙耳语了一句,然后就故意低着头,要求汤司令给她点上烟……

我和汤司令狐疑地往外看了看,原来是两名全副武装的治安员,左臂上佩戴着写有"保安"的红色臂章,手中各抓着一根警棍,正趾高气扬地朝这里走来。

突然,我眼前一亮:走在前面的那位,显得好眼熟呀!我再仔仔细细一瞧,不由一惊:天哪,那位身着治安服戴着臂章的中年人,不正是柯福贵吗?!

那壮壮实实的身段,那圆圆的大脸庞,那黑里透红的肤色,不正是那位举报人柯福贵吗?没错!正是他!特别吸引我眼球的,是他正在抽烟的动作,他正举着的左手,边走边抽烟。没错,他和那位曾和我面对面交谈过的举报者一样,是一个左撇子!

只是,令我有些疑惑的是,和我仅有三面之交的柯福贵,脸庞略为消瘦一些,肤色也要稍黑一点……

我的眼前又陡然摇曳起另一个"柯福贵",那就是前几天我在浦中区的"红与黑"歌舞厅长廊里的奇特遭遇,此人不正和面前这位一模一样吗?

难道是……

我心头一跳。我怎么忘记了柯福贵还有一位兄弟也在浦江市呢?怎么忘记了他们原本就是孪生兄弟呀?我怎么忘记了呢,我不是曾经和他通过一次电话吗?

直到此时,我才恍然大悟:难怪我前天在歌舞厅昏沉的灯光下,看花了眼,错将此人当做柯福贵了……

我按捺着内心的激动。我知道,这位身着保安员制服的柯福来,绝非等闲之辈！不然，那天午夜时分，他为何会以另一副面孔出现在那种娱乐场所呢？他又为何能护送着一群小姐去那种地方呢？

由于我正坐在小饭馆门内，又戴着一付平光眼镜，他虽然朝我瞟了一眼，显然没有认出我。

我竖起双耳，极力想听听他们说的话，可他们一言不发，沉着脸从我们小饭馆门前晃过，只留下两个背影在我的眼前摇晃着。

夜色像冉冉下降的黑色帷幕，悄然地笼罩在四周。我的心思，也随着这迷漫的夜色起起伏伏，一边不由想起不愉快的往事，一边在迷茫中沉浮。

第十四章 真假难分

"不许动,我是警察……"

那两个女人见到两位治安员走远了,这才松一口气。大概是看到我衣着没有汤司令的阔气,加上我一直板着一张方脸,她们都围着他继续亲近。

此时正值餐馆上客高峰时间,进进出出的人很多,这家快餐店门面本来就不大,那胖胖的老板娘见两位小姐老泡在这里"拉生意",早就心怀不满了,等我们一付完账,故意借口人多,马上将我们轰到门外。

我们一到门外,那两个女的就极度热情地再三邀请我们去她们的住处"坐坐",我赶紧以要找朋友为由,婉言谢绝了。但是汤司令却对她们的话喜形于色,竟不顾我的连连使眼色,屁颠屁颠地抬脚要走。

刚开始时,我还以为他是在开玩笑,故意逗那两个女人开心,待我看到他

第十四章 真假难分

竟真的被那两个女人一前一后地拉着往前走时,我才知道这小子是当真了。

此时炎热的白天已结束,一些刚吃过晚饭的"站街鸡",正顶着刚刚亮起来的路灯,三个一群,四个一伙的,开始在小街小巷出现,又开始了一天之中最为热闹的"生意"。

说心里话,这个时候跟随着这两位女人前往她们的住处看一看,趁机和她们聊聊倒也无可厚非,但这种场面,令我又想起了一个多月前和邓保卫暗访的情景,心里不由直发怵:万一去了后,又遭遇意外怎么办?特别是,万一进去后又出不来怎么办?那些趾高气扬的在村子的大街小巷巡逻的治安员,他们虎视眈眈的目光,令我不由望而生畏。

如果不是暗访卖淫嫖娼与色情有关的事情,说真的,不管有多大的危险,此时我也有胆量跟随前进。

为了阻止汤司令贸然行事,我一着急,就跑到他前头伸出手拦着他,有些生气地盯着他说:"我说唐老板呀(汤在前面谎称姓唐),我们不是还有急事要去办吗?现在哪有空去别处呀?快点走吧……"

"唉……我只去妹妹家坐坐。要不,你……你先回去……"这家伙不知是吃了迷魂药,还是故意要气我,不但不听我的劝阻,反而想把我甩开!

暮色苍茫之中,我看到他的眼里竟汪满了似水柔情,那一直有些佝偻的腰身,此时好像也陡然被什么东西拉直了。他出门前精心打扮了一番,此时脸色红润的他,还真显得有些气宇不凡,真个像古人笔下那样:"丰姿潇洒,气宇轩昂,飘飘有出尘之表。"

男人爱美是自然而然的事,但你小子得看是什么对象呀?

我记得不久前,曾看到他很得意地携一身材很骨感的女友请我喝了一次啤酒,但后来也不知怎么搞的,听说他们分手了,那女的趁他不备,还卷走了他辛辛苦苦存下的几千元钱,连人影也找不到了。我一直想问他,不是没有机会,就是一时没有想起来。只是没有想到,别看他平时邋里邋遢的,一副没骨头的样子,在此节骨眼上,却表现得这么坚定和决绝,这令我颇为意外,但又无可奈何!

看到他去意已定,加上在众目睽睽下老拦截他又有些丢人现眼,我只好无奈地对他说："这样吧……你实在要去人家那里坐坐，我就不去了，就在前面那家小书店里面等你……"

前面不远处，是一家小书店，门外摆着一个放满了报纸杂志的木板。

汤司令会意地点了点头，答复我说："那你就在那看书等等吧，我坐一会就回来……"

说罢，那两位性感女人，一前一后地，就那样拉着他，走进了左边一条小巷。那里两侧，是几乎挤撞在一起的村民自建房。我一直看着他们的背影消失在小巷尽头，这才心神不定地去了那间小书店。

可是，尽管我平时是那么爱好看书，此时在那琳琅满目的书刊前翻了半天，却一个字也看不进去。

在焦灼不安的等待过程中，我隔三差五地给他打了四次传呼，不是叮嘱他尽快出来，就是提醒他还有人正在外面等候他。眼看时间过去40多分钟了，汤司令电话没回一个，也不见影踪。

我不禁埋怨自己，没想到汤司令在这方面的苦闷，才一时不慎，让他跟着那两个女人走了。汤司令与前妻离婚后南下，一直独身自过。身上颇有落魄文人气质的他，一般的女人还真看不上。后来，我才知道，他偏爱身材高挑而且瘦削的女人。

我不由想起有关他穷追骨感美女的笑话。

采访部有几位身材瘦削的记者，也就是那种被人称为"骨感美人"的女记者，其中有负责市政新闻的任静、有跑卫生线路的张云，还有一个典型的骨感美女，就是顾阿荣了。

刚开始时，老汤有些色胆包天地把眼光盯住了她，平时有事没事的总爱往她办公室里钻。刚开始时，顾阿荣同志看到他一大把年纪了，特别是获知他在四川老家做记者时，有一篇通讯曾获过全国新闻奖，故对他很客气，尽管老汤特意投其所好，每天也将"红双喜"改为烟杆细细，带有迷人的薄荷味、香港产的"摩尔"女士烟，总是一见到她就"打一梭"（本地方言，发一支）。但时间一长，对方就沉不住气了。

一次晚饭后，老汤看到顾阿荣采访回到办公室，兴致勃勃的他又故伎重演，

第十四章 真假难分

钻到她办公室里。谁知那位骄傲得像公主一样的顾阿荣，根本不理睬他，只顾埋头写她的稿子。可依然不识相的汤司令不知是没有看出来，还是故作厚脸皮状，坐在那里无话找话说，不停地在一边吞云吐雾。不知是习惯所然，还是故意为之，总之，平时从不拘小节、以为早到了下班时间的汤司令，竟然一屁股坐到顾阿荣斜对面的办公桌上，将那特意擦得油光滑亮的黑皮鞋脱下，把一只散发着臭味的光脚丫翘得高高的。

就在他没话找话说时，社长万达忽然推门进来。有意思的是，刚进报社不久的汤司令，还没有机会拜见过社长，根本不认识他，此时还以为对方是广告部的某位头目呢。他只抬头瞟了一眼，依然自顾自地找顾阿荣搭讪，那只臭脚也忘了放下来。

直到顾阿荣站起身来，亲热地招呼时，汤司令还没有明白过来。大概和社长的关系太过熟悉吧，平时顾阿荣和社长说话，很少称呼社长呀万总呀的，要么是"哎"的一声，要么是"嗨"的一声，又亲热，又显得与众不同。这早已成为我们《浦江都市报》公开的秘密了。

万达社长从自己的办公室出来时，必路过顾阿荣的办公室，看到这里还有灯光，而且还有人正在高谈阔论，就好奇地推门而入，正好看到老汤一边抽着烟，一边旁若无人地将一只臭脚横在椅把上的"特写镜头"。

一向不苟言笑的万达看到顾阿荣正在奋笔疾书，就说了声：不要写得太晚，早点回家休息……"

"嗯，好的，马上就要写完了，稿子再修改一下就好了！时候不早了，请您早点回家休息吧！"

看到刚才还冷若冰霜的美女记者陡然变成了另一个人样：毕恭毕敬，小心谨慎，亲密无间，感激万分……汤司令这才意识到面前这位矮矮墩墩的官员，似乎来头不小，否则，单凭顾阿荣目空一切的架势，她也不可能对他如此恭敬。

他这才意识到什么，赶紧将那只早让夜风把臭味吹得满屋都是的大脚放下来。

临离开时，万达似乎才想起这屋子里还另外一个，颇为大度地询问："这位同志是哪个部门的啊？"顾阿荣马上变得不屑一顾，撅了一下小嘴，介绍道：

"这是我们采访部新来的记者汤中杰同志……"

当汤司令听到顾阿荣介绍，面前这位就是社长万达时，惊得差点从桌子上跌下来，紧张之中，不小心一个趔趄，差点歪在地上。那只扔着几个烟头的烟灰缸不小心被碰到地上，啪的摔成两半……

但还没有等到他站起来，万达已不紧不慢地丢下一句："汤记者呀，你在这里坐得还蛮高的么……"就急匆匆地离开了。

据说，从此以后，汤司令就彻头彻尾地敬畏两个人：社长万达和美女记者顾阿荣。他再见到顾阿荣时，也变得判若两人：就像老鼠见到了老猫，老远就绕开了……

除了和性情活泼的川妹子张梅偶尔开一两句玩笑外，他再也不敢上演"老兔想吃窝边草"的蠢事了。

此时已是晚上7点48分了，隔壁小卖部那小电视转播的"新闻联播"早过了，我盯着夜色笼罩的街道，急得不知如何是好。最后，决定直接进去找他。

当我沿着他们走进去的那条小巷走到尽头一看，却发现那里是一个"丁"字形路口，我不知他们究竟往哪里走了。

我直后悔，当初我为何不跟着他们一起到门前呢？那样，至少我也能知道具体位置呀。

汤司令为了省钱，只配了一个中文传呼，却没有买手机。他肯定能看到我给他的紧急留言，但为何音讯全无呢？

这些狭窄的小巷，有时大白天都是漆黑一团，潮湿一片，而夜晚又没有路灯，只能依靠着从两侧住户的窗口或门前折射出的微弱灯光看清路面。

我几次都想和庞达海联系，把眼前不正常的情况及时向他汇报，可在这些密密麻麻的楼群之中，手机的信号时断时续，根本无法与外界联系。

就在我正欲绕到前面那家小卖部打公用电话时，忽然听到背后传来一阵急促而慌乱的脚步声，接着，传来几声压抑的叫骂声："站住，站住！你这假警察……"

又传来两个女人愤怒而无奈的叫骂声。

我心头一紧，故意循声大叫了一声："老唐，唐老板……"

第十四章 真假难分

一条黑影停了一下，然而又很快向我这边跑来。就在我狐疑不定时，看到一个壮实的身影从我面前呼地冲了过去。

我一愣神之际，听到背后传来汤司令的叫喊声："石老弟，我在这里，快……我在这里……"

随着这一阵有气无力的声嘶力竭，我终于看到他跟跟跄跄地跑过来。

他一看到我，急忙紧紧地抓住我的一只手，喘着粗气叫道："快，快抓上他……就是刚才那个小子……他抢走了我的钱……"

我一听，这才明白是怎么回事。看到他安全出现在我面前，我紧悬着的那颗心终于松了下来，马上安慰他说："你别动，就在这里等我！"

说罢，我转身拔腿就朝刚才那家伙逃窜的方向追去。可跑出不远就是岔路，一连追了几条小巷，也没有看到那小子的影踪。看来，他就住在附近，否则，在这黑灯瞎火的小道，他不可能逃得那么快。

我又返回原路，寻觅了半天，还是不见踪影。想到汤司令还在前面拐弯处等我，又担心他再发生什么意外，就赶紧返回到他身边。

汤司令此时真是狼狈不堪：那条前天刚购买的蓝色条纹领带，歪歪斜斜地挂在脖子上，可以想象他当时是多么紧张和仓促；衬衫最上面的一颗扣子也不知何时掉了；更令人好笑的是，他的皮鞋不知何时跑掉了一只！

此时此刻，他也顾不得我质疑的目光，只是像抓着了救命稻草一般，紧紧抓着我的一只手，有力无力地说："我们……快……快离开这里吧……"

我拉着他刚往前走了十几米远，又听到后面传来一阵急促的脚步声，我一惊，以为又像桃花苑那次一样，又有什么黑道人物追上来了，回头一看，却是刚才那位长发披肩的女人！

那女人面无血色，气喘吁吁地赶上来，手里扬着汤司令那只皮鞋，叫道："对不起……让……让你……受惊了……"说罢，她一手按着胸口，一手将那只皮鞋递到汤司令的手中。

此时的汤司令脸色苍白，居然忘记了道谢，只是呆呆地看着那女人，半天不知说什么好。

那女人大约感受到我目光里的愤怒，有些胆怯地低垂着眼帘，小声地嗫嚅道:"对……对……不起……那人,其实是……是……假……假警察……"

之后,她惊慌失措地又朝浑身发抖的汤老板看了一眼,想说什么,但又不敢再说一句话,就低着头慌慌张张地转身走了。

我扶着惊恐不安的汤司令,沿着狭窄而潮湿的小路,穿越几条小巷,好不容易才走到村口,找到一条较为干净的绿化丛,我扶着他坐在外面的水泥护栏上,老汤这才长长地松了一口气。我把手中那半瓶尚未喝完的矿泉水递给他,他也不说话,一扬脖子,咕咚咕咚几声,就将剩下的水喝了个底朝天。接着,他将空瓶猛地往前面一个垃圾桶里一扔,仿佛要把满腹的怒气都抛出去似的。可他投得不准,瓶子发出一声脆响,就蹦到了一边。

在我的再三追问下,心有余悸的他,犹豫了半天才吞吞吐吐地告诉了我实情:

他跟随着那两个年轻女人拐入前面岔道的小巷道后,遵照那两个女人的要求,在不远处的一家小卖部里买了些小吃后,才被她们笑逐颜开地领进一栋出租屋的四楼上。其中那位扎着马尾辫的借口出去了,只剩下那位长发披肩的女人。

在酒精的刺激下,汤司令禁不住心荡神驰,随后心猿意马起来。

他盯着那女人消瘦的肩膀,盯着那细挑的腰身,盯着她那高耸而丰满的乳房,忽然泪眼朦胧起来,喃喃地叫了一声:"小玉,小玉……"

这女人租住在四楼一个临街的小房间。她听到面前这位失意的中年男子,突然喃喃地拉着自己的一只手,竟叫起一个人的名字来,马上敏感地洞察出,这是一位正处于失恋期的男人。

她不禁有些怜悯地多看了他一眼,叹息了一声,为他端来一杯凉开水。就在汤司令感激地接过水杯,正要往干渴的嘴巴送时,突然,门外传来两声敲门声。

汤司令不由一惊。急忙用惊疑不定的目光朝外看了看,马上敛声屏息起来。

那女的似乎习以为常,只是笑了笑,安慰他说:可能是我老乡回来了,我看看去……

就在此时,门外又传来更长的敲门声,好像不开门绝不罢休似的。

"谁呀?"那披发女人不禁提起了声音,朝外喝问道。

第十四章 真假难分

咚咚！咚咚咚……

敲门声更为紧促，然后，又传来一阵低沉而严厉的嗓音："快开门……我是派出所的！"

天啊！在此节骨眼上，怎么偏偏被派出所的盯上了！

汤司令惊得"叭"的一声，那只水杯一下子掉到水泥地上，摔成几片。

他急得想从窗子跳出去，可一看到这高高的四楼离地面有七八米高，下面又黑咕隆咚的一片，哪还敢动半步？

敲门声又响起，很明显，此时对方早就不耐烦了，再不开门，也许人家就会破门而入了……

那位惊慌失措的女人慌作一团，用颤抖的声音答道："请等……等，马……马上……"

接着，她凑到像热锅上的蚂蚁，急得团团转的汤司令耳畔悄悄告诉道："就说你是我老公……"

随后，这女人战战兢兢地拉开了房门。

门外，一位中等身材的壮汉子，上身着便衣，下身着一条迷彩裤，正虎视眈眈地盯着他们，半天不说一句话。

屋里，吓得不知所措的这对男女，壮了壮胆子，抬头看了看这位威风凛凛的男人。只见他动作神速地晃了晃一张印有国徽的警官证，然后又迅速收起来，扬着一副锃亮的手铐，低声喝道："好哇，你们胆敢卖淫嫖娼！快把证件交出来！"

那女人毕竟见得多，赶紧从床头翻出了身份证，有些慢吞吞地递了上去。

那人又狠狠地瞪了低垂着脑袋的汤司令一眼，喝问道："你的身份证呢？"

"我……"

"快报上你的姓名，籍贯，工作单位……"

"我……我姓唐，叫……叫……唐中杰，四川什邡市人……现在报社做广告……"

"报社？什么报社？"那人听到"报社"两字似乎变得很敏感，马上恶狠狠地追问道，"身份证，嗯？快把身份证拿出来……"

汤司令吓得浑身一哆嗦，赶紧伸手在身上几个口袋里摸了摸，但很快又无奈地摊着手，慌乱地说："……我……没……没有带……"说来也巧，今天下午，汤司令在回出租屋换衣服时，因为走得太仓促，除了随手往身上塞了一点钱外，竟什么东西都没有带。

"操！你还敢糊弄老子呀！"那警察忽地冲上前来，猛地踢了他一脚，然后自己动手，在他的身上乱翻一气，将他的几个口袋搜了个底朝天，把他身上仅有的300多元现金，还有几张路上接到的花花绿绿的卡片，全扔到床上。

然后，那人又朝正目不转睛地盯着自己看的披肩发女人怒喝道："把你的钱包也拿出来！搞快点！否则，别怪老子动手……"

那女人哆嗦道："我……没有……刚交了房租……"

"他妈的，你这臭婊子还敢在老子面前耍花招，看来是不见棺材不落泪啊！走，马上去派出所……"

就在此时，楼底下又响起了一阵铁门被拉开的哗啦声，接着又传来一阵上楼的声音，同时还可以隐隐约约地听到两个女人说话的声音。

那人马上露出不自然的神情，扬着手铐，又朝汤司令压着嗓音骂道："你自己说，你是想马上跟我一起去派出所接受处理，还是就地解决？"

那女人露出疑惑的神情，很快就明白了什么意思，但又不敢轻易吭声。

汤司令一时还没有明白过来，懵懵懂懂的，有些不知所措地望着对方。

随着下面脚步声愈来愈近，那派出所的一把将那女人推到汤司令身边，冲他们喝道："告诉你们，今天老子念你们是初犯，就不带你们去派出所了，以后给我放老实点……哼！"

说罢，他动作麻利地一把抓起床上汤司令的那些钱，转身就出去了。

他们两个正愣愣地还没有回过神来，就听到外面传来女人的责问声："喂喂，你是谁？"

"怎么又是你呀？你跑到这里来干什么？"

他们在屋里听出来，其中一个就是刚才出去的那位马尾辫。

随后，就听到一阵急促的脚步声，那人就冲出了门外……

直到那马尾辫和另一位中年女人进来后，他们才获知，刚才那中年男人，

第十四章 真假难分

根本不是什么警察，只是村子里的一名治安员，经常在这四周值勤。看到这里小姐太多，竟经常带着手铐警棍盯上目标，以查房为名，先是对正在做生意的男女进行恐吓和威胁，然后就是敲诈勒索。前不久，他刚刚对这位中年女人的一位老乡实施过此法，后来时间一长，许多"做生意"的女人就知道了此人。

但这种事情，一般的男女都不敢报警，只能是哑巴吃黄连。后来，大家才知道他是乔庄村治保会的，叫李满堂，据说是河北人。

汤司令经受了这突如其来的惊吓，哪还敢在此多待一秒钟？搞得像电影里被人刚抓住又侥幸逃脱的鬼子，马上撒腿就往外跑……

慌张中连脚上的一只皮鞋跑掉了都不知道，哪还来得及心疼那几百元钱呢……

令汤司令极为窝火的是，
那骨感女友竟是发廊妹

因为庞达海再三要求我和汤司令一起合作完成此次暗访，加上汤司令的死搅蛮缠，我每次都不想去，但每次最终还是被他拉着临时上阵。唉，谁叫我们租住的地方近在咫尺呢？谁叫我在一个多月前，早就经历过特大色情团伙的生命威胁和钱财洗劫呢？

但每次行动前，还有一个更令我头疼的事情，那就是：我该如何面对李萌萌？

平时回家本来就一直很晚的我，现在一回家，却转身又溜到外面去，一次两次的还可以编一些理由,时间一长,自然难以自圆其说了。

第一次出门,我借口找汤司令谈点事;第二次,我谎称,我们正在合写一篇稿子,又不好让这爱抽烟的同事来我们家,还是我去他那儿;第三次,巧遇她那天晚上因报社有应酬,回来得很晚;那第四次呢,我该找什么借口?总不能说:我要和汤司令搞同性恋吧……

这个晚上,正在我绞尽脑汁地思忖着如何骗过李萌萌时,获知她正在办公室里赶写一家新上市的房地产策划方案后,如获大赦的我,就赶紧溜之大吉。

这几天,我悄悄跟随汤司令跑去暗访乔庄,根本不敢对她透露一星点儿风声,不用说,她肯定是竭力反对,说不定会与我大吵一场。因为我早就答应过她,再不搞这种冒险的暗访,可这两天,我不但又"故伎重演",而且又去暗访最易遭人非议的卖淫嫖娼的事情。

此次,因为不用躲开女友的眼底,我无须先溜到汤司令家,再化装外出,而是直接在家里换了一身邋里邋遢的短衫短裤。端详着镜子里留着小平头的自己,配这身民工式的着装,真像一位辛苦劳作的民工。于是,我又特意将拖鞋换成解放鞋,这样万一有什么异常情况,跑起来也方便。那鞋是我前天在地摊花十元钱买的一双假冒伪劣军用品。之后,我赶紧跑到汤司令家,看着他又一番西装革履后,这才顶着初上的华灯,往乔庄立交方向出发。

夜色朦胧中,当我和汤司令又一次靠近乔庄村口不远时,我便故意刺激他说:"走累了吧?我们就在这里坐一会,只要不让你那小玉看到,特别是那位跟踪你们的查房警察看到就行……"

"哎呀,兄弟,你真是的,哪壶不开偏提哪壶。"

"我也没有要你说什么呀?只是坐坐,坐一会就走,此是非之地,不可久留……"

"怎么说呢?你也许无法理解,人么,都有七情六欲。说出来你可能不会相信,我之所以有冲动,绝对不是想和她上床的冲动,而只是想和她说说话,说说心里话……在我眼里,这女人有一种独特的美感——真的,我们在这里转了七八天,还是第一次发现这种肮脏的地方,居然也能看到真正的美女……"

"我的天,你看你真是浪漫到头了吧?这么普通的一个女人,也称得上美

第十四章 真假难分

人?"我一听,不由挖苦道。

"不只是情人眼里出西施。主要是,她……她太像小玉了……"

我看到,他两眼迷迷蒙蒙的,像雨雾中的一棵小树,他的腰不但老挺不起来,反而弯曲得像棵老松树。

他从衣袋里摸出一支烟,慢吞吞地点燃,又咕噜咕噜地吞了两口,让那缕浓烟从鼻孔里吹出来,飘荡在我的眼前。这时的他,搞得真像某句港台歌词一样"像雾像雨又像风"。

就在这缕缕烟雾之中,黯然失色的汤司令,给我讲了他和前妻的灰色婚姻,讲了他来浦江后第一次铭心刻骨的爱情和失恋:

早年间,汤司令毕业于四川师范学院,后来就分到成都一所中学当了三年老师。由于他爱好文学,特别是诗歌,在教学之余总是埋头写诗,也正因如此,他有次坐火车外出时,和时任列车员的前妻在车厢里相识,因诗相爱。两位浪漫的青年人婚后,很快就有了儿子。颇有才气的汤司令也因频频在国内名刊上发表诗作,而被调到省报,成为了一名编辑记者,他写的一篇有关文化的新闻,还荣获过全国的一等奖,从而也令汤司令在当地新闻界一举成名。可就在此时,痴迷于诗歌的汤司令又恋上了新闻,而新闻让他过上了颠三倒四的生活。他和妻子都很快发现,现实的生活除了柴米油盐酱醋茶,还有更多的残酷,唯独缺少浪漫的诗情。

妻子后来由普通列车员升为列车长,有了一官半职,工作就更忙碌了。汤司令的记者生涯本来就无规律,妻子的跑车生活更是东奔西走,两人有时一年都过不上两三次夫妻生活。

这倒没什么,要命的是,早对汤司令失去了浪漫情调的妻子,竟耐不住寂寞,和列车上的一位乘警搞出了婚外情,两人不但利用出车的机会在火车上恋,也常趁汤司令外出采访之机,公然溜到汤司令的家里来恋,正好被回家来的汤司令碰了个正着。

看到那位身高腰壮的中年乘警光着身子搂着同样赤条条的妻子时,汤司令只是愤怒地丢下一句:"是可忍,孰不可忍……"

三天后,他们就离了婚,儿子归妻子,汤司令每月支付1000元生活费。

灰心丧气的汤司令踽踽独行，四处流浪，最后才漂泊到浦江市。

到浦江后，生活无着的他只好又捧起了新闻的饭碗，通过庞达海的招聘，进入了《浦江都市报》，成为机动记者部的一员。

面对南国大都市的灯红酒绿，骨子里本来就浪漫满怀的汤司令，在搬到江北区的宛江村后，在附近一家小酒馆自酌自饮时，结识了一位推销青岛啤酒的年轻女子。

这女子叫小玉，据说就来自青岛啤酒的故乡。她称不上漂亮，但很可爱，特别令汤司令着魔的是，她的身材细得像一根甘蔗，窈窕至极。

两人吃过几次饭后，很快就热恋起来。平时生活一向节俭的汤司令，为小玉买衣服买饰物，花了好几千元。两人来往仅仅一个月，那生着蜂腰瘦臀的小玉，突然不辞而别了。

汤司令记得很清楚，那是个周末的黄昏，汤司令领了上月的工资和稿费，一共有4000多元，兴冲冲地赶到那家小酒店，花了300多元请小玉吃了一回丰盛的晚餐。一高兴，小玉当晚又主动投怀送抱，陪同他回到那像狗窝一样的出租屋。幸福无比的汤司令搂着她那细腰，翻江倒海地折腾了一整夜，快到天亮时才进入梦乡。

他幸福地跌入这一温柔梦后，直到第二天中午才醒来，可小玉早不见了人影。刚开始，汤司令还以为她上班去了，直到晚上，传呼多次无人理，打酒店的电话，对方称她根本没有来上班。

第二天，汤司令又特意跑到酒店去打听，这才获知：小玉已辞职回老家了。同时，他还无意中获知，小玉在此推销啤酒的同时，常和一些客人外出过夜，而且在此前，她还曾在乔庄对面的一家高级发廊做过一段时间的小姐……

当失魂落魄的汤司令回到家后，又发现昨天剩下的那3000多元钱，竟全不翼而飞了……

这赔了夫人又丢钱的人，唯有汤司令。

这一夜，又一次失恋的汤司令哭得天昏地暗。

这一夜，失去细腰瘦臀女友的汤司令，哭得肝肠寸断。

失恋归失恋，但汤司令毕竟是一个男子汉。当一提到暗访工作时，他再累，

第十四章 真假难分

也很快就会信心倍增。

他老对我说:"你和邓保卫进出租屋时,连真刀真枪都见过,我还怕什么呢?"

"一个假警察就差点让咱汤司令尿了裤子,还敢提枪呀刀呀的,要真见到那玩意儿,说不定你早晕倒了。"我总是没好气地回敬他。

"我不怕,我才不怕呢……真的出了什么事,我就会一下子在全中国新闻界出大名了。"

"哈哈哈,你是不怕——怕只怕,见到咱们的小玉,小玉……"

汤司令一听到"小玉"这两个字,立马就像泄了气的皮球,浑身疲软了。

我赶紧笑嘻嘻地好言安慰他,又趁机拉起他,继续我们最后的一次暗访工作。

第十五章 原形毕露

来自专案组的惊人真相

  经过几天的辛苦暗访,我和汤司令在深入四周每个村庄,走访了解了许多情况后,花了一个晚上,合作写出一篇长达3000余字的独家新闻,并在第二天的选题会上,由庞达海转交给了要闻部。

  稿子交上去后,我根本没有像以前那样,有终于完成任务后的那种轻松;反而心里总是在打鼓,这篇稿子该不会又步后尘,像那篇报道一样,胎死腹中吧……

  果然不出我的所料,尽管采访部和要闻部早就与我们通过气,对我们的暗访工作做了不少亲切指导,但我和汤中杰花了几天时间暗访乔庄立交四周"红灯区"的稿件,不管是报社还是有些领导,都不敢轻易去触及这种"雷区",以至在几次编委会上发生了不少争执。

第十五章 原形毕露

不过，事情又很快峰回路转。

没想到，此次的运气，竟比桃花苑事件要好得多，要闻部遵照领导之命，让我和汤司令把稿件改了又改。颇费了一番周折后，在我们交稿的第五天，终于令这篇稿件在《浦江都市报》头版，以整版的篇幅，在"记者暗访"专栏中，以特大标题，全面地披露了隐藏在浦江大都市的特大黄色毒瘤。

报道当即引起了浦江市高德生市长的关注，他马上对此作出批示。这样，浦北区政府部门也高度重视起来，马上召开紧急会议，指令由市政法委、公安、武警和妇联等多家部门，协同当地派出所，组织了两百多人，于当天夜里7时许，浩浩荡荡地包围了乔庄立交桥四周，进行了一场声势浩大的扫黄打非行动。

在全面对辖区内的"红灯区"进行大扫荡的同时，该区区政府还特意邀请了省市电视台、省报及市日报，还有《浦江商报》、《浦江晚报》及多家中央驻地记者站记者，但唯独没有请我们《浦江都市报》的任何记者，与省厅及市局关系一直不错的顾阿荣也没有接到电话通知。

据说，我们发表的报道得到市长的批示后，该区区长马上把分局局长臭骂了一顿，并要求警方一定要想方设法找出，到底是哪位狗胆包天的记者敢如此捅出这么大的娄子来。

因为此事，《浦江都市报》被该区分局列入黑名单，也就是说，从此以后，由分局正式发布的新闻，不通知《浦江都市报》，同时也拒绝接受《浦江都市报》所有记者的正常采访。

不过，此次报社编委会几位领导立场倒还站得较稳：反正稿子已发了，市长也批示了，对方也行动了，不管如何，我们报社也算打了一场胜仗。令我庆幸的是，我们的这些领导，并没有像上次我们暗访桃花苑事件一样噤若寒蝉，而是态度鲜明。

看到自己和汤司令辛辛苦苦的几天劳动，不但现在终于变成了铅字，而且还激起了很好的社会反响，这令压在我心头的阴影，就像窗外的微风拂面一样，一下子云消雾散。

这天下午，我利用去市公安局交警支队采访之机，特意跑到了市公安刑警大队，前去拜访专案组负责人凌光汉。

看看时间正好是下午4时刚过，电话联系好后，我就急急地赶过去。在进入那栋绿荫遮蔽的淡黄色陈旧大楼时，我不由发出这样的感慨：时间过得真快，离暗访桃花苑居然已过去一个多月了！

一个小时后，当我打通凌光汉的手机，开门见山地称，我就在交警队采访，并表示很想顺便去刑警队拜访，同时将一个可能与案情有关的重要情况当面汇报一下。

凌光汉听到我的声音，显得很高兴，马上邀请道："非常欢迎我们都市报的名记光临刑警队指导工作。呵呵，说起来，我们都有一个多月没有见面了，怎么说也说不过去呀。我正好有点小事想和你交流一下……"

就这样，我们约好一小时后，在市局刑警大队的办公楼凌光汉的办公室见面。

市刑警大队位于原市公安局的旧办公大楼里。这里的保安工作没有市局的新大楼管理那么严，只有两个身着保安服的老头子，正躲在门卫室里，害怕被外面炎热的太阳晒着。听说我是来找凌大队的，他没有要求我出示证件，也没要求我履行登记手续，就告诉我他在三楼靠最右的办公室，直接让我进去了。

我从电梯上到三楼，找到那间悬挂有"大队长"小牌子的办公室，轻轻地敲了敲门。

"请进！"随着一声清脆的声音，凌光汉一把拉开了门，见是我，高兴地伸出那双大手，握着叫道，"我们的名记者同志，好久不见了！"

他拉着我坐在里面的沙发上，又热情地用电热壶烧开水，将茶具连盘子一起，端到我面前的小茶几上。

凌队一边用头道泡出的水冲杯子，一边说："这一个多月呀，本市大案一个接一个。月初刚抓获香港大盗，前几天南郊又发生了入室抢劫将一家6口灭门的大案……唉，忙得焦头烂额呀。"

我点点头。那两宗案子，几乎所有大小报刊都报道过，我们都市报是由顾阿荣拿回来的通稿。

"来，请喝茶，请喝茶……"

我也毫不客气，端起一只像酒杯大小的精致茶杯，小心地呷了一口香气扑鼻的"铁观音"。

第十五章 原形毕露

"本来早就想约你来我们这里坐坐的,一直拖到现在也没有空,幸好你今天打来了电话,还好,我没有来得及出门……"他端起一杯茶,一饮而尽,看着我说:"咱们都是当兵的人,说话就不用绕圈子了,有关你和邓保卫记者的案情,基本上已清楚了,目前还有两三个头目及一些成员,正在追捕之中,他们落网是迟早的事。等一会我叫赵平把相关案卷找出来,把一些情况告诉你一下。"

我不由一喜!原来案子早就破获了。我不由问道:"请问凌队,现在到底抓到了哪些人呢?除了那天我们一起见的李二狗那三人?"

"抓了一批,有十几个吧……"

"有十几个?这充分说明收获不算小了。只是,我还不知有哪一些人,他们在那黑团伙里到底充当什么角色?"

"抓捕的当天晚上,我们就根据那3个家伙的指认,连夜到他们的住处抓了5名没来得及逃走的男女;第二天夜晚,浦西分局的又在宋庄镇抓住了一个叫董艳光的,还找到了另位一个小头目的尸体……"

"那家伙是不是叫贾庆丰?湖南人?"我不由脱口而出。

"对呀!就叫贾庆丰!你这政法记者看来早就知道了呀?"凌光汉听到我如此熟悉,也不由狐疑地看着我。

"呵呵,我是做记者的,当然是从报纸上看到的,而且是从我们都市报看到的。"接着,我把顾阿荣那天采访的情况及有关报道告诉了他。

凌光汉拍了一下脑袋,这才恍然大悟起来。他指着我,笑道:"这报道我还真没有注意到。但没有想到你这么敏感。如果你来做刑警,肯定能成为一位名侦探。"说罢,我们都不由笑起来。

就在此时,满脸清秀的赵平手里抱着一本厚厚的棕色案卷,推门进来,见到我在,他热情地打招呼。

凌光汉办公桌上的电话响了起来。他一边站起来去接电话,一边指着赵平说:"现在就由赵警官来介绍案情啦……"

赵平在我身边坐下,将手中的案卷翻看。我见状,又惊又喜,故意问道:"这不算泄秘吧?那我就得认真对待了……"

赵平一边翻开案卷,一边笑着说:"这本来是要告诉你的呢。现在那个团伙基本的成员情况，我们都摸清楚了。主要老板叫杜长久，今年62岁，湖南常德某煤矿工人，在逃；杜的手下有四大金刚，分别是李大魁和李二狗、钱志刚、贾庆丰，但目前，除李二狗和钱志刚已落网，贾庆丰已死亡外，李大魁在逃……"

"请问，那位贾庆丰真的是自己溺水而亡的吗？"我好奇地问。

"是的，他的确是落水而亡。你既然感兴趣，那我向你介绍下这些……"说罢，他将厚厚的案卷哗啦啦地翻了翻，指着上面十几张现场照片说，"贾庆丰，男，36岁，湖南石门人，曾为常德某煤矿子弟小学老师，曾因寻衅滋事罪而判刑。来浦江市后，伙同李二狗等人，以老乡为团伙，在本市世纪大剧院、桃花苑等地盘踞，伙同多名小姐及同伙以色情引诱的手段，将客人诱骗到附近出租屋，作案多次。在他的策划和指挥下，于1996年11月10日和1997年3月6日在本市浦江区和浦西区某出租屋，抢劫财物时因受害人反抗而将其杀害……"

说到这里，赵平又飞快地翻到后面，一连几页，都是一组有关贾庆丰的溺水现场的照片，只见他浑身肿胀，与前面的照片相比，已是面目全非。

赵平指着现场照片后面一页的文字，继续向我介绍道："1998年4月12日凌晨2时许，贾庆丰因与昔日团伙成员柯大富发生内讧，而动杀机……"

"什么？柯大富？哪个柯大富……"我听到这名字，不由心里一跳，马上打断了赵平的话，急急地追问。

"就是你认识的……对，就是那个举报人柯福贵。"

"柯福贵？原来他就是柯大富啊……"好半天，我才醒悟过来。

"是的，他原名就叫柯大富？他是山西洪洞县人……嗯，等会我再告诉你详情……分局接报后，立即出动两辆警车去现场，此时，贾庆丰和13名男女同伙分头逃跑时，贾和同伙董艳光，在慌乱中不慎滑入附近鱼塘，不识水性的贾庆丰当场溺水死亡，董艳光被村民发现救起后，被扭送到宋庄镇派出所……经审理，董供认，柯大富因债务问题尾随贾庆丰团伙，赶到宋庄镇，双方因此而发生纠葛，柯当即被打伤。其时，因贾庆丰怀疑李二狗等人的被抓系柯举报所为，加上又欠柯50000多元钱企图赖账，故欲对柯痛下杀手……"

随着赵平的介绍，我浑身不由冷汗直冒，心脏也不由地怦怦怦跳跃不停。此时如果不是亲眼看到那一厚叠案卷，我怎么也无法把举报人柯福贵和那个差

第十五章 原形毕露

点要了我小命的黑团伙联系在一起，做梦也想不到，他们以前竟是一伙的！他们本来就是一丘之貉……

可是，他为何又要冒着生命危险向我举报呢？为何要在我们面前编造那么多谎言呢？

此时，那个神秘的柯福贵——不，那个柯大富，那个表面看上去壮实憨厚的山西洪洞汉子，为何要那么做呢？

这时，凌光汉接完了电话，踱着方步，又慢慢地来到我面前。他为我的小杯子又续了一次茶水，说道："别看这个团伙作案手段比较简单，但他们内部的成员太复杂……因为利益之争，常发生你死我活的内部斗争。如果这次不是那个叫董艳光的招供，我们还真像你一样，不敢相信那个举报人柯大富，也是他们一伙，而且是一位很重要的骨干呀……"

我半天说不出话来。

我盯着那棕色的案卷，很想再翻翻，但我没动，只是呆呆地盯着那上面的文字，沉默着，沉默着。

赵平收起了案卷，按照规定，在本案没有完全结案之前，警方一般是不会向我透露相关案情的，但是，今天凌光汉能这样向我这位小记者坦诚相待，说明他是十分信任我的。

"谢谢凌队……您让我解开了很多迷雾……"

"不——还有不少迷雾目前都无法解开，只有全部抓获了这些家伙，我们才能一一解开呀。特别是，为什么这样一伙作案手段恶劣，背负了多宗命案的黑团伙，能在本市盘踞长达十多年呢？唉，这才是最深的迷雾呀……"

这时，赵平在一旁插话说："报告凌队，我有事得先出去一下……对了，上午刚接到浦台分局的电话，那个林秀云曾在几家宾馆出现过，带着几个女的，继续做小姐。"

"哪个林秀云？"

"就是那个捅了钱志刚几刀的……"

"原来是那个女的呀？相片我见过，长得很漂亮……"

"是的，但那个和她一起砍伤钱志刚的吴松林，一直不见影踪。"

"哦,我看,先不要打草惊蛇,盯紧那女的就行。她在,那吴松林肯定也会出现,等待时机成熟时,再将他们一网打尽……凡是与这个团伙有关的,我们一定要亲自提审。"

赵平连连答应着,然后对我说:"对不起,石记者,您先坐坐,我得去办一点急事,有空下次我们一起好好喝两杯……"

"应是我请您和凌队一起喝酒才是。等那些漏网之鱼全抓获了,我一定请您和凌队去我们报社,好好喝一次酒。"我感激地向他道别。

看来,这个黑团伙在李二狗他们被抓后,发生了多次内讧,目前似乎是支离破碎了。只是,不知何时才能将他们一网打尽。

看看时间不早,我在临别前,又拉着凌光汉,说道:"凌队,这些日子您真是辛苦了。不过,我还是很想知道,那个柯福贵……不,那个柯大富详尽的背景,行吗?"

"行。不过,得等到下次了。因为我马上得赶往省厅,去刑侦局,向王局他们汇报另一件案子。"

凌光汉把我送到电梯口,临分手时,他紧抓着我的双手,再三叮嘱道:"请一定记住,今天你获知的一切,都是凭我们的战友情……只许装在心里,切不可公开,更不要写成文字!等案情都了结了,自然会有宣传部门召开有关新闻发布会的,一定会……"

专案组来电:举报人被乱刀砍死了

告别凌光汉后,我先是赶回到报社,办公室里只剩我一个人了。看看时间,这才发现下面食堂早过了晚饭时间。刚刚电话李萌萌,她正在外面参加一家房

第十五章 原形毕露

地产的晚会，可能要 10 点后才能回家。

听出她说话的声音有些不对劲，心想：这女孩子该不会又是在工作上遇到了什么不愉快的事吧？

肚子早就饿得唱起"空城计"来，我手忙脚乱地在办公桌和几个抽屉里翻了半天，也没有找到吃的东西。方便面和饼干等吃的，早不见了影踪，不知是我平时早吃光了，还是被汤司令他们消灭了。平时老汤找不到吃的时，总爱往我这里跑，看到有吃的，从来就不会讲客气。

见找不到吃的，我就干脆打电话叫了一份外卖，他们答应半小时之内送到。肚子再难受，也得等半小时。于是，我拿起汪小雨刚写好的一篇小消息，边看边帮她润色起来。

就在此时，电话响了起来。

我抓起一听，是一个陌生而又熟悉的清脆男音，原来是李萌萌的那位王师兄，新华社驻华东地区的记者。

"我刚打你手机，因占线，就直接给萌萌师妹打了电话，她那里很嘈杂，好像正在包房里吃饭，人很多。是她告诉我，你此时肯定在办公室里，我就直打接进来了。呵呵，因为事情颇费了一些周折，所以，一直没好意思给你来电话。"

王师兄说，收到我的稿件和相关照片后，他就将稿子稍作处理，然后交给新华社，没想到被搁了一个月。编辑回答称：这稿子很不错，但由于涉及到外地的"红灯区"，不好报道。对方还建议，此事件最好由驻浦江分社的驻站记者去采访最合适……

无奈之余，王师兄又将稿子转交给北京的几家中央大报，但都无果。后来，他就通过一位同行，将稿件又转到北京一家青年报的特稿版，也是费了一番周折后，该报的总编终于表示可以发稿。但由于事情发生的时间太长，不宜以特稿方式发表，建议以新闻连载的方式刊发，这样就减弱了新闻的时效性，突出了故事性。所以，他特意打电话给我，让我在原来的基础上，以新闻连载的方式重新改写。

"其实这样更好，一般的特稿最多一个版，也就三五千字，但如果变成新闻连载的话，那就可以每天发一篇，每篇一千到一千五百字，至少可以连续发

表一周以上……这样一来，不就可以把你在桃花苑的生死暗访，写得更详尽，更有深度吗？"

满腔热忱的王师兄在电话那头，说得头头是道，直说得我不由心动起来。

是的，不管以什么样的形式写出来，只要能通过媒介公示于众，一定会引起社会各界的关注。就像我和汤司令刚刚披露的有关乔庄立交四周的暗访"地下红灯区"的新闻稿那样，一经发表，反响强烈，不但得到市长的批示，有关主管部门更是屁颠屁颠地去进行"拉网式"的检查了……

我连连道谢，决定按这位热心的王师兄的建议去操作。

放下电话后，送外卖的一位小女孩把我点的饭菜送到了办公室。我一边狼吞虎咽着吃饭，一边又赶紧拨通了邓保卫的电话。

当我断断续续地将这一好消息告诉他，并征求他的意见时，他在那头马上双手赞成道："兄弟，这是大好事呀！我们这里的那些领导不是前怕狼后怕虎么？不是总借口上头领导不让发稿么？那我们就偏偏要找地方发出来。现在传媒那么发达，浦江的不让发，他们难道能禁止我们在全国的报刊上发表吗？"

这些日子，邓保卫还真少来报社，只剩下他带的一位男实习生，时不时地写一篇小稿子，在前面带上邓保卫这位老师的大名。刚开始，大家都不知他做什么去了，后来，我才获知，他原来真的在外和人合伙搞了一家职业介绍所。由于南下寻工的大学生和外地人太多，而邓保卫以前就曾在《浦江商报》的"求职广场"版做过两年编辑记者，积累了良好的关系，因此操作起来很顺畅，生意也做得不错，每月的收入，据说是在报社做记者的好几倍。他之所以还挂着这记者之名不想辞职，是因为以记者的名义去处理一些社会上的杂事，十分管用。

"老兄，我这些日子事多，也没有心思写这稿子，我看，还是你来写吧。总之，一切由你来操作。你办事，我放心……"

末了，邓保卫又告诉我，他想马上去报考中文本科的自修考试，力争三年拿到本科文凭。趁年轻搞一个文凭，以后真的跳槽时，也多一件法宝。

可是，此时的我，每天总是被一大堆乱七八糟的事压着，哪里还有时间去写那样一篇长稿子呢？按王师兄的说法，那稿子少说也有一万多字。就是真的

第十五章 原形毕露

能挤出时间，我又哪有心情呢？

看看时间，已是晚上九点多了，如果李萌萌真的是10点左右能结束应酬的话，也就很快了。与其现在回家，还不如就在办公室里等候她呢。于是，我赶紧给她发传呼消息，告诉她我还在办公室里，等她一起回家。

窗外，一片热闹非凡。那北面的建筑工地，楼房已建得老高了，此时，在高高的脚手架阴影下，一群加班加点的工人，正在灯火通明之中热火朝天地劳作。

灯光上面的高空，几片薄云，时隐时现，天穹中隐隐约约的星星，不时在夜色深处闪烁。这日新月异的大都市，早被各种工业的污染所侵蚀，在这喧嚣的夏夜能看到美丽的星星，真是一件难得的事情。

BP机嘀嘀嘀地响了起来，我一听，就知道是李萌萌的留言。

果然，她在上面留言道：本来一肚子的火呢！你竟然又背着我和汤司令去乔庄那里暗访，还接连去了几个晚上，是可忍，孰不可忍也！不过，念你此时还知道关心我的分上，先记上一笔。我大约半小时就回来了，打车路过报社大门口时，我再打电话你下来。记住，今天罚你付打车费……

这个性十足的女孩子，看来又要发火了。不过，令我奇怪的是，我和汤司令那稿子，用的是"本报记者"，根本就没有署上真名，她又怎么知道是我呢？也许，又是那吊儿郎当的老汤，在嘻嘻哈哈中，说漏了嘴吧。我明天再问问他。

我通过传呼台给李萌萌回复：行！你出来发信息我，我提前十分钟就在报社大门口恭候。不见不散。

就在我刚刚放下电话时，手机忽然尖叫起来。

我一看，上面显示的，却是凌光汉的手机号码。

我心里一紧，知道肯定有什么要紧的事，否则，这位工作极为繁忙的刑警队长，不会轻易电话我。

果然，我一接通电话，他就在那头直截了当地问我："石记，你今天下午离开我这里后，没有向其他人透露案件有关情况吧？"

"没有呀？我直接回了报社，一直到现在，哪里也没有去。怎么了……发生了什么事吗？"我紧张地问。

"我正在赶往凶杀现场的路上……"他用沙哑的嗓音,有些没头没脑地、似是而非地回答。

"凶杀案?什么凶杀案?在哪个地方呀?什么人被杀了?"我赶紧追问道。

"就是你那位举报人……"

"什么?你说什么?柯福贵被杀了?!这不可能吧……"

"是柯大富,山西洪洞人,他半小时前被人用乱刀砍死了。"

天哪!柯……我的那位举报人,真的死于非命了!这简直不可思议!不可思议!这些只有电影电视里的恐怖故事才有的情节,怎么会一连串地发生在我的生活里头呢?

"请问凌队,你刚才说,他是在乔庄被杀的,那你现在正在前往那里的路上吗?"

"我还有十多分钟就到了……浦北分局刚刚通知我们的。有关这些人的信息,我们早在公安内部网上追逃……"

"我可以过去看看吗?我就住那附近。行吗?凌队长?"

"这……这可不大好……"这位心直口快的大队长,一下子变得犹豫起来。

"我没有其他的意思,只是想确认一下,那人到底是否柯大富。行吗?看在我们都是南海舰队战友的面子上,你就答应我吧,我保证不发报道……我这也是在协助你们破案呀?"

"……你……你就直接过去吧……"接着,他又在电话里再三交代我。"……如果有人问起,你就说是接到读者报料后去的,不要提我呀……"

我忙不迭地答应,马上抓起采访包,连办公室里的电灯也顾不得关上,飞也似的往外跑。

我冲到马路上拦了一辆出租车,迅速地往乔庄立交方向冲去。

那位的哥看到我从报社大楼冲出来,又听说我是奔赴采访现场,他就把车子开得风驰电掣一般,路上所幸也没有堵车,很快就驶到了乔庄村口。老远,我就看到那儿停着四辆闪耀着红绿灯光的警车。

我急急地扔给司机20元钱,抓起采访包,飞也似的往警车那边冲过去……

第十五章 原形毕露

　　案发现场就在乔庄村口马路正对面的沙岗村。此处进去，也是一座高大耸立的牌楼，往里二百米，正密密麻麻地围簇着一群人。由于此时时间尚早，人们都还没有休息，四周围满了黑压压的旁观者。尽管警方早就在那里拉起了一溜长长的黄色警戒线，但这些好奇的人还是争先恐后地往里挤，一个个像觅食的鹅一样，伸长着脖子，竭尽全力地往里探着头。在这些看热闹的人群中，我看到了不少打扮光艳、正出来拉客的小姐们。看来，风声一过，她们又出来重操旧业了。

　　我看到凌光汉那高大挺拔的身影正背对着我，他和赵平等人正在向保护现场的派出所民警询问着什么。

　　几个正在维护治安的警察带着十几名治安员，一边对几个正在向前挤的围观者大声呵斥，一边想拦住我这不速之客。好在眼尖的赵平马上赶了过来，对着他们耳语了一番，这才让我过去。

　　对凶杀现场环境，我并不陌生，因为就在几天前，我和汤司令在这儿转悠过。死者倒在地上，从他背后十几米远处，一直到他倒地的地方，有一溜血印，其中还有好几行杂乱无章的脚印。

　　我强忍着阵阵恶心，紧跟在铁青着脸的凌光汉的身边。他和赵平蹲到死者右侧，默不作声地看着那两位正勘查伤口的法医。之后，他也伸出早就戴好白色橡胶手套的手，查看着死者的脸孔。

　　死者上身着一件黑色短袖无领T恤，背部、腰部和头部都有伤口，早被黑乎乎的血痂糊着；下身正穿着我颇为眼熟的陆军迷彩裤，有好几处也被鲜血染红了；他的左脸颊压在地上的一摊鲜血上，右脸有几处青肿，头发留得有些长，好几处都翻卷着，沾染着血，那双浓眉大眼，那圆圆的脸庞，比起柯福贵来显得稍微白一些。大约由于跑得太快，两只皮凉鞋都跑飞了，一只不知在何处，一只在距其倒地的五六米远处，翻扣在地上，上面沾着血迹。

　　还没有待上几分钟，我只觉一阵阵恶心，赶紧往外跑，随着肠胃一阵翻江倒海，我哇哇哇地吐得一塌糊涂……

　　根据目击者的描述及现场勘察，几位派出所的民警和治安员向凌光汉他们讲述了大致的凶案发生经过：

卧底调查・生死暗访

晚上8时刚过,也就是我正在办公室里狼吞虎咽吃晚饭之际,死者(柯大富,以其身份证为凭。)从治保会下班后,又带着于铐和那张假警官证,盯上了一位租住在附近的小姐,看到她搭上了一位刚从附近台湾电子厂出来寻欢的中年男子后,就跟着他们进了该村第4街第7巷的一间出租屋。就在他们刚脱下衣服正要"做生意"时,他又以查房为名强行推门。那男的当即吓得半死,但那来自湖南的女人却不吃那一套,因为她早就听老乡说,有人经常假冒警察敲诈勒索,而且已有不少老乡上过当,所以他们都说好大家要相互关照,只要发现,就赶紧通气……偏偏那女的还有手机,于是就急忙将"敌情"通报给附近的老乡,大家一呼百应,在几位长期盘踞此地的"鸡头"和地痞流氓的带领下,以抓小偷为由扑上前来。柯大富吓得赶紧扬着那根警棍,连抽带击,打倒几个人,冲下楼就想往外跑,但小巷的交叉口,早被十多位手持凶器的男女堵住了。由于寡不敌众,他的警棍很快被人抢夺过去,随后身上挨了好几刀。他惨叫着拼命往外跑,那伙人见他企图逃跑,就更来劲,一直追到村口,又一次将他打翻在地,随后一伙男女一拥而上,对他一阵乱棒乱刀,柯大富倒地而亡……

直到该村治保会赶到并报警后,对面乔庄村的治安队长,这才认出死者正是自己村里一个多月前才招来的治安员。

警方从其身份证核实,死者柯大富,男,38岁,山西洪洞人。退伍军人,曾在本市桃花苑等派出所做过治安员。死前任乔庄村治保会治安员,居住在乔庄村治保会大院职工宿舍。平时工作积极,为人热情,但经常有事不请假,上班有迟到早退现象。

其他情况正在调查之中……

就在此时,从围观的人群中,传来一阵呼天号地的哭叫声。接着,从那里挤出一位身材肥胖的青年女子,她不顾几位治安员的拦截,硬是向死者这边冲来。

我一看,那个女人很面熟。对了,那天夜晚,我和汤司令在乔庄立交桥底一起喝酒的那位自称阿叶的山西女人,不正是她吗?!

几位正维持秩序的警察正要上前拉开那哭叫的女人,却被凌光汉挥手阻止了。他对赵平小声地说道:"把这女的也带走,正好了解下死者的相关情况……"

第十五章 原形毕露

我到达时，区分局刑警已在此工作了近一小时，很快，死者被装入尸袋，被殡仪馆的车拉走。

夜幕下的沙岗村牌楼，在忽明忽暗的夜灯中，变幻成一只张牙舞爪的怪兽，正狰狞地窥探着什么。

在燥热的尘土飞扬中，我紧盯着那渐行渐远的拉尸车，不由陷入痛苦的沉思：这位死者，虽然身高、外表都像极了那位举报人柯福贵，但他的脸庞明显消瘦一些，肤色也要白皙一些，他，应该是举报者的那位孪生兄弟，而非那位说话总是瓮声瓮气的举报人……

投案自首

怀着极为沉重的心情，拖着沉重的步子，我刚刚走出案发现场，手机发出一阵阵鸣叫，我这才突然想起，刚才手机就响过好几次，我一直都没有接听。在拿起手机的一刹那，我这才想起了李萌萌，想起自己从报社急急忙忙地冲出门时，竟将答应在报社大门口等候她的许诺，早抛到了九霄云外。

果然，电话一通，我就听到了她那压抑很久的哭声，那时断时续的哭哭啼啼声，充满了对我的失望、愤懑、痛恨和无奈……

"萌萌，我……"

我轻轻叫了她一声，我想说什么，但一句话也没有说出。

此时我已从沙岗村口走到了马路。车水马龙中，马路上一片尘土飞扬。摇曳的夜色中，我显得头重脚轻，整个身子似乎也站不稳，一辆载重车刚从我身边冲过，我也差点像尘埃一样，随同身后那股旋转的尘土一起飞扬。

我是那样疲惫不堪，像一位正在医院接受治疗的重病人一样，显得那样无助，那样的有气无力。

当我像一头疲乏的老牛，慢悠悠地回到家时，才发现，平时只有半个小时的路，此时竟走了一个多小时。

外面的客厅黑乎乎的，只有里面的卧室闪烁着微弱的光，同时传来一阵隐隐约约的哭泣声。李萌萌正伏在床头抽泣着，屋里，缭绕着一股难闻的烟气。

我默默地蹑手蹑脚地靠过去。我想拥抱她，可努力了半天，却还是不敢。我只是默默地看着她哭。

我害怕听到她这样的哭声。我靠近她。她头也不抬，依然背对着我，双肩一起一伏，抽抽噎噎地，看来已经哭很久了。

我轻轻走上前去，抚摸着她那被夜风吹得有些冰凉的臂膊，但很快就被她一把推开。随后，她耸动着身子，哭得更厉害了……

我只好苦笑着，拖着我清瘦而孤独的身影，伫立在她背后。

书桌上，我看到一只纸杯里头扔着好几个烟头，旁边丢着一只打火机和一包刚开启的"摩尔"香烟。

唉，都怪我，怪我总是言而无信。

我那么急促地冲出门，为何就忘记了她的存在？为何没有想到她半小时后就会赶到呢？

面对这位个性十足的女孩子，我知道，此时什么话都是多余的。

我长叹一声。我站在她面前，轻轻地，缓缓地，把今晚发生的事情，都告诉了她，也不知她是否在听。但我在阴暗的台灯下，依然拖着我瘦长的身影，伫立在那里，有些自言自语。

但她依然无动于衷。

站得累了，我这才慢悠悠地退到外面的小客厅里。那里有一张实木沙发，拉开，就是一张小床。记得这是我从部队复员后，到达浦江的第一个月在二手市场购买的，那时花了800元。后来，无论我搬到哪里，我都会带着这笨重而实用的沙发。既能当座位，又能当床睡。

我将茶几上的几本杂志之类的东西收拾好，然后拉开了它，又从门后找出一张草席。

第十五章 原形毕露

这一夜，我们再没有说一句话。

这一夜，我又是噩梦连连。就在我惊叫着四处躲避梦中险境时，一阵像机关枪似的声音，把我从黑暗中拉了出来……

原来是手机急促的响声。来电的是市刑警队的赵平。

"石记者，很抱歉打扰你。听声音你好像还没有睡醒呀？"赵平在那头满怀歉意地说着。

我揉着惺忪的双眼，这才发现太阳早就老高了。

"石记者，知道你肯定很忙碌，但凌队还是让我询问你，不知你今天是否有空再来一趟刑警队？"

"行，行，我再忙也要来一趟……"他此时来电话，肯定有事。

一定有重要的事！一定是与案子有关的事！否则，专案组是不可能这么急着找我的。

"赵警官，能否提前透露一下，是不是案子了结了？"

"呵呵，看来你这位政法记者很敏感呀。从目前的情况看，案情是有很大的进展，但是还没有那么快结束呢……你们那位叫顾阿荣的美女记者，早让市局宣传处的打电话来询问好几次了。我们目前只是抓捕了部分团伙成员，还有好多事情没有搞清楚，所以，在完全结案前，我们现在无法对新闻界公开什么……再说，我们只负责破案，不负责宣传……"

"十分感谢你们对我的信任。我知道，这案子给你们增添了不少麻烦……"

"这只是我们的工作……再说，你和邓保卫记者，也是我们的当事人，有很多事情，我们当然需要你们的大力协助和配合呀。"

"你放心，尽管我们是做记者的，但对于保密工作，我也会做得很到位的。何时到，你们定时间吧。"

"那就下午3点吧。我们就在办公室等你们。对了，到时会让你见一位重要的老朋友……"

"什么重要的老朋友呢？"

"……保密，先保密。等你到达后，就会真相大白了……"这个赵平，别看他外表秀气得几乎像一个女孩子，但办起案子来，风风火火，总是一副雷厉风行的架势。看来,作为凌光汉的得力助手,他真可谓是"强将手下无弱兵"了。

他们到底找我有什么事呢?到底是一位什么重要的老朋友呢?

带着这些疑问,我拨打了邓保卫的手机,关机;打其传呼,半天也不见回信。也不知这小子到底在忙碌什么。我忽然想起,上次我去他家做客时,他曾给我留过家里的电话。翻了翻手机里面的电话本,果然找到了他家的固定电话号码。

电话一响,就有一位女人接听。一问,是目前与邓保卫同居的女子李梅。听说是我找他,她马上对屋里大喊大叫的。直等了近两分钟,邓保卫才懒洋洋地接过电话。

"老兄呀,今天怎么这么早呀?是不是有什么好事呢?"我听到他在那头呵欠连连的。难怪赵平打不通他的手机,原来他关机睡觉呢。

我就直截了当地把专案组的意愿向他作了转告,等候他尽快作出决定。

谁知,他却毫不犹豫地一口就推辞了。

"哎,今天事情太多……看看,我昨天忙到很晚,所以睡到现在……太累了……所以,我就不去了,有你老兄代表,是一样的。"他一点也不卖关子,直接表示不愿去。

"好吧……你真有事,那就先忙着吧……下午我一个人去。"

我们暗访历险的稿子连内参都不让发,对邓保卫打击很大,也似乎令他丧失了做记者的信心。搞得他老是一付萎靡不振的样子。现在,他悄然在外和人一起搞了一家职业中介所,做起了生意。对新闻的热情,一下子变得冷若冰霜起来。

是的,不要说他这种心理脆弱的人,就是我这个从特种部队走出来的男子汉,心灵深处不也一样受到了重创吗?那受伤的心灵,不一样到现在还是阴云密布,难以排除吗?

在好多方面,邓保卫比我考虑得要周到,至少他能顾家,能放弃很多表面风光的东西,而实打实去挣钱养家。我呢,只要有一点事儿,不是顾不上女友,就是把她抛到爪哇国去了。

昨天下午,我进入这座神秘的刑警大楼,获知了许多令我目瞪口呆的惊人真相;今天下午,我又应邀走入这里,不知等待我的,将会是什么样的重要内幕?

第十五章 原形毕露

敲开凌光汉的办公室,我看到他端坐在办公桌前,侧着身子,正和坐在沙发上的赵平和黄雄谈论着什么。看到我进来,他们几个都不约而同地站起来。

一个多月不见,黄雄能在这里见到我,显得很高兴,跑上前来拉住了我的手。

凌光汉看到我神情忧郁地走进来,忙关心地询问:"看你的脸色有些不大好呀!该不会是昨夜的血腥场面,令你受到刺激了吧?你应好好休息一阵才行。不过,那种场面,对于我们这些刑警,早已是司空见惯、家常便饭了……"

寒暄了一番,凌光汉就指着赵平和黄雄说:"石记者,我还要等两位朋友来谈案子,就先不陪你去了,由这两位帅哥陪你去后面预审科吧……"

"去预审科?去那里审问谁呢?"凌队长的快言快语,弄得我丈二和尚,摸不着头脑。

"有一位你曾认识的重要朋友,正在那里等你呢!"凌光汉还是显得秘而不宣的样子。

"呵呵,现在我们保留一点神秘,你很快就知道了……"黄雄故作神秘地说。

"你见到后,马上就会知道……"赵平边说,边开始往外挪动脚步。

又是重要朋友?还是我曾认识的朋友?看来,赵平上午的话并没有开玩笑。只是,令我心里不由暗暗思忖的是,他们请我来这里,到底要让我见什么重要的人物呢?

审讯室就在这座办公楼后面的一栋两层矮楼里。我在赵平的带领下,很快上到了二楼。一位手提着一串钥匙、早就等候在走廊里的中年民警,很客气地朝我们点了点头,然后把我们领到二楼靠里的一间悬挂有"预审3"字样的房门前,先是哗地一声拉开了外面那道厚厚的铁门,接着又打开了里面的木门。

由于今天一直阴云密布,要下雨,又一直没有下下来,因此,走在前面的赵平尽管拉亮了日光灯,但屋里还是显得有些阴暗。

在刺目的灯光下,我看到里面却空无一人。

"给我放老实点!只准往前走,不要东张西望……"正在我暗自奇怪之际,随着外面传来黄雄的一阵呵斥,门外响起了一阵慌乱的脚步声。

黄雄和另一位不知姓名的民警,正押着一位低着头的嫌疑犯走进预审室。

四目相视那一刹那,我不由惊呆了!

在刺目的日光灯下,戴着锃亮的手铐,出现在我面前的这位胡子拉碴的嫌疑人,竟然是柯福贵?

与此同时,刚刚抬起眼帘的他,也猛地发现了我。

他哪敢正视我疑惑而愤懑的目光,赶紧触电般低下头去……

他上身依然穿着一件褪了色的黑色T恤,下身还是与我分手时穿的那件牛仔裤,只是皮鞋似乎是新的;他的头发比我上次见到的,要长得多,也更凌乱;那双大眼睛,此时红彤彤的,明显肿胀,显出了一对鱼泡眼;他原来圆圆的脸庞,有明显的伤痕,变得比以前更黑,此时消瘦了许多,以致他的下巴也由圆变尖;被锃亮手铐铐牢的双手,不时十指交叉,不停地搓动。

他整个人看上去,仿佛老了十多岁,

赵平和黄雄坐在预审桌前,柯福贵低着头,唉声叹气地坐在正对面的审讯椅上。

"姓名?"

"柯福贵……"

"你的真实姓名?"

"柯福贵……不,不不……应是柯大富……"

"年龄?"

"38岁……"

"民族?"

"汉族。"

"籍贯?"

"山西省洪洞县……"

……

我知道,这样的预审,在我来前肯定有过。赵平和黄雄当着我的面又这样做,也许是为了让我更好地听听,我昔日无比信赖的举报人,真实情况是怎样的。

刚开始,我还能清楚地听到两位警官所问的话;渐渐地,我什么都听不清了,我心头只萦绕着这样一个问题:他为何要向我写举报信?他为何要编造谎

第十五章 原形毕露

言？如果说，他所举报的桃花苑那个特大色情抢劫团伙的确存在，那么，他又为何知道那么多内幕呢？他到底在其中扮演一个什么样的角色呢？特别是，昨夜他的孪生兄弟刚被人杀害，他为何想到投案自首呢……

预审室里只有赵平和黄雄。我很想趁此机会和他单独说几句话，只有我和他知道的心里话。

我把赵平拉到门外，看看四周无人，悄悄地恳求道："赵警官，我现在有一个请求，能否让我单独和他说两句话？不知这会不会违规？要不要向凌队请示？"

赵平似乎早看出了我的内心的想法。他沉默不语，最后终于点了点头，小声说："现在谁也不用请示，我就给你10分钟吧……"

赵平重新带着我进去，对黄雄使了个眼色，就给柯大富打开了手铐，然后他们悄悄走到门外。

里面只有我们两人。

我和他，面面相觑。

时间容不得我再沉默。我从黄雄放在桌上那包烟中抽出一支烟，递给他。不知是手被铐得时间太久太麻木，还是他实在想抽烟了，他伸出左手，但举起来，似乎有些吃力，又伸出另一只手。他就这样，用两只手，一把接过烟。

啪的一声，我为他点着了烟。

他贪婪地猛吸一口，仿佛要把这支烟吞到肚子里去似的，一股歪歪斜斜的烟圈在我们的眼前散开。

还没等我开口，他突然扑通一声，跪在我面前颤抖着说："石记者，对不起！我实在对不起您……"

我一愣。我想伸出手去扶他，但我却没有，只是长叹一声，说道："请起来，男儿膝下有黄金，我实在当不起……"

他头一低，双手捂着脸，像受了天大委屈的孩子似的，呜咽起来。末了，他哭着说："我……我……真是作孽啊……呜呜……我害得你差点丢命，害得我弟弟又丢了命……呜呜呜……"

一个大男人，哭得像一个陡然失去孩子的母亲，那种撕心裂肺般的痛哭，更显得可怕。

赵平和黄雄显然也被这突如其来的痛哭声所惊愕，我看到他们都探着头朝里面看了看，直看到我扶着他重新坐到了本属于他的、那张很低矮的审讯椅子上。

"我在派出所当保安员时，就……就被李二狗、贾庆丰他们拉下水了……他们经常有人被抓，我就时常和保安员阿其、阿德他们一起为他们提供方便……后来，我发现，其实我们的田光明所长，早就被他们用金钱收买了……一天夜里，我无意中看到李二狗给他送了50000元钱，这才知道，连我们的所长都成了他们的保护伞……我的心理天平就失衡了……他们只要给钱，我就按他们的要求去做。后来，我不满足这点小钱，就和他们打成一片，自己也找来一伙老乡，也在那一带做起那事来，后来，我弟弟也跟了出来……"

"你弟弟到底叫什么呢？"

"其实，我真名就叫柯福贵，我也很喜欢这名字，后来上学后，是我爸爸要求改为柯大富，所以我户口本上的名字就用上了这名……我弟本来叫福来，我们本是孪生兄弟，他也改为柯大贵……我们俩的身份证经常拿错，也就混着用了。考虑到我是退伍兵，又一直在几家派出所做保安员，为了方便起见，我弟一直用我以前的身份证，我又重新去办了一个……所以，一般的人都不清楚我们到底谁是谁……"

"……这么说，你不但是色情团伙的头目，你弟也是？"

"谁……谁……都可以成立这种团伙，只要你有胆量，有人马……我看到这生意实在来钱快，就动心了……"他泪流满面地抬着头对我叫道，"石记者，也许你不相信……要不是因为我父……父亲需要那么多医药费……我也不会做这种事呀……我……我实在是被逼上梁山……"

我冷冷地看着他，静静地听他在哭天抹泪。

谁家没有一本难念的经，仅仅因为筹借父亲的医药费，就敢以身试法，就敢铤而走险？

"但外人一般都不知我还有一个双胞胎弟弟，他们经常看错人，这也可能是我弟弟被杀的主要原因……呜呜……都是我害了他……"

第十五章 原形毕露

提到弟弟，他又抱头痛哭起来。1分钟，2分钟，直到过了5分钟，他好不容易才停下来。

我看到赵平几次把头探进来，我知道他是暗示我时间早过了。我不等柯大富平静下来，又赶紧问道："你和你弟弟都是干这一行的，为何最后要向我们新闻媒体举报呢？这样一来，你们不也会受到牵连吗？不是自投罗网吗？"

"李二狗他们那伙湖南人的势力太大了，特别是他们那位幕后老板，那个叫杜长久的老头子，他一直是杀人从不手软的……"

"什么？那个老头子叫杜长久？你是说李二狗、贾庆丰他们的真正老板吗？"我的眼前陡地又浮现出那位个子精瘦、满头白发、右眉中间有一颗黑痣的阴冷面孔来……

"是的，就是那个老头子……其实，我到现在都没有见过他……他一般不露面，从不与外人来往……"他一把抓过我递给他的半杯水，手一扬，咕噜一声就倒进了嘴巴里。然后也顾不得抹一下，又说道，"那个团伙平时主要是由李大魁负责，他在外人面前一直也以老板自称。他们有一百多人……人多势众，连那位田所长和民警们他们都不放在眼里，怎么可能容忍我们生存下去呢？正因为他们不时打击和压制我们……打伤我们的人……强奸我们的小姐……直接报案根本没用，反而把自己断送了，我只好借助新闻媒体的力量，这样也许能将他们一网打尽……然后，我们可以安心地做这行……"

我盯着他，盯着他那张黝黑而明显消瘦的脸庞，陡然觉得是那样令我备感陌生，那样令我感到万分丑陋……

此时此刻，我最想做的事，就是想对着他那张大脸，狠狠地抽一巴掌，或是对着他那肮脏的灵魂，那阴暗的心脏，狠狠地踢一脚。

就在此时，早等得不耐烦的赵平和黄雄走了进来，我这时才意识到，我和面前这位举报人的对话，早超过了20多分钟……

第十六章 案惊高层

倦鸟归巢

  这一个多月以来，我在为生死暗访桃花苑，冒生命危险换来的新闻一直无法发表而耿耿于怀，那种挥之不去的阴影，一直像乌云一样压迫着心灵；可现在，当我从云里雾里突然挣脱出来，获知事情的真相后，获知那位我一直视为英雄的举报人竟也是罪大恶极的魔鬼似的人物时，获知他竟然也是色情抢劫团伙头目之一时，我那悬着的心，像打翻的五味瓶，酸、甜、苦、辣、咸……什么滋味都有。

  我也不知道自己是怎样离开刑警队的，也不知道自己是找了怎样的借口推辞了与凌光汉、赵平二人共进晚餐的邀请——要知道，我们一直希望能坐下来好好喝一杯；要知道，我一直希望我们能利用吃饭的时间好好聊聊案情，聊聊不会写成报道的台前幕后。

第十六章 案惊高层

可是，我一想到柯大富那张扭曲得变形的脸，那张笑里藏刀的丑脸，想到他为了达到自己的罪恶目的，竟会想到利用我们新闻记者，企图通过媒体来击垮他的竞争对手，不，应是他面对的最强有力的敌人，就无比愤慨。毋庸置疑的是，他在举报信里所写的大多是事实，可是，他隐蔽起了自己的尾巴，隐匿自己其实和他们也是一丘之貉的事实，不仅蒙骗了我，蒙骗了我们《浦江都市报》的所有领导，更令我和邓保卫差点成为他的替死鬼！

从预审室出来，柯大富随后又重新被两名警察押回到看守所。

看到我凝视着渐行渐远的警车驶出刑警队大院，赵平和黄雄热情地拉着我重回他们在二楼的办公室，此时凌光汉因有事早不见了人影。这两位年轻警官又透露了一些内幕给我：

柯大富昨夜闻知弟弟被杀害的噩耗后，经过激烈的思想斗争，才决定投案自首，而且指名要见我们专案组，他供认了许多我们根本不知道的黑幕。比如，下面几家基层派出所个别警员和几名治安员接受贿赂，充当这些黑团伙保护伞的情况。

经初步调查，柯大贵是在柯大富的安排下，特意从城东跑到城西，网罗了一些地痞流氓，操纵着十几家发廊小姐，常护送这些小姐去市内大小酒店和歌舞厅卖淫，从中抽取提成。

柯大贵还网罗了一批无业的男女，印发了大量招嫖卡片，四处散发，其手下曾有几个被派出所拘留过。他们是首批在本市采用此种方式招嫖的团伙。柯大富和他那位叫柯大贵的孪生兄弟，尽管也拉拢了一批老乡成立了团伙，但他们大多是色诱图钱，目前还没有发现他们杀人的证据。

至于柯大贵为何突然被人追杀，因为目前只抓到两名凶手，其他的凶手正在追捕之中，尚不清楚具体原因。但可以肯定的是，刚以其兄的身份证跑到乔庄村治保会做治安员的他，一直不安分，经常勒索附近的一些小饭馆小酒店和小卖部。同时，他还经常利用夜色的掩护，持假警官证，带着其兄以前从派出所偷来的手铐，经常以抓嫖为由，进行敲诈。由于被他盯梢的小姐，大多是初来乍到，背后没有保护伞；嫖客大多是外来人员，大都以为是真便衣，就是有人怀疑，也不敢太过声张，只能是忍气吞声。这也是这一个多月时间内，他的行踪一直没有被人发觉的原因。

黄雄也告诉我说：那天晚上，柯大富并非是跟踪李二狗那一伙特意跑到宋庄镇，而是因为他与贾庆丰他们有经济纠纷，特别是一名叫孙春香的女人是他的情妇，在他回山西老家的那段日子里，又投入了董艳光的怀抱。柯大富实际上是想先摸清他们的行踪，然后再对他们实施报复行动的，最后，却不料被对方发现，并遭到绑架……

现在，李二狗那个黑团伙几乎元气大伤：被称为"四大金刚"的李二狗、钱志刚、贾庆丰和李大魁，除贾在逃跑中因溺水而死亡、李大魁闻风而逃外，其他两人都已落网。但是，令专案组忧心忡忡的是，还有两个最重要的头目没有音讯：一个是那个叫李大魁的河南人，一个就是此团伙最大的首领，即湖南常德人杜长久，一位62岁的白发老头子。这两个罪魁祸首，据说是亲戚关系，都是刑满释放人员。在这些年间，背负着多条人命案，可谓杀人如麻，罪恶滔天……

我拖着沉重的脚步，漫无目的地在车水马龙的大街上踽踽独行。此时太阳正要往西方坠入远处那一排排鳞次栉比的高楼大厦背后，不用多久，这炎热的一天就宣告结束。然而，我内心的灼热，就是到了午夜，也无法结束。

我没有乘公共汽车，也没有拦出租，只放任自己沿着大街向前走着，走着，似乎只有这样，才能把内心深处那挥之不去的烦躁和莫名的愤慨，慢慢驱逐。

一路上，如果说我还有心思联络别人的话，那么，这唯一的一个人就是李萌萌。在此前，李萌萌曾提出，让我有空陪她一起去逛逛本市最大的图书城，那里不但可以看书，更可以购物、淘二手货等，特别是这大书城的底层，还有近千平方米的美食城，有韩国美食、日本料理、泰国料理，更有来自全国各地的各种特色小吃，真可谓五花八门、琳琅满目。

此时，如果李萌萌同意的话，我肯定会马上陪她打车去那里，先饕餮大吃一顿，然后拉着她去那多达七层的大书城里徜徉半日，再淘一大摞自己喜欢看的书回来。要知道，平时我最大的乐趣是买书；她呢，则是逛商店，品尝各色稀奇古怪的小吃……

可惜，一路上，我试图讨好地打电话给她，不是无人接听，就是繁忙之音；

第十六章 案惊高层

我就那样走着，走着，直走得口干舌燥。我在路边一家小卖部前停下，一只手伸到采访包里，想掏零钱买瓶矿泉水，谁知，却触到一只硬邦邦的东西。掏出一看，原来是一盘不知何时早被压破的磁带，就是那天柯福贵塞给我的那盘"玉堂春"磁带，可惜我还没有来得及听，就被压坏了。我想也没想，赶紧抓起这磁带，狠狠地扔进路边的垃圾桶里……通过传呼台给她留言，她也是爱理不理的，显得心不在焉的样子。比如，我满怀期望地留言问她：请问晚上是回家吃饭，还是在外吃？她就不痛不痒地回了句：我在忙……

比如，我又一连两遍，热情洋溢地给她留言：请问你现在哪里忙呢？我很想你了……

她就不冷不热地回道：我现在有事……

比如，我充满激情地又问道：你几点能忙完呢？我等你一起去吃西餐吧？我来报社接你？

在我一连发了三次后，她还是冷若冰霜地回答：我有约会……

我也是个性十足的男人。刚从部队出来不久的我，正是人们常说的那种血气方刚之时，一看到女友对自己一而再再而三地如此冷淡，我很快从豪情满怀倒向激流勇退，从兴致勃勃跌至沮丧至极，就像被人当头浇了盆冷水，身上冷，心里头更冷……

看来，这上海女孩子心中的那股怨气，到现在尚未消散。

我苦笑着，干脆谁也不联系了，让平时一直忙忙碌碌的自己，清静几个小时。

我就这样步行着，时而凝视这盛夏的夕阳，在远山的黛色中逐渐沉没；时而眺望不远处的浦江，那波澜壮阔的江水，"一道残阳铺水中，半江瑟瑟半江红"。可惜，眼下并非凉爽的九月；今晚，天穹没有似弓的弯月；这人挤车堵的大都市，亦没有乡村珍珠般清新的露水。有的是，我的踽踽独行，我的形影相吊。

直到夜晚9点多，直走得双腿像灌了铅一样沉重，走得腰身酸麻，浑身疲软，我，一位有些失魂落魄的流浪记者，才终于到达出租屋。

暮色苍茫。我像一位倦怠的归鸟，终于找到了自己的临时栖息之树。我这只离群的倦鸟，在楼下抬头向上望了半天，寻找着属于自己的鸟巢，却没有寻觅到一缕灯光，那漆黑一团的窗口，像一个孤零零的影像，告诉我，家里面空无一人。

这时的我，多渴望跟往昔一样，老远就能看到那淡黄色的灯光，老远就能听到一阵轻曼的音乐，伴着我踏上那狭窄的楼梯。我就这样胡思乱想着，好不容易爬到楼上。我掏出钥匙打开门，拉亮日光灯，把满屋的黑暗驱散出去。屋里一片凌乱，单人沙发上的毛巾被，依然散落在那里，那是我早上出门时仓促间没有来得及收拾的痕迹。

李萌萌还没有回来。

我撑起精神，把里外都简单收拾了一下，然后，一屁股坐在那硬硬的沙发上，长长地松了一口气。

这是我这流浪记者的家吗？

这是我的家。这是我和李萌萌的家。是我们两个的家。

背着背包从部队出来后，我一直像一叶浮萍那样，四处随风漂泊。我一直渴求有一个属于自己的家，但一直又无家可归，就像倦鸟找不到归属的树林。

好像并不知缘于哪一个具体的日子，我突然企盼能有一个家。那时年岁亦不算大，只因父母远隔千里，自己孤身一人的日子又不顺心如意，就更是平白添了一份热切。盼望归盼望，可家又不是一件物什，可用钱币买来，必须付出真情实意，且要有缘分才行。于是，在没有缘分的日子，家仍是一个缥缈而遥远的词汇，在演绎着别人家的幸福团圆。我在劝慰着自己，耐心等待。

等待容易让人变得毫无目标且心情慵懒，但事情却有些让人不可思议，仿佛在不经意间，我遇上萌萌收获了一份颇为灿烂的爱情，拥有了一个家。

我的这个家，没有什么艰苦奋斗史，亦没有什么苦心经营之累，有的只是把两个人的所有合到一起，就算大功告成。比起别人的家，当然显得过于寒酸。

房子很小，且是租来的，但"麻雀虽小，五脏俱全"，有小小的卧室，有小小的客厅，更为可贵的是还有一间约四五个平方的小书房。整个家，房顶儿高高，窗儿亮亮，墙儿白白，门儿光光，全然找不到一点儿现代装潢的影子。说实话，我也曾对家有过许多美好的设想，想要有一个新、奇、特的房顶，想要有一间现代化的厨房。总之，想要有一个让人倦怠时待在里面只感到无限温馨与惬意的家。

第十六章 案惊高层

有时，我心里也有些自责，曾那样企盼自己有一个家，而一旦真的拥有了，却因为新闻工作而没有时间去经营，没有拢住一方温暖的天地，没有用心去营造一个厮守的空间。我试图改变自己，可生活却无法改变。生活像一条滚滚东流的大江，我则像一条在江面上挣扎的小舟，如果不顺应江水的流向，也许，我很快就会被波澜壮阔的江水所淹没……

我是记者。我是一名打工记者。不管是为生活还是为梦想，只要我身上贴上了"新闻记者"这枚标签，我就必须直面现实，为新闻真相而战斗。

就现实而言，我这样一位既无文凭，又无背景，既无地位，又无靠山的农民子弟，能侥幸地在怀里揣上一张"记者证"，能以记者的身份去挣钱，能以记者的职业去养家，这又是多么荣幸的事！现实很残酷，在人才济济的《浦江都市报》中，那些怀揣名校毕业证的各色人才，济济一堂，如果你不努力奋斗，随时就会被淘汰；如果你不会抓独家新闻，不会抢好新闻；如果每月无法完成任务，你就得背着背包走人！在你背后，想进来的人多如牛毛。

为新闻而拼命，为新闻而冒险，甚至为新闻而牺牲。这也是我们新闻记者真实的生存状态。因为新闻，我要随时待命，什么大家小家，一有新闻事件，你都得舍弃。对于身强力壮的我，在我和李萌萌用爱心经营的小家里，真像匆匆过客：不是奔波在各种新闻现场，就是拖着疲惫不堪的脚步，关在办公室里埋头写稿。那有限的节假，也往往被随时发生的新闻所淹没，就像一枚摇摇欲坠、对大树恋恋不舍的树叶，最终被风雨吹打着、被沙尘裹挟着，最终孤零零地不知身归何处……

我像极那一枚摇曳的树叶。

李萌萌像极了我家中的那棵大树。

有一次，她拉着我的手说："本周末，你陪我一起去吃牛排，好吗？"我答应了，可后来因为采访而耽搁了。

又有一次，她依在我的怀里，渴望地看着我的眼睛，请求道："这个双休日，你陪我一起去逛逛公园吧，去桃花湖公园也行，那里桃花开得正艳……"

我满口答应了，可那天一早却因为西郊发生了一场大火，我又只好跟随摄影记者奔赴现场。

还有一次，我们刚领到上月的工资和奖金，在付清一季度的房租，再给老家寄去一笔后，她紧抓着我的手恳求道："和你恋爱一年了，真希望你能陪我去一趟张家界呀西湖呀的，我真想依在爱人的身边，在那风景如画的地方静静地坐一天，哪怕一个小时……"

可是，我没有。唯一的一次是，今年"五一"长假，我陪她回了一趟上海——那主要还是因为奶奶住院的事。

是呀，我这位血性男子汉；我这位《浦江都市报》的记者，为何连陪伴自己女友的时间，都那么少得可怜呢？

是的，正如李萌萌所抱怨的那样，别说去外面旅游，就是在本市，在家里能陪她一整天的时间，几乎都做不到……就是平时，手挽着手上街逛商店，或相依相偎进歌厅舞厅，也成为我们生活中的奢望……

身心俱疲的我，在寂寞的等候之中，只好又一次和衣倒下，倒在那硬硬的木板沙发中，渐渐进入梦境。

黑色的梦境……

一只倦鸟，孤零零地哀鸣着，正在伸手不见五指的黑夜中，低垂着脑袋，苦苦地寻觅，寻觅着回家的路。

我总是在寻觅着属于自己的孤巢……

台湾记者死了

可能因为我和邓保卫是当事人吧，关于案情，专案组只向我和邓保卫透露了一些消息，但不知怎的，消息灵通的顾阿荣还是听到了不少风声。当她获知好几个主要头目都落网后，如获至宝，自以为肯定得写篇头版头条，就一直纠

第十六章 案惊高层

缠着市局宣传处那位快要退休的老处长，要求采访此事。但最终因为此案背景太深，省市多位领导都非常关注，同时又认为此事实在太影响浦江市的良好形象，都不赞同公开报道。那些负责宣传的官员，因为案情涉及到分局一位副局长、桃花苑派出所田光明及多位政府官员充当黑社会的保护伞问题，又找借口推开了。他们上下保持一致口径：此事不宜报道。

顾阿荣早就憋了一肚子的火。也难怪，尽管这位美女记者没有和我们一样，深入出租屋暗访，几次历经生死，但她从一开始，就陪同我们前去省厅报案，跑分局，跑派出所，又连续几天跟随到世纪大剧院"潜伏"。为了与警方搞好关系，她不惜几次和他们开诚布公地喝酒猜拳，与那些老盯着她笑的各怀心思的男警们打成一片。她一个女孩子家，到底是为了什么呢？还不是为了搞好采访工作，能让我们的报纸多出一些好的新闻，多占有一些新闻资源。

可是，她风里来雨里去的，折腾了好几次，到头来一篇稿子也没有发出来。就连那次警方在世纪大剧院抓捕三名歹徒的现场新闻，也莫名其妙地被人压住，一个字也没有发出来。

在我们都市报，谁都知道她和社长万达的关系非同一般，好得如同父女，可也是枉然。连她的稿子也发不出来，问万达也问不出所以然，因为很多事情，也非社长说了算。要知道，《浦江都市报》的上面有省报，有报业集团，有省委宣传部，有……难怪市井上热传着这样一句话："八顶大盖帽，对付一顶破草帽。"能管我们这家都市报的，当然没有八家大盖帽，但作为一家刚创刊才不到两年时间的新报纸，却像一顶"破草帽"一样，随时都可以被人管住。不是常有人戏称新闻记者为"无冕之王"吗，连自己的家长都被那么多人看管着，别说一个小记者了。

此时，我反倒有些同情顾阿荣，但是导致我们关系缓和的还是在浦中区发生的一起命案，著名女歌星刘冰冰在自己寓所里被杀。这位著名女歌星是日本留学的"海龟"，一直居住在浦江市最高档的小区——罗马花园一所别墅里，结果被人掐死在床上。刚开始，警方把其男友列为最大的嫌疑人，因为对方嗜赌，经常向她要钱去赌博，两人曾多次发生争吵。

我接到报料后，正要赶往案发现场，猛地想起，浦中区分局为顾阿荣负责的线路，心想，如果我这样跑去，她肯定会认为我在和她抢新闻，等于是在抢她碗里的菜吃，这不大好。于是，我电话告诉了她这一重大线索。果然，当她急匆匆地赶到案发现场时，省市大小媒体的十几名记者，早就围在了那里，警方封锁了现场，坚决不让任何人靠近。

不过，这一重大新闻，马上引起了广大市民的高度关注。经过多方打听，她终于写了一篇稿子，第二天发在了头版头条，其他的报纸都将这一百姓高度关注的凶杀案刊登在头版显著位置，连省报也在头版报道了此事。

这条新闻马上成为街头巷尾纷纷热议的新闻，因为凶杀有几个版本：

1、其男友范国强成为头号嫌疑人，因为此君嗜赌成性，经常与女友发生激烈争吵，案发前两人还动过手，把保姆都打跑了。

2、本市某区一位区长也成为嫌疑人，因为刘冰冰一直和他关系暧昧，区长被查出曾送过一辆价值百多万元的红色跑车给她。

3、可能是外来人员。经法医尸检，发现美若天仙的刘冰冰生前曾遭到性侵犯，但凶手很狡猾，也看出早有预谋，因为他在作恶时，戴上了避孕套。

由于歌星生前交际甚广，来往人员很复杂，加上案发现场被破坏得乱七八糟，没有发现任何蛛丝马迹，令案情一开始就陷入困境。

县官不如现管。尽管顾阿荣和省厅、市局的不少领导关系不错，但有些事情，这些领导也不可能直接插手，何况是这种案情重大的事呢？弄不好，不是泄密，就是捅出娄子来。因此，和其他几个报社的记者一样，尽管顾阿荣找了很多人，托了不少关系，依然对刘冰冰被害案的结果，挖不到丁点消息。

我的一位战友的哥哥恰巧为专案组成员之一，是一名法医，对案情的前前后后都很清楚。当他们抓到真正的凶手并准备移交案卷时，他抑制不住兴奋向家人告知了侦破经过。我那颇有新闻敏感性的战友闻知后，就向我透露了破案的经过。具体案情原来是这样的：

现场找不到任何证据，直到近一个月后，专案组从距刘冰冰卧室最远的厨房里，终于发现了蛛丝马迹，那就是，冰箱的把手上，无意中发现了一枚陌生指纹。经过技术比对，发现是该小区一名余姓保安员的，于是，案情马上出现转机。

经审查，这家伙觊觎歌星的美貌，一直利用工作之机，注视着她回家的动

第十六章 案惊高层

向。这天晚上，长期用望远镜窥视着刘冰冰动向的余某，发现保姆不在家，其男友也不在家，于是在深夜从窗台上翻越进入屋内。先是躲藏在厨房里，等待她上床后，他猛地冲出来，企图强奸她。不料，刘冰冰却认出对方就是小区的保安，于是拼命叫喊起来。刚张口，就被余某死死地卡住了脖子，等他发觉不妙时，这才惊骇地看到她已直挺挺地一动不动了。

他急忙伪装现场，并把动过的地方全用衣服擦拭，以防留下蛛丝马迹，结果，仓皇之中，竟把冰箱遗漏了。在行凶前，他因口渴打开冰箱，偷偷喝了一罐可乐，尽管逃离时带走了空罐子，但却忘记抹去那把手上的指纹，最终因为一个小疏忽而落入法网……

本来，我可以抓住这篇特大的独家新闻，但我马上把相关情况告知了顾阿荣。她不由喜出望外，第二天就跑去采访，并发出了这篇万众关注的独家报道，为我们《浦江都市报》挣足了脸面。

事后，顾阿荣特意独自请我到浦江畔上一家名为"流金岁月"的茶楼喝茶。也就是这次，我们谈了不少工作的事，也谈了不少我们之间的一些误会，这也是我们政法组正与副两位组长，第一次推心置腹地聊天。我们聊了不少心里话，直到这时我才明白，她之所以对我有偏见，除了偏听偏信，除了那次我在编前会上公开顶撞她，令她极为丢面子外，还有一个重要的原因，那就是邓保卫一直在她面前说我的坏话，还咬我四处传播她和万达的暧昧关系……

摇曳的淡雅灯光下，我和顾阿荣边喝茶边吃点心时，她的手机突然响起。原来是市局里一位关系要好的朋友向她透露：一个小时前，距市区120多公里远的最边远郊区浦台市，刚刚发生一起后来惊动中央高层的凶杀案：两名台湾记者在一出租屋里，被人捆绑手脚后遭到洗劫，其中一人因头部遭受重击、捆绑时间过长、堵塞在嘴巴的东西太深，加上因流血过多而当场死亡；另一位年纪轻的记者，身上也多处受伤，但所幸无生命危险……

这可是比较重要的新闻！即使本地宣传部门能想方设法封杀，但因为受害人身份的特殊，不但会引起港澳台地区的关注，也会引起北京有关部门的关注。所以，面对这种突发凶案，当地有关部门只采取模棱两可的态度：既不大力张扬，也不刻意去封锁。

获知此消息后，本地几家纸媒、电视台及广播电台等，都纷纷派记者奔赴现场采访。

我看看时间,此时已近晚上10点,除了晚报外,明天其他报纸都来不及上版了,只能是后天才能见报。因为晚报截稿时间一般是上午8点前,下午1时就得上市了。

顾阿荣见状,马上对我说:"如果你不急着回家陪女友的话,我们一起去现场看看吧?刚才简单地了解了一下,此案作案手法和方式和你们在桃花苑的遭遇很相似……说不定,这里面有名堂呢。"

"我女友此时在国外呢,想有人管都无人管呢……"我边回答边站起来,想埋单后就和她一起去看看。几天前,萌萌因为工作出色,被单位委派到新加坡培训三个月。

当我再三要求掏腰包时,却被顾阿荣坚决阻止了,她说:"请你喝杯茶,一直是我的心愿……都怪我时间太紧张。以后有空的话,我们要多沟通,至少也是为了加强我们政法组的工作呢。"

顾阿荣一边手脚麻利地埋单,一边早与周大可和庞达海等人电话作了汇报,同时还给采访部司机大刘打通了电话,要求他马上派车送我们过去。

我们一边说着话,一边等待车子的到来。因为大刘从报社驾车到这里,至少也得半小时,我们到达那里,主要是为了看看案发现场。如果等到明天的话,现场肯定就会被收拾干净,说不定彻底封闭。

"刚才我又向浦台市警方打听了,那两名记者并非来我们这里采访,而是去其他地方采访完后,路过此处,特意转到浦台旅游。没想到,白天刚一到那儿,晚上就出了事……作案者是两个三陪小姐和几名男子,现在早已逃之夭夭了。"

"真是奇怪呀,怎么又是漂亮小姐色诱客人到出租屋,然后再由埋伏在里边的人共同出手抢劫呢?莫非他们是一伙的?"我不由警觉起来,眼前马上晃动起两张脸:满脸杀气的头目李大魁;满头白发、右眉中间有一颗黑痣的精瘦老头杜长久……

这两只狡猾的老狐狸,这两条漏网之鱼,会不会看到市区风声紧,就跑到远郊区去继续作案,故伎重演呢?

第十七章 漏网之鱼

撞到枪口上

由于案情颇具新闻点，加上得知省报、省电视台等多家媒体早就往那里出发了，周大可和庞达海马上派卫强跟随我们一起去。因此，当大刘的采访车出现在"流金岁月"茶楼门口时，卫强也急急忙忙地打车赶了过来。于是，我们一行四人，冲入茫茫夜色，风驰电掣般地朝浦台市驶去。

浦江市下辖七个区和浦州、浦台两个县级市。而浦台市位于最东面，紧靠南海，风景优美，渔业兴旺，旅游资源也极为丰富。

夜晚的高速公路倒还顺畅，一小时后，采访车刚驶入浦台市区，却赶上公路局养护路面，道路只能单侧通行，前面又发生了一起两车追尾相撞的交通事故，所有车辆拥堵在此处动弹不得。顾阿荣拼命拨打了好几次110和122，均无人理睬。无奈之余，她赶紧向省厅和市局打电话求助；我也急忙给交警队打

第十七章 漏网之鱼

电话。直到 20 多分钟后，才来了一辆警车和挂着警牌的拖车，将其中一辆车拖走。经过交警及时疏导，这才令骂骂咧咧的车队渐渐前行。

幸好顾阿荣和这里的一位公安局副局长交情不错，对方亲自驾着车，在半道上迎上我们，直接将我们领到 30 公里以外的案发现场。

这位副局长是主管后勤工作的，他因为经常接待美女记者顾阿荣，两者成为了朋友。当他的私家车快接近案发现场时，他带着满脸歉意，对我们连声说对不起，称这种事情他不宜出现，所以只能把我们送到这里就得离开。

我们和这位热心的副局长道别后，大刘驾着车朝前面那一片灯火通明的地方冲过去。刚到村口，看到省电视台的政法记者陈虹带着两名同伴，满脸疲倦地从一个小巷道走出来。在旁边不远处，停着涂有省电视台大红标志的采访车。

我们当即小跑着迎上前去。陈虹经常和我一起采访，彼此关系不错，她见我们这么晚还急急地赶来，朝里面努了努嘴，不满地诉苦：“我们在半小时前就赶到现场了，但警方早把那里都封死了，根本不让我们媒体靠近……后来是通过省政法委一位主管领导打了招呼，这才进来……我们电视台和你们不同，没有真实的画面，根本没有说服力呀……”

我们同时还获知，其他几家媒体的记者，一律都被挡在警戒线外，有的已离开了，省报的程天然也是刚刚离开这里……

我和陈虹告别时说好，不管谁得到与案情有关的第一消息，一定要相互通气，现在我们几家新闻单位应团结起来，共同对付警方的阻拦，然后一起报道案情真相。

案发现场就在巷道里面不远的一个拐弯处。

尽管时间已近 12 点了，但对于南方人来说，夜生活才刚刚开始。因此，附近都挤着不少看热闹的人们。当我们刚拐过去，就被几名全副武装的民警和治安员拦住。无论我们怎么公开身份，对方就是不搭理。

这时顾阿荣急了，见对方把注意力放在我和卫强身上，竟直接冲过障碍，根本不在乎那几位警察的大声呵斥，快速往前冲过去。

等到那两名警察气呼呼地追赶她时，我和卫强趁机也往里冲去。

卧底调查·生死暗访

那栋出租屋四周早拉起了警戒线，守卫着七八名警察，听到后面传来阵阵大呼小叫声，都以为发生了什么事，呼的一下子将顾阿荣围住，随后，我和卫强也被那两名追顾阿荣的警察拦截下来。就在争吵之际，从案发的出租屋窗口探出一个人头来，马上阻止道："你们下面为什么这样吵闹呀？还让不让人工作？"接着，对方又叫道："哎，这不是我们《浦江都市报》的美女么？"

我们抬头一看，说话之人正是市局刑警大队的副队长凌光汉！

此时，他又看到了后面的我和卫强，马上招呼道："咳，记者又不是没有来过，也不差他们都市报的。我们也马上得收工了，就让他们进来看看吧……"说着，他又朝我挥了挥手。

我们三个大喜过望，马上三步并作两脚地上了楼。

原来，由于案情重大，出事的又是台湾记者，所以省厅和市局都高度重视，马上成立刑侦专案组到达案发现场。经过几个小时的奋战，第一批专家刚刚撤离，市局刑警队的凌光汉就带着赵平等人，在浦台市公安局的大力协助下，对现场进行收尾工作。

此时，那位侥幸逃脱的记者，被送到医院救治，经检查只是受了一些皮外伤，并无生命危险。不过，眼睁睁地看到同伴死在自己面前，加上又是死里逃生，精神上受到了很大的刺激，一时也说不出个所以然来。

案发现场在三楼靠北的一间大卧室里，只见里面除了靠墙边一张长长的木板床显眼外，其他只摆着椅子、梳妆台等简陋的家具，一片凌乱。外面，是一个空无一物的大厅。

看着这场景，我不由又一阵毛骨悚然，浑身打了一个寒战：天啊！此情此景，多像我在桃花苑经历过的场面呀！

更令我恐怖的是，那位不幸遇害的记者，双手被绳索反绑着，口中塞满破布臭袜，瞳孔极度扩散的眼睛瞪得有如铜铃般大，僵直着身体躺在地上，特别是后脑上满是血迹，腥味弥漫，惨不忍睹。几名法医刚做好尸检工作，我们上去时，他们正给死尸身上盖上白布抬下去，让殡仪馆拉走。卫强也不管不顾，赶紧从不同角度拍了几张相片。

顾阿荣呢，尽管老是皱着眉头，但一直跟随在凌光汉身边，俨然现在他就

第十七章 漏网之鱼

是自己的直接领导似的。这样也好，再也没有人阻碍我们采访和拍照了。

经多方了解，我们获知了案情发生的大致经过——

两名台湾某大报的记者，年纪大的今年45岁，姓黄，是报社摄影主任记者；另一位姓白，时年32岁，是文字记者。他们是特意从台湾来浦台市调查一桩特大假烟案的。

采访结束后，他们自然想在这风景如画的临海小城好好玩玩。这天下午，他们从海边游玩后，于4时许回到附近的希尔顿五星级大酒店。他们在酒店大厅里喝咖啡时，一位打扮时髦的年轻漂亮女人热情地上来搭讪。对方自称姓李，是大厅里的工作人员，这两天正好在休息。两位记者听说她是酒店员工，人又长得漂亮，也就没有多想什么，很客气地请她一起喝咖啡。聊得开心后，李小姐看到黄记者老是目不转睛地盯着自己看，就知道有戏，于是再三邀请他们去她的住处做客；接着，这李小姐又竭力劝说老是阻止黄记者出去的白记者，让他一同前往，还称她有一个表妹是在校大学生，人长得很漂亮，也和她住一起。她们都很崇拜有文化的人……

两位见多识广的台湾记者，做梦也没有想到，由于自己的轻率，竟会令他们陷入色情抢劫团伙早布置好的陷阱中。他们被长相漂亮、打扮得花枝招展的小姐从居住的五星级大酒店引诱出来，一起打出租车到七八公里外的一个偏僻的出租屋里。就在他们刚进屋不到10分钟，惨案就发生了……

我们还获悉：那两名女子，伙同埋伏在里面的几名手持刀具的案犯一起，对手无寸铁、猝不及防的两名记者进行突然袭击，致使其中一人当场死亡，另一个身上多处受伤。这一伙穷凶恶极的男女将二人身上所有钱财搜刮一空，还从银行里取走了他们10多万元的存款……而令我无比震惊的是，此案团伙的内部组织、作案手段等，简直与我们所经历的桃花苑案件如出一辙。

第三天，浦江市各大小报纸都报道了此案，但由于又有"上头"的统一安排，各家媒体的报道都统一口径：只能发由宣传部门拟定的通稿，连省电视台，也没有任何画面出现，只是由主持人通读了一篇简短的文字稿。

由于凶手全部逃之夭夭，导致侦查线索中断，因此，在新闻稿的后面只有加上"目前警方严密布控，紧张的抓捕工作正在进行之中……"

卧底调查 · 生死暗访

案子尽管没有及时侦破，但由于两名受害人的身份较特殊，均为台湾某报的记者，而且是当场一死一伤，因此，虽然案发地浦江当地媒体被控制得紧，但外地的新闻媒体，特别是港澳的新闻媒体掀起了轩然大波，旋即成为各大媒体关注的焦点。很快，此案惊动了公安部，继而引起了中央高层的关注。

由于这片出租屋位置较偏僻，附近也没有安装摄像头，加上外来人口众多，平时治安环境本来就复杂，案发的出租屋里，现场一片凌乱，警方只发现一只遗留下来的手套和一根棍子，其他的如作案用的榔头尖刀等，都被凶手带走了。

专案组经多方走访后，断定凶手是团伙作案，至少是五人以上。但这伙狡猾的凶手作案后，清理完现场，就逃之夭夭了。

由于租房者持的是假身份证，没有留下其他任何可查证据，

幸而两位受害人中，还有一人侥幸活着。也只有这位白记者是本案最重要的证人。

直到翌日早上，受到高度惊吓的白记者在医院的病床上终于安静下来，心有余悸地向专组案提供了以下重要情况：

1、那两位色诱他们的小姐，一个是湖南常德人，一个是河南新蔡人，都很年轻，也颇有姿色。

2、进出租屋后，马上从房门背后、床底下冲出4名手持刀棍和榔头的男人，其中用铁榔头砸黄主任头部的家伙，是一个长得牛高马大的河南人，年约40岁。

3、在对方持刀具威逼他们说出银行卡密码时，明显听出另三个男人均为湖南口音，其中一位瘦高个的年轻男人，外表长得较帅气。

4、就在对方正欲杀人灭口时，楼下突然传来一阵拍打防盗门查水表的声音，吓得他们以为行踪被暴露，待那人的脚步声走远，这伙男女仓皇逃窜。

当凌光汉、赵平他们从酒店里调出有关录像后，马上锁定：那带着两位台湾记者出门的女人，正是曾经在此出现过的林秀云！另一个叫罗小慧，22岁，河南新蔡人，自今年4月以来，曾在浦台市的多家高级酒店出现，靠出卖肉体为生。

这一重大发现，令专案组十分振奋。如此推断，抢劫并杀人的，正是桃花

第十七章 漏网之鱼

苑那伙曾经洗劫过《浦江都市报》两记者的黑团伙！专案组马上把案情向省厅领导作了汇报，新任吴厅长当即作出批示，指令专案组将所有类似的案件，并案侦察，尽快将这些团伙成员一网打尽。

很快时间过去了三天，然而那个罪行累累的色情抢劫团伙在作案后，却不知逃往何处，侦查线索突然中断了。尽管专案组通过公安部向全国各地公安机关发布了通缉令，但他们却像人间蒸发一样，杳无音讯。

第四天晚上，我正在办公室写稿，桌上的电话响起，手忙脚快的汪小雨抓起电话，却是找我的。

"石飞你好呀，好久没有联系了。呵呵，首先告诉你一个好消息，北京那家青年报，已从今天开始，连载你生死暗访的新闻。不知你那里可不可以看得到报纸？如果没有，可以上网看看，都有转载的。看到这稿子终于出来，我就放心了。真可谓好事多磨呀……"

尽管王师兄再三催促，但我最终还是没有写。只是将相关材料寄给了他，让他找人写。后来，热心的王师兄干脆自己动笔写了一篇长达两万多字的新闻连载，经过层层审核后，终于在事发后5个多月，变成文字发表出来。

正如王师兄所说的那样，好事多磨。

可是，我至今也搞不清楚，对我们这一生死暗访事件，到底是哪个部门不让在本报发表？也不知此事件到底敏感在哪里？我也无法明白，同样的一件事，为何又能在事发近半年后，在北京的报纸以如此大的篇幅发表，同时旋即被多家网站及全国50多家报刊转载呢？

"谢谢王师兄！我此时能说的，只有两个字：谢谢……"

"嗨，你看你，何必这么客气呢？我深感惭愧的是，没想到此稿竟会拖到现在才见诸报端……对了，昨天还接到萌萌从新加坡打给我的电话，她在中秋节前就要回国了。这些日子真是难为你了，一对小恋人，一分别就是近百天。呵呵，不容易呀！昨天我把此稿今天在北京的报纸发表的事，也告诉了她……弄得她还是那么忧心忡忡的，担心你以后会出事……女孩子么，都是这样的，这也是对你的一种深沉的爱……"

的确，这是她对我的一种深沉的爱，哪有女孩子不担心自己男友人身安全的呢？她的担忧并非多余。何况，我因为这些事情，早令她背负上了沉重的情感负担，也难怪她多次发狠地将那句话挂在嘴巴："……如果你再敢玩命地搞这种暗访，我一定会离开你……"

她昨晚也给我打来电话，称很可能一周之内就可以结束那里的事，很快就可以回来了……

"对了，还有一件你可能感兴趣的案件……"

"什么案子？是你那里的，还是我们这儿的呢？"

"你一定知道，'七夕节'发生在你们浦江市的那两位台湾记者一死一伤的案情吧？"

"哈哈，王师兄，我知道，一接到你的电话，总会有好消息的，快告诉我：你刚才说那案子，是不是抓到凶手了？"我闻知此讯，比刚才获知有关我和邓保卫暗访的稿子发表出来，要关心得多。

"我正是要告诉你这消息！我早从报上看到，这案子就发生在你们那里，目前已经引起全国的关注，中央领导还特意对此作出了批示……也就是说，此案都惊动了高层！今天下午，我们上海警方抓到了他们……我们明天会发一个通稿。对这种新闻，全国很多报纸都会转载的……"

据王师兄所述，我了解到以下案情：

今天下午4时许，王师兄在上海虹桥机场结束采访正要离开时，突然听到候机大厅外面传来一声清脆的枪响。他心里一惊，马上敏感地意识到，可能出什么大事了！

他拎着相机朝枪响的地方冲去，看到广场里来来往往的旅客一片惊慌，随后看到几名闻讯冲出来的民警正在追赶3名男子。只见其中一个正在人群里乱蹿的男人很快被抓住，而另一名却趁乱钻到人群中，很快不见了影踪……

随着几辆亮着警灯、响着警笛的警车到来，几名男女被荷枪实弹的特警戴上锃亮的手铐押上警车。

王师兄知道刚刚发生了不同寻常的案件。于是，他马上与公安局负责新闻的领导取得联系，然后又乘着一辆出租车跟随警车到了刑警大队……

由于王师兄的特殊身份，加上他与警方上下关系处得很好，很快就获知：

第十七章 漏网之鱼

半小时前，两名打扮摩登的年轻女子过安检处时，安检员发现其中一人持的身份证有异，马上要求她接受检查，谁知，这人却转身往回走。两名安检员一边追赶，一边急忙向机场公安局通报。就在他们刚追上那女人时，旁边冲出两名身材壮实的男子，出手将他们打倒在地，然后，拖着那女的分头逃窜。三名闻讯赶来的机场民警刚刚围住那对男女，不料后面一中等身材的男子突然掏出一把手枪，击伤了一名民警，另两名民警马上开枪还击，将对方击倒在地……

很快，在多位警察的围捕下，两名女子和一名男子被抓获；那位受伤的高个男子也被戴上了手铐，而另一名年约40岁的肥胖男子却趁乱逃之夭夭。

经初步审讯，这落网的几名男女，正是在浦台市作案后乔装打扮，持假身份证和假护照，企图飞往日本的李大魁他们。

开枪袭警、最终被警方开枪击伤的，正是吴松林；那持假身份证的，是林秀云，另一名是李大魁的情妇，叫黎海燕，今年24岁。

那侥幸逃脱的家伙，正是李大魁。

这些亡命之徒，在获知警方正四处抓捕他们后，急得像热锅上的蚂蚁，知道此次再难逃脱法网，最后花重金办理了假身份证和假护照，决定逃往国外，谁知，却在上海机场被安检人员发现破绽，最终落入法网。

听完王师兄的讲述，我不由开心地笑了：这真是天网恢恢，疏而不漏呀！

他们没有想到，特意辗转上海逃跑，却最终还是撞到了警方的枪口上……

连我自己都奇怪，我为何会突然提出辞职

真是没想到，又有几个黑团伙成员落入法网！看来，这些作恶多端的家伙，真应了俗话所说的："恶有恶报，善有善报。不是不报，时候未到。时候一到，

善恶必报。"

我当即将这一消息告诉了顾阿荣，她马上通过市局宣传处和专案组取得联系，证实此时专案组的凌光汉和赵平他们，刚刚飞抵上海虹桥机场。

李明白、高良、周大可、庞达海及要闻部的几位编辑获知此事后，都表示要发一篇独家新闻。他们都知道，不管本市有关部门如何防范和压制，这种新闻肯定还是会从外地发表并转载的。何况，此时是新华社的记者在关注呢。只要新华社一发表，所有关注此案的大小报刊，都会抢着转载。不管如何，转载新华社的新闻，是没有人再敢非议的事情。

王师兄还真是热心人，听说那几个在上海落网的男女，竟然是参与四个多月前绑架和劫持我们的黑团伙成员时，先是惊诧不已，既而表示一定会大力支持我们，于是，他将独家拍的相关照片和第一手资料，都在第一时间传真给了我。

第二天，本地的所有报纸都转发了由新华社记者采写的有关"台湾两记者浦台出租屋被害案"的最新进展，唯有《浦江都市报》以大半版的篇幅，以"本报记者石飞和顾阿荣强强联手采访"的方式，发表了一篇更为醒目的新闻，文中较为详尽地报道了该案的来龙去脉。同时，对本省警方不远千里、不辞劳苦飞往上海押解几名疑犯进行了追踪报道。由于新闻标题拟得好，内容比新华社的通稿更为新鲜充实，配上了新华社记者拍摄的相关照片，吸引了更多大众的眼球。这样一来，我们在宣传部门的眼皮底下，打了一次漂亮的"擦边球"，把这篇众所关注的焦点新闻，做得既没有激怒相关领导，亦得到了广大读者的肯定和赞赏，真可谓两全其美。

这一天，载有此新闻的《浦江都市报》刚一上市，即被抢购一空。

下面，我不妨也综合新华社的报道及我和顾阿荣的采访，将此宗震惊港澳台及海内外的血案过程还原如下：

案发的当天下午5时许，黄记者和白记者在希尔顿大酒店咖啡厅喝咖啡时，遇到正在此寻觅作案对象的林秀云。

林秀云，女，24岁，湖南慈利人，毕业于常德某技工学校。南下寻梦的她，先是在一家制衣厂做了一名普通工人，每天得连续工作十几个小时，月薪才只有几百元。在接连几次跳槽后，她一直难以寻到既轻松而又能赚钱的工作。就

第十七章 漏网之鱼

在此时，她通过两位湖南老乡的介绍，认识了老乡钱志刚。好色的钱志刚正在物色小姐，见林身材苗条，皮肤白皙，特别是，他发现这位有中专文化的年轻女孩虚荣心强，渴望早日脱贫致富，心中不由大喜。于是用花言巧语骗取信任后，一次利用请她吃饭的机会，设计将她强奸，拍下裸照后，逼迫她出卖色情引诱客人。就这样，林身不由己地越陷越深。

后来，林因钱志刚偷卖了他们姘居时生的孩子而对钱怀恨在心，并唆使与其早有奸情的团伙成员吴松林合伙将钱打伤，害怕遭受报复的他们一起逃到距离浦江 120 公里远的浦台市，又网罗了几个老乡，伺机作案。

因吴和该团伙头目之一的李大魁平时关系要好，在李二狗被抓、钱志刚被抓、贾庆丰溺亡、其他团伙成员被抓后，急需人手的李大魁又想法找到吴松林和林秀云，要求他们一起联手继续"做生意"，除了将部分隐匿得较安全的手下继续留在浦江外，又带着几个手下跑到浦台旅游区，这样既可以在此躲避一下风头，又可以寻觅新的目标，继续他们的老本行。

杀人如麻的李大魁不但没有责怪吴松林和林秀云打伤了钱志刚，还直骂钱没有人性，称他其实早就想除掉钱了，如果不是看老板的面子，他早动手了。

李大魁又找到一名在南方打工的老乡罗小慧，拉着这两名年轻漂亮的女人面授机宜，让她们打扮得漂亮一点，多到大酒店、高级宾馆、歌厅等地转转，专门引诱那些有钱男子，带到事先租好的房子里，趁洗澡或按摩时，躲在房里的吴松林等人将嫖客衣服里的钱财偷走，或是跑到外面冒充警察查房，吓跑嫖客。因为风声紧，加上他们早在浦江背上了命案，不到万不得已，他们一般不敢再杀人。

但他们没有想到，刚到浦台不久就又背上了人命案，而那两个人因为身份特殊，还激起了那么大的社会反响，最后竟然惊动了北京高层。

这天下午，林秀云在希尔顿大酒店碰到黄记者和白记者后，看到他们全身都是名牌，出手阔绰，就把他们当做重点钓鱼的对象。主动搭讪后，很快就聊熟了。当林得知他们来自台湾时，她更认定这两人身上大有油水，说不定是大富翁呢。

林秀云乐不可支地把情况通告给李大魁和吴松林，他们闻知后，认为对方肯定很有钱,就赶紧让林秀云主动勾引他们,一定要想方设法让他们离开酒店,再引诱他们到出租屋。

没想到,好色的黄记者不顾白记者的多次劝阻,跟随这两名心怀叵测的女子走出来。他们欣然前往的地方,就是李大魁刚用假身份证花600元租下的60平方米的二室一厅。这间用假名租的出租屋就位于浦台市渔村。这两名见多识广的台湾记者,做梦也没想到,那位笑里藏刀的美女,其实早已背着他们偷偷地溜出去给同伙打电话商量好了一切,此时危险正在那头等候着他们。

在这间出租屋里,这伙歹徒早已备好一张大木床、两只枕头、一床毛巾被及其他日用品等,还有一公斤重的铁榔头、手电筒及木棍等作案工具。当李大魁和吴松林等人通过BP机上的留言,获知那两名富有的台湾记者终于被领着靠近出租屋时,他们就提前十分钟蛰伏到屋子里面。

此时,李大魁让一名手下在房外望风,他则亲自带着吴松林和一名叫李立的同伙分别躲藏到床底下、房门后面和卫生间里,李大魁再三交代吴松林他们:"如果林秀云他们搞不定这两个台湾人,就不要偷,我们一齐直接抢他们的;如果反抗,就将他们打昏。切记不要轻易动刀杀人,那样就会出大事……"

林秀云和罗小慧刚把两名台湾记者领进来,罗就借口去厨房拿饮料,溜了出去。就在黄记者搂着林秀云正动手动脚时,3名潜伏在不同角落里的歹徒,一拥而上,李大魁和李立一把将年轻的白记者按倒在地;而吴松林则扬着铁榔头,对着那个正欲对自己的女人非礼的中年人后脑猛击一下,当他欲用皮带绑黄的腿时,清醒过来的黄一脚踢掉皮带,奋力反抗,并大声呼救。吴松林恶狠狠地骂道:"他妈的,你竟敢玩我的女人,现在还敢叫喊!"说罢,又举起铁榔头砸向黄记者的头部,黄当即血流如注,很快昏倒在地。李大魁从其身上搜出一只皮包,内有1000美金、5000台币及少量人民币,还有信用卡、手机。

此时,李大魁和李立早将魂飞魄散的白记者打翻在地,然后快速拖至另一间房内,用皮带绑起来,并从他身上搜出5000多元人民币。接着,几名穷凶极恶的歹徒用刀棒威逼白说出信用卡密码。刚开始时,白还咬着牙不肯说,但最终在他们棒打刀砍的残忍折磨下,被迫将密码告诉了他们。

第十七章 漏网之鱼

获取密码后,李大魁马上叫来三名手下帮助吴松林看守现场,他自己则带着林秀云和李立前往附近的银行,取出10万多元人民币。

李大魁取了钱回到出租屋后,发现身上受伤的黄记者头上还在流血,搞得全身都是鲜血,又发现他面色苍白,两眼发直,呼吸困难,口吐白沫,情知不妙。

这几个凶残的家伙,就慌忙在出租屋里分了赃款,又将受伤的白记者重新捆紧,嘴里塞上破布,扔在房间里,然后锁上门分头逃窜。

等到这伙歹徒离开现场后,受伤的白记者拼命脱开了捆绑在身上的绳子,也顾不得伤痛,跟跟跄跄撞开房门,来到附近小巷的一家小卖部内,用公用电话报警……

浦台市110接到报案后,当即指令浦台市公安分局刑警大队和当地派出所20多名警察,以最快的速度赶往案发现场。警方发现,倒在地上的黄记者最终因头上受伤,加上口中堵塞异物时间过久,已经不幸身亡。

9月18日,浦江市和浦台市市公安局组成的专案组一行6人赶到上海,将几名抢劫并杀害两台湾记者的犯罪嫌疑人李大魁等人押回浦江市继续审讯。

浦台市警方带来的消息称,李大魁、吴松林、林秀云等涉嫌的并不只是"9.12抢劫杀人案",他们是一个色情盗窃、抢劫团伙,涉及的犯罪嫌疑人也不只是已被抓的5人。

据李大魁交代,他和吴松林、林秀云等人到达浦台后,目标大多是他们认为很有钱的国外及港澳台的游客。警方初步估计,他们在浦台市利用女色引诱,盗窃嫖客的钱财数十起,涉案价值至少20余万元。鉴于此,公安部有关领导要求浦江市省公安机关对色情抢劫、盗窃、杀人案件作并案调查。

从这宗特大色情抢劫杀人案不难看出:

1、李大魁、吴松林他们行踪诡秘,作案地点往往都是选择在管理不严的出租屋里;他们狡猾至极,都使用假身份证租房,一旦出事,就可随时逃之夭夭。

2、受害者均为男性,在上当后,因为做了见不得人的丑事,又担心公安部门对自己处罚,所以绝大多数都不会主动报案,只好打掉牙齿往自己的肚子里吞,自认倒霉。

3、犯罪分子都是5人以上的团伙作案，组织严密、分工明确，各司其职。他们大都以图财为主，如若遭到事主强烈反抗，就会杀人灭口，然后弃房逃之夭夭。

专案组民警通过与李大魁老家河南驻马店地方派出所取得联系后得知：李大魁的姑姑年轻时通过亲友介绍，到湖南常德某煤矿做保姆时，与一名叫杜长久的矿工认识并结婚。不久因杀人、抢劫、寻衅滋事及故意伤害等罪行多次入狱的杜刑满南下浦江，在桃花地区组织成立了第一家色情抢劫的黑团伙。不久，他吸收内侄李大魁来到自己身边，让这位牛高马大、身强力壮的内侄做自己的得力助手。近年，老家伙干脆将大事小事全交给李管，自己退居幕后，极少在成员面前露面。这样一来，这个盘踞浦江不同地方的特大色情抢劫团伙成员，大多还以为李大魁就是他们的总老板。

不过，像本案，如果不是那几个亡命之徒在上海正欲乘机去日本时被发现，这些残忍的歹徒会这么快落入法网吗？

在此案中，如果受害人的身份不是两名台湾记者，而是其他的普通人士，社会各界会如此热切关注吗？警方会如此关注吗？众多新闻媒体，尤其是港澳及南方的新闻媒体还会如此不惜版面、以大幅的标题来追踪此事吗？

正因为受害人是台湾记者，正因他们身份的特殊性，也正因多家媒体的报道而引起了北京高层的关注，所以公安部领导当即要求全省公安机关对所有有关色情抢劫、盗窃、杀人案件作并案调查。

这令我这小记者又不由地想起，如果5个月前我和邓保卫在桃花苑遇劫时，我们的报纸能及时公开报道的话，我相信，此事肯定会引起有关主管部门和有关领导的高度重视，那些负案累累、罪大恶极的歹徒还会如此猖獗么？这两位台湾记者还会经历我和邓保卫曾遭遇的事吗？与浦江近在咫尺的浦台市惨案还会发生吗？

许多许多的假如，许多许多的问号，像黑夜中密不透风的大网，紧紧地笼罩着我的身心，令我久久无法平静……

也就是这天上午，久未在办公室出现的邓保卫跑到我这边来打招呼，笑嘻嘻的汤司令也夹着一支烟跑了过来。此时我的办公室里还有华子诚、卫强，我

第十七章　漏网之鱼

们几个人，或坐，或站，议论两位台湾记者在浦台遭劫的经过，庞达海忽然打来电话告诉我：社长万达有事找我，叫我速去其办公室……

汤司令听到社长找我，还打趣道："人家台湾两记者的案子这么快就破了，新闻那么多报纸都发出来了，你和邓保卫的暗访历险，也该有个结果了呀？说不定，万社长是特意告诉你这事的呢……"

我想，那事早过去五个多月了，连我这亲历者都麻木了，哪还有领导记得这事呢？更不能发什么稿子，除非天方夜谭！不过，在台湾两记者遇劫的报道上，我们做得就是比其他报纸的好，说不定，领导是因为此事找我呢……

万达办公室的门没有关，我探过头一看，却看到副社长李明白和常务副主编高良也在。

看到我进来，正端坐在那宽大旋转进口沙发上的万达抬起头看了我一眼，却没有吭声，更没有像上次那样，热情地给我让座。

大概是为了打破尴尬，李明白干笑了两声，让我坐在对面的那只长沙发上。

看来这情形不会有好事。我马上变得有些忐忑不安起来。

果然，还没等我屁股挨着座位，李明白就开口了："嗯，这些日子大家都忙呀……今天叫你来么，是有个事，昨天开始，北京那家报纸发表了你和邓保卫暗访历险那事，嗯，还是连载，从昨天开始的，国内也有十几家报纸连载了……"

李明白的话令我恍然大悟，原来几位领导让我来这儿，是为了向我这当事人了解情况呀！看看社长万达依然铁青着脸，闷闷不乐地抽烟的神情，听着集团领导李明白直截了当的问话，我明白，他们似乎是在责怪我。

"我早就说过，有关你和邓保卫桃花苑暗访那事，上头有关部门不让发，对此要慎之又慎……如果能发稿，作为我们自己的记者，我们《浦江都市报》还不早发了？我也知道你们心里不舒服，可是，你们也应理解我们这些做领导的，也有压力呀……"社长万达狠狠地吸了一口烟，将发福的身体斜倚在旋转椅上，冲着我提高嗓门说道。

烟雾弥漫中，我沉默着。

我的脑子里，也跟着烟雾弥漫。

真是奇怪，本报不让发稿，是因为有"上头"对此指示，但人家北京的报纸发稿，还需要和浦江市的上头打招呼吗？换言之，人家北京的报纸不管是赞扬还是批评你们，还用得着提前和你们打招呼吗？

"我说石飞记者呀，你是从部队出来的，是受过党多年教育的人，应比一般的记者更懂得什么叫组织纪律呀？你和邓保卫在桃花苑的事情，在本地早就传得沸沸扬扬……此次，又有两名台湾记者是因为那……那事，弄成一死一伤，最后还惊动了公安部，惊动了北京高层，唉，尽管对方是台湾人，但也是新闻记者，也令我们这一行业的良好形象，有些蒙羞呢……"

传得沸沸扬扬？令我们新闻记者这个行业都蒙羞？这意味深长的话，此时从我们这位集团领导的嘴中蹦出，令我着实吃惊不已，惊愕不已！

我沉默着，很想说什么，但我努力地吞了一下唾沫，将要冲出口的话艰难地咽下去。

"呵呵，是这样的，是这样的，石飞，你也不要太有心理负担……台湾两记者被害之事，社会反响太大，就在这节骨眼上，你们上次那事又在北京的报纸上发表了，国内有几十家报纸都转载了，省委和宣传部有领导看到后，很不高兴，称两档子事都发生在我们浦江地区，而且都是与记者有关的事，这样会影响本地的良好形象……让我们了解一下情况……"

高良大约是想打破这里的难堪气氛，一边打着哈哈，一边努力地挤出笑。

我看看万达，他依然铁青着脸在抽烟，似乎只有烟才能驱散他的忧闷。我看了看李明白，他那胖乎乎的脸上挂着不自然的笑。

我依然懒得说话。就那样沉默着，将身上紧靠在这国外进口的真皮沙发上，努力地在回忆着什么？

等到面前这三位领导都不说话了，直盯盯地看着我，我才瓮声瓮气地说道："万社长，李社长，高总，我们是在报社的策划和安排下，才冒着风险前去桃花苑的，但稿子却一直没有发出来……关于我这当事人，在几次历经生死后的心情，这个，我不想再重复了……"

我看到，我的三位领导都面面相觑。

我接着说："我和邓保卫遭劫的事，尽管没有发稿，但新闻圈子里早就传

第十七章 漏网之鱼

得沸沸扬扬了……"我故意抬起眼帘,看着李明白那油光可鉴的脸,把那四个字咬得很重。"……所以,连我远在北京和上海的记者朋友都知道了……"我自然不想在他们面前提王师兄的名字,但我却要郑重其事地点明他的身份,"一个月前,北京新华社一位朋友听说此事后,就通过电话频频向我和邓保卫了解情况……"

我当然没有说假话,当初王师兄曾几次电话邓保卫,了解相关情况,再结合我们那篇胎死腹中的稿件,在百忙中写了那篇新闻连载,发表在北京某青年报上。

但我没想到,"有关部门"的反应那么神速,在有关我们历险的新闻连载见报的第二天,就会通过行政手段寻找到我们报社领导头上,而且令他们噤若寒蝉。

"因为,这不是我外出采访,也非我将自己写的稿子偷偷投到外面,这只是关心我的记者,采访我后所发的报道……很遗憾的是,由于我组织纪律性太差,竟然忘记向领导汇报此事;更没想到,北京的报道会给领导带来压力……"

他们都不吭声。

办公室里一片沉默。

万达社长依然古板着脸,依然在吐云吐雾,仿佛只有这样,才能把内心的不满和怒气排出来似的,只是,那抽烟的动作再没有刚才那么大的火气;李明白那胖乎乎的脸上依然挂着笑,但那笑容有些勉勉强强,看上去似笑非笑;高良呢,一会儿看看万达,一会看看李明白,又一会儿看看我,那瘦削的青脸皮绷得紧紧的,他想笑,但因脸皮绷得太紧,最终无法让笑容在脸上展开。

三位领导好像陷入困境,半天没有一句话。现在轮到他们沉默不语了。

我轻轻地站起来。就在那一刹那,连我自己也弄不明白,我为何能鼓起勇气那么说话:"万社长、李社长,高总,十分感谢你们对我一年多以来的大力栽培……我给报社惹了那么多麻烦,很过意不去……真的,我心里压力太大。我现在提出辞职,下午就收拾东西离开报社……但我问心无愧的是,食君之禄,忠君之事。我自从戴上本报记者之桂冠后,从来没有丢过良知,从来没有突破新闻记者应有的道德底线,从来没有做过一件对不住报社的事!"

说完，我得意地看着他们面面相觑的样子，看到他们满脸的意外、惊异、怅惘和失落。

我就那样微笑着。我就那样有些吊儿郎当地微笑着盯着他们。我微笑着盯着他们那一张张似笑非笑的脸孔，笑得很轻松。

真的，在那一刻，我这个平时最忠诚于领导指示的打工记者，笑得很有些扬眉吐气。

我就那样微笑着，以军人的姿态，昂首挺胸地大踏步走出去。

冤家路窄

我当面向三位领导提出辞职后，心情就像积蓄了多日的洪水，猛地泄开一样，轻松极了。

我就这样怀着轻松的心情，哼着我平时爱唱的《小白扬》、《打靶归来》及《说句心里话》，旁若无人地从办公室快步走下来，径直来到大楼下面的自行车棚，我想骑上我的自行车直接回家休息。

我轻轻地用鼻音哼着那句平时爱哼的歌词："说句实在话，我也有爱，常思念那个梦中的她，梦中的她……"我就那样边深情地哼着，边弯腰正要打开自行车时，一个娇小的身影从前头闪了出来，她老远朝我叫道："石大记者呀，是不是遇到什么开心事了，咯咯咯，我老远就被你的歌声吸引来了……"

不知是来看她那辆漂亮自行车呢，还是真的为我的歌声所吸引，反正，离大门接待室不远的阿云，笑嘻嘻地向我走来。

"是呀，人逢喜事精神爽么！不是一高兴就唱开了，而是看到美女来了，就不由自主地蹦出这甜美的歌词来了……"

第十七章 漏网之鱼

"你这石头，又在我面前贫嘴呀！得罚你请我喝茶了……"

"行，行，行！我从现在开始，就可以好好休息一阵了……我随时可以请美女……"

我当然没有在此时就告诉阿云实情，但心情此时很轻松是事实，从现在开始，我比以前更有空闲，也是事实。

"要不是我要去机房里办事呀，我现在就要你请我去喝茶。"原来她是有事呢。这姑娘笑着，看着我推出自行车，就站着和我聊了几句。

"你看你这辆车，早该换了吧？我看呀，你应马上买一辆摩托车，那样才对你这风雨奔波的记者合适呢……"

"呵呵，行呀！还是美女说得对，我还真想鸟枪换炮了。"

"咯咯咯，你真是好玩，我看你这二手车呀，哪比得上人家的鸟枪呀……有时间一定得请我喝茶呀！我得走了，人家还在等我办事呢……"说罢，她笑呵呵的就和我挥手道别了。

我寻思着，等我先休息两天，抽空一定请这位美丽而善良的女孩子吃茶。就在我推着车正在走时，一枚枯黄的树叶轻轻地飘下来，落在我的肩上。我轻轻一抖，它又像一只黄蝴蝶，轻轻地飘到地上。

我没有想到的是，我此次的辞职，报社几位领导没有一个人同意。当天下午，先是庞达海打来几次电话劝阻我后，晚上周大可又打来电话，称他请我和卫强两人一起喝酒。

对我有恩的老领导请我出来，我当然不敢有丝毫怠慢，晚上6点，就前往他定好的"太熟悉家常菜"酒楼。

进入包间，周大可和卫强早就等在那里了。看到我气喘吁吁地推门进去，两人都笑着站起来，请我坐下。

"听说你今天上午，搞得我们报社的三位主要领导都下不了台？"周大可说，接着，他模仿着万达社长的口气，怪声怪气地说，"……那个石飞牛脾气还不小呢，我们三人话还没有说完，那小子竟辞职不干了，气得我半天说不出话来……你这主管记者的副老总，可得好好给他上上课……哈哈，有种！我就欣赏你这种性格！嫉恶如仇，直来直去！不过，我可要批评你，这辞职的话，

331

可不能轻易说出口，到时真的搞得覆水难收了，我们也就没有机会再做同事了……"

周大可一句诙谐的话，引得我们仨都大笑起来。

已经有大半年了，我们这还是第一次在一起聚餐。以前我们有空时，总时不时地在一起坐坐，因为我们仨都是从部队出来的，更因为我和卫强都是直接由周大可破格招进报社的。我们两人经过一年多时间的洗礼，早成为采访部的主力记者：在所有文字记者中，我不仅每月的发稿量保持在采访部所有记者的前5名，经常有独家猛料，更是发表头版头条最多的记者；卫强呢，他的摄影技术很是精湛，不但带头完成每月的发稿量，很多作品更是常被省报和晚报采用，还获过几次摄影奖。因此，周大可一直觉得面上有光。

卫强帮周大可点燃了一支烟，随后自己也美滋滋地点了一支。他们两个，平时爱抽烟也爱喝酒。

在烟雾萦绕之中，我们开了一大瓶"牛栏山"二锅头，卫强端起酒瓶，每人满满斟了一大杯白酒。

"干杯！"

"为真男子汉干杯！"

好久没有这么喝白酒了。我从部队出来，因为醉倒过几次，几乎都禁了酒。但在周大可和卫强面前，我可不能推托，在一声清脆的碰杯声中，我们将满满的白酒一饮而尽……

周大可又让卫强给我们各自加满后，举杯对我说："大难不死必有后福。再说事情也过去那么久了，不要再为此事而耿耿于怀。对于一名调查记者，只有经受了大风大浪，才能成大器。希望你后面走得更好。来，这杯酒，我和卫强两人敬你！"

"谢谢……"

我又一饮而尽。

周大可语重心长地告诉我："对于任何一家报社的记者而言，写好的稿件胎死腹中，是很正常的，要保持平和心态。"尽管身为副主编的他，目前也不确切知道有关我那稿件的具体原因，但他以一位新闻人独到的眼光，以丰富的

第十七章 漏网之鱼

经验,帮助我分析了可能存在的种种原因。

他接着又语重心长地说:"一位成熟的新闻记者,不仅要有敏锐的新闻眼光,高超的综合采访能力,坚实的写作基础,还要养成处变不惊,甚至是泰山压顶也不惧的平和心态,遇事切勿浮躁和激动……要顶得住各种压力和打击,哪怕是恐吓和生命威胁。"

我感激地点了点头。

窗外,南国秋日的暮霭早徐徐降临,远处的浦江边涂上了一层金黄的色彩。时令即将进入秋风扫落叶的季节了。

无官一身轻,我终于有闲情逸致可以陪伴我的"萌萌公主"了,我俩相约去桃花湖花园散步,这是我们恋爱以来,第一次全身心的浪漫之旅,萌萌一脸的幸福荡漾在夕阳的余晖下。今天尽管不是周末,但这里面依然人来人往,一片熙熙攘攘。

人间四月芳菲尽,山寺桃花始盛开。此时正是深秋之季,那美丽的桃花运,我们今年早错过了,也许,只能待到明年了;明年,也许桃花会更艳丽。

深秋的公园里,娇艳的桃花早变成了累累果实。公园里沿湖绕山,举目四周,各种各样的桃树,映入眼帘,大多是欣赏性的;但不少桃树上,还是能看得到爬得密密麻麻的桃子,成熟在即了。这些树态优美,枝干扶疏,可惜难见花朵丰腴,难觅色彩艳丽。

但这些自然丝毫影响不了我们游园的兴致。没有桃花,还有时令的菊花呢,那五彩缤纷的各色菊花,正竞相怒放,在秋风中散发出一阵阵沁人肺腑的清香。

我们手牵手,穿过桃花庵和桃花坊,走进桃花堤,很快就到了桃花桥,在那长180米、宽16米的古老石拱桥那头,就是古香古色的、建筑在高高小岛上的著名风景"桃花烟雨"了。站在那金碧辉煌的亭子里,既可高瞻远瞩,将整个公园的优美风景一览无余,更可以欣赏到千百年以来,中国历代著名诗人游玩此地的诗词歌赋。因为,那亭子四面全是古人留下的墨宝;那亭子四周,更是后人建的占地2000平方的"诗词林"。

我牵着李萌萌的一只手,在那充满诗情画意的亭子里,转悠着,观望着。天高云淡之中,蔚蓝色的天空,显得一尘不染,晶莹透明。几朵淡雅的白云,像位古代美人的面颊,照映在清澈的桃花湖上;远远望去,清碧的微波中,仿佛涂抹上了桃花的色彩,显得分外绚丽。

"这里的秋景很美呀,听说再过两个小时,太阳偏西了,晚霞落在湖面上,那就很美了。"李萌萌依偎着我,贪婪地远眺那湖水。

"可惜这里的湖水太少,也太浅,要是在我们老家,就可以跑到长江边去看落霞中的水面了……"

"你看你,又来馋我是不是?你后面是不是又想起了王勃的诗呀?"

"你真聪明,此情此景,让人不由自主想起了'落霞与孤鹜齐飞,秋水共长天一色'。"

"那是王诗人描写长江的,如果他现在能像我们一样站在桃花灿烂的湖水边,说不定又诗意大发了……"

"还是这里的湖水好,碧绿透明,比长江水好多了,要是此时有桃花,那简直是人间仙境呢。"

"桃花是美,但只能在春天呀。桃花具有很高的观赏价值,是文学创作的常用素材。"我不知是因为没有看到桃花而惋惜,还是想到桃花的诗情画意,想直抒胸意。

"桃花美,诗亦美——关于桃花的古诗词,你现在能想起哪些呢?我们现在来比一比?"她忽闪着那双大眼睛,陡然诗意大发,接着脱口而出:"我很爱欧阳修那首《四月九日幽谷见绯桃盛开》:岁岁年年花相似,年年岁岁人不同。春风有意艳桃花,桃花无意惹诗情!""还'桃花无意惹诗情'呢,我看你是故意秀诗情。我这人脑子笨,好多古诗都不知丢哪去了,有时只记得住一两句,有时只记得作者,却又忘记了诗名……"

"嗨,这又不是高考,搞得那么紧张干么?只要是与桃花有关的,都行,我们来比一比看?"

"残红尚有三千树,不及初开一朵鲜……桃花春色暖先开,明媚谁人不看来……作者是……我可记不起了,只记得大致。"我想了想,终于想起两句与桃花有关的古诗来。

"不错,不错。这不想起出来了么?哈哈,我说一句,看你记不记得作者

第十七章 漏网之鱼

是哪个？桃花春色暖先开，明媚谁人不看来。"

"这……好像是李白的吧？"我有些窘迫地说。

"是唐朝诗人没错，但不是李白的，是周朴的《桃花》。"李萌萌有些得意地看着我。然后她有些炫耀地摇晃着小脑袋，说道："这一首《忆秋浦桃花旧游》才是李白的：桃花春水生，白石今出没。摇荡女萝枝，半摇青天月。"

"我也想起一首，好像是老杜的，前面记不清了，后面两句是：癫狂柳絮随风去，轻薄桃花逐水流。"

"这是老杜的没错，但这老头子有关些吃不到葡萄反怪葡萄酸的滋味，把那么美的桃花贬的一无是处，比如'影遭碧水潜勾引，风妒红花却倒吹。'……不过，他在《曲江对酒》中有一句不错，是'桃花细逐杨花落，黄鸟时兼白鸟飞。'"

"看来你这位上海小姐记忆力真不错呀，惭愧，俺自愧不如……"我笑着双手抱拳，对她来了个作辑状。

"写文章本小姐也许比不上你，但背古诗我却下了不少功夫，当时我姑姑天天逼我背，背下来了，就带我去城隍庙吃小吃。我还能不下功夫么？嘻嘻……"

为了打击她的吹牛，我突然想起了一首流传在我老家黄石的古诗：就脱口而出道："张志和《渔歌子》，你知道吗？其中有一句，西塞山前白鹭飞，桃花流水鳜鱼肥。"

我得意地看着那被秋阳照得通红的小脸，说："这可是我老家湖北黄石那里的，那西塞山就在市区，现在黄石的西塞山区就缘于此，以前叫石灰窑区。据说，当时张志和经常跟随一些文人墨客去那山脚下的湖边吃鱼，尤以春天的鳜鱼最美……哈哈，下次有空，我带你去尝尝。"

"去去，我现在才不吃你的鳜鱼呢，我只爱吃毛泽东笔下的'武昌鱼'……"

接着，她像突然想起什么似的，又脱口吟诵道："桃花浅深处，似匀深浅妆，这是诗人元稹的；小桃西望那人家，出树香梢几树花。这是刘敞的；流莺应见落，舞蝶未知空。这是唐代齐己的；后面是苏轼的：争花不待叶，密缀欲无条……你知道吗？这几首诗的题目，都叫《桃花》，这也充分说明桃花的美艳。"

"是呀，正因为'桃花色最艳，故以喻女子'，所以《诗经》里最艳丽的诗句是:桃之夭夭,灼灼其华。"

"你说桃花喻美女,我又想起唐代诗人吴融《桃花》里的那句:满树如娇烂漫红,万枝丹彩灼春融。"

"……桃花坞里桃花庵,桃花庵下桃花仙;桃花仙人种桃树,又摘桃花卖酒钱。酒醒只在花前坐,酒醉还来花下眠;半醒半醉日复日,花落花开年复年。但愿老死花酒间,不愿鞠躬车马前;车尘马足富者趣,酒盏花枝贫者缘……"

"这么长?这是谁写的,似曾相识,可想不起来了……"李萌萌皱眉想着,可一时又想不起到底是哪个写的? 我颇为得意地笑道:"这是我平时较喜欢的一位才子写的。嘻,一个锦心绣口,写馥郁文章的才子。算了,我还是告诉你吧,是明代唐伯虎的。"

"原来是那位风流才子呀,以前巩俐和周星驰一起合演过电影,叫什么来着? 对,就是《唐伯虎点秋香》的,那个人太风流,连自己的丫环都不放过,不是什么好东西……"李萌萌边说着,边撅起了嘴,仿佛站在面前的我就是那位风流才子似的。

其实,这只不过是我卖弄而已,之所以记得这首诗,是因为我经常在汤司令家里看到,他家里有一本唐伯虎文集,有空时就对着那上面勤练钢笔书法。我看过几次,竟然熟能生巧,现在在李萌萌面前活用活用起来。

"对了,《红楼梦》里不是也有一个'桃花诗社'吗? 以前好像叫'海棠社'后来是林黛玉改的。"

"嘻嘻,现在倒由桃花想到《红楼梦》来啦……我记得是第70回里的《林黛玉重建桃花社 史湘云偶填柳絮词》,写得很悲观,我可不敢再想那情节……"

是的,由这本古典名著,我不由想起那首著名的"桃花令":

林黛玉作的那首《桃花行》:其中那"桃花帘外开仍旧,帘中人比桃花瘦。"、"苦将人泪比桃花,泪自长流花自媚。"及"泪眼观花泪易干,泪干春尽花憔悴。"这是继《葬花辞》之后,黛玉的又一首顾"花"自怜的抒情诗,与《葬花吟》、《秋窗风雨夕》的基本格调是一致的,在不同程度上都含有"诗谶"的成分。比起那"花谢花飞花满天,红消香断有谁怜"来,其悲伤之情,有过而无不及。也难怪宝玉读到这首诗的反应是:"宝玉看了,并不称赞,却滚下泪来,便知出

第十七章 漏网之鱼

自黛玉。"

春之妖娆,皆由桃花而起。错过了桃花,就错过了春天。而桃花期短犹如爱情,不容人辜负。

我为了转移李萌萌的思绪,故意叫道:"好了好了,这桃花本来不是秋季的景观,我们就不谈这些了,快点到前面那个桃花岛看看,那里的假山很不错。"

"这可是桃花湖公园呀,正是谈桃花诗最好地方。唉,其实,我也知道,你和我一样,最喜欢唐代诗人崔护的那首《题都城南庄》:去年今日此门中,人面桃花相映红。人面不知何处去,桃花依旧笑春风。"

我说:"这首诗的确不错,写的是才子佳人的纯真之情,故事情节曲折神奇,让人容易记住。正因为家喻户晓,所以,我就没有提了……"

其实,谁都明白,这是一首极为伤感的诗,在这个时候提这个故事,我总担心会影响我们的谈情说爱的雅兴。

"不仅仅是吧。我认为,此诗之所以流芳千古的原因,更有诗人独特的人生体验:在偶然、不经意的情况下遇到某种美好事物,而当自己去有意去追求时,却再也不可复得。"

"那首诗有些伤感,就不提也罢。呵呵,春来花自青,秋至叶飘零。都秋天了,我们还是一起用心去感受这桃花湖里的秋色吧……"

我们相携着说着,争着,很快就来到了"桃花岛"。

提到"桃花岛",自然会让人想起武侠小说大师金庸先生所著的《射雕英雄传》和姐妹篇《神雕侠侣》中所描绘的美妙东海小岛。更好玩的是,不知是谁找的关系,竟也让金庸先生在前面那块最大的岩石上题词"碧水金湾桃花岛"。

由于那"桃花岛"中各种石头奇形怪状,各种假山高高耸立,加上四周全栽种着各种各样的桃花,倒也成为独特的风景。此地距最近的后门也有两公里远,加上三面临湖,故也显得很偏僻。

我们商量好,绕桃花岛转一周后,就从后门出去,然后打车回家。

由于不是周末,前来游玩的大多是外地游客,但早从我们进入公园一直转悠到现在,一路时不时看到三三两两打扮得花枝招展的年轻女人,正凑近男客人身边,鬼鬼祟祟地交头接耳,很明显,那些女人是一些散布在公园里觅客的流莺。桃花岛位于湖中心的西北角，显得偏僻而隐蔽，当我和李萌萌走进金庸书写的那几个红色大字，进入那高大的洞门后，这些打扮得俗不可耐的女人就更热情地向那些男客人抛媚眼，招徕生意。

对于这种现象，我当然早已是司空见惯了，但李萌萌却是难以容忍，直骂警方太无能，居然在这种风景如画的公园里出现这种不雅观的镜头。

我们刚进入"桃花岛"，就看到几位游客神情紧张地从里面小跑出来，接着，我们隐隐约约地听到前面那块高大耸立的假山背后，传来一个女人嘤嘤的哭声。

我赶紧拦住一对知识分子模样的男女青年，故作好奇地问道："请问前面是怎么回事？好像有人在哭泣……"

那男的刚要说什么，却被那神色慌张的女伴拉开了。不过，那男的毕竟还不错，刚走了几步远，又掉过头来对我说："前面有两个男人正在殴打一个女的……刚才有人报警了，半天也没有人来……"

我一听，想也没想，就要往那里冲过去，但却被李萌萌紧紧拉住了。她担惊受怕地说："肯定是那些小姐拉客……和人发生了纠纷。这种事我们千万不要管……刚才那人不是说了吗？警察都不管，你还去管什么呢？"

我皱着眉，只好顺着她，被她拉着往回走。刚走几步，在一阵伴随着菊花香的风中，我又听到那假山后面传来两声男人的凶狠威胁声，还有女人惊恐的哭声。

我心里直打鼓，趁李萌萌不备，猛地挣脱了她紧紧抓着我的双手，也不理她跺脚的喊叫，不管不顾地朝前循声冲过去。

果然，在几块高大耸立的假山底下，在西斜的秋阳阴影下，两名熊腰虎背的青年男人，正背对着我，朝一位坐在水泥地上的年轻女人恶言恶语地威胁着什么；离他们不远处，倚靠着几块巨大石头垒起的小洞边，站着一位正背对着我的瘦干矮的小男人，从他那佝偻着的腰身和那在秋风中白花花的头发，应是一位上了年纪的老头子。陡地，我搜寻的目光又被他那双背在后背的干瘦双手所吸引：那是两只正被他玩得咔咯咔咯响的干核桃！

大概是我跑得过急的脚步声和紧促的呼吸声惊动了他，那老头缓缓地转过身来，恶狠狠地盯住我。

第十七章 漏网之鱼

这张面孔好面熟呀？我一惊，随即我心里猛地打了一个寒战：阴冷的目光似乎要把我一口吃掉，微蹙的双眉显得阴沉怪异，特别是他右眼眉中间那颗黄豆粒般大的黑痣，那黑痣上长出的那一小撮黑白相间的长毛，像怪物一样令人毛骨悚然。

没错，他正是4月1日我在桃花苑出租屋门前邂逅相遇的那位神秘老头子！

我想也没想，大声脱口而出："杜长久！"

我突如其来的一声断喝，令对方先是一愣，继而大惊失色，脸色陡变。

说时迟，那时快，我猛地一个"饿虎扑食"，将他猝不及防地扑倒在地。

那两个正在威胁女人的男子，看到我一下子把老头子按翻在地，吓得目瞪口呆，其中那位五短身材的家伙，竟惊叫一声，吓得一把扔掉手中的半截木棍，撒腿就往前跑了。另一个高大壮实的家伙，先是愣住了，当他看清面前只有我一个人时，马上丢开缩成一团、依然浑身发抖的女人，扬着一把尖刀，龇牙咧嘴地向我冲来。

我扔下早被我撞得昏头昏脑的老头子，急忙跨开马步，沉着应战。几位闻讯赶来的游人见状，早吓得四处抱头逃避。我眼睛余光瞟到身着绿色连衣裙的李萌萌，吓得像一只遇到老虎的兔子样，从前面赶来，正看到眼前这恐怖一幕。

就在此时，随着一声怒吼，那倒在地上的老头子竟一个鲤鱼打挺，从地上翻滚起来。那男子见状，仿佛来了劲，挥刀猛地向我杀来。我往后一退，刚躲过他的攻势，杜长久捡起地上半截木棍，和那位壮实的手下，一前一后地向我攻来。

眼看那家伙挥刀就要向我胸前刺来，我赶紧往外一闪，趁机飞起一脚，踢飞了他手中的尖刀，然后又揪住那冲上来的壮实身子，一个横扫腿，猛地将他绊倒在地，随着"哎呀"一声痛叫，那家伙摔了个狗吃屎，半天也爬不起来。

我一个跳跃，将刚要转身逃窜的杜长久从背后揪住，猛一用力，将他重新揪翻在地……

尾声 夜朦胧，月朦胧

夜朦胧，月朦胧

橘红色的夕阳刚刚西沉，月亮已从东方悄然爬了上来，却显得有些"犹抱琵琶半遮面"。

我胡乱吃了一碗面条，沐浴着时隐时现的月光，坐公交车来到了浦江人民广场。我和李萌萌约好，今晚将在此长谈一次。

广场正前方和四周，刚摆放好数百盆五彩缤纷的秋菊和各色鲜艳夺目的花草，那是市政为了庆祝国庆和中秋节的到来而特意摆放的。一阵微风吹来，不知名的花清香扑鼻，沁人心脾。那四周绿化丛中的花草儿，依然长势正茂，好像不知道深秋已经来临，依旧竞相开放，散发出的芳香吸引着一只只不知名的蝴蝶翩翩起舞。四周高大的梧桐树叶子，此时已渐渐枯黄，秋风轻轻地将一片又一片的黄叶飘落到地面，不禁令人想起"树树皆秋色，山山唯落晖"的诗句来。

| 尾 声 | 夜朦胧，月朦胧

　　如果李萌萌在，也许这位能够一口气背诵很多古诗词的聪明女孩，说不定又会像我们在桃花湖公园那样，诗兴大发地与我比拼吟诗诵词呢。可惜，她就在我们回来的第二天一早，赌气搬到报社宿舍里去了……

　　那天下午，当我们在桃花湖公园西南端的"桃花岛"假山下面，无意之中邂逅那位一直逍遥法外的黑帮老大杜长久时，除了一名手下认为我是前来抓捕他们的便衣逃之夭夭外，杜长久和一位叫侯爵的马仔都被我制伏。所幸，尽管李萌萌被那恐怖的场面吓得花容失色，但她并没有像那些游人那样溜之大吉，而是拼命地拨打110和公园保卫科的电话。很快，几位警察和一批保安冲了过来，将企图负隅顽抗的杜长久和侯爵铐上了手铐……

　　后来我才获悉：尽管苦心经营起来的团伙几乎遭警方捣毁，但杜长久依然没有离开浦江市，甚至根本没有离开桃花地区。这个老奸巨猾的老狐狸，一直认为：最危险的地方往往是最安全的。他明白外人很少知道自己的底细，加上他在此用假身份证生活了十几年，用金钱打通了不少关系，所以，他的行踪一直没有被人发现。

　　这老家伙一直舍不得放弃老本行，又继续网罗了一些亡命之徒转移作战地方，挪到了平时游人如织的桃花湖公园里。由于他用金钱贿赂了公园里的个别保卫人员，加上这里面流通的大多数是外地人，因此，就是有人报警，也大都让保卫科的人找各种借口挡了回去。

　　多行不义必自毙。这老家伙做梦也没有想到，那天下午会不巧让我碰了个正着，继而令这条漏网的大鱼最终落网。

　　更令我没有想到的是，那位被打得爬在地上哭泣和哀求的小姐，却是4月1日诱骗我和邓保卫进入桃花苑的长辫女！

　　原来，在警方的连续打击下，杜长久十几年来精心经营的特大色情抢劫团伙，抓的抓，死的死，逃的逃，最后差不多只剩下了他一个孤家寡人。但他还是不甘失败，又拉拢了几个打手和十几名小姐，企图东山再起。因小姐太少，一时又难以找到合适的人选，这家伙就强迫曾作过其情妇的杨小丰（即长辫女）也做起了小姐。但久经江湖的杨却不是省油的灯，她就偷偷把用肉体挣回的钱私藏，结果还是被狡猾的杜长久发现了蛛丝马迹。这天下午，她在假山背后和一外国游客"做生意"后,又擅自把钱藏起,结果很快被杜及手下发觉,恼羞成怒的杜就恶狠狠地让两名打手对这名不知天高地厚的女人实施"家法"……

随后,专案组迅速行动,将杜的一批余党一网打尽。目前此案正在进一步审理之中。

但此次搏斗中,我的臂膀不知何时被划了一条两寸多长的伤口,后来还是李萌萌陪同我去附近的医院包扎的,至今还没有完全好。

当天晚上,心有余悸的李萌萌又和我吵了一架。她当然没有否认我的"见义勇为",但她一直在责怪我"一而再,再而三"地言而无信,又一次去管这些警察都不愿管的危险事。用她说的话说就是"这可不比用笔写一两篇批评报道,而是拿自己的性命去和黑帮的人面对面地拼。如果对方当时有枪,或多一两个人,你这条小命还不早丢了?说不定,就连我也被砍倒了……"

难得走进桃花湖公园陪她玩一回,却又玩出危险的拼杀来,尽管我无大碍,却着实把她吓得不轻。

当天夜里,当她获知我在没有和她商量的情况下,居然冲动之中提出了辞职,气得她又哭了起来。

第二天一早,李萌萌负气而搬到报社的单身宿舍去了。

我也落得一片清静,干脆在家关门看书。尽管周大可、庞大海和杨智他们每天都打电话给我,婉转地要求我重返报社,但我借口身体不舒服,要休息几天而推了。

明天就是国庆节了,之后两天就是中秋节,这两个佳节连在一起,国人要休7天长假。等假期结束后,我再考虑是否重返报社上班。

不过,这天黄昏时分,离家几天的李萌萌通过传呼台给我留言,约我前往市中心的人民广场见一见,她说有重要的事相告……

唉,时间过得可真快,转眼就又是中秋节了。

往事如烟。小时候我是那样盼望过节,特别是中秋节。这可是如春节一样隆重的团圆节呀。在我们湖北老家流传这样一种说法:"八月十五,吃月饼,喝热茶,越吃越香,越有味!"每年中秋节里,母亲忙里忙外,为月饼做准备:用水和好面,擀成小圆饼,抹上麻油或猪油,一层芝麻一层冰糖粉,一层香豆

| 尾 声 | 夜朦胧，月朦胧

一层果脯，就这样层层叠叠卷成一个个小月饼，把全家人一年的希望和喜悦都卷进月饼里。然后，放入大锅里炕，妹妹帮忙架起干柴火，举着一根吹火筒使劲吹，烈火呼呼地在灶膛里跳跃，照得妹妹小脸红彤彤的。红彤彤的火焰中，月饼的香味在屋里屋外弥漫。

长大后的我，外出到建筑工地做苦工，之后又南下打工，继而以过硬的体魄进入中国海军陆战队，成为一名特种兵。好多年了，我都一直没有能回家和亲人在中秋佳节团聚，重温那独特的温馨快乐……

浦江，这座南方的不夜城，四处灯火阑珊，高楼大厦在暮色的帷幔笼罩下，折射出一道道立体几何图形。人民广场是我和李萌萌刚恋爱时最热衷去的地方。这里的每个夜晚都热闹非凡，歌舞喧天，特别是广场的四周栽满了大榕树、棕榈树、椰子树及各种南国热带树木，简直像一个大植物园。到广场来的，有卿卿我我的小年青，有相依相偎的正当年，有轻轻牵手而过的中年夫妻，更有相扶相携的老年夫妇。他们在花团锦簇中流连忘返，有的轻松散步，有的窃窃私语，有的谈情说爱，有的谈笑风生……

但此时，这里的热闹和喧嚣不属于我。我踽踽独行在人民广场入口不远的绿化丛边上。

皎洁的月光下，秋夜的清凉扑面而来，还有不远处那阵阵金桂的芬芳。这独特的气息令人忘记了这是城区，好像身处自己的鄂东老家。

李萌萌娇美的身影终于在朦胧的月色中出现了，从入口处渐渐走进我的视线。我微笑着，迈着坚实的步履迎上前去。

她显得有些急匆匆地向我走来，仿佛又在赶一个应景的新闻发布会似的。朦胧的月光下，李萌萌显得很美：出国期间特意留起来的长发，正好披到洁白的肩膀上，脖子上戴着一串银色的珍珠项链，在月光的映射下熠熠生辉，一袭紫色连衣裙，带着紫丁香般的忧郁，在灯光的照射下，那张面孔被笼罩上了一层柔和的白光，显出一种宁静的美丽。

我张开双臂，极想像以往那样紧紧拥抱她，可她却只是向我伸出了一只手。我有些不自然地牵住了她的手，轻轻将她握在我的手掌心。

"这里太吵太闹，我们还是去前面的那金桂树下吧……"

广场东南角,有一排从外地移栽过来的金桂。此时,大树小树枝丫上,都挂满了一簇簇、一丛丛金黄色的小花,那沁人肺腑的清香,就是从那里弥漫出来的。可我此时哪有心思享受这月光下的清香?我轻轻抖动着那只被我火热地握住的汗津津的小手,认真地问道:"……你……不想搬回来了吗?我看到你很多心爱的衣服都不在了……"

"嗯……我想出去了……"月光又闪进了云隙间,绿树底下一片黑暗。我看不清她的表情,但我能感受到她的心神恍惚。

"出去?去哪里呢?不会是去国外吧?"

此时月光又从云层里闪了出来,我马上盯着她,盯着她那满是月光的脸蛋,关心地问。"是的……我想去美国留学去……"她说话的声音有些不自然,显得吞吞吐吐。

"以前就知道你有这个夙愿,现在……看来这事有眉目了?"

"嗯……其实,我早在新加坡学习时,就联系好了,只是还得回来办手续……"

云层里的月亮,像个捉摸不定的孩儿脸,时隐时现的。这时吹起一股湿漉漉的凉风,原来是下雨了。是秋雨,雨不大,稀稀疏疏的,在刺眼的光影里,更像离人的眼泪。

看到下起了毛毛雨,那些正围在广场中央看热闹的人群呼啦啦地散开了不少,有的还撑开了雨伞。但一群正歌舞得来劲的群众演员们,根本不理睬这斜风细雨,依然在毛毛雨中唱着幸福的歌,跳着快乐的舞。

"萌萌,你冷吗?我们还是离开……去前面的长廊里吧。"前面不远处,就是一条弯弯曲曲的长廊,夏日可以遮阳,雨天可以避雨。不过,许许多多的人,大都挤进了那里头,把走廊下面的那一长溜石板椅坐得满满的。

"谢谢……不用了……我只想当面告诉你一声,我很快就要出去了……请你多保重……"

雨,沙沙沙地下着。毛毛细雨中,月亮又从云隙里挤了出来,只露出半张脸。

"呃,看来你这次真的是要远走高飞了……"我心情倏忽变得沉重起来。

她忽然仰起脸,有些哀怨地盯着我,想说什么,但最终没有吭声。

| 尾 声 | 夜朦胧，月朦胧

就在此时，她的手机响了起来，她看了看来电显示，急急地跑到两三米远的地方接电话。只听到一阵嗯嗯呀呀的，她匆促地挂上了电话，然后又小心翼翼地靠近我。

毛毛雨差不多停了，微风轻拂的夜空中，只是零星的飘洒着丝丝缕缕的雨点，点点滴滴让人愁。

"萌萌……不管如何，我由衷地祝福你，希望你在外面有所作为……跟着我，让你受苦了……"

"请你……别……别这样说了……"她突然靠近我，一下扑入我的怀抱里，无声地、压抑地哭了起来。

她仰起那张美丽的脸蛋，抽泣着说："石头……我对不起你……我真的不想再过这种担惊受怕的日子了，我心里承受不了……真的。"

我鼻子一酸。我不由搂紧了她。我克制着自己，轻轻地说了声：

"萌萌，我对不起你，让你跟着我受苦了……"

"我爱你……"她抖动着双肩，在风雨摇曳的月光中，微微抽泣着，抽泣着。

"我想最后问你一句：你愿意跟我一起去美国吗？做你这样的记者……太累……太危险……"她目不转睛地看着我。

我轻轻地摇了摇头。

这一瞬间，我觉得自己是那样残忍，那样无情，那样……

朦胧的月光下，我看不清她那张忧郁的脸颊上，是雨水，还是泪水。一切的一切，都在月光下朦朦胧胧起来。

不知是失望，还是痛苦，她身子微微一颤，半天也没有说什么。不知过了多久，她突然坚决地挣脱我的怀抱，苦笑着说："对不起，我得离开了……你是一位真正的记者，我祝福你……"

我努力微笑着，静静地看着她。

"萌萌，我送你上车吧……"我克制着自己复杂的情感，紧紧抓着她的手，那双小巧光滑的手。

"不用了……还……有……朋友在前面……等我……"说罢，她抹了一把脸上的不知是雨水还是泪水，轻轻地说了一句"保重……"就转身走了。很快，她那婀娜多姿的背影消失在朦胧的月色之中。她就像天空那朵带雨的云彩，轻轻地飘走了……

孤独的我，在清冷的月光下，拖着瘦长的身影，仿佛一位老气横秋的小老头，一动不动地伫立在空旷的广场一角。不远处，正传来时下流行的台湾歌星任贤齐的那曲《心太软》。

我失落地徘徊在广场上。我看到朦胧的楼群浸染着夜色的气息，和四周寂寥的树木一样，驻守在孤寂的夜色里。只有摇曳的路灯映衬着淡淡的月光，拖着我孤零零的身影，在朦胧夜色中踽踽独行。

我就那样漫无边际地徜徉着，彷徨着……不知不觉中，我竟然走到了广场西北角的那一溜阅报栏上。在昏黄的灯光下，我看到当天的《浦江日报》和《浦江都市报》，那上面有一个醒目的大标题吸引了我的眼球：《警方捣毁一盘踞桃花地区的特大色情抢劫团伙》，后面副题是《省市专案组苦战半载 终于抓获该团伙数名成员》。我看完内容，发现这两家报纸所发表的都是采用省厅统一的新闻通稿，而且两家报纸的内容都只是署上了省报政法记者程天然的名字，顾阿荣的名字也不见影踪，这令我颇为吃惊。

这篇我一直苦苦等候的报道，现在终于以官方的新闻通稿公布于众。只是，不明真相的读者，谁也不会相信：曾经有两位年轻记者因为暗访此案，几近丢掉小命……

更没人知晓，这则简短的新闻背后，曾经发生了多少惊心动魄的故事，隐匿着多少看不见的黑幕呢……

时间已经是晚上10点，广场上的歌舞依然热火朝天。云散了，天晴了，月亮显得更加皎洁迷人了。美丽的夜色中，人们依然以不同的方式，纵情地蹦着跳着唱着，尽情地分享着这美好时光。

此时，不知怎的，我突然想起了著名画家、作家黄永玉老先生年轻时写的一首诗：

"我好像躲在炮火连天之后的一个沉寂的战壕里面

| 尾 声 | 夜朦胧，月朦胧

所有人都不在了
我的战友全都死光了
我一个人蹲在战壕里面
我是晚上八九点钟的月亮
静静地看待人间的这一些事情。"
夜朦胧，月朦胧。
我的世界变得朦朦胧胧起来。

卧底调查·生死暗访

中国第一卧底记者石野卧底调查系列

第一部《生死暗访》
第二部《暗访黑龙潭》
第三部《拯救卖花女》

即将推出：

《暗访黑龙潭》

　　龙潭村是一个发展迅速的城中村，村长是省市人大代表，他和四个儿子非法持有枪支，招收了一批流氓地痞，组成了黑社会性质的黑恶团伙。他们控制村中的酒店宾馆和一百多家发廊，在三个集市收取保护费，拐骗强迫多名打工妹卖淫。长期在村里横行霸道，并将黑手慢慢渗透到市区其他地方。这些人在村里统治多达三十年之久，各种关系根深蒂固，平时无法无天。曾有省报和央视的记者前往采访，结果一人被打伤被迫离开了南江市，一人被打断了肋骨，在多位省市领导的协调下，只赔了20万元了事。

　　村长三儿子三龙因吃霸王饭打伤了本地一市民，受害者投诉到报社，引起了记者石飞的注意。石飞在采访中遭到对方的恐吓，连实习生也被打伤，他顶着巨大压力，终将稿子发出来，引起了社会巨大反响。石飞被人威胁"30万买人头"，在南江大桥上遭人追杀，被迫跳入珠江中逃生。与此同时，黄金龙大酒店的五星级暗访让石飞发现了特大赌场，报道引出跟踪和黑道寄来的子弹头。石飞也突然被警方非法拘禁十一天。他发现自己的报道引来的是杀身之祸……

《人大代表王月娥》

《我为人民讨公道》

《呐喊的羔羊》（中国第一部家庭暴力纪实文学作品）

石野媒体访谈精彩节选：

主持人：是什么时候坚定做一个记者的梦想？

石野：我在部队的时候，也读了大量的书。后来我到了南方，当时做打工文学，我感觉走这条路太有限了，我感觉自己的知识很有限，作为一个新闻记者，既可以提升自己，同时又可以深刻地体验，又可以保有自己的文字能力。

严格说，我真正从事记者这个职业，应该是从 1997 年到《南方都市报》开始，那家报社给我非常好的概念。

记得当时我去的时候，我没有文凭，人事部把我拒之门外。我当时不服气。过了两个月以后，我决定自己找到《南方都市报》的一个副主编，我把我的经历跟他说了，我有强健的体魄，我有吃苦耐劳的精神，我有军人的体力，我写过大量的文章、大量的报道，我希望你给我一个机会。他说，好，我给你三个月的试用期。当时《南方都市报》做一个改革，每个文字记者必须发表文章16篇。当时我骑着一个自行车，天天跑，一个月下来，我差不多发表了 40 多篇文章。我由此成为《南方都市报》当时惟一一个没有文凭的政法记者。

主持人：自己的爱情因为做卧底记者而截断了，后来又因为做卧底记者，也很少回家，父亲过世也没有及时照顾。您觉得您个人的这些经历，包括四次与死神擦肩而过，和您做卧底记者对比起来，您觉得值得吗？

石野：我觉得任何一个职业都有得有失。这些年，我做卧底记者感触很深，失去了非常多的东西。16 年的卧底记者生涯，我自己买不起房子，我经常为生活发愁，尤其是我生活在乡下的母亲没有办法接到城里来，这是我比较惭愧的。另外我还因为写批评报道，两次坐过牢。一次在广州坐过牢，对方采取非法的手段，不允许写这篇报道。在北京，也是因为写批评报道，引起了官司，我蹲过15天监狱。但是我从来不觉得这些事委屈。因为我不是拿人家什么东西而坐牢，我是为了弱者呼吁，我曾经痛苦过，但是我从来没有后悔过。